Judith McNaught

Judith McNaught s'est consacrée à l'écriture à l'âge de trente-quatre ans après une brillante carrière dans les affaires. Elle est aujourd'hui un auteur à succès.

SÉDUCTION

DU MÊME AUTEUR
CHEZ POCKET

GARÇON MANQUÉ
L'AMOUR EN FUITE

JUDITH McNAUGHT

SÉDUCTION

PRESSES DE LA CITÉ

Titre original :

REMEMBER WHEN

Traduit par Danièle Berdou

ISBN 2-266-09807-1

À saint Jude, patron des rêves impossibles,
qui a fait des heures supplémentaires pour me
permettre de réaliser celui-ci.

Merci.

REMERCIEMENTS

C'est la page où traditionnellement l'auteur remercie ceux qui lui ont accordé leur soutien et ont fait preuve envers lui d'une extrême indulgence durant la gestation de son œuvre. En l'occurrence, ce roman ayant mis une éternité à voir le jour, une page ne suffirait pas à rendre l'hommage qu'il convient à un seul de tous ceux qui m'ont prodigué sans compter leur aide et leur compréhension.

J'espère simplement que chacun d'entre vous réalise à quel point il m'a été précieux et le demeure…

À

Dr John M. Lewis, gardien des cœurs, et du mien en particulier,

Keith Spalding, de tout temps le meilleur des amis,

George Bohnenburger, qui a su apporter des réponses immédiates à des questions compliquées sur des sujets épineux,

Betty Mitchell, bâtisseuse de rêves,

Bruce Monical, artiste, conseiller et ami très cher,

Mark Strickler, pour sa patience et son amitié,

Jim Hime, qui a redonné tous leurs sens aux concepts de profondeur et d'intégrité.

ET

John et Whitney Shelley et Clay McNaught, qui sont ma famille *et* mes amis.

1

Houston, 1979.

— Diana, tu ne dors pas ? Je voudrais te parler.

Diana, qui s'apprêtait à éteindre sa lampe de chevet, arrêta son geste et s'adossa contre ses oreillers.

— Non, non, entre.

— Tu te ressens encore du décalage horaire, ma chérie ? Tu es fatiguée ? demanda son père en se dirigeant vers son lit.

Grand et bien bâti, les cheveux prématurément grisonnants, Robert Foster affichait à quarante-trois ans toute l'assurance d'un homme qui a fait fortune dans les pétroles de Houston. Mais ce soir, sa confiance en lui était visiblement ébranlée et Diana savait pourquoi. Bien qu'elle n'eût que quatorze ans, elle n'était pas assez naïve pour croire qu'il était venu dans sa chambre l'entretenir des effets du décalage horaire… Il voulait lui parler de sa belle-mère et de la fille de celle-ci, dont elle venait de faire la connaissance l'après-midi même, à son retour d'un voyage en Europe avec des camarades d'école.

— Ça va, répondit-elle.

— Diana…

Il hésita, s'assit à côté d'elle sur le lit et lui prit la main. Il se tut encore un instant puis reprit :

— J'imagine à quel point tu as dû être surprise de

voir que je m'étais marié pendant ton absence... Mais sache que je n'aurais jamais épousé Mary avant que tu fasses sa connaissance, si je n'étais absolument persuadé que vous allez vous aimer toutes les deux. Tu l'aimes déjà, n'est-ce pas ? Tu me l'as dit..., demanda-t-il d'une voix anxieuse en cherchant son regard.

Diana hocha la tête en signe d'assentiment. Mais elle ne comprenait pas pourquoi son père avait épousé une femme qu'il connaissait à peine et sans la lui avoir présentée. Durant les années consécutives à la mort de la mère de Diana, il avait fréquenté plusieurs belles femmes de Houston — toutes aimables de surcroît —, mais avant de s'engager plus sérieusement, il avait toujours tenu à ce que Diana les rencontre, insistant pour qu'ils passent des moments ensemble tous les trois. À présent il s'était bel et bien marié avec une dame qu'elle n'avait jamais vue.

— Mary a l'air vraiment très bien, dit-elle au bout d'un moment. Simplement, je ne comprends pas pourquoi tu étais si pressé.

Il prit un air penaud, mais la réponse qu'il lui fit venait droit du cœur :

— Tu verras qu'il y aura de rares moments dans ta vie où ton instinct te dictera ta façon d'agir, même si cela défie toute logique, bouleverse tes projets et paraît insensé aux yeux des autres. Quand cela se produira, va où ton instinct te conduit, ignore le reste, la logique, les complications.

— C'est ce que tu as fait ?

— Oui. Dès que j'ai rencontré Mary, j'ai su que c'était elle que je désirais pour moi — et pour toi —, et quand j'ai fait la connaissance de Corey, j'ai su que nous formerions tous les quatre une famille extraordinairement heureuse. Cependant mon instinct me disait que si je laissais trop le temps de la réflexion à Mary, elle se focaliserait sur les obstacles et finirait par me dire non.

D'un point de vue de simple bon sens, cette possibilité apparut tout à fait improbable à Diana, qui savait à quelles extrémités les femmes précédentes s'étaient rendues pour capter l'attention de son père.

— J'ai l'impression que toutes les femmes avec qui tu es sorti te voulaient, pourtant.

— Détrompe-toi, ma chérie. La plupart convoitaient ce que je pouvais leur apporter en matière de sécurité financière ou de statut social. Peu me désiraient pour moi-même.

— Tu es sûr que Mary te désire pour toi-même ? demanda Diana en pensant à l'hypothèse d'un refus, comme l'avait envisagé son père.

Il sourit et ses yeux brillèrent d'affection.

— Absolument.

— Alors pour quelle raison t'aurait-elle éconduit ?

Son sourire s'élargit.

— Parce qu'elle est tout sauf intéressée ou arriviste. Mary est très intelligente, mais avec Corey, elles ont mené une vie simple dans une petite ville où personne n'est fortuné, en tout cas pas selon les critères de Houston. Nous avons l'un comme l'autre succombé à un coup de foudre et elle a accepté de m'épouser une semaine après notre rencontre, mais en voyant comment nous vivons ici, elle a commencé à faire machine arrière. Elle avait peur de ne pas se sentir à sa place ici avec Corey, de commettre des bévues, et de nous mettre mal à l'aise. Et plus elle y pensait, plus elle était persuadée qu'elle ne serait pas à la hauteur.

Il avança la main pour écarter doucement une boucle de cheveux châtains de la joue de Diana.

— Tu te rends compte, elle était prête à renoncer à tous les avantages matériels que je peux lui procurer, de peur de nous décevoir, comme épouse et comme mère. Ce sont les seules choses qui comptent à ses yeux.

De prime abord, Diana avait trouvé sa belle-mère sympathique. Et la tendresse dans la voix de son père, l'amour qu'elle lisait dans ses yeux quand il parlait de Mary ne pouvaient que faire pencher la balance en sa faveur.

— Elle me plaît beaucoup, avoua-t-elle.

Un sourire de soulagement éclaira le visage de son père.

— Je savais qu'elle te plairait. Toi aussi, tu lui as plu. Elle t'a trouvée très douce et très équilibrée, elle a dit que tu aurais eu toutes les raisons d'avoir une réaction hystérique en trouvant à ton retour une belle-mère dont tu n'avais jamais entendu parler. Attends un peu de voir tes nouveaux grands-parents, ajouta-t-il d'un ton enthousiaste.

— D'après Corey, ils sont vraiment adorables, dit Diana en se remémorant toutes les informations dont sa nouvelle petite sœur de treize ans l'avait abreuvée durant ce premier après-midi passé ensemble.

— En effet. Ils sont bons, honnêtes, ce sont des gens qui travaillent dur et aiment la vie. Il y a aussi beaucoup d'amour entre eux. Le grand-père de Corey est excellent jardinier, inventeur à l'occasion et habile charpentier. Sa grand-mère a beaucoup de talents artistiques.

Il eut une expression un peu tendue à nouveau :

— Dis-moi… Que penses-tu de Corey ?

Diana resta silencieuse un moment, essayant de trouver des mots pour traduire les sentiments que lui inspirait sa nouvelle sœur ; puis elle se pencha en avant, entoura ses genoux de ses bras et sourit.

— Eh bien, elle est différente des filles que je connais. Elle n'est pas sophistiquée, elle est… chaleureuse et franche, elle dit ce qu'elle pense. Elle n'est jamais sortie du Texas et ne cherche pas à en imposer mais elle a fait des tas de choses que je n'ai jamais faites. Et elle te considère pratiquement comme un roi !

— C'est vraiment une jeune fille intelligente et clairvoyante !…

— Son père a quitté sa mère quand elle était tout bébé, dit Diana, affligée à l'idée qu'un parent puisse commettre un acte aussi incompréhensible.

— Je dois mon bonheur à la lâcheté et à la stupidité de cet homme et je tiens à ce que Mary et Corey soient heureuses aussi. Veux-tu être mon alliée dans cette entreprise ? dit-il en se levant et lui souriant.

Diana eut un petit hochement de tête.

— Tu peux compter sur moi.

— Ne perds pas de vue que Corey n'a pas eu les mêmes privilèges que toi. Alors, vas-y doucement, apprends-lui les rudiments.

— D'accord.

— Ma petite fille…, dit-il en l'embrassant sur le dessus du crâne. Mary et toi allez être les meilleures amies du monde.

Il allait se lever pour partir, lorsque Diana l'arrêta dans son mouvement :

— Corey aimerait t'appeler papa.

— Je l'ignorais, dit Robert Foster d'une voix rendue bourrue par l'émotion. Mary et moi espérions qu'elle me le demanderait un jour, mais je pensais qu'il lui faudrait beaucoup de temps.

Il observa sa fille un bon moment puis demanda d'un ton hésitant :

— Qu'est-ce que tu en penses ?

Diana sourit.

— C'est moi qui le lui ai suggéré.

De l'autre côté du hall, Mary Britton Foster était dans la chambre de sa fille de treize ans, assise sur le lit. Elles aussi venaient d'avoir une petite conversation.

— Alors, tu t'es bien amusée avec Diana aujourd'hui ? demanda Mary à Corey pour la troisième fois.

— Ouais.

— Tu as aimé la maison des enfants Hayward où Diana t'a emmenée cet après-midi pour monter à cheval ?

— Maman ! cesse de nous traiter comme des enfants, on a passé l'âge.

— Pardonne-moi, ma chérie, dit Mary en caressant la jambe de sa fille sous les couvertures.

— Et puis, tu sais, ce n'est pas vraiment une maison, c'est aussi grand qu'un motel.

— Si grand que ça ? fit Mary, l'air amusé.

— À peu près de la taille de notre maison, dit Corey en hochant la tête.

Le fait qu'elle dise « notre maison » en parlant de la demeure de Robert et de Diana était révélateur et tout à fait rassurant pour Mary.

— Et ils ont une grange ?

— Ils appellent ça une écurie mais de l'extérieur ça ressemble à une belle maison de pierre, et dedans c'est très propre. Il y a même un type qui vit là pour s'occuper des chevaux. Pour eux, c'est un palefrenier, il s'appelle Cole et les filles trouvent que c'est un mec hyper-bien foutu. Il sort de l'université — j'ai oublié le nom… je crois que c'est à Houston.

— Tu te rends compte ! Maintenant il faut un diplôme universitaire pour travailler comme palefrenier dans une grange — pardon, dans une écurie.

Corey réprima un petit rire.

— Je crois qu'il fait ça juste avant d'entamer son deuxième semestre. Les chevaux sont tellement super ! dit-elle, avant d'enchaîner sur un sujet qui l'intéressait au plus haut point. Figure-toi que je vais encore monter à cheval la semaine prochaine. Barb Hayward m'a invitée à son anniversaire. Mais je crois que c'est Diana qui lui a demandé de le faire. J'ai rencontré pas mal d'amis de Diana et de Barb aujourd'hui. Je ne crois pas que je leur ai beaucoup plu mais Diana dit que je me fais des idées.

— Je vois. Et que penses-tu de Diana ?

— Diana est… (Corey réfléchit.) Diana est sympa. Elle m'a dit qu'elle a toujours voulu avoir une sœur et c'est peut-être pour ça qu'elle est si gentille avec moi. Elle n'est pas bêcheuse du tout. Elle m'a même dit qu'elle me prêterait ses vêtements si j'en ai envie.

— C'est très gentil de sa part.

Corey fit un petit signe de tête.

— Et quand je lui ai dit que j'aimais bien comme elle arrange ses cheveux, elle m'a répondu qu'on pourrait essayer différents styles de coiffure.

— Et elle n'a pas parlé d'autre chose ?

— Quoi par exemple ? dit Corey, feignant la surprise.

— De moi. Ne fais pas semblant de ne pas comprendre.

— Attends… Ah ! oui, je me souviens maintenant. Elle a dit que tu avais l'air méchant et sournois et que tu allais probablement l'obliger à rester à la maison pour récurer les planchers pendant que j'irais au bal danser avec des princes. Je lui ai répondu qu'elle avait sûrement raison mais que je la laisserais enfiler la pantoufle de vair à condition qu'elle ne quitte pas la maison.

— Corey !

Corey éclata de rire et se pencha en avant pour prendre sa mère dans ses bras.

— Diana a dit que tu avais l'air très gentille et qu'elle t'aimait bien ! Elle m'a demandé si tu étais sévère. Je lui ai dit que ça t'arrivait quelquefois mais qu'après tu te sentais coupable et que tu me faisais des tonnes de cookies pour te faire pardonner.

— Elle a vraiment dit qu'elle m'aimait bien ?

Corey hocha la tête d'un air grave :

— Tu sais, quand elle a perdu sa mère, elle avait à peine cinq ans. J'ai du mal à imaginer comment j'aurais pu vivre sans toi, maman…

Mary serra sa fille dans ses bras. Elle posa sa joue sur ses cheveux blonds.

— Diana n'a pas eu tous les avantages que tu as eus, tâche de t'en souvenir. Un placard qui regorge de vêtements et une grande chambre, c'est très agréable mais ce n'est pas comme d'avoir un grand-père et une grand-mère qui t'aiment et qui t'ont appris toutes sortes de choses.

Le sourire de Corey disparut.

— Ils vont me manquer terriblement.

— À moi aussi.

— J'ai parlé d'eux à Diana et elle voudrait les rencontrer. Je pourrai aller bientôt à Long Valley avec elle pour qu'elle fasse leur connaissance ?

— Bien sûr. Nous pourrions aussi demander à Robert de les inviter.

Mary s'apprêtait à partir, lorsque Corey l'arrêta d'une voix hésitante :

— Maman… Diana m'a dit que je pourrai appeler Robert papa. Tu crois qu'il voudra bien ?

— Il sera ravi, j'en suis sûre !

Son regard s'assombrit un peu. Elle ajouta :

— Peut-être un jour Diana aura-t-elle envie de m'appeler maman.

— Pas plus tard que demain, dit Corey avec un sourire entendu.

— Comment cela, demain ?

— Elle va t'appeler maman à partir de demain.

— Oh ! Corey, c'est magnifique ! s'exclama Mary, les larmes aux yeux.

Corey leva les yeux au ciel mais s'abstint de toute remarque.

— L'idée vient de moi, dit-elle. Mais Diana a tout de suite été d'accord.

— Tu es une fille formidable, dit Mary en riant.

Puis elle embrassa sa fille et éteignit la lumière avant de sortir.

Corey resta les yeux ouverts dans l'obscurité, pensant à tout ce qu'elles venaient de se dire. Elle se demanda si Diana dormait. Au bout d'un moment, elle se glissa hors du lit et enfila sa vieille robe de chambre en flanelle sur sa chemise de nuit barrée d'un impératif « SAUVEZ LES TORTUES ».

Dans le couloir, il faisait noir comme dans un four. Elle se dirigea à tâtons vers la porte de la chambre de Diana. Au moment où elle sentit l'encadrement de la porte sous ses doigts, celle-ci s'ouvrit. Corey réprima un cri.

— J'allais juste voir si tu étais réveillée, chuchota Diana en lui faisant signe d'entrer.

— Tu as parlé à ton père ? demanda Corey en se juchant sur le lit de Diana.

Elle eut un regard admiratif pour les volants de dentelle ivoire qui ornaient le col et les poignets de sa robe de chambre rose pâle à taille haute et pour ses chaussons molletonnés assortis, bordés de la même dentelle.

Diana vint s'asseoir à côté de Corey.

— Et toi, tu as parlé à ta mère ?

— Ouais.

— Je crois qu'ils avaient peur qu'on ne se plaise pas.

Corey se mordit la lèvre inférieure avant de lancer :

— Tu as demandé à ton père si je pouvais l'appeler papa ?

— Oui. Il a été ravi, répondit Diana, toujours à voix basse pour que leur petite causerie en pyjama ne soit pas interrompue par décret parental.

— Tu en es sûre ?

— Oui. Même s'il a été très surpris.

Diana baissa les yeux et prit une longue inspiration. Puis elle regarda enfin Corey :

— Et toi, tu as demandé à ta mère si je pouvais l'appeler maman ?

— Oui.

— Et qu'est-ce qu'elle a dit ?

— Que tu es une fille formidable, fit Corey en roulant les yeux dans une expression de feinte désapprobation.

— Elle n'a rien dit d'autre ?

— Elle n'a pas pu. Elle s'est mise à pleurer.

Les deux jeunes filles se sourirent sans rien dire puis se donnèrent une tape dans le dos.

— J'ai l'impression, dit Diana après un moment de réflexion, que ça va être vraiment sympa !

Corey approuva d'un hochement de tête convaincu :

— Radicalement sympa !

Plus tard dans la nuit, de retour dans sa chambre, Corey se retournait dans son lit, n'arrivant pas à croire que les choses se soient si bien passées avec Diana.

Le matin encore, elle n'aurait pas cru que ce fût possible. Lorsque le père de Diana avait épousé sa mère après lui avoir fait la cour pendant quinze jours à peine, et qu'il les avait fait venir toutes les deux dans sa maison de Houston, Corey avait été terrorisée à l'idée de rencontrer celle qui allait devenir sa sœur. D'après le peu qu'elle savait de Diana, elle pensait qu'elles allaient se détester. En dehors du fait d'être née riche et d'avoir été élevée dans cette énorme maison, Diana avait un an de plus qu'elle et était déjà étudiante. Et lorsque Corey avait jeté un œil dans la chambre tellement féminine de Diana, tout lui avait paru si parfait qu'elle avait été horripilée. Elle s'était dit que Diana devait être une de ces filles épouvantablement snobs, parfaites jusqu'à la nausée. Et qu'à coup sûr elle la prendrait pour la dernière des ploucs.

Le premier regard que Corey jeta ensuite sur Diana ne fit que confirmer ses appréhensions : Diana était petite, la taille fine et les hanches étroites et elle avait déjà des seins. En comparaison, Corey se fit l'impression d'être une géante pataude plate comme une planche à pain. Diana était habillée comme une photo de magazine de mode pour adolescentes : minijupe jaune, collants crème, gilet écossais bleu et jaune, blazer jaune vif orné d'un écusson au revers. Corey portait un jean et un tee-shirt.

Et pourtant, malgré la conviction de Corey qu'elle était une abominable snob, c'était Diana qui avait brisé la glace entre elles. Elle l'avait complimentée sur son tee-shirt orné d'un cheval peint à la main et lui avait affirmé qu'elle avait toujours voulu une petite sœur. Plus tard dans l'après-midi, elle l'avait emmenée chez les Hayward pour qu'elle puisse photographier les chevaux avec l'appareil que Robert Foster lui avait offert.

Diana ne semblait pas jalouse que son père lui ait donné ce magnifique appareil — pas plus qu'elle ne semblait s'inquiéter à l'idée d'avoir à le partager. Et si elle pensait que Corey était nulle, en tout cas elle n'en avait rien montré.

Elle l'avait fait inviter avec elle à l'anniversaire de Barb Hayward la semaine suivante et ils monteraient tous à cheval. Elle était sûre que ses amis l'adopteraient bien vite et Corey espérait qu'elle ne se trompait pas.

Ce qui lui importait avant tout, c'était d'avoir une sœur pratiquement du même âge qu'elle, avec qui partager loisirs et conversations. Mais elles ne se contenteraient pas de parler. Corey avait beaucoup de choses à apprendre à Diana qui, selon elle, avait trop vécu dans du coton. Elle avait avoué cet après-midi ne jamais avoir grimpé dans un gros arbre, ni avoir mangé du raisin sur la vigne ou fait des ricochets sur un étang.

Corey poussa un soupir de soulagement et ferma enfin les yeux.

2

Cole Harrison regarda par-dessus son épaule et vit Diana Foster qui flânait à l'entrée de l'écurie, les mains derrière le dos. Elle observait sa sœur qui montait à cheval avec les autres jeunes filles invitées à l'anniversaire de Barbara Hayward. Il prit une brosse et une étrille et s'arrêta devant l'une des stalles.

— Voulez-vous que je vous selle un cheval ?

— Non merci, répondit-elle d'une voix si polie et si adulte que Cole réprima difficilement un sourire.

Il travaillait comme garçon d'écurie à la propriété des Hayward depuis ses deux dernières années d'université, et en avait suffisamment vu et entendu pour se forger une solide opinion des adolescentes de la riche société de Houston. Entre autres observations, il avait constaté que les jeunes filles de treize ou quatorze ans qui gravitaient autour de Barbara Hayward avaient toutes une passion pour les garçons et pour les chevaux ; elles tentaient désespérément de parfaire leurs talents dans l'un et l'autre domaine. Toutes étaient obsédées par leur beauté, leurs vêtements et leur rang social. L'éventail des personnalités allait de l'écervelée à la boudeuse et, s'il leur arrivait d'être charmantes, elles étaient aussi capricieuses, pimbêches et sournoises.

Quelques-unes faisaient déjà des descentes dans les placards à alcools de leurs parents. La plupart étaient trop maquillées et toutes sans exception essayaient de flirter avec Cole. L'année précédente, il lui avait été facile de décourager leurs tentatives maladroites et amusantes... Mais cette année, elles s'enhardissaient en vieillissant. Il se faisait l'effet d'être un homme objet pour ces gamines frivoles et trop précoces.

Ce qui n'aurait été qu'exaspérant, si elles s'étaient contentées de glousser en rougissant, était devenu une véritable gêne. Car récemment elles en étaient venues aux regards aguichants et aux poses alanguies. Le mois précédent, l'une des amies de Barbara avait pris l'initiative de la « chasse à l'homme » en demandant à Cole son avis sur le baiser à la française. Haley Vincennes, meneuse incontestée de la bande, avait affirmé son autorité en disant à Cole qu'elle n'avait jamais vu « des fesses aussi extra ».

Cole avait rarement aperçu Diana avant la semaine précédente, où elle était venue aux écuries pour présenter sa sœur à Barbara. Mais cette petite brunette l'avait toujours frappé comme une exception réconfortante. Tout en elle était avenant et sain, et il émanait d'elle quelque chose de profond qui manquait cruellement aux autres filles. Elle avait des cheveux couleur de cuivre foncé et d'immenses yeux vert clair, lumineux, frangés de longs cils, qui posaient sur lui et sur le reste du monde un regard sincère et curieux. C'était un regard expressif, vivant, pétillant d'intelligence et empreint d'une douceur qui donnait toujours envie à Cole de sourire à Diana.

Quand il eut fini d'étriller la jument, il lui flatta le flanc et sortit du box en fermant derrière lui la lourde porte en chêne. En se retournant pour poser la brosse et l'étrille sur leur étagère, il fut surpris de constater que Diana était toujours là, debout devant la porte, les mains crispées dans le dos, observant d'un air anxieux les évolutions bruyantes de ses compagnes.

Elle était si absorbée qu'il s'approcha pour voir ce qui mobilisait à ce point son attention. Il ne vit d'abord qu'une vingtaine d'adolescentes qui riaient, criaient, faisaient des huit en trottant ou sautaient des obstacles bas. Puis il remarqua Corey, la sœur de Diana, toute seule dans un coin du manège. Corey lança un compliment à l'adresse de Haley Vincennes au moment où celle-ci passait près d'elle avec trois autres cavalières ; mais Haley regarda Corey comme si un compliment de sa part était complètement incongru et elle fit une réflexion aux trois autres, qui déclencha leurs rires. Corey sembla se tasser sur son cheval. Elle fit faire demi-tour à sa monture et sortit du manège au trot, s'excluant d'elle-même après cette rebuffade silencieuse, tout comme si on l'avait éjectée verbalement.

Diana serra un peu plus fort les mains dans son dos et Cole vit qu'elle se mordait la lèvre inférieure presque au sang. Elle lui fit penser à une mère oiseau, désespérée de voir que son poussin n'arrive pas à se débrouiller tout seul hors du nid. Il était surpris autant qu'impressionné par la compassion de Diana devant le désarroi de sa sœur ; mais il savait qu'elle ne se faisait guère d'illusions sur les chances de Corey d'être acceptée.

Il était là, la semaine précédente, lorsque Diana avait présenté sa sœur à Barbara et quelques-unes de ses amies venues voir un poulain nouveau-né. Un silence glacé avait suivi les présentations et Cole avait bien vu l'expression de supériorité et d'hostilité sur les visages des futures débutantes, dès qu'elles avaient su que Corey venait d'un milieu plus modeste.

Ce jour-là, Diana semblait croire dur comme fer que ses amies fortunées réserveraient un bon accueil à Corey. Mais Cole avait senti qu'elle allait au-devant d'une amère déconvenue. Et à en juger par le front soucieux qu'arborait Diana en ce moment, elle en était arrivée à la même conclusion.

Ému par les sentiments qui se lisaient sur son visage mobile et expressif, Cole voulut la distraire.

— Corey est assez bonne cavalière. Vous n'avez pas à vous en faire pour elle.

Elle se retourna vers lui à demi et lui adressa un sourire qui se voulait rassurant.

— Oh ! je ne me fais pas de souci, je réfléchis. Parfois je plisse le front quand je pense à quelque chose.

Cole fit semblant de la croire, ne voulant pas heurter sa dignité :

— Beaucoup de gens font ça, en effet… Vous aimez les chevaux ?

— Beaucoup, dit-elle de sa voix étrangement mûre et attachante.

Les mains toujours crispées dans le dos, elle se tourna complètement vers lui, manifestement désireuse de prolonger la conversation.

— Je leur ai apporté des pommes, dit-elle en désignant de la tête un grand sac brun posé près de la porte.

Elle préférait apparemment nourrir les chevaux plutôt que les monter.

— Vous savez monter à cheval ?

— Oui.

— Dites-moi si j'ai bien compris : quand vous venez ici vous ne montez pas, alors que toutes vos amies le font…

— Exact.

— Vous savez monter et vous adorez les chevaux ?

— Exact.

— En réalité vous les aimez au point de leur apporter des pommes…

Il glissa ses pouces dans les passants de sa ceinture et la dévisagea d'un air intrigué :

— J'avoue que je ne comprends pas.

— J'aime encore mieux les chevaux lorsque je suis à terre.

Elle eut un rire gêné, si contagieux que Cole ne put s'empêcher de sourire.

— Ne dites rien, laissez-moi deviner… Vous avez fait une chute et vous avez été blessée, c'est ça ?

— Oui. Je suis tombée en sautant une haie et je me suis cassé le poignet.

— Le seul moyen de surmonter votre peur était de remonter immédiatement, dit Cole avec assurance.

— C'est ce que j'ai fait, lui assura-t-elle d'un ton grave que démentait une petite lueur dans ses yeux verts.

— Et alors ?

— Alors j'ai eu une commotion.

L'estomac de Cole se mit à gargouiller et son attention se porta sur le sac de pommes. Il avait un budget très serré et un appétit difficile à rassasier.

— Je vais ranger ces pommes avant que quelqu'un ne trébuche dessus.

Il ramassa le sac et se dirigea vers le fond des écuries, bien décidé à partager le goûter des chevaux. Lorsqu'il arriva au niveau d'une des stalles au bout de la grande aile, un vieux cheval passa la tête par-dessus la porte, l'œil interrogateur ; ses naseaux humèrent le contenu du sac de Cole.

— Tu ne peux plus marcher et tu n'y vois plus mais pour ce qui est de l'odorat, ça va, dit Cole en donnant une pomme au cheval. Mais ne dis rien à tes congénères, il y a ma part là-dedans !

3

Cole était en train de garnir de paille fraîche les stalles vides lorsque quelques-unes des jeunes filles, descendues de cheval, entrèrent dans l'écurie et s'approchèrent de Diana.

— Diana, il faut que nous te parlions de Corey ! lança Haley Vincennes.

Cole leva les yeux de sa tâche pour les regarder : apparemment le jury féminin allait délivrer son verdict, et il ne serait pas favorable.

Diana le comprit aussi et essaya de désamorcer la situation, d'une voix douce et persuasive.

— Je suis sûre que vous aimerez Corey quand vous aurez appris à la connaître, et nous serons toutes de bonnes amies.

— Ça me paraît impossible, décréta Haley d'un ton hautain et péremptoire. Nous n'aurons jamais rien en commun avec une fille qui vient d'un bled dont on n'a même pas entendu parler. Tu as vu le sweat-shirt qu'elle portait la semaine dernière quand tu nous l'as présentée ? Elle a dit que c'était sa grand-mère qui avait peint cette tête de cheval dessus !

— Moi, il m'a plu, dit Diana sans sourciller. La grand-mère de Corey est une artiste.

— Les véritables artistes peignent sur des toiles, pas sur des sweat-shirts, tu le sais aussi bien que moi, et je suis prête à parier un mois d'argent de poche que le jean qu'elle porte aujourd'hui vient de chez Sears.

Un chœur de murmures approbateurs et de petits rires ponctua cette affirmation. Puis Barb Hayward finit par se rallier d'une voix timide à la majorité pour sceller le destin de la pauvre Corey.

— Je ne crois pas qu'elle puisse jamais devenir notre amie, ni la tienne, Diana.

Cole eut un élan de sympathie pour Corey et la pauvre petite Diana, certain que celle-ci allait flancher devant la détermination de ses congénères. Mais elle ne céda pas d'un pouce.

— Je regrette sincèrement que vous ayez cette opinion, dit-elle d'une voix qui n'avait rien perdu de sa douceur, s'adressant plus directement à Haley, que Cole avait repérée comme la meneuse et la plus hargneuse de la bande. Je n'avais pas réalisé que vous aviez peur de la compétition si vous lui donniez une chance, ajouta-t-elle.

— Quelle compétition ? fit Barb, l'air décontenancé.

— Vis-à-vis des garçons. Corey est très jolie et elle est très drôle, les garçons vont lui courir après, où qu'elle aille, c'est sûr.

Debout dans l'une des stalles, Cole s'arrêta, fourche en main et un sourire admiratif aux lèvres. Il avait compris la stratégie de Diana.

Il savait, depuis qu'il travaillait à l'écurie, que les garçons étaient un objet de convoitise hautement prisé des adolescentes ; et l'idée que Corey pût en attirer encore d'autres dans leurs griffes était irrésistible. Il était en train de se demander si cette perspective ne supplanterait pas dans leurs esprits la crainte que Corey leur vole leurs petits amis, lorsque Diana reprit doucement la parole :

— Évidemment, Corey a déjà un petit ami chez elle et elle n'a pas envie d'en avoir un autre ici.

— Je crois que nous devrions lui laisser une chance et attendre un peu avant de décider si nous l'acceptons ou non dans notre groupe, dit Barb du ton sérieux et mal assuré d'une fille qui sait faire la part des choses mais manque du courage nécessaire à une meneuse.

— Je suis si heureuse ! s'exclama Diana d'un ton joyeux. Je savais bien que vous ne me laisseriez pas tomber. Si ça s'était produit vous m'auriez beaucoup manqué, ça m'aurait fait de la peine de ne plus échanger mes plus chouettes vêtements avec vous et de ne pas vous emmener à New York avec nous l'été prochain…

— Qu'est-ce que ça signifie ?

— Ça signifie que Corey va être ma meilleure amie — et les amis doivent être solidaires.

Dès que les filles furent parties, Cole sortit de la stalle, à la grande surprise de Diana.

— Dites-moi, fit-il avec un sourire complice, Corey a vraiment un petit ami là-bas ?

Diana hocha la tête en signe d'acquiescement.

— Bien vrai ? reprit-il d'un air incrédule, en voyant ses yeux qui pétillaient d'un rire coupable. Comment s'appelle-t-il ?

Diana se mordit la lèvre.

— C'est un nom assez bizarre.

— Comment ça ?

— Vous ne le direz à personne ?

Cole, totalement sous son charme, se mit la main sur le cœur en signe de promesse.

— Il s'appelle Sylvester, dit-elle.

— Et c'est…

Elle baissa ses yeux de jade avec un air espiègle, ses cils recourbés projetant une ombre rousse sur ses pommettes.

— … un cochon, finit-elle par avouer.

Elle avait parlé d'une voix si basse, et Cole était tellement persuadé que Sylvester était un chat ou un chien qu'il se demanda s'il avait bien compris.

— Un cochon ?… Vous voulez dire un porc, un goret ?

— Vous avez bien entendu, dit-elle en levant vers lui ses yeux brillants. Il paraît qu'il est énorme et qu'il la suit partout comme un épagneul — là-bas, je veux dire.

Cole se dit que Corey avait de la chance d'avoir une zélatrice aussi ardente en la personne de Diana Foster, si déterminée malgré son apparente fragilité à l'aider à conquérir la haute société.

Diana, ne semblant pas remarquer l'admiration silencieuse de Cole, demanda :

— Il n'y a rien à boire, ici ? J'ai vraiment très soif.

Il lui sourit :

— C'est difficile de mentir, hein ? Et affronter une demi-douzaine de mijaurées, ça donne soif, n'est-ce pas ?

Elle leva les yeux au ciel et lui sourit à son tour, pas décontenancée le moins du monde.

Cole la trouva courageuse comme pas deux, avec sa façon unique de dire les choses si doucement.

— Allez vous servir à boire, dit-il en désignant d'un signe de tête l'arrière de l'écurie.

Au fond à droite, Diana trouva une petite pièce qu'elle supposa être la chambre de Cole, meublée d'un lit étroit fait au carré et d'un vieux bureau sur lequel était posée une lampe ancienne, ainsi que des papiers et des livres, l'un d'entre eux encore ouvert. Face à la chambre, de l'autre côté du couloir, se trouvaient une salle de bains et une cuisine exiguë avec un évier, un petit réchaud et un minuscule réfrigérateur comme celui que son père avait dans son bar. Diana pensa que le réfrigérateur devait contenir des boissons non alcoolisées à l'usage des invités qui venaient monter à cheval ; mais à sa grande surprise, elle n'y découvrit qu'un paquet de saucisses, un carton de lait et une boîte de céréales.

Elle trouva bizarre que Cole mît les céréales au réfrigérateur, et encore plus que le réfrigérateur ne fût pas plus garni, étant donné qu'il semblait réservé à son usage personnel. Elle prit un gobelet en carton et but un verre d'eau du robinet et, en le jetant dans la poubelle, elle aperçut deux trognons de pomme dans le fond. Les pommes qu'elle avait apportées étaient flétries et n'avaient rien d'appétissant ; elle se dit que pour les manger il fallait avoir une très grande faim…

Elle y pensait encore lorsqu'elle s'arrêta pour caresser un joli quart-de-sang au passage. Puis elle se dirigea vers l'entrée de l'écurie pour voir comment Corey se débrouillait. Celle-ci était en pleine conversation avec trois filles près de l'entrée du corral.

— Vous croyez qu'il faut voler à son secours ? demanda Cole.

— Non, ça va aller. C'est une fille géniale, elles finiront bien par s'en apercevoir toutes seules. Et puis je ne suis pas sûre qu'elle apprécierait que j'influence le cours des choses.

— Pourtant, vous savez rudement bien y faire ! dit Cole en riant. (Mais la sentant gênée, il enchaîna rapidement :) Et si jamais elles décidaient de ne pas l'accepter ?

— Elle se fera des tas d'amis par elle-même. De toute façon, ces filles ne sont pas des amies intimes, surtout pas Haley. Ni Barbara, d'ailleurs. C'est Doug que j'aime vraiment.

Cole la regarda d'un air abasourdi, en pensant au frère de Barbara, un garçon dégingandé.

— Doug est votre petit ami ?

Elle lui lança un drôle de regard et alla s'asseoir sur une balle de foin, près de la porte.

— Mon ami, pas mon *petit* ami !

— Je me disais aussi que vous étiez un peu petite pour lui, railla Cole, qui appréciait décidément la compagnie de ce petit bout de femme. À quoi ressemble votre petit ami ?

— À vrai dire, je n'ai pas de petit ami pour l'instant. Et vous, vous avez une petite amie ?

Cole prit un verre en plastique rouge qu'il avait laissé sur le rebord de la fenêtre et but une gorgée d'eau. Puis il posa un pied sur la balle de foin, appuya son avant-bras sur son genou et laissa un moment errer son regard par la fenêtre qui donnait sur la maison. Diana eut soudain l'impression qu'il était très loin d'elle.

— Elle s'appelle Valerie Cooper.

Il y eut un moment de silence.

— Elle est comment ? Blonde ou brune ? Elle a les yeux bleus ?... marron ?

— Elle est grande et blonde.

— J'aurais bien aimé...

— Être blonde ?

— Non, grande !

— À moins que vous ne fassiez une poussée de croissance tardive, dans votre cas, ce serait plus facile de devenir blonde, dit Cole en riant.

— Elle a les yeux de quelle couleur ?

— Bleus.

Diana était fascinée.

— Vous êtes ensemble depuis longtemps ?

Tout à coup, Cole réalisa que non seulement il était en train de lier amitié avec une invitée de ses employeurs — ce qui était inadmissible —, mais que l'invitée en question n'avait que quatorze ans et l'entraînait sur un sujet bien trop personnel.

— Depuis le lycée, dit-il brièvement en se levant pour partir.

— Elle habite Houston ? dit hâtivement Diana, comprenant que la conversation était finie mais cherchant à ce qu'elle se prolonge.

— Elle va à l'université à Los Angeles. Nous nous voyons quand nous pouvons, en général pendant les vacances.

La fête dura encore des heures. À la fin, un énorme gâteau fut servi sur la pelouse, et Barbara ouvrit des quantités de paquets-cadeaux. Puis tout le monde rentra dans la maison tandis que les domestiques mettaient de l'ordre à l'extérieur.

Alors qu'elle s'apprêtait à suivre les autres, Diana s'aperçut qu'il restait du gâteau au chocolat. Elle pensa aux deux malheureuses saucisses dans le réfrigérateur de Cole. Sur une impulsion, elle revint sur ses pas et coupa une grosse part de gâteau, à l'endroit où le glaçage était le plus épais, elle le disposa sur une assiette et se dirigea vers l'écurie.

À la vue du gâteau, Cole eut une expression d'extase tout à fait comique.

— Diana, vous avez devant vous le plus grand amateur de sucreries au monde ! jubila-t-il en lui prenant l'assiette et la fourchette des mains.

Il n'attendit pas d'être dans sa chambre et entama le gâteau tout en marchant. Diana le regarda s'éloigner, songeant qu'il y avait dans son entourage immédiat quelqu'un qui ne mangeait pas à sa faim. Elle se dit que chaque fois qu'elle viendrait chez les Hayward, elle se débrouillerait pour lui apporter des en-cas et qu'il lui faudrait trouver un moyen pour qu'il ne pense pas qu'elle lui faisait la charité.

Elle ne connaissait pas grand-chose aux étudiants mais savait ce que c'est que l'amour-propre. Et tout, chez Cole, laissait penser qu'il n'en manquait pas.

4

— La vie est belle, dit Corey à Diana, deux mois après l'anniversaire de Barbara Hayward.

Elle avait parlé à voix basse pour ne pas réveiller leurs parents.

Les deux jeunes filles étaient sur le lit de Diana, pelotonnées sous la couette, adossées à une pile d'oreillers de plume recouverts de taies bordées de dentelle. Elles papotaient en grignotant des bretzels.

— Je suis terriblement excitée à l'idée que tu vas rencontrer mes grands-parents demain. Tu vas les adorer, tu verras, et tu finiras par les considérer comme les tiens.

C'était en tout cas ce que Corey souhaitait le plus au monde. Elle voulait faire à Diana un cadeau de valeur en échange de tout ce que celle-ci avait fait pour elle.

La rentrée scolaire avait eu lieu un mois auparavant et Diana était devenue la meilleure amie et alliée de Corey. Elle l'aidait à choisir ses vêtements, ses coiffures et, à l'école, la guidait dans le labyrinthe des conventions sociales. Finalement, les amies de Diana — dont certaines étaient vraiment snobs — avaient accepté Corey dans leur petit cercle.

Corey éprouvait une gratitude et un respect grandissants pour sa sœur. À la différence d'elle-même, Diana ne se démontait jamais, ne tremblait pas de peur d'avoir une parole déplacée, ne faisait pas de plaisanterie stupide et ne craignait jamais le ridicule. Son épaisse chevelure auburn était toujours brillante, elle avait un teint sans défaut et sa silhouette était impeccable. Quand elle sortait de la piscine avec ses cheveux trempés, sans maquillage, elle avait l'air de sortir d'une publicité pour la télévision. Et ses vêtements n'avaient jamais un seul faux pli.

À présent, les deux jeunes filles considéraient leurs beaux-parents respectifs comme leurs véritables parents. Et Corey tenait à ce que Diana ait « de vrais grands-parents ».

— Quand tu les verras, tu comprendras tout de suite pourquoi tout le monde les trouve fantastiques. Grand-mère a des mains en or, elle fait de très jolies choses, elle sait tricoter, coudre, et même faire du crochet. Elle ramasse des tas de trucs dans les bois, des branches, des feuilles, des brindilles et elle fabrique des choses étonnantes avec juste un peu de colle et de peinture. C'est elle qui fabrique les cadeaux qu'elle veut offrir, elle fait même le papier cadeau et, quand il y a une vente de charité, les gens s'arrachent ce que maman et mamie ont donné. Un homme qui possède une galerie d'art à Dallas est venu à une vente à Long Valley et a vu les travaux de mes grands-parents. Il a dit qu'ils ont tous les deux beaucoup, beaucoup de talent. Il voulait leur commander des objets pour les exposer dans sa galerie, mais mamie a dit que ça ne l'amusait pas de créer des objets pour ça. Tu sais, mamie est aussi une cuisinière hors pair : elle est à fond pour tout ce qui est naturel et fait à la maison, les légumes du potager et les fleurs… mais là, tu ne sais jamais si elle va les mettre dans un vase ou les faire en salade ! En tout cas, c'est toujours extra !

Elle s'arrêta pour boire une gorgée de Coca-Cola puis reprit :

— Papy adore jardiner et il fait des tas d'expériences pour avoir des légumes de plus en plus beaux. Mais par-dessus tout, il aime construire des objets.

— Quel genre d'objets ? demanda Diana, fascinée.

— Il est capable de fabriquer toutes les choses possibles et imaginables qui se font avec du bois : des petits rocking-chairs pour enfants, des abris de jardin qui ressemblent à des petits cottages, des meubles de poupée. En général, c'est mamie qui les peint parce que, le côté artistique, c'est plutôt son truc. Attends de voir la maison de poupée qu'ils m'avaient fabriquée ! Il y avait quinze pièces et un toit avec de vraies tuiles et des pots de fleurs aux fenêtres !

— J'ai vraiment hâte de les connaître, ils ont l'air géniaux ! répondit Diana.

Mais l'attention de Corey fut soudain distraite par une question qu'elle avait envie de poser à sa sœur depuis le jour où elle avait jeté un coup d'œil dans sa chambre, avant son retour d'Europe. Elle promena un regard amusé sur l'ordre impeccable qui régnait dans la coquette pièce et lança avec assurance :

— Personne ne t'a jamais dit que c'était maladif de ranger comme ça ?

Au lieu de lancer une pique — au demeurant méritée — sur les habitudes débraillées de Corey, Diana mordit délicatement dans son bretzel et considéra sa chambre d'un air pensif.

— C'est sans doute parce que j'ai un regard artistique sur les choses, et que j'aime la symétrie et l'ordre. Ou peut-être parce que je suis une obsessionnelle compulsive…

— Qu'est-ce que ça veut dire ? fit Corey en levant un sourcil interrogateur.

— Cinglée, répondit Diana en époussetant quelques miettes. Maboule.

— Tu n'es pas maboule ! s'écria Corey d'un ton emphatique, croquant dans son bretzel qui se brisa en deux et atterrit sur les genoux de Diana.

Diana ne brisait jamais ses bretzels, elle. Elle le ramassa et le tendit à Corey.

— Il se peut que j'aie un besoin névrotique de ranger pour avoir la maîtrise de mon environnement, parce que j'ai perdu ma mère quand j'étais toute petite et mes grands-parents quelques années après.

— Je ne vois pas ce que le fait que ta mère est morte

quand tu étais petite a à voir avec ta manie de classer tes chaussures par ordre !

— D'après cette théorie, si je mets tout en ordre et si je garde tout bien net et agréable à voir, ma vie ressemblera à ça et rien de mal ne pourra m'arriver.

Corey était abasourdie par l'absurdité d'un tel raisonnement.

— Qui t'a raconté de telles bêtises ?

— Le psychanalyste que papa m'a emmenée voir après la mort de mes grands-parents. Il était censé m'aider à « dépasser » le chagrin d'avoir perdu tant de personnes en si peu de temps.

— Ce type était complètement nul ! Il était supposé t'aider et tout ce qu'il a fait, c'est t'effrayer en te faisant croire que tu étais folle !

— Il ne m'a jamais rien dit personnellement. Il a parlé à papa, et j'ai écouté aux portes.

— Et qu'est-ce que papa lui a répondu ?

— Il lui a dit que c'était lui qui avait besoin de voir un psychanalyste. Tu sais, à River Oaks, quand les parents pensent que leurs enfants ont des problèmes — ou risquent d'en avoir un jour —, ils les emmènent voir un psy. Tout le monde avait conseillé à mon père de le faire, et il l'a fait.

Corey en revint à son idée première :

— Quand je me suis moquée de toi parce que tu es tellement ordonnée… en réalité, c'était parce qu'au fond je me demande comment on arrive à s'entendre en étant si différentes. Par moments je me fais l'effet d'un cas social et j'ai l'impression que tu m'as prise en pitié, mais je ne pourrais jamais être comme toi. Ma grand-mère dit qu'on ne peut pas changer sa nature et qu'on ne fait pas de l'or avec du plomb.

— Qu'est-ce que tu racontes ! s'exclama Diana. Cas social ! Tu veux rire ! Mais tu n'y es pas du tout ! Tu m'as appris des tas de choses et il y a des tas de choses que je t'envie.

— En tout cas, pas mes notes en classe, ni mes seins !

Diana pouffa, les yeux au ciel, puis retrouva son sérieux :

— Pour commencer, tu as un énorme avantage sur moi : tu as l'esprit aventureux.

— Et mes « exploits » me conduiront peut-être en prison avant même que j'aie dix-huit ans…

— Mais non ! ce que je veux dire, c'est que quand tu as décidé de faire quelque chose — comme de prendre des photos du haut d'un échafaudage sur le nouveau gratte-ciel —, tu te moques du danger, tu le fais.

— Tu es montée avec moi !

— Oui, mais ce n'est pas moi qui ai décidé. Et j'étais morte de peur, j'avais les jambes qui tremblaient.

— Mais tu l'as fait quand même.

Corey réfléchit un moment ; une lueur espiègle s'alluma dans son regard.

— Eh bien, si tu tiens tant que ça à me ressembler, pourquoi ne pas commencer par ta chambre ?

Elle lança ses bras en arrière avant que Diana ait pu réaliser ce qu'elle avait l'intention de faire.

— Qu'est-ce que tu veux dire ?…

— Tu n'as jamais fait une bataille d'oreillers ?

— Non… Mmf…

Le reste de la réponse fut étouffé par un gros oreiller de plumes d'oie qui lui atterrit sur le crâne.

Corey pivota prestement vers le pied du lit et plongea à plat ventre, attendant la riposte. Mais Diana restait tranquillement assise à mâchonner son bretzel, l'oreiller sur ses genoux.

— Je n'arrive pas à croire que tu aies fait ça, dit-elle en regardant Corey avec fascination.

— Pourquoi ? répliqua celle-ci, décontenancée par son calme.

— Parce que ça m'oblige à te rendre le coup !

Vive comme l'éclair, la jeune fille eut une détente si rapide que Corey n'eut pas le temps de parer le coup. Elle se précipita sur un autre oreiller, aussitôt imitée par Diana.

Cinq minutes plus tard, lorsque leurs parents alarmés par le vacarme ouvrirent la porte de la chambre, c'est à peine s'ils distinguèrent dans un nuage de plumes les deux adolescentes, par terre, sur le dos, en proie au fou rire.

— Mon Dieu, qu'est-ce qui se passe ? demanda Robert Foster, plus inquiet que fâché.

— Une bataille d'oreillers ! fit Diana hors d'haleine. Une plume était collée sur ses lèvres et elle s'apprêtait à l'ôter délicatement entre son pouce et son index.

— Crache, c'est plus simple ! fit Corey en riant.

Et elle lui en fit la démonstration en soufflant avec vigueur.

Diana en fit autant et se mit à rire en voyant l'expression ahurie de son père. Des plumes voletaient autour de sa tête ou se posaient sur ses épaules. Il était en pyjama et robe de chambre, pétrifié devant les filles, tandis que Mary se retenait difficilement de rire.

— Nous rangerons tout avant de nous coucher, promit Diana.

— Il n'en est pas question ! dit Corey d'un ton qui n'admettait pas de réplique. Il faut que tu passes au moins une nuit comme ça, si tu veux devenir une vraie sauvage comme moi.

Toujours étendue sur le plancher, Diana étouffa un rire ; elle tourna la tête vers Corey :

— Tu crois vraiment ?

— Tu as une chance d'y arriver si tu t'appliques, déclara Corey d'un ton solennel.

Robert Foster avait l'air si décontenancé que sa femme le tira par la manche et l'entraîna hors de la chambre. Elle referma la porte derrière eux. Une fois dans le couloir, il regarda Mary avec une expression de désarroi :

— Tu ne penses pas qu'il faut qu'elles nettoient ce soir, après tout le désordre qu'elles ont mis ?

— Elles auront tout le temps demain.

— Mais ces oreillers coûtent cher, ma chérie. Diana aurait dû y penser avant. C'est irresponsable de sa part de les avoir détruits.

— Bob, dit-elle doucement en glissant son bras sous le sien et en l'entraînant vers leur chambre, Diana est la jeune fille la plus responsable que j'aie jamais vue.

— Je l'ai éduquée dans ce sens. Un adulte doit être conscient des conséquences de ses actes.

— Mais chéri, ce n'est pas une adulte.

Il se tut un moment, puis un sourire malicieux se dessina sur ses lèvres :

— Tu as raison. Mais crois-tu absolument indispensable qu'elle apprenne à cracher ?

— C'est impératif ! dit Mary en éclatant de rire.

Il se pencha pour l'embrasser.

— Je t'aime, chuchota-t-il à son oreille.

Elle lui rendit son baiser.

— J'adore Diana.

— Je sais, et je t'aime encore plus pour ça.

Il se mit au lit et l'attira contre lui, les mains courant sur son négligé de soie.

— Tu sais que j'aime Corey, n'est-ce pas ? Vous avez changé notre vie, toutes les deux.

Elle tendit la main pour prendre son oreiller à la tête du lit et se dégagea pour s'asseoir à côté de lui.

— Merci. Mais permets-moi de te faire changer d'opinion.

— Sur quoi ?

— Sur les batailles d'oreillers.

Et dans un rire elle lui donna un coup avec son oreiller de plumes.

Dans la chambre de Diana, ce fut au tour des filles d'entendre le vacarme venu de la chambre de leurs parents. Elles se levèrent d'un bond et coururent dans le couloir.

— Maman, papa ? Tout va bien ? Nous avons entendu du bruit, dit Diana en frappant à la porte.

— Ça va ! dit Mary. Mais je crois que je vais avoir besoin d'aide…

Diana et Corey échangèrent un regard surpris. Diana ouvrit la porte.

Elles restèrent un instant pétrifiées à la vue de leurs parents. Puis éclatèrent de rire.

Dans un nuage de plumes, Robert tenait Mary clouée au sol par les poignets.

— Rends-toi !

En réponse à cette injonction machiste, Mary regarda ses filles et dit, hoquetant entre deux rires :

— Je crois… que dans des moments pareils… les femmes doivent se serrer les coudes…

Les filles se rallièrent à elle et, ce soir-là, le score fut de douze à deux. Douze oreillers de plume saccagés contre deux en mousse sauvés.

5

Toute joyeuse, Diana prit ses livres de classe sur le siège de la nouvelle BMW que son père lui avait offerte le mois précédent pour son seizième anniversaire. Elle grimpa quatre à quatre les marches du perron de l'imposante demeure. Depuis deux ans que ses nouveaux grands-parents étaient venus vivre à River Oaks, la maison et les jardins avaient changé. Les lieux résonnaient à présent d'éclats de rire et de conversations, d'alléchantes odeurs émanaient de la cuisine, des fleurs magnifiques ornaient les plates-bandes et composaient de charmants bouquets pour l'intérieur.

Tout le monde était heureux de la nouvelle atmosphère qui régnait dans la maison, sauf Glenna, la gouvernante qui s'était occupée de Diana après la mort de sa mère. Elle était dans le hall quand Diana entra en trombe.

— Corey est ici, Glenna ?

— Je crois qu'elle est derrière la maison, avec tous les autres. Ils parlent de la soirée de demain.

Glenna, qui était en train d'épousseter une console en noyer, se raidit. Elle lança un regard aigu à Diana :

— Ta mère faisait toujours appel à des traiteurs et à des fleuristes quand elle donnait une réception. C'étaient eux qui faisaient le travail, comme c'est l'usage chez les gens riches — mais plus ici !

— Maintenant, c'est nous qui lançons la mode, fit Diana avec un sourire furtif.

Et elle se dirigea à grands pas vers l'arrière de la maison, talonnée par Glenna qui essuyait au passage des grains de poussière imaginaires sur les meubles.

— Avant, quand il y avait une soirée, reprit celle-ci avec obstination, tout devait être agréable à l'œil et bon au goût. Maintenant ça ne suffit plus, il faut que tout soit « naturel », les légumes doivent être « du jardin » et tout doit être « fait à la maison ». Tout ça, c'est bon pour la campagne ! Tes grands-parents sont des gens de la campagne qui ne réalisent pas que...

Depuis l'arrivée des beaux-parents de Robert Foster à la maison, Glenna ronchonnait sans arrêt.

Diana et les grands-parents de Corey s'étaient plu dès leur première rencontre. Voyant que depuis plusieurs mois les deux jeunes filles partageaient leur temps entre Long Valley, où vivaient Rose et Henry Britton, et River Oaks, Robert Foster avait demandé à un architecte d'agrandir et de rénover le petit cottage réservé aux invités. Une serre pour Rose et un jardin potager pour Henry étaient en projet.

Robert était récompensé de sa générosité par des fruits et légumes en provenance de son jardin et des repas alléchants concoctés avec une invention et une variété incessantes. Il n'avait jamais aimé prendre ses repas dans la vaste cuisine, au fond de la maison. Elle avait été conçue pour recevoir une escouade de traiteurs quand il y avait des réceptions. Les murs carrelés, les gigantesques appareils ménagers en acier inoxydable et la vue peu séduisante dispensée par l'unique fenêtre en faisaient une pièce fonctionnelle mais peu chaleureuse.

Avant que Mary et sa famille n'entrent dans sa vie, il s'était contenté de la nourriture épicée que lui préparait Conchita, sa cuisinière, et qu'il avalait le plus vite possible dans la salle à manger. Jamais il n'aurait songé à déjeuner sous un arbre dans le jardin, ou au bord de la piscine qu'un architecte sans imagination avait plantée au milieu de la cour, entourée d'une dalle de béton.

À présent Robert était un autre homme. Il appréciait son environnement devenu agréable, les repas finement accommodés. La cuisine qu'il évitait autrefois était devenue sa pièce favorite. Il n'avait plus à craindre ni la froideur du carrelage ni l'éclairage glauque. Henry avait fait de cette pièce une sorte de solarium, en ménageant dans le plafond et les murs des ouvertures qui laissaient passer la lumière naturelle. Dans cet espace confortable, des canapés et des fauteuils permettaient de se détendre agréablement en attendant que les repas soient prêts. Mary et Rose l'avaient décoré de motifs de vigne et de fleurs au pochoir, qu'elles avaient reproduits sur le tissu des moelleux coussins jetés sur les canapés.

Du côté opposé, la cuisine avait été repensée : le carrelage s'ornait à présent d'une fresque peinte à la main. Un mur avait été reconstruit avec des briques de récupération qui formaient une arche au-dessus des fourneaux, où étaient suspendus des ustensiles de toutes formes et de toutes tailles.

Mary et sa famille avaient transformé tout l'environnement de Robert, apportant à la maison et aux jardins un charme incomparable. Tout avait été confectionné avec amour, les sets, comme les cadres de photos sophistiqués, les centres de table en feuillage doré, le papier décoré ou les meubles peints à la main.

Un an après son mariage avec Robert, Mary avait fait ses débuts officiels de maîtresse de maison en organisant un somptueux pique-nique hawaiien pour les amis de Robert, tous membres de la haute société de Houston et pour la plupart mondains et blasés.

Au lieu de faire appel à des traiteurs et à des fleuristes professionnels, Mary et Rose avaient elles-mêmes organisé la soirée. Les aliments, préparés selon leurs propres recettes, étaient assaisonnés avec les herbes du potager d'Henry et présentés à la lueur de torches sur des nappes garnies de motifs faits à la main, parsemées des fleurs éclatantes du jardin d'Henry.

Toujours dans l'esprit hawaiien, Mary et sa mère avaient cueilli des centaines d'orchidées provenant de leur serre ; Corey, Diana et quatre de leurs amies avaient été mises à contribution pour confectionner d'élégants colliers. Mary et Rose avaient décidé d'offrir à chaque dame une petite boîte à bijoux laquée décorée d'une orchidée peinte dans les mêmes tons que ceux des colliers. Sûres que même les milliardaires surmenés de Houston seraient sensibles à l'originalité et au charme unique des décorations fabriquées à la main, Mary et sa mère avaient passé de nombreuses heures dans la cuisine à imaginer et à créer.

Deux heures avant la soirée, Mary jeta un dernier coup d'œil aux jardins et à la maison. Elle s'effondra alors en pleurant dans les bras de son mari.

— Oh ! chéri, tu n'aurais jamais dû me laisser faire ça, gémit-elle. Ils vont penser que j'ai défiguré ta belle maison avec ces… ces niaiseries faites à la main. Tes amis voyagent dans le monde entier, fréquentent les cinq-étoiles, les réceptions huppées, sont amateurs d'antiquités et je leur fais un pique-nique dans l'arrière-cour !

Et elle pressa contre la poitrine de Robert son visage ruisselant de larmes.

— Je suis sûre qu'ils vont penser que tu as épousé une vraie paysanne !

Robert sourit par-dessus son épaule tout en lui caressant le dos. Il avait lui-même fait le tour du propriétaire un peu plus tôt, essayant de se mettre à la place d'un visiteur. Il était fier, et impatient d'accueillir ses invités. Il avait vraiment la sensation que Mary et ses parents avaient donné un sens inédit à l'expression « fait à la maison ». Ils l'avaient redéfinie et élevée au rang d'un acte créatif qui redonne beauté et originalité au moindre objet utilitaire. Convaincu que ses hôtes avaient suffisamment de discernement pour reconnaître l'originalité et la beauté du travail de Mary, Robert ne doutait pas qu'ils soient étonnés autant par elle que par ce qu'elle avait fait.

— Ils vont être éblouis, tu verras, ma chérie, murmura-t-il.

Et la suite lui donna raison. Les invités ne tarirent pas d'éloges sur les mets délicieux, la décoration, les fleurs, le jardin et plus encore sur la spontanéité et la grâce de leur hôtesse. Ceux-là mêmes qui s'étaient gentiment moqués de Robert quelques mois auparavant, quand il avait fait labourer une partie de son jardin pour en faire un potager, demandèrent à le visiter après avoir goûté les légumes. Au clair de lune, Henry leur fit fièrement découvrir ses carrés et ses rangées de légumes biologiques. Son enthousiasme était si communicatif qu'à la fin de la soirée plusieurs invités exprimèrent le désir d'avoir eux aussi un jardin potager.

Marge Crumbaker, qui couvrait les potins mondains pour le *Houston Post*, rapporta fidèlement les réactions des invités dans l'article qu'elle écrivit ensuite :

... Lors de cette charmante soirée, Mme Robert Foster II (ex-Mary Britton, de Long Valley) fit montre d'une gentillesse et d'un sens de l'accueil dénué de toute afféterie qui vont faire d'elle une des hôtesses les plus en vue de Houston. Étaient également présents à ces festivités les parents de Mme Foster, M. et Mme Henry Britton, qui eurent l'amabilité de faire visiter aux invités subjugués, et jardiniers amateurs — c'est le temps qui leur manque, malheureusement —, le nouveau potager, les serres et l'atelier que Bob Foster a fait construire sur le terrain de sa demeure de River Oaks...

Et maintenant, un an après tout cela, Diana y repensait en écoutant Glenna égrener sa litanie de plaintes à propos des préparatifs de la prochaine soirée. Pour éviter de se mettre en colère, elle se dit que Glenna ne détestait pas sa belle-mère ni ses grands-parents, mais qu'elle ne supportait pas d'avoir été remplacée à la tête des « affaires domestiques ». Pour Diana la vie était tout simplement merveilleuse : la maison était animée d'activités, retentissait de rires... et tout le monde s'aimait.

— Je serais la dernière à critiquer l'ascension sociale

de quelqu'un, admit Glenna. Mais si Mme Foster avait été élevée dans une bonne famille de la haute société au lieu d'une petite ville de province, elle saurait — d'instinct comment se comporter quand on est riche. L'année dernière, quand ton père m'a dit que ses beaux-parents allaient venir habiter ici, je n'aurais pas pu imaginer pire : ton grand-père retourne la terre pour faire un potager juste derrière la maison, et il transforme le garage en cabane à outils et en serre ! Ta grand-mère bêche un carré pour faire pousser des herbes aromatiques et fait de la poterie ! Ça tient du miracle que cette commère du journal, Marge je-ne-sais-quoi, ne nous ait pas traités de péquenots dans son article.

— Glenna, tu es d'une parfaite mauvaise foi, et tu le sais, dit Diana en posant ses livres de classe. Tous les gens qui rencontrent maman ou grand-père et grand-mère les trouvent formidables et originaux. Nous sommes en train de nous faire une réputation dans Houston grâce à ce que maman appelle le « retour aux sources », et c'est bien pour ça que le magazine *Southern Living* vient photographier notre soirée demain.

— Estimons-nous heureux s'ils ne nous tournent pas en ridicule !

— Ils ne pensent pas que nous sommes ridicules. *Southern Living* a vu des photos de notre dernière réception dans le *Houston Chronicle* et ils veulent faire un reportage sur la façon dont nous fabriquons les choses.

Diana sourit à Glenna, se souvenant que son père lui avait demandé d'être gentille et patiente avec elle. Ils étaient pour la gouvernante à peu près sa seule famille.

— Nous savons bien, papa et moi, que c'est difficile pour toi d'avoir quatre personnes de plus à la maison, surtout des gens débordant d'activité comme mes grands-parents. Nous avons peur que tu sois fatiguée et c'est pour ça que papa t'a demandé de prendre quelqu'un pour te seconder.

À l'idée que ses mérites étaient reconnus, toute trace de contrariété disparut du visage de Glenna.

— Je n'ai pas besoin d'aide. Je me suis bien débrouillée jusqu'ici pour m'occuper de cette famille !

Diana lui tapota affectueusement le bras et se dirigea vers la porte.

— Tu as été comme une mère pour moi pendant toutes ces années, Glenna. Je ne sais pas ce que papa et moi aurions fait sans toi. Et nous avons plus que jamais besoin de toi.

Si la dernière partie de cette affirmation n'était pas tout à fait sincère, ce petit mensonge était parfaitement excusable aux yeux de Diana, car il ramena un vrai sourire sur le visage sévère de Glenna.

Diana resta un moment sur le balcon, guettant un signe de Corey parmi le va-et-vient incessant des extras engagés pour la réception.

À l'origine, le jardin d'un hectare et demi qui s'étendait derrière la maison était sans caractère, quoique spacieux : une grande piscine occupait le centre du terrain, avec une maison d'invités au fond, des courts de tennis à gauche. Il y avait aussi, relié au corps de bâtiment principal par une porte cochère, un immense garage pouvant contenir jusqu'à six voitures. Aussi loin qu'elle se le rappelait, ce jardin avait toujours été le terrain de jeux de Diana et il lui avait toujours paru un peu désert et austère, tout comme la grande maison aux multiples recoins. Mais tout cela appartenait désormais au passé.

Diana adorait les changements survenus dans son environnement. Pour l'heure cependant, elle était un peu inquiète de l'état des choses, à « J moins un » de l'arrivée de l'équipe de *Southern Living*. Rien n'était prêt. Les tables et les chaises étaient éparpillées, les parasols gisaient à terre. Son grand-père était sur une échelle en train de mettre la dernière main à un belvédère et sa grand-mère discutait avec deux jardiniers de la meilleure façon d'arranger les branches de magnolia au centre des tables. Sa mère lisait une liste à deux serveuses.

Diana était toujours à la recherche de Corey, lorsqu'elle vit son père sortir du garage, sa serviette à la main et son manteau sur le bras.

— Bonsoir, papa, dit-elle en se hissant sur la pointe des pieds pour l'embrasser. Tu rentres de bonne heure, ce soir.

Il la prit par les épaules, jeta un coup d'œil sur le désordre qui régnait tout autour.

— Je voulais voir comment se comportaient les troupes… Ça va, l'école ?

— Très bien. Je viens d'être élue présidente de ma classe aujourd'hui même.

Robert resserra affectueusement son étreinte autour des épaules de sa fille.

— Bravo ! dit-il en lui souriant. Souviens-toi de toutes les bonnes idées que tu avais pour améliorer les choses.

Levant les yeux, il vit sa femme et sa belle-mère qui se dirigeaient vers eux d'un pas décidé.

— Eh bien, mademoiselle la présidente, reprit-il, quelque chose me dit que je vais être mis à contribution… Comment se fait-il que Corey et toi n'ayez pas déjà été embauchées ?

— Nous avons pour consigne de « ne pas rester dans leurs jambes ». Je suis venue chercher Corey parce que Barb nous a invitées à monter à cheval cet après-midi.

— Je crois que Corey est dans sa salle de bains en train de développer une pellicule, dit sa mère.

— Ah ! bon. Je pense qu'elle aura envie de venir chez les Hayward, dit Diana en se dirigeant vers la maison.

Elle était certaine en fait que Corey serait ravie d'accepter l'invitation, non pas pour monter à cheval mais pour voir Spence Addison qui était censé se trouver chez les Hayward cet après-midi-là.

La chambre de Corey faisait face à celle de Diana. Les deux pièces étaient de dimension et de disposition identiques, avec des salles de bains individuelles, des dressings séparés et de vastes placards. Mais là s'arrêtait la ressemblance, car leur aspect était aussi radicalement différent que les caractères de leurs occupantes.

À seize ans, Diana était petite, équilibrée et très féminine. Elle lisait beaucoup, avait un penchant pour la simplicité, un réel talent d'organisation et une tendance à se montrer réservée avec les étrangers.

Sa chambre était meublée d'antiquités venues de France, entre autres une ravissante armoire peinte et un lit surmonté d'un baldaquin de chintz jaune. Sur le bureau où elle faisait ses devoirs, pas un stylo ni un papier qui ne fût à sa place.

Diana entra dans sa chambre, posa ses livres sur son bureau et se dirigea vers son placard. Elle ôta son sweater de coton rouge, le plia soigneusement et le rangea sur une étagère à côté de douzaines d'autres, tous pliés à l'identique et classés par couleur plutôt que par style ou longueur de manches. Puis elle enleva son pantalon bleu marine et le suspendit dans la partie réservée aux shorts et pantalons bleus. Elle choisit un polo bleu marine bordé d'un liséré blanc, puis, dans la section blanche, un short blanc et des sandales blanches qui figuraient dans la rangée impeccable au bas du placard.

Elle s'arrêta ensuite devant sa coiffeuse pour se brosser les cheveux. Elle prit machinalement un tube de rouge à lèvres rose pâle et recula d'un pas pour étudier son reflet. L'image que lui renvoya le miroir lui parut tout à fait anodine, elle n'avait pas notablement changé avec l'adolescence. Ses yeux étaient toujours aussi verts, frangés de leurs cils noirs, et le peu d'ombre à paupières qu'elle mettait lui semblait encore trop voyant. Elle avait les pommettes hautes et le rouge à joues lui donnait l'impression d'être maquillée comme pour le carnaval. Quant au fond de teint, il ne faisait guère de différence sur sa peau, alors elle n'en mettait pas. Elle avait une petite fossette au menton qui refusait de disparaître. Son atout le plus sûr était une chevelure épaisse et brillante, qu'elle soignait tout particulièrement. Elle préférait les styles de coiffure simples qui ne lui demandaient pas trop d'entretien, elle trouvait que cela lui seyait mieux. Étant donné la chaleur et l'humidité extérieures, elle tira ce jour-là ses cheveux en queue de cheval, et d'un mouvement vif partit rejoindre Corey dans sa chambre.

La porte était ouverte mais la pièce était vide. La porte de la salle de bains était fermée. Diana se fraya délicatement un passage parmi la jungle de vêtements, de chaussures, d'écharpes, de matériel et d'albums de photos et autres objets qui jonchaient le sol.

— Corey ? Tu es là ?

Sa voix lui parvint de l'intérieur de la salle de bains.

— J'arrive dans une seconde. Je fais juste sécher une pellicule. J'ai un cliché de nuit formidable de Spence que j'ai pris sur le court de tennis la semaine dernière ! Je crois que je commence à avoir l'œil pour la photo de nuit.

— Dépêche-toi, j'ai une grande nouvelle pour toi, dit Diana en souriant.

L'intérêt que Corey avait manifesté pour la photo deux ans auparavant, lorsque M. Foster lui avait offert son premier appareil, s'était mué en véritable passion. Et l'intérêt qu'elle avait manifesté pour Spence Addison un an auparavant lors d'une soirée s'était mué en véritable obsession. Des photos de lui à la maison, lors de soirées ou de rencontres sportives, et même dans un drive-in au volant de sa voiture, étaient épinglées partout sur les murs, scotchées sur le miroir ou le tableau où Corey inscrivait son emploi du temps.

Bien que Spence fût la vedette de l'équipe de football de la Southern Methodist University, où il sortait avec des filles ravissantes qui se pâmaient devant son physique et ses prouesses sportives, Corey ne désespérait pas de faire sa conquête un jour, pensant qu'à force de persévérance et de prière elle avait sa chance de l'avoir à elle toute seule…

— Je ne m'étais pas trompée, dit-elle en émergeant de la salle de bains, un ruban de négatifs encore mouillé à la main. Regarde un peu ce service.

— Si nous allions plutôt chez les Hayward le voir en chair et en os ? dit Diana en souriant.

Le visage de Corey s'illumina.

— Il est rentré ? Tu es sûre ?

Sans attendre la réponse de sa sœur, Corey se rua dans la salle de bains pour suspendre le négatif puis vint se planter devant le miroir de sa coiffeuse.

— Qu'est-ce que je vais mettre ? J'ai le temps de me laver les cheveux ? Tu es sûre qu'il est là ? demanda-t-elle, comme si une erreur de la part de Diana pouvait remettre sa vie en question.

— Absolument. Doug Hayward a dit que Spence passerait chez eux après le dîner pour essayer son nouveau cheval de polo. J'ai couru voir Barb et lui ai dit que nous passerions à l'improviste ce soir. J'ai fait le plein d'essence, comme ça, dès que le dîner sera fini, nous pourrons filer.

Corey savait que Diana n'aimait pas monter à cheval et que ça n'était pas très drôle pour elle d'être là-bas en spectatrice. Cependant elle-même adorait monter et Diana aimait bien flâner aux écuries quand elles allaient chez les Hayward. Et elle venait de les faire inviter uniquement parce que Spence y était.

— Tu es terrible, comme sœur, dit Corey en la serrant impulsivement dans ses bras.

— Dépêche-toi de te préparer, dit Diana en se dégageant. Il faudrait que nous arrivions là-bas avant Spence, ça paraîtra plus naturel. Il vaut mieux que tu ne donnes pas l'impression de lui courir après.

— Tu as raison, dit Corey, impressionnée une fois de plus par la clairvoyance de sa sœur.

Quels que fussent les projets de Corey, Diana l'aidait à les réaliser mais envisageait toujours les conséquences, pour lui éviter d'éventuels déboires. Diana excellait dans l'anticipation des risques ; mais Corey était si impulsive, si persuasive qu'il lui arrivait de se mettre dans des situations gênantes, entraînant immanquablement Diana à sa suite.

Quelques-unes de leurs mésaventures arrivaient fatalement aux oreilles de leurs parents. Dans ces cas-là, la mère de Corey n'en faisait pas une affaire et disait qu'il n'y avait rien de mal à tout cela.

Le père de Diana, en revanche, s'était montré moins philosophe quand ses filles s'étaient fait enfermer une nuit entière dans Yellowstone National Park, parce que Corey voulait photographier un élan au lever du soleil. Il n'avait guère apprécié non plus d'apprendre par le journal local qu'on avait récupéré ses deux filles dans un monte-charge au treizième étage d'un immeuble en construction, dont une énorme pancarte interdisait formellement l'entrée au public.

— Pendant que tu t'habilles, je vais voir ce que je peux trouver pour Cole, dit Diana en se dirigeant vers l'escalier du fond qui menait directement à la cuisine.

— Pour qui ? demanda Corey, tout à l'heureuse excitation de voir Spence.

— Cole Harrison, tu sais, le jeune homme qui travaille aux écuries chez les Hayward. Doug m'a dit qu'il est rentré de vacances, dit-elle en souriant. (Sa voix trahissait aussi une certaine impatience.) À moins d'un changement notable, il n'aura pas mangé à sa faim, comme d'habitude.

Corey la regarda partir, stupéfaite de la fièvre mal dissimulée qu'elle venait de remarquer chez sa sœur. Pas une seule fois celle-ci ne lui avait laissé soupçonner un penchant secret pour le garçon d'écurie des Hayward. Il est vrai que Diana ne livrait pas spontanément, comme elle, tout ce qu'elle avait sur le cœur ou dans la tête.

Tout en faisant abondamment mousser son shampooing, Corey pensa à Diana et Cole. Elle avait du mal à les imaginer ensemble. L'idée lui parut même grotesque.

Diana était jolie et elle plaisait beaucoup. Elle n'avait que l'embarras du choix parmi les jeunes gens fortunés de son entourage qui, comme Spence, ne commettaient jamais d'impair en société, et, à seize ou dix-huit ans, avaient déjà beaucoup voyagé. Depuis leurs seize ans, ils fréquentaient les golfs, jouaient au tennis et assistaient à des dîners officiels vêtus de smokings taillés sur mesure.

Elle s'enveloppa dans une serviette et brossa ses longs cheveux blonds, se demandant toujours comment

Diana pouvait préférer Cole à quelqu'un ayant l'éducation et le charisme d'un Spence Addison. Spence avait une allure folle, en veste de sport bleu marine, pantalon kaki et tennis blancs aussi bien qu'en smoking blanc. Quoi qu'il portât, Spence avait « une classe naturelle », comme disait la grand-mère de Corey en parlant des jeunes gens de la bonne société de Houston. Ses cheveux châtains striés de mèches décolorées par le soleil, ses yeux rieurs couleur d'ambre et le raffinement de toute sa personne faisaient de Spence un beau jeune homme, bien élevé et chaleureux.

Cole était tout l'inverse : cheveux bruns, peau tannée par le soleil et traits durs, il avait des yeux de la couleur changeante d'un ciel d'orage. Corey ne se le rappelait pas autrement que vêtu d'un jean délavé et d'un tee-shirt, et elle ne le voyait pas jouer au tennis avec Diana au club ou danser avec elle en smoking.

Bien sûr, elle se disait que les contrastes s'attirent, mais dans le cas présent les différences lui paraissaient vraiment trop énormes : comment la douce et jolie Diana pouvait-elle être attirée par un homme aussi fruste, au machisme évident ?

À sa connaissance, Diana n'avait jamais eu de coup de foudre pour quiconque — pas même pour Matt Dillon ou Richard Gere. Elle trouvait incongru de s'amouracher d'un garçon comme Cole, qui semblait se moquer éperdument de son apparence comme de l'endroit où il habitait. Non qu'elle fût choquée de la vie que Cole menait, mais simplement elle lui semblait trop éloignée de l'univers de Diana.

Corey s'immobilisa soudain, son pantalon de cheval à la main, réalisant que Barb Hayward et les autres filles ne partageaient pas son opinion sur Cole. Qu'il était l'objet de la curiosité et des fantasmes de beaucoup. Barb Hayward pensait qu'à côté de lui les autres garçons n'étaient que des ablettes. Et Haley Vincennes le trouvait « sexy ».

Corey était tellement stupéfaite qu'elle en oublia pendant un moment qu'elle allait voir Spence le soir même. Mais à cette idée, elle ressentit aussitôt le délicieux pincement au cœur qu'elle avait éprouvé le jour où elle avait posé les yeux sur lui pour la première fois, et chaque fois qu'elle l'avait revu depuis.

6

Tout excitée à la perspective de la soirée, Corey n'avala que quelques bouchées de son dîner. Lorsque sa grand-mère en fit la remarque, tout le monde autour de la grande table en chêne s'arrêta de manger et les regards convergèrent vers elle.

— Tu as à peine touché à ton assiette, Corey. Quelque chose ne va pas, ma chérie ?

— Non, non, tout va bien. Je n'ai pas très faim, c'est tout.

— Tu as l'air pressée, dit sa mère.

— Qu'est-ce qui te fait dire ça ? fit Corey en prenant un air innocent.

— Tu regardes sans cesse ta montre, observa son grand-père.

— Oh ! c'est parce que Diana et moi allons chez les Hayward ce soir. Doug nous a invitées à voir son nouveau cheval de polo. M. Hayward a fait installer des projecteurs dans le manège pour que l'on puisse monter le soir quand il fait moins chaud, dit Corey, gênée par l'attention excessive dont elle était l'objet.

— Un nouveau cheval ! s'exclama son père avec un sourire entendu en regardant sa coiffure et son maquillage. J'espère que tu comptes lui faire bonne impression !

Pour couper court à tout commentaire, Corey se servit une bonne part de poulet.

Elle se mit à manger tout en regardant son père d'un air étonné.

— Pourquoi dis-tu ça ?

— Parce que tu as l'air de sortir de chez le coiffeur, que tu as du rouge à lèvres — et sur les joues si je ne me trompe — et même du mascara sur les cils, on dirait !

— Je ne vois pas ce qu'il y a de mal à se faire belle pour un dîner en famille de temps en temps.

— Bien sûr que non.

Robert Foster se tourna innocemment vers sa femme.

— J'ai déjeuné au club aujourd'hui et j'ai rencontré la grand-mère de Spence qui jouait au bridge avec des amies.

— Comment va Mme Bradley ? demanda vivement Diana.

Spence avait vécu avec sa grand-mère depuis sa petite enfance et Diana, sentant venir le vent, voulait éviter à sa sœur d'être l'objet d'inévitables plaisanteries.

— Ça fait des mois que je ne l'ai pas vue…

— Elle va très bien. Et elle était particulièrement de bonne humeur aujourd'hui…

— C'est une femme qui a une énergie remarquable pour son âge, tu ne trouves pas, maman ? coupa Diana.

Mais son père n'avait pas l'intention de désarmer.

— … parce que Spence lui a fait la surprise de venir ce week-end pour son anniversaire.

— C'est vraiment un jeune homme charmant, dit la grand-mère. Tellement attentionné.

— Et passionné de polo, dit Robert en adressant à Corey un sourire entendu. Il est très lié avec les Hayward, n'est-ce pas ?

Quatre visages ironiques se tournèrent vers Corey. Seule Diana s'abstint.

— Le problème dans cette famille, c'est que tout le monde s'occupe un peu trop des affaires des autres, dit Corey.

— Tu as raison, chérie, dit sa grand-mère en lui donnant une petite tape amicale sur l'épaule et en se levant pour aider Glenna à débarrasser la table. Et ça n'est pas bon de s'énerver en mangeant. Tu devrais aller dans ta chambre te remettre du rouge à lèvres. Tu étais très jolie quand tu es descendue tout à l'heure.

Soulagée, Corey se leva prestement de sa chaise, posa son assiette dans l'évier puis se dirigea vers l'escalier.

— On part dans un quart d'heure ? glissa-t-elle à Diana par-dessus son épaule.

Celle-ci acquiesça d'un signe de tête. Mais elle pensait déjà à Cole.

— Grand-mère, dit-elle, puis-je emporter les restes de poulet chez les Hayward ?

Sa grand-mère accepta immédiatement, au grand étonnement des autres membres de la famille.

— Diana, dit son père, qu'est-ce que les Hayward ont à faire de nos restes de poulet ?

— C'est pour Cole, répondit-elle en ouvrant le réfrigérateur pour y prendre des pommes et des oranges.

— Ce « Colle » est sans doute quelqu'un de très attachant ! plaisanta son père.

Diana éclata de rire tout en inspectant le contenu du placard à provisions.

— Il s'appelle Cole, comme ton ami Cole Martins. Mais celui-ci n'est pas un riche fermier, il travaille à l'écurie chez les Hayward et il vit là. Il n'est pas bien gros et je crois qu'il ne veut pas gaspiller le peu d'argent qu'il gagne en nourriture.

— Pauvre vieux, dit le grand-père, se méprenant sur le sort du « Cole » en question.

— Il n'est pas vieux, dit Diana d'un air absent, tout en observant les étagères surchargées de conserves de fruits et de légumes du jardin. Il n'aime pas trop parler de lui mais je sais qu'il est à l'université et qu'il fait ce travail pour payer ses études.

Diana jeta un coup d'œil en direction de sa grand-mère qui était en train de mettre deux blancs de poulet rôti et des légumes dans une grande boîte en plastique.

— Grand-mère, je peux prendre des pêches au naturel et quelques pots de confiture ?

— Bien sûr, ma chérie.

Mme Britton s'essuya les mains à un torchon et prit deux grands sacs en papier où elle plaça trois bocaux de chaque sorte.

— La dernière fois que j'ai porté de tes confitures de fraises à Cole, il a dit que c'était la meilleure friandise qu'il ait jamais mangée — et il adore les sucreries.

Émue par ces éloges de la part d'un inconnu au ventre vide, Mme Britton ajouta trois pots de confiture de fraises dans le paquet puis se dirigea vers un grand plat en porcelaine de Chine bleue posé sur le comptoir de la cuisine.

— S'il aime les douceurs, fais-lui goûter mes muffins aux myrtilles. Ils sont sans sucre et presque sans matière grasse, c'est très bon pour la santé. Et prends donc aussi quelques-uns de ces brownies aux noix que j'ai faits hier.

Lorsqu'elle prit un autre sac en papier et se dirigea vers le placard, Diana l'arrêta avec un sourire :

— Je ne veux pas qu'il pense qu'on lui fait la charité, grand-mère. Je lui ai fait croire que tu es une sorte de maniaque des conserves et que nous avons toujours des tonnes de restes après les repas.

Le grand-père, qui s'était levé pour se resservir du café, retint un petit rire et lui passa affectueusement un bras autour des épaules.

— Il doit s'imaginer que nous sommes un peu fêlés ou gaspilleurs…

— Je suis sûre qu'il pense que nous sommes les deux à la fois, admit Diana, fort heureusement inconsciente de l'attention avec laquelle ses parents la dévisageaient. Mais je préfère qu'il pense ça plutôt que croire qu'on lui fait la charité, poursuivit-elle.

— C'est la première fois que j'entends parler de ce jeune homme, dit platement Robert Foster. À quoi ressemble-t-il ?

— Euh… il est différent… Il ne ressemble pas aux jeunes gens que nous connaissons.

— Différent dans quel sens ? C'est un révolté ? Un hors-la-loi ?

Diana, le gros paquet de papier brun dans les bras, était déjà presque sortie de la cuisine. Elle s'arrêta pour réfléchir, faisant passer son fardeau d'un bras à l'autre.

— C'est sans doute un hors-la-loi — dans le bon sens du terme. (Son regard alla de l'un à l'autre de ses parents.) Il est… spécial. Je ne saurais pas vous expliquer exactement en quoi. Il est plus mûr que les autres garçons que j'ai fréquentés jusqu'ici, il a plus vécu. Il est différent, c'est tout.

Elle leur fit un petit signe de la main avant de s'éclipser, trop pressée de partir pour chercher à mesurer l'étonnement qu'elle suscitait chez ses parents.

— Bonsoir tout le monde !

Après un moment de silence, Robert regarda alternativement sa femme et ses beaux-parents :

— Les jeunes gens qu'elle fréquentait jusqu'ici me plaisaient bien.

— Apparemment celui-ci est d'une autre sorte, répondit sa belle-mère.

— C'est bien pour ça que je crois qu'il ne va pas me plaire.

— Robert, intervint sa femme, c'est la première fois que Diana manifeste de l'intérêt pour un jeune homme et tu es un peu jaloux, voilà tout. Tu as eu la même réaction l'an dernier quand Corey s'est mise à parler sans arrêt de Spence.

— J'ai fini par m'y habituer, dit-il d'un air un peu contrarié. J'aurais parié que son engouement pour Spence ne durerait pas plus d'un mois mais les choses ont empiré, ça fait plus d'un an à présent !

— Corey est persuadée qu'elle est amoureuse de Spence, dit Mary Foster d'un ton las.

— Elle l'était déjà le soir où elle l'a rencontré. Maintenant, elle veut l'épouser. Tu as jeté un coup d'œil dans sa chambre ? Elle a tapissé les murs de photos de Spence, on dirait un sanctuaire ! C'est complètement ridicule.

M. Britton partageait un peu le dépit de son gendre de se voir supplanté dans la vie des filles par de jeunes hommes.

— C'est une passade, ça ne durera pas. On ne tombe pas amoureux à quatorze ans, on croit seulement qu'on l'est.

Mme Britton prit un crayon et s'absorba dans le tracé d'un élégant pochoir qu'elle destinait à une frise pour la salle de bains des invités.

— Henry, j'avais quatorze ans quand je suis tombée amoureuse de toi !

Robert Foster, perdu dans ses réflexions, fixait machinalement la porte par où venait de disparaître Diana.

— Est-ce que je me fais des idées, ou bien Diana a-t-elle vraiment rougi en parlant de ce garçon d'écurie ?

— Cet étudiant, corrigea Mary d'un ton calme.

Elle posa la main sur le bras de son mari, lui donnant une pression réconfortante. Il se détendit et lui sourit d'un air penaud.

— J'ai de grandes ambitions pour nos filles, tu le sais, chérie. Je ne veux pas qu'elles s'engagent si jeunes. Elles ne réalisent pas ce qu'elles perdront si elles se marient trop tôt.

— Ne faites pas trop de projets pour Corey, dit sèchement la grand-mère. Elle sait déjà ce qu'elle veut, elle est bien déterminée à épouser Spence et à devenir une photographe célèbre.

— Pas dans cet ordre, j'espère, dit Robert.

— Quant à Diana, poursuivit Mme Britton, ignorant la remarque de son gendre, je la verrais bien décoratrice, architecte ou écrivain. Elle a des dons dans chacun de ces domaines, mais n'a pas l'air de s'y intéresser. Cela me peine de voir gaspiller des dons comme les siens.

— Elle ne gaspillera pas le don qu'elle a pour les affaires. Elle a peut-être pris le talent artistique de sa mère mais elle a hérité de mon cerveau, dit fièrement Robert. Et elle saura le mettre à profit en temps utile. Elle a toujours été intéressée par les affaires.

— C'est une bonne chose, approuva Mary avec un sourire.

— Une très bonne chose, renchérit son père.

Après avoir échangé un regard, les deux femmes se levèrent.

— Il reste encore une demi-heure de jour, maman. J'aurais besoin de tes conseils pour la décoration des tables, dehors.

Mme Britton eut une hésitation, puis regarda les deux hommes :

— Vous ne voulez pas de fraises avec du yaourt comme dessert ?

— Je n'en peux plus, dit Robert Foster.

— Moi non plus, ajouta Henry en tapotant son estomac. Tu as raison, Rosie, ces aliments naturels et pauvres en matières grasses sont très nourrissants, une fois qu'on y est habitué. Ton poulet rôti était un délice. Vous pouvez vaquer à vos occupations, ne vous faites pas de souci pour nous.

Les deux hommes observèrent un silence de connivence, attendant que la porte extérieure se refermât. Dès que leurs femmes furent dans le jardin, ils se levèrent d'un même élan. Robert se dirigea tout droit vers le réfrigérateur, où il prit la glace à la vanille, et Henry vers le placard où Glenna avait caché pour lui une tarte aux pommes achetée chez le boulanger.

Henry plongea le couteau dans la tarte moelleuse en regardant son complice :

— Grosse ou moyenne ?

— Grosse.

Henry coupa deux parts généreuses, qu'il déposa avec précaution sur deux assiettes, tandis que Robert entamait la glace.

— Une ou deux boules, Henry ?

— Deux.

Glenna s'affairait dans la cuisine, rangeant et nettoyant.

— Vous êtes une sainte, Glenna.

— Je suis une traîtresse, vous voulez dire !

— Vous avez un emploi à vie ici ! dit Robert avec un sourire.

— Vos femmes me mettraient à la porte si elles savaient ce que vous m'obligez à faire.

— Nous vous reprendrions sur-le-champ, dit Henry en fermant les yeux de délectation.

Il jeta un coup d'œil à son gendre qui savourait avec un égal contentement les graisses et les sucres interdits.

— J'ai bien cru que Mary et Rose ne nous laisseraient jamais seuls tous les deux, ce soir. J'ai eu peur que nous soyons obligés d'attendre qu'elles soient au lit pour faire une descente à la cuisine.

Dehors, sur la pelouse, Mary tournait le dos à la fenêtre de la cuisine, discutant de l'agencement des tables dans le jardin pour la soirée du lendemain.

— Je vais demander à Henry et à Robert de nous aider, dit Rose.

— Pas tout de suite, répliqua sèchement Mary. Ils n'ont pas fini leur dessert.

Rose posa ses mains sur ses hanches d'un air indigné.

— Qu'est-ce qu'ils mangent ce soir ?

— De la tarte aux pommes.

— Nous devrions mettre Glenna à la porte. Conchita lui interdisait de mettre les pieds dans la cuisine.

Mary poussa un soupir de résignation.

— Glenna ne fait qu'obéir aux ordres. À part les desserts, ils suivent quand même notre régime. Et je sais que Robert s'y tient pour le déjeuner.

Elle se mit à déplacer péniblement la lourde table, aidée de Rose.

— Hier, son médecin lui a confirmé que son taux de cholestérol avait baissé, reprit-elle.

— Et sa tension ?

— Je n'ai pas demandé…

7

Le manège était situé sur un terrain légèrement en pente, à une trentaine de mètres des écuries. Il était entouré d'une barrière blanche et basse, et éclairé par de gigantesques projecteurs fixés sur de hautes perches, qui donnaient l'illusion de la lumière du jour tout en plongeant les alentours dans l'obscurité.

De son poste d'observation privilégié devant les écuries, Diana regarda Spence descendre de cheval et faire tourner le bel alezan autour du manège pour le calmer. Corey marchait à ses côtés. Il lui dit quelque chose qui la fit rire et Diana sourit en voyant que la soirée s'annonçait si bien pour sa sœur.

Au lieu d'avoir à partager Spence avec Doug et Barb Hayward, leur père et les innombrables et incontournables petites amies de Spence, Corey l'avait pour elle toute seule ce soir-là. Les Hayward s'étaient souvenus au dernier moment qu'ils étaient invités à un anniversaire, et Spence était resté seul.

La soirée de Diana ne s'était pas trop mal passée non plus. Elle avait eu Cole pour elle toute seule. Le voir le plus souvent possible sans que cela ait l'air prémédité était chose difficile, presque autant que lui cacher — ainsi qu'aux autres — les sentiments qu'il lui inspirait.

Pratiquement toutes les amies de Barb étaient folles de lui. Il était grand, hâlé, les épaules larges et les hanches étroites. Il était toujours décontracté dans ses jeans délavés et ses chemisettes. Il émanait de toute sa personne une virilité et une force de séduction irrésistibles. Le fait qu'il soit pauvre, n'ait aucun statut social et fasse un travail subalterne en faisait quelqu'un de marginal et il n'en avait que plus d'attrait pour elles.

Il ne parlait jamais de lui, ce qui le rendait infiniment mystérieux et séduisant. Hors d'atteinte, il n'en était que plus désirable.

Il était indifférent à leur beauté, à leur argent et à leurs stratagèmes. Ce qui faisait de lui un objet de défi.

Ne sachant rien de lui, malgré toutes les ruses employées pour le faire parler, elles passaient des heures entières à imaginer sa famille et ses amis, lui prêtant un passé tumultueux et tragique qu'il s'efforçait d'oublier.

Elles faisaient tout pour attirer son attention, essayant de flirter, mettant des pantalons excessivement moulants et des hauts suggestifs ; ou lui demandant d'examiner des entorses imaginaires et des poignets blessés, faisant semblant de perdre l'équilibre en descendant de cheval pour qu'il les retienne.

Diana avait bien observé les réactions de Cole à chacune de ces tentatives. Plus l'attaque était flagrante, plus sa réaction était dure. Avec les moins audacieuses, il adoptait une attitude paternaliste et leur parlait avec une condescendance amusée qui les mettait horriblement mal à l'aise. Les plus délurées avaient droit à un traitement encore plus insupportable : l'indifférence et la froideur pendant des semaines. Malheureusement, ces deux tactiques présentaient le désavantage d'obliger les filles à trouver le moyen de reconquérir ses bonnes grâces, ce qui le faisait paraître encore plus désirable.

Durant ces deux dernières années, parmi toutes celles qui étaient venues monter chez les Hayward, pas une seule n'avait pu prétendre, à un moment ou à un autre, qu'il avait fait ou dit quelque chose qui prouvât qu'il s'intéressait à elle uniquement. Au mois d'avril précédent, neuf d'entre elles avaient parié dix dollars, chacune affirmant qu'elle l'embrasserait la première. Diana s'était abstenue, prétendant qu'il ne lui plaisait pas, mais elle s'était proposée pour être trésorière — priant secrètement pour n'avoir jamais à donner le butin à aucune.

Et ce printemps, un soir où les filles étaient restées dormir chez les Hayward après une soirée, Barb avait déclaré avoir gagné le pari le soir précédent. Pendant une demi-heure, elle les avait abreuvées de détails croustillants hautement improbables quant à la nature et à la durée du baiser et des caresses échangés.

Diana, incapable de supporter plus longtemps ces descriptions de leurs corps enlacés, se sentait sur le point de vomir lorsque Barb se jeta sur son lit en éclatant de rire :

— Poisson d'avril !

Sa plaisanterie lui valut d'être immédiatement bombardée d'une volée de pop-corn.

Diana avait été au supplice pendant le récit de Barb, avant qu'elle ne dévoile sa plaisanterie, mais n'en avait rien laissé paraître.

Jetant un coup d'œil par-dessus son épaule, elle aperçut Cole en train de mettre du fourrage dans une stalle du fond. Elle sut qu'il allait sortir pour bavarder avec elle d'ici une minute. Elle en savait beaucoup plus sur lui que les autres grâce à ces longs moments passés avec lui.

Elle savait exactement comment le soleil faisait jouer les reflets d'ébène dans ses cheveux, comment son sourire adoucissait de façon inattendue les traits anguleux de son visage et mouillait son regard d'une nuance argentée. Elle connaissait le contact de ses mains sur ses hanches quand il la soulevait pour plaisanter. Et elle l'avait vu se mettre dans une colère noire contre un ami de Doug qui fumait dans les écuries en le traitant de pyromane !

Elle l'avait vu aider une chatte à mettre bas en lui murmurant des encouragements d'une voix douce, et masser un chaton apparemment mort-né jusqu'à ce qu'il revienne à la vie.

Diana partageait avec Cole des moments dont les

autres filles rêvaient. Mais elle était assez intelligente pour ne pas prendre ses désirs pour des réalités, et assez sage pour penser qu'il n'y aurait jamais rien d'autre entre eux que cette amitié temporaire.

Elle se disait qu'elle ne connaîtrait probablement jamais le goût de ses baisers ni la force de son étreinte, ou la douceur de ses mains sur elle. Elle acceptait la situation avec seulement un peu de regret, ayant la finesse de comprendre que, si jamais Cole était pris de l'envie de l'embrasser, elle risquait de perdre le contrôle de la situation.

Cole n'était sûrement pas du genre à s'embarrasser de belles paroles ou de stratégie amoureuse. S'il estimait que quelque chose pouvait se passer entre eux, il irait droit au but. Mais Diana savait que ce n'était pas le cas et elle n'était pas assez naïve pour ne pas voir à quel point ils étaient différents l'un de l'autre.

Cole était brusque et audacieux, c'était un terrien. Diana était réservée, prudente et désespérément convenable.

Il aimait la moto, portait des jeans élimés. Ses bagages se résumaient à un sac à dos usé jusqu'à la corde, et il était déterminé à se frayer un chemin dans la vie hors des sentiers battus.

Diana préférait les BMW, les robes du soir et les bagages assortis, et avait besoin de suivre une route balisée…

Bien qu'intellectuellement elle comprît tout à fait la situation de Corey, Diana soupira en voyant celle-ci marcher aux côtés de Spence. Corey allait au-devant d'une grande déception si elle s'attachait à Spence, mais tenait à prendre tous les risques. Chose dont Diana était incapable. Et qu'elle ne voulait pas.

Cole avait fini de distribuer le fourrage aux chevaux. Il s'approcha silencieusement de Diana.

— J'espère que ce n'est pas à cause d'Addison que vous poussez ces gros soupirs, dit-il d'un ton sec.

Elle sursauta, comme prise en défaut. Le sentant si proche d'elle, tous ses sens s'éveillèrent. La voix de Cole lui parut aussi profonde et sensuelle que la nuit qui les entourait. Il sentait le savon et le foin fraîchement coupé. Il semblait la dominer de sa haute taille — aussi indompté et robuste que les montagnes qui s'élèvent à l'ouest du Texas.

— Qu'est-ce que vous voulez dire ?

Cole s'approcha et posa un pied sur la barre de la clôture.

— Je n'aimerais pas que quiconque vous éloigne de Corey, dit-il en désignant d'un signe de tête le couple qui se dirigeait lentement vers eux. Je veux dire que vous êtes plus proches que n'importe quelles sœurs, et il est malheureusement clair que Corey veut Spence pour elle toute seule.

— Ça se voit tant que ça ?

Elle cherchait son regard dans l'obscurité, essayant de ne pas s'attarder sur la sensation de son bras frôlant le sien.

— Pas au premier abord. Mais il suffit de l'observer trente secondes pour savoir ce qu'elle a derrière la tête.

Dès qu'on abordait ce sujet, Diana se sentait mal à l'aise. Et le fait de le sentir si près d'elle ne faisait qu'aggraver son embarras. Elle suivit son regard.

— Spence est un cavalier extraordinaire.

— Il est pas mal, consentit Cole avec un haussement d'épaules.

Diana connaissait Spence depuis l'enfance et ne pouvait laisser passer une telle désinvolture.

— Il est bien mieux que pas mal ! Tout le monde pense qu'il peut faire un excellent joueur de polo professionnel.

— Vous parlez d'un modèle ! répliqua Cole sur un ton railleur qu'elle ne lui connaissait pas. La star de l'équipe de foot de son université, un joueur de polo « professionnel » et un homme à femmes de classe olympique !

— Qu'est-ce qui vous permet de l'affirmer ? fit Diana, peinée pour Corey.

Il lui décocha un regard sardonique.

— Je ne l'ai jamais vu une seule fois sans une créature ravissante à ses côtés pour l'encenser, comme Corey et vous-même le faites ce soir.

— Moi !

Diana faillit être prise de fou rire.

— Moi ! répéta-t-elle en tournant vers lui un visage indigné.

— Bon, pas vous, admettons, dit Cole en souriant.

Il observa les deux jeunes gens qui se rapprochaient lentement des écuries.

— J'espère que Corey n'en aura pas le cœur brisé, c'est tout. Elle a un sacré coup de foudre pour Addison. Elle a déjà usé un rouleau de pellicule pour lui ce soir.

— Ça ne veut rien dire, dit Diana avec la plus parfaite mauvaise foi. Vous savez à quel point Corey prend la photo au sérieux. Elle travaille sur le mouvement en ce moment et Spence était à cheval…

— Il n'est pas encore monté ce soir, Diana.

— Ah, dit-elle en se mordant la lèvre… Mais vous croyez qu'il est conscient des sentiments de Corey à son égard ?

Cole eut envie de crier que oui, mais il ne voulait pas effrayer Diana et, sachant à présent qu'elle n'était pas une inconditionnelle de Spence, il se sentit assez magnanime pour octroyer quelque crédit au jeune homme :

— Si c'est le cas, soit il ne trouve pas ça désagréable, soit il est suffisamment gentleman pour ne pas la blesser.

Cole posa ses coudes sur la barrière. Ils se turent pendant un moment.

— Si ce n'est pas Addison, reprit-il, quel est donc celui qui fait battre votre cœur ?

— George Sigourney.

— Ce Sigourney est-il un sportif comme Addison ou bien est-ce juste un jeune et riche B.C.B.G. ?

— M. Sigourney est le doyen de l'université Southern Methodist. Il a signé ma lettre d'admission et mon petit cœur a bondi…

— Diana, c'est magnifique ! s'écria Cole avec un

sourire éblouissant. Pourquoi ne m'en avez-vous pas parlé plus tôt ?

Parce que quand je suis avec vous, rien d'autre ne compte, pensa-t-elle.

— J'attendais le moment propice.

Il lui lança un regard étonné mais ne fit aucun commentaire.

— Vous avez déjà choisi votre matière principale ?

Comme elle hochait négativement la tête, il prit le ton plein de sagesse d'un adulte qui donne des conseils à un enfant.

— Ne vous inquiétez pas, vous avez tout votre temps pour prendre votre décision.

— Merci, fit Diana en lui adressant un sourire de biais. Et vous, vous savez ce que vous ferez quand vous serez grand ?...

Il étouffa un petit rire devant l'impertinence de sa question.

— Oui.

— Quoi donc ?

— Je serai riche, dit-il sur un ton d'absolue conviction.

Diana savait qu'il avait déjà obtenu une licence d'économie à l'université mais elle ignorait ses objectifs.

— Vous avez un plan ?

— Disons que j'ai quelques idées.

Dans le manège, Spence dirigea son cheval vers les écuries. Corey comprit que cela signifiait la fin de ces instants d'intimité, avant même qu'il lui ait dit : « Il faut que j'y aille. » Elle essaya de trouver quelque chose de drôle ou de spirituel à dire ; mais quand elle était près de lui, elle était incapable de penser.

— J'ai promis à Lisa de passer la prendre à neuf heures.

— Ah ! fit-elle d'un ton maussade.

L'information lui fit l'effet d'une douche froide.

— Elle ne te plaît pas ? demanda Spence, l'air surpris.

Corey était constamment frappée par la lourdeur

d'esprit des hommes. Elle détestait littéralement Lisa Murphy — sentiment d'ailleurs réciproque.

Un mois auparavant, près de San Antonio, alors que Corey assistait avec sa famille à un concours hippique donné au bénéfice d'une œuvre caritative, elle avait eu l'heureuse surprise d'y rencontrer Spence. Comme elle se séparait rarement de son appareil photo, elle avait pris à son insu quelques clichés de Spence ainsi que des chevaux. Alors que Lisa, qui avait décroché un prix, ramenait, en compagnie de Spence, son cheval vers l'écurie aménagée dans un vaste hangar, Corey les avait suivis discrètement dans l'espoir de faire encore quelques photos. Persuadée de passer inaperçue dans l'immense grange où se bousculait une foule de cavaliers, de chevaux, d'entraîneurs, de palefreniers et de propriétaires.

Faisant mine d'observer les chevaux de plus près, elle s'était avancée lentement dans l'allée, s'arrêtant de temps en temps comme pour adresser la parole à l'un des cavaliers. Elle était presque en face de la stalle assignée à Lisa lorsque Spence, qui allait chercher un Coca pour son béguin du moment, était passé tout près d'elle. Elle s'était détournée vivement et Spence ne l'avait pas vue mais Lisa, elle, l'avait repérée. Sortant comme une furie de la stalle, elle avait tempêté dans son dos :

— Quel pot de colle ! Tu ne te rends pas compte que tu te ridiculises à suivre Spence partout où il va ! Fiche le camp et ne remets plus jamais les pieds ici !

Furieuse et humiliée, Corey était allée rejoindre sa famille sur les gradins, son appareil photo chargé au cas où elle reverrait Spence. Et lorsque Lisa, désarçonnée, était tombée le derrière dans la boue, son chapeau par terre et les cheveux en bataille, Corey avait eu sa revanche et ne s'était pas privée de faire quelques clichés savoureux. Elle avait même épinglé le plus « réussi » dans sa chambre… bien que Spence ne figurât pas dessus.

Comme celui-ci attendait toujours sa réponse, elle haussa les épaules et dit d'un ton doucereux :

— De toutes tes amies, Lisa n'est pas celle que je préfère.

— Pourquoi cela ?

— Oh ! ça n'est pas important.

— Je veux savoir pourquoi.

— Puisque tu y tiens… Je trouve que c'est une vraie langue de vipère, voilà tout.

Il rit, et dans un geste qui ne lui était pas habituel, il passa son bras autour des épaules de Corey et la pressa affectueusement contre lui. Elle savait que ce n'était qu'un geste amical, cependant, tout à son extase, elle faillit ne pas voir la scène révélatrice qui s'offrait à ses yeux : Diana et Cole étaient debout près de la clôture, si près l'un de l'autre que leurs bras se touchaient presque. Qui plus est, l'inaccessible et séduisant palefrenier des Hayward semblait totalement absorbé par leur conversation.

En les voyant ainsi, Corey eut la conviction que Diana était amoureuse de Cole, malgré ses efforts pour le lui cacher et le peu de points communs qu'ils semblaient avoir. Elle chercha, quant à elle, un moyen de passer encore un moment avec celui qu'elle adorait :

— Spence, tu pourrais me raccompagner à la maison ?

Il jeta un coup d'œil au couple près de la barrière :

— Diana n'est pas censée te reconduire ?

— En principe oui, mais... (Elle se pencha vers Spence avec des airs de conspiratrice.), je n'ai pas envie de gâcher leur soirée.

Spence fronça les sourcils. Il observa Diana et Cole avec une expression d'abord incrédule, puis sceptique et amusée à la fois.

— Tu ne crois tout de même pas sérieusement que Diana s'intéresse à Cole Harrison ?

— Tu penses que c'est impossible ?

— Oui.

— Pourquoi ? Parce qu'il travaille aux écuries ?

Corey retint son souffle, espérant bien que Spence ne lui ferait pas une réponse de snob.

— Non, ce n'est pas pour ça.

— Pourquoi, alors ?

Il regarda Diana en riant.

— Diana n'est pas du tout attirée par ce genre de type, ça crève les yeux. Qui plus est, elle est très intimidée par lui.

— Qu'est-ce qui te rend si sûr de toi ?

— Une connaissance supérieure des femmes, dit-il d'un ton de mâle arrogance, doublée d'une grande perspicacité !

— Tu parles ! ricana Corey en pensant à la façon dont il se faisait mettre le grappin dessus par Lisa Murphy… Je me demande où est ta lucidité quand tu dis que Lisa est un chou à la crème !

— Il est question de Diana, pas de Lisa, dit-il d'un ton badin mais ferme.

Spence n'était manifestement pas disposé à croire que Diana pouvait s'intéresser à Cole. Corey se rabattit sur le seul argument plausible :

— Peut-être, mais tu vas m'obliger à trahir un secret : Diana a fait une chute de cheval il y a deux ans et, depuis, elle a peur de remonter.

— Je sais.

Corey essaya de coller le plus possible à la vérité :

— Cole a voulu la convaincre de remonter mais tu sais comment est Diana, elle n'a pas envie de se donner en spectacle quand elle n'est pas sûre d'elle.

— Elle prend des leçons particulières avec Cole ! conclut Spence de lui-même, évitant ainsi un gros mensonge à Corey. Mais c'est formidable !

Il fit un signe de tête en direction de sa jeep Cherokee blanche :

— Prends tes affaires, je vais te déposer chez toi.

Corey acquiesça, puis courut vers Diana afin de prévenir tout impair qui risquerait de ruiner son plan.

— Spence me reconduit à la maison, dit-elle avec un regard suppliant qui faillit faire sourire Cole. Comme ça, tu peux rester tout le temps que tu veux.

Diana la regarda, l'air embarrassé. Corey ne lui servant plus d'excuse, elle n'avait aucune raison de s'attarder avec Cole. Mais elle ne voulait pas priver Corey du plaisir de faire un bout de chemin avec Spence.

— D'accord, dit-elle.

Et elle se dit qu'elle partirait immédiatement après eux.

Tandis que Cole menait l'alezan vers sa stalle, elle regarda sa sœur monter en voiture avec Spence. Elle attendit que les feux arrière aient disparu après le virage, puis rentra dans l'écurie pour prendre son sac et ses clés de voiture. Au bout du couloir, elle aperçut Cole en train de vider le sac en papier contenant les provisions qu'elle avait apportées. Elle se dirigea vers lui pour lui dire au revoir.

— Merci de m'avoir tenu compagnie.

— Vous n'allez pas partir comme ça !

Le cœur de Diana se mit à battre plus fort.

— Si vous partez tout de suite, vous allez les doubler sur la route, dit-il avec un petit sourire en coin. Vous allez les mettre dans une situation sacrément embarrassante. Restez un moment. Vous ne voulez pas partager mon repas ?

Diana avait songé à faire un détour en rentrant afin de ne pas rencontrer sa sœur, mais apparemment cela n'avait pas effleuré Cole et elle accepta son invitation avec joie.

— J'ai déjà dîné mais je prendrai un cookie en dessert pour vous accompagner.

— Nous allons manger sur nos genoux, ça ne vous dérange pas ? dit-il en repoussant son bureau dans un coin de la pièce.

— J'ai une meilleure idée, dit-elle en sortant dans le couloir.

Et tandis que le poulet et les légumes chauffaient, Cole finit de déballer la nourriture. Puis il se servit une assiettée et sortit à son tour dans le couloir.

— C'est prêt, dit Diana en tendant le bras vers l'interrupteur. Avec un éclairage moins violent, ce sera encore mieux.

Elle éteignit, et Cole fut stupéfait par le décor qu'elle avait réalisé en un tournemain : en moins de dix minutes, elle avait disposé des balles de fourrage et un panneau de contre-plaqué de façon à faire une table et deux sièges. Une couverture de couleurs vives sortie du coffre de sa voiture faisait office de nappe et dans un bol en métal rempli d'eau elle avait mis des fleurs d'hibiscus. Deux lampes à pétrole dispensaient une lumière tamisée.

— C'est très joli.

Diana haussa les épaules.

— Oh ! ce n'est rien comparé à ce que ma mère et ma grand-mère sont capables de faire : ce sont elles qui m'ont appris que l'atmosphère et la présentation comptent autant que ce que l'on mange.

— Sans doute, dit Cole en posant son assiette sur la table improvisée.

Il s'assit sur sa balle de foin, imité par Diana. Le concept de « présentation » lui était totalement étranger. Il ignorait encore tout des raffinements qui sont monnaie courante chez les gens riches. Car pour l'instant il consacrait davantage d'efforts à bâtir sa fortune qu'à acquérir le vernis qui va de pair avec l'ascension sociale.

— Je suis impressionné, dit-il en étirant ses longues jambes sous la table.

— Pourquoi ça ? demanda Diana en picorant un cookie.

— Parce que vous êtes remarquable.

Il n'avait pas vraiment l'intention de le lui dire un jour, mais il le pensait et cela lui était venu tout naturellement.

Il la trouvait brillante et très mûre pour son âge. Équilibrée, étonnamment spirituelle, elle disait toujours la vérité sans élever le ton, avec un sens de l'humour qui le prenait souvent au dépourvu. Mais ce qu'il préférait encore chez elle, c'était l'impartialité et la considération qu'elle lui témoignait à lui, un simple garçon d'écurie.

Elle lui parlait sincèrement, sans la moindre arrière-pensée et n'avait pas cherché une seule fois à flirter avec lui. Depuis qu'il travaillait chez les Hayward, toutes les amies de Barbara sans exception lui avaient fait des avances et il les avait systématiquement repoussées.

Leurs manœuvres, souvent transparentes, étaient parfois amusantes. Mais ce qui l'agaçait par-dessus tout chez ces femmes fatales en herbe, c'était qu'elles croyaient pouvoir séduire un « être inférieur » en toute impunité. Tout ce qu'elles auraient mérité à son sens était une bonne fessée, mais pour la plupart il était déjà trop tard.

En cela comme en tout, Diana Foster constituait une délicieuse exception. Elle le surprenait sans arrêt et à cet instant plus encore. Son compliment sincère l'avait indubitablement fait rougir. Il ne fut pas dupe quand, pour couper court, elle appela un des chatons :

— Comme tu as grandi, Samantha ! dit-elle en prenant dans ses bras le petit chat roux pour lui donner un morceau de gâteau.

Un chien noir et blanc, court sur pattes et sans le moindre air de famille avec un pedigree connu, était assis à ses pieds. Elle lui tendit une bouchée de cookie :

— Debout, Luke !

Le chien obéit vivement pour obtenir sa récompense.

— Combien de chats et de chiens avez-vous ? demanda Cole en regardant ses doigts fins caresser avec amour les poils emmêlés du chien comme si c'était du vison.

— Nous n'en avons aucun.

Il la regarda d'un air stupéfait. Quand les chatons étaient nés, elle s'en était occupée, avait passé de longs moments à jouer avec eux et leur avait trouvé un foyer à chacun, sauf à Samantha, qu'elle avait persuadé Cole de garder. L'hiver précédent, elle était venue aux écuries avec un chien errant dans les bras. Elle avait convaincu Cole de le prendre, malgré ses réticences.

— Nous allons lui trouver un nom, avait-elle dit. Pourquoi pas Luke ?

— « Sac à puces » lui irait mieux, avait ronchonné Cole.

— Quand nous l'aurons nettoyé, il pourra s'appeler Luke, vous verrez.

Elle était arrivée à ses fins. Cole n'était pas resté indifférent à ses grands yeux verts et, prenant le chien par la peau du cou, il l'avait saupoudré d'insecticide et plongé dans une bassine d'eau savonneuse.

Et il avait conclu tout naturellement que Diana avait déjà atteint le quota d'animaux errants supportable pour sa famille.

Il enchaîna sur ce sujet afin de dissiper l'embarras inattendu qu'avait causé son compliment.

— Chaton, on ne vous a jamais dit que « charité bien ordonnée commence par soi-même » ? demanda-t-il d'un ton sec.

Il lui avait donné ce petit surnom par jeu, le jour où elle l'avait poussé à recueillir Samantha et Luke.

Diana posa Samantha par terre et prit Luke sur ses genoux pour le caresser. Elle lança à Cole un regard perplexe :

— Qu'est-ce que vous voulez dire par là ?

— Pourquoi m'avez-vous fait adopter cet affreux chien errant à votre place ? J'étais persuadé que vous aviez déjà recueilli un maximum de « sans-abri »...

Elle ramena sous elle une de ses jambes hâlées et prit le chaton sur ses genoux à côté de Luke.

— Mon père est terriblement allergique aux poils de chat et de chien. Sinon je t'aurais pris avec moi, tu aurais dormi avec moi, dit-elle au chien qui la regardait avec adoration.

Heureuse bête..., se dit Cole, sans prendre vraiment conscience que ses pensées dérivaient. Il regardait les reflets chaleureux et les ombres changeantes que la lampe faisait danser sur les murs, derrière Diana. Elle aussi, par sa seule présence, avait la faculté d'embellir et d'illuminer ce qui l'entourait. Elle allait sûrement devenir une femme exceptionnelle, se dit-il. Et très belle également...

Ses cheveux épais et soyeux avaient la couleur du cuivre foncé et sa peau le velouté d'une pêche. Chaque fois qu'il l'avait vue cette année, elle lui avait paru plus belle, le teint plus éclatant, les yeux plus verts... Elle mesurait à peine un mètre soixante et lui arrivait tout juste à l'épaule, mais, en short jaune moulant et haut assorti à col en V, elle ressemblait à un tanagra avec sa poitrine ronde, sa taille fine et ses longues jambes bronzées. Et ses yeux verts avaient le don d'hypnotiser Cole. Il laissa errer son regard de ses cils cuivrés au galbe de ses seins, de sa joue soyeuse à la douceur de ses lèvres…

Réalisant subitement qu'il était en train de faire l'inventaire des charmes d'une jeune fille innocente, il se ressaisit et lui posa une question pour faire diversion. Mais il était furieux de s'être laissé aller à des pensées de cette nature.

— C'est ridicule de refuser de monter à cheval, dit-il brusquement.

Le chien, le chat et la jeune fille sursautèrent au son de sa voix et le regardèrent d'un air consterné. Mais il continua, toujours furieux contre lui-même d'avoir donné libre cours à son désir, ne fût-ce qu'en pensée :

— Vous n'avez donc rien dans le ventre ?

Diana n'en revenait pas qu'il lui parle sur ce ton. Elle fut partagée entre l'envie de pleurer et celle de se lever, de poser les poings sur ses hanches et de le sommer de s'expliquer, mais elle se contenta de lui lancer un regard de défi :

— Je ne suis pas lâche, si c'est ce que vous voulez dire.

— Ce n'est pas ce que j'ai voulu dire, répondit Cole.

Il eut l'impression de se conduire comme un véritable goujat. Incontestablement, Diana Foster était la jeune fille la plus courageuse, la plus agréable et la plus indépendante qu'il eût jamais connue.

— Pour ne rien vous cacher, j'ai pleuré comme une Madeleine la première fois que je suis tombé de cheval.

Il mentait pour qu'elle se sente moins mal à l'aise.

— Je n'ai pas pleuré, moi, dit Diana, attendrie à l'idée d'un petit garçon aux boucles brunes avec les poings sur les yeux.

— Vraiment ?

— Non. Je n'ai pas pleuré quand je me suis cassé le poignet et que le docteur Paltrona me l'a remis en place.

— Pas même une petite larme ?
— Pas la moindre.
— Tant mieux pour vous.
— Oh ! je ne sais pas... Je me suis évanouie en fait.

Cole rejeta la tête en arrière et éclata de rire. Puis il se calma et regarda Diana avec une expression si tendre que le cœur de la jeune fille se mit à battre la chamade.

— Ne changez pas, dit-il d'une voix voilée par l'émotion. Restez comme vous êtes.

Elle se demandait si elle ne rêvait pas, si Cole était bien en train de lui parler et de la regarder ainsi.

Elle n'avait pas envie que ce moment se termine. Pas si vite ; pas maintenant...

— Je ne serais pas mieux avec quelques centimètres de plus ? dit-elle faiblement.

Elle avait penché la tête en arrière et le regardait avec un air moqueur, dans une pose involontairement provocante.

— Si, mais ne changez rien d'autre.

Il dut faire un effort pour ne pas se laisser troubler.

— Un jour, un type aura la chance de réaliser quel trésor vous êtes !

L'expression rayonnante du visage de Diana se ternit aussitôt. Elle posa le chien à terre et se leva. Mais elle n'en voulait pas à Cole de son attitude impersonnelle. Et son opinion l'intéressait vraiment.

— Et si je ne ressens pas la même chose pour lui ?
— Je suis sûr que vous l'aimerez aussi.
— En tout cas, ce n'est pas encore arrivé. Je suis la seule des filles d'ici à ne pas être follement amoureuse d'un garçon et persuadée que c'est l'homme de ma vie.

Elle se mit à compter sur ses doigts :

— Corey est amoureuse de Spence, Haley de Peter Mitchell, Denise de Doug Hayward, Missy de Michael Murchison... Je pourrais continuer longtemps comme ça, conclut-elle d'un geste désabusé.

Elle semblait tellement abattue que Cole se sentit obligé de la réconforter :

— Allons, il doit bien y avoir une fille de votre âge

qui voit un peu plus loin que le bout de son nez, tout de même !

Cole considérait Barb Hayward comme une écervelée mais, comme Diana ne l'avait pas citée, il se dit qu'elle faisait peut-être exception :

— Et Barb ? Qui compte-t-elle épouser ?

Diana leva les yeux au ciel avec une moue de dégoût.

— Harrison Ford !

— Ça colle tout à fait avec le personnage, dit Cole d'un ton sec.

— Et vous ? demanda Diana, espérant l'amener à parler de Valerie même si cela devait détourner son attention de sa propre personne.

— Moi ?

Il avait l'air tellement abasourdi que le cœur de Diana bondit d'espoir.

Depuis deux ans qu'elle avait des conversations suivies avec Cole, Diana savait tout à présent de la belle blonde de Jefferson City qui fréquentait l'université de Los Angeles. Elle savait qu'ils s'écrivaient et se téléphonaient régulièrement et que Cole se débrouillait pour la voir de temps en temps, en général pendant les vacances d'été.

— Je pensais à Valerie.

— Ah…

Il hocha la tête d'un air absent et la curiosité de Diana n'en fut que plus vive.

— Vous avez eu de ses nouvelles récemment ?

— Nous nous sommes vus il y a quelques semaines, pendant les vacances de printemps.

Diana eut la vision intempestive et fugitive de Cole et Valerie faisant passionnément l'amour dans une clairière grandiose sous un ciel étoilé ; un décor naturel lui paraissait mieux convenir au tempérament de Cole. Dans un moment de faiblesse, elle avait demandé le bulletin de l'université de Los Angeles à la bibliothèque centrale de Houston. Elle y avait appris que Valerie était non seulement active dans le cercle des étudiantes, mais qu'elle sortait régulièrement avec le capitaine de l'équipe de football de l'université. À part cela, elle était grande et belle, elle était plus âgée et avait sans doute plus vécu que Diana. Elle arborait le sourire et le regard bleu d'une princesse viking et semblait tout droit sortie d'une publicité pour dentifrice. Diana devait vraiment prendre sur elle pour ne pas la détester. En fait, le seul défaut de Valerie, c'étaient ses mauvaises notes. Au moins, Diana avait en commun avec Cole ses bonnes notes. Il avait une très bonne moyenne et elle aussi.

— Elle a eu de bons résultats à la fin du semestre ? demanda Diana tout en se haïssant pour sa mesquinerie.

— Elle est en session de rattrapage.

— Oh ! c'est dommage, murmura-t-elle. Est-ce que ça signifie qu'elle va être obligée de suivre l'université d'été et que vous ne pourrez pas la voir quand vous rentrerez chez vous ?

— Je ne rentrerai que si je peux la voir.

Diana s'en doutait un peu. Elle ignorait presque tout de sa vie avant Houston mais elle savait tout de même qu'il était originaire de Kingdom City, une petite ville du Texas, et que sa seule famille était un grand-oncle et un cousin de cinq ans son aîné. Elle avait très vite compris que toute tentative d'incursion dans le passé de Cole aurait mis en péril la confiance et l'amitié auxquelles elle tenait par-dessus tout.

Il porta son Coca à ses lèvres. Dans la flamme vacillante de la lampe, son cou musclé et les contours de sa mâchoire se dessinaient dans la lumière dorée ; la masse compacte de ses cheveux était fondue dans l'obscurité.

Diana espérait que Valerie appréciait à sa juste valeur la fidélité et l'amour de Cole. *Pourvu qu'elle ne transforme pas en chien obéissant et bien élevé ce fauve indompté qui ressemble à une panthère noire*..., se dit-elle. Quelque chose lui disait que cette fille au sourire trop parfait n'était pas pour lui. Elle savait que c'était mal d'être jalouse, mais c'était plus fort qu'elle !

— Serais-je par hasard en train de boire votre Coca ? demanda Cole en voyant l'expression contrariée qui fronçait le joli visage de Diana.

Émergeant de ses pensées, elle se dit qu'elle était restée bien trop tard, qu'il était temps de partir. Ce soir, son bon sens et sa maîtrise de soi n'étaient pas très efficaces.

— Je vais vous aider à débarrasser tout ça.

Elle se leva pour prendre les assiettes et les couverts.

— J'ai du travail pour mes examens…

Il souffla les deux lampes et ramassa la coupe avec les fleurs d'hibiscus.

— … Mais j'ai tout de même le temps de faire une partie de belote, si vous voulez.

Il alluma le couloir à ces mots et l'atmosphère romantique de l'instant bascula immédiatement dans la lumière crue. Diana lui avait appris à jouer à la belote l'année précédente, durant un de ces rares et délicieux après-midi où Corey venait le seconder pour faire travailler les chevaux — elle adorait ça — et où il n'y avait qu'eux au manège. *Mais tout cela va devoir finir*, se dit Diana, car elle venait de réaliser qu'en sa présence elle n'était plus capable de maîtriser son imagination et perdait tout contrôle. Ce soir, s'il l'avait embrassée, elle l'aurait laissé faire, sans penser aux conséquences. Et même, s'il l'avait un peu encouragée, non seulement elle n'aurait opposé aucune résistance mais elle l'aurait embrassé. Ces dernières semaines, elle s'était vraiment laissée aller à ses sentiments et l'enjeu était trop grand pour une fille sensible comme elle, consciente qu'elle n'avait aucune chance avec lui.

— Vous êtes trop fort, maintenant, répondit-elle en lui adressant un sourire radieux par-dessus son épaule.

— Pas pour une joueuse redoutable comme vous.

— Je suis désolée, il faut vraiment que je rentre.

— Bien sûr.

Il avait l'air un peu déçu mais Diana résista à la tentation de rester encore. Elle reprit contenance et mit les assiettes dans l'évier. Cole disparut un moment dans sa chambre et, lorsqu'il ressortit pour l'accompagner à sa voiture, elle affichait une expression un peu impersonnelle, strictement amicale, se félicitant dans son for intérieur de ne pas avoir cédé à son envie.

— À propos, dit-il en lui ouvrant la portière alors

qu'elle se retournait pour lui souhaiter bonne nuit, j'ai entendu les filles parler de la fête que vos parents ont donnée pour vos seize ans, il y a deux semaines.

Diana, intriguée par le sourire énigmatique qui flottait au coin de ses lèvres, fut prise au dépourvu.

— Euh… Oui, on a fêté mes seize ans…

— Je sais. Et dans mon pays, la coutume veut qu'on donne quelque chose de spécial aux jeunes filles pour leurs seize ans et…

Un baiser! se dit-elle. *Il va m'embrasser!* Et toutes ses défenses fondirent sous le poids d'une heureuse impatience. Elle regarda les yeux gris argenté de Cole puis ses lèvres sensuelles. Sa respiration s'accéléra; elle ferma les yeux.

— Et qu'est-ce qu'on donne aux jeunes filles, chez vous, quand elles ont seize ans?

— Un cadeau! s'écria-t-il d'un air triomphant, tendant son bras gauche qu'il avait jusqu'ici maintenu caché derrière lui.

Diana ouvrit brusquement les yeux. Elle se cramponna à la poignée de la portière pour ne pas perdre l'équilibre, considérant d'un air mortifié le paquet de forme bizarre, maladroitement ficelé dans du papier journal avec ce qui ressemblait à un lacet de chaussure.

— Allez, prenez-le, dit Cole, apparemment indifférent à son trouble.

Elle se ressaisit, lui adressa un sourire éclatant et défit le cordon.

— Ce n'est pas grand-chose, fit-il d'un ton soudain mal assuré.

Le papier tomba, révélant un chat blanc grandeur nature en peluche, avec une langue rose et des yeux verts. Il avait une petite pancarte autour du cou où était inscrit : « Je m'appelle Pinkerton. »

— Vous avez probablement des dizaines d'animaux en peluche infiniment plus exotiques que celui-là, dit Cole, mal à l'aise de la voir sans réaction. Et puis vous avez passé l'âge des jouets…

Il avait raison sur les deux points. Mais Diana s'en moquait bien. Elle savait qu'il se privait de beaucoup de choses, y compris de nourriture, et il avait tout de même trouvé le moyen de lui faire un cadeau. Incapable de dire un mot, elle prit contre son cœur le jouet bon marché comme s'il s'était agi d'un objet précieux, puis le tint à bout de bras pour l'admirer.

Cole regardait le chat en peluche, réalisant qu'il devait lui paraître bien ordinaire.

— C'est juste un jouet que j'ai gagné à…

Elle le fit taire d'un signe, serra contre elle le chat en peluche et posa sa joue sur la tête duveteuse.

— Merci, Cole, murmura-t-elle. Merci.

Elle leva vers lui son regard lumineux et il en resta sans voix. La chaleur inattendue de sa réaction lui ôta brusquement toute faculté de penser. Sans rien dire, il ferma la portière de la voiture où Diana avait pris place. Puis il regarda les feux arrière disparaître au tournant de la grande allée qui serpentait entre les arbres, le long de la propriété.

8

Diana était partie depuis trois heures quand Cole ferma son livre d'économie et repoussa ses notes sur le côté de son bureau. Il avait mal aux épaules à force d'être resté si longtemps penché sur ses cours, et son cerveau arrivait à saturation. Il estima qu'il n'avait pas besoin de travailler davantage ; il était prêt pour réussir son examen haut la main. Mais les bonnes notes n'avaient jamais été son objectif principal : l'acquisition des connaissances nécessaires pour parvenir à son but l'intéressait davantage.

Il frotta machinalement ses épaules douloureuses puis renversa la tête en arrière et ferma les yeux. Il pensa à la lettre de son oncle Calvin, arrivée le matin même, qui contenait une nouvelle si incroyable qu'il sourit tout en faisant rouler ses épaules pour les dénouer.

Quatre ans auparavant, une compagnie de forage pétrolier avait proposé à Cal un contrat de dix mille dollars pour prospecter sur son terrain. Le premier puits n'avait rien donné et la compagnie avait proposé de renouveler l'expérience l'année suivante pour cinq mille dollars de plus. Le second forage s'étant révélé insuffisamment rentable, ils avaient abandonné.

Mais voici quelques mois, les responsables d'une compagnie pétrolière plus importante étaient venus trouver Cal et lui avaient proposé de forer dans un autre endroit de la propriété. Ce à quoi il avait rétorqué qu'ils perdaient leur temps — et Cole partageait son avis. Mais ils avaient tort.

Dans sa lettre, Cal lui annonçait l'incroyable nouvelle : on avait trouvé du pétrole en quantité et « l'argent allait couler à flots ».

Cole s'étira, ouvrit les yeux et prit l'épaisse enveloppe qui contenait une copie du contrat que la compagnie voulait lui faire signer.

D'après les calculs de Cal, il toucherait deux cent cinquante mille dollars l'année suivante, plus que ce qu'il avait gagné durant toute sa vie. *Quelle ironie du sort !* se dit Cole en ouvrant le volumineux courrier. *De tous les Harrison qui auraient pu décrocher le gros lot avant lui, Calvin Patrick Downing est le moins enclin à profiter de l'aubaine.* Il était avare par nature et ce n'était pas un quart de million de dollars qui allait changer quoi que ce soit.

Au lieu de dépenser deux dollars pour téléphoner à Cole, il avait préféré lui écrire par courrier lent. Dans sa lettre, il disait que la compagnie pétrolière prétendait que ce contrat type ne pouvait être modifié. « Je ne vais tout de même pas payer un de ces vampires d'avocats pour démêler tout ce charabia et qu'il me dise exactement la même chose, alors que tu as fait des études de droit à l'université. Alors regarde un peu ce contrat et dis-moi si la Southfield Exploration ne nous réserve pas un chien de sa chienne. »

C'était Cal tout craché — mesquin et sordide. Il découpait tous les bons de réduction dans les journaux, coupait lui-même ses cheveux, marchandait le moindre bout de ficelle et débourser un dollar le rendait malade. Mais il avait tout de même allongé le chèque de dix mille dollars reçu en dédommagement du premier forage pour que Cole puisse aller à l'université.

Et l'année suivante, il lui avait donné le deuxième chèque de cinq mille dollars.

Jeune homme solitaire et rebelle, Cole avait souvent parcouru en auto-stop les quarante miles qui le séparaient de chez son oncle, trouvant auprès de lui la chaleur et la compréhension que son propre père était incapable de lui donner. Seul Calvin avait perçu ses frustrations et cru en lui, et pour cela Cole l'aimait. Cal ne s'était pas contenté de belles paroles et d'encouragements verbaux. Il lui avait donné de l'argent afin qu'il puisse se bâtir un avenir à la mesure de ses rêves, loin de Kingdom City. C'est pourquoi Cole lui vouait une reconnaissance infinie, qui reléguait au second plan tous ses autres sentiments.

Le contrat que Cal venait de lui envoyer comportait quinze pages imprimées serré de jargon légaliste. Calvin avait noté ses commentaires au crayon dans la marge et Cole ne put s'empêcher de sourire de la roublardise du vieil homme. Celui-ci avait quitté l'école après le primaire pour travailler mais était un lecteur acharné et un autodidacte qui avait largement atteint le niveau universitaire. Cependant Cole ne voulait pas que son oncle signe quoi que ce soit avant que les documents aient été revus par un avocat compétent. Cal était certes futé mais il ne connaissait rien au pétrole. En quatre ans à Houston, Cole en avait maintenant assez entendu pour savoir que, dans un contrat de ce type, les intérêts préservés étaient toujours ceux du bailleur.

Cole avait l'intention de demander à Charles Hayward, dès qu'il rentrerait de son voyage d'affaires à Philadelphie, le nom du meilleur avocat de Houston spécialiste des contrats pétroliers. Il était de notoriété publique que le patron de Cole avait fait fortune dans les pétroles. Il saurait qui lui recommander et serait sans doute lui-même d'excellent conseil.

À l'inverse des autres membres de la haute société que Cole avait été amené à rencontrer depuis qu'il travaillait là, Charles Hayward ne s'était jamais montré prétentieux, ni mielleux ou imbu de lui-même. À cinquante ans, il faisait preuve d'une solide énergie. Il était direct, gros travailleur et loyal. Il avait des principes stricts pour toutes choses et ceux qui le décevaient — employés, chiens de chasse ou chevaux — ne restaient pas longtemps chez lui. Mais il traitait avec respect ceux qui répondaient à son attente. Lorsqu'il était à la maison, il venait chaque soir aux écuries, distribuant carottes et tapes amicales aux splendides chevaux qui occupaient les stalles ultramodernes.

Au fil du temps, il avait appris à apprécier les qualités de Cole et les soins vigilants qu'il dispensait aux bêtes. Une forme d'amitié était née entre les deux hommes. Souvent, après sa visite quotidienne à ses chevaux bien-aimés, Hayward prenait un café et discutait avec Cole. Petit à petit, il était devenu une sorte de mentor pour le jeune homme, lui donnant des conseils judicieux et lui faisant part de son expérience dans les deux domaines qui intéressaient le plus Cole : l'argent et les affaires.

Sur ces sujets, Charles était intarissable, brillant et perspicace. Le talon d'Achille de cet homme était sa famille. Sa première femme et leur enfant unique avaient trouvé la mort dans un accident d'avion vingt-cinq ans auparavant et son chagrin avait été si profond que c'était un sujet dont aujourd'hui encore on ne parlait qu'à voix basse dans son entourage.

Il s'était remarié, il y avait dix-sept ans de cela, et sa nouvelle femme lui avait donné un fils et une fille dans les deux ans qui avaient suivi. Hayward était fou de sa seconde femme, Jessica. Il lui donnait, ainsi qu'à ses enfants, tout ce que l'argent peut offrir et il paraissait croire qu'ils faisaient tout pour être à la hauteur de l'espoir qu'il plaçait en eux.

Ce en quoi il se trompait. Cole aurait pu lui en fournir maintes preuves. Il avait personnellement constaté que Jessica était une femme de quarante ans gâtée, amorale, belle… et infidèle. Barbara, à quinze ans, terrorisée par sa mère, était une adolescente ingrate et sans personnalité, que l'avalanche de biens matériels dont son père la submergeait sans la moindre contrepartie rendait encore plus pusillanime.

Doug Hayward, quant à lui, était un jeune homme de seize ans aussi charmant qu'irresponsable. Mais Cole pensait que tout n'était peut-être pas perdu pour lui. Il avait décelé chez lui, malgré son immaturité flagrante, un peu de la franchise et de l'acuité intellectuelle de son père. Ses notes ne dépassaient pas la moyenne mais avec les filles il se débrouillait fort bien, avait-il confié à Cole.

Le jeune homme jeta un coup d'œil à sa montre : il était onze heures passées. Il étira les bras et étouffa un bâillement. Puis il sortit dans le couloir pour faire une petite tournée d'inspection dans les écuries avant la nuit.

9

Jessica Hayward descendit du tapis d'entraînement dans la salle de sport qui jouxtait sa chambre, dans la suite qu'elle occupait avec son époux. Elle s'enroula une serviette-éponge autour du cou. Elle portait un short blanc léger et une brassière moulante rouge et blanche.

Charles ne devait rentrer que le lendemain soir. Elle se sentait débordante d'énergie… et seule. De toute façon, même s'il avait été là, il aurait été incapable de la satisfaire.

Elle avait désespérément envie de faire l'amour, de façon sauvage, passionnée, à s'en étourdir. Elle ne voulait pas de ces étreintes tièdes et ennuyeuses que Charles appelait « faire l'amour ». Elle n'avait pas besoin de faire l'amour, elle avait envie de folie et de démesure…

Elle voulait Cole.

Furieuse contre elle-même et secrètement humiliée qu'un subalterne, un jeune macho arrogant comme Cole, ait un tel empire sur ses sens, elle se dirigea vers le bar aménagé dans une armoire et prit une bouteille d'un coûteux chardonnay dans le réfrigérateur. Elle se servit dans un verre bordé d'un filet d'or puis jeta un coup d'œil par la fenêtre vers les écuries, à l'extrémité de la pelouse plongée dans l'obscurité. Elle ferma les yeux au souvenir de Cole, de ses larges épaules aux muscles saillants, de sa peau luisante de sueur quand il la pénétrait avec une force brutale et infatigable, ce qu'elle aimait par-dessus tout.

Elle serra involontairement les cuisses à ce souvenir délicieux ; elle vida son verre puis s'éloigna de la fenêtre, fit glisser la serviette-éponge et se brossa longuement les cheveux. Puis elle prit la bouteille de vin, un second verre et sortit dans le couloir.

La chambre de sa fille était fermée mais un rai de lumière filtrait sous la porte. Jessica se faufila sur la pointe des pieds jusqu'à l'escalier.

Dehors la nuit était étouffante. Un parfum lourd et entêtant émanait des gardénias et le sentier pavé qui serpentait jusqu'à l'écurie parmi les chênes étincelait au clair de lune. Jessica connaissait ce chemin par cœur pour l'avoir parcouru maintes fois en rêve, et quelquefois en réalité. Elle se glissa dans l'écurie par une petite porte de côté, savourant l'effet bienfaisant de la climatisation sur sa peau moite.

Sans prendre la peine d'allumer la lumière dans le couloir, elle s'avança doucement vers la chambre et s'arrêta devant l'entrée. Cole lui tournait le dos et elle frémit d'impatience en le voyant ôter sa chemise. La lueur ambrée de sa lampe de bureau mettait en relief les muscles saillants de ses épaules et de son dos parfait. Lorsqu'il approcha sa main de la ceinture de son jean, la respiration de Jessica s'accéléra un peu.

Ce son à peine perceptible dut cependant l'alarmer car il se retourna brusquement et lui décocha un regard d'abord effrayé, puis ennuyé.

— Jessica ! Vous m'avez fait une peur bleue.

Elle lui désigna la bouteille et les verres et entra dans la pièce comme si elle était chez elle — ce qui était effectivement le cas.

— J'ai vu de la lumière chez vous et comme apparemment personne n'arrive à trouver le sommeil, j'ai pensé que nous pourrions boire un verre.

— Je suis fatigué, Jessica, et je crois que je n'aurai aucun mal à m'endormir.

— Ne soyez pas si dur avec moi, dit-elle en se perchant sur le bureau et en croisant ses longues jambes bronzées, sa sandale négligemment suspendue au bout de ses orteils aux ongles vernis. Ça fait une éternité que je ne vous ai pas vu et j'ai décidé de vous rendre une petite visite, ajouta-t-elle en versant du vin dans les verres.

— Vraiment ? fit Cole d'un ton sarcastique, en regardant son décolleté suggestif, son short moulant et son sourire enjôleur.

Il s'apprêtait à remettre sa chemise mais elle lui lança un regard sans équivoque :

— Reste comme ça, chéri. J'adore te regarder.

— Jessica, dit-il d'un ton dur, nous n'allons pas remettre ça. C'est fini, un point c'est tout. Et je suis fatigué.

— En voilà une façon irrespectueuse de parler à votre employeur, jeune homme !

Elle glissa du bureau et avança la main pour lui caresser la joue. Il s'esquiva.

— Bon sang ! Laissez tomber !

Il était prêt à la mettre dehors de force mais voulait éviter de la toucher, sachant que le contact physique mettrait le feu à son tempérament volcanique. Le lit se trouvait derrière lui et il était piégé. Elle s'avança vers lui, un sourire triomphant aux lèvres.

— Jessica, pour l'amour du Ciel, vous êtes mariée !

— Je sais, dit-elle en ôtant sa minuscule brassière et en la lançant sur le lit.

— Et j'ai de la sympathie pour votre mari, protesta Cole en faisant un pas de côté, sans succès.

Elle le regarda droit dans les yeux avec un air de candeur déconcertante.

— Moi aussi, dit-elle en glissant les mains dans son dos pour dégrafer son soutien-gorge.

S'il n'avait pas été dans une situation aussi difficile, Cole aurait éclaté de rire : une femme magnifique qui commençait à se dévêtir devant lui, affirmant qu'elle aimait son mari tout en voulant le tromper effrontément, c'était parfaitement ridicule !

— Je ne suis pas d'humeur à assister à un strip-tease.

— Ça va venir, mon chéri, ne t'inquiète pas !

Elle fit glisser les bretelles de son soutien-gorge le long de ses bras.

— Vous n'avez donc pas la moindre idée de ce que signifie la fidélité conjugale ?

Il posa les mains sur les bretelles pour les empêcher de descendre davantage.

— Je suis d'une fidélité irréprochable quand Charles est en ville.

Son regard devint brûlant ; elle passa ses doigts dans la toison brune qui recouvrait la poitrine de Cole.

— Seulement, ce soir il n'est pas là et je me sentais seule…

— Dans ce cas, trouvez-vous un violon d'Ingres, dit Cole en posant ses mains sur les siennes pour l'arrêter.

Elle eut un rire profond, passa ses bras autour du cou de Cole et se frotta contre ses cuisses.

Il n'était pas excité du tout et commençait à perdre patience.

— Je vous avertis, dit-il en saisissant les poignets de Jessica pour se dégager de son étreinte, ne nous rendez pas ça plus dur…

Elle éclata d'un rire de gorge et ondula voluptueusement des hanches :

— « Ça » n'est effectivement pas encore très dur ! Assez impressionnant, mais…

Une violente lumière inonda soudain le couloir : quelqu'un venait d'allumer dans les écuries. Cole posa sa main sur la bouche de Jessica.

— Cole ? appela Charles de sa voix grave et amicale, à l'autre bout de l'écurie.

Comme il en avait désormais l'habitude lors de ses visites nocturnes, Charles allait se diriger vers la petite cuisine pour se faire un café instantané, en attendant que Cole le rejoigne pour faire un tour dans les écuries en s'arrêtant devant chaque stalle afin de prendre des nouvelles de leurs occupants. Ce rituel unissait les deux hommes depuis deux ans et Cole appréciait particulièrement ces instants, surtout lorsque Charles s'attardait et que la conversation roulait sur toutes sortes de sujets. Hayward était brillant et cultivé, il savait beaucoup de choses dans des tas de domaines — sauf pour ce qui concernait sa femme…

— Écoutez, lança Cole à voix basse mais ferme, votre mari est dans la cuisine. Il se fait une tasse de café.

Il prit la brassière de Jessica, qui était restée sur son lit, et la lui tendit.

— Mais il n'y a pas d'autre moyen de sortir d'ici ! Je suis piégée !

Elle haletait, manifestement prise de panique.

— Ne vous affolez pas. Restez ici, je vais fermer la porte de la chambre. Il n'y a aucune raison qu'il y vienne.

— Mais il faut que je rentre à la maison !

— Cole ? appela Charles depuis la cuisine. Voulez-vous un café ?

— Non, non merci, dit celui-ci en reculant vers la porte de façon à masquer la vue de la femme à demi nue, au regard perdu, qui se tenait au beau milieu de la chambre en serrant sa brassière contre ses seins.

Il referma la porte derrière lui et entra, pieds nus et torse nu, dans la cuisine où Charles venait de se servir un café.

— Alors, dit Charles avec un sourire interrogateur, que pensez-vous du nouveau cheval de polo ?

— Il n'est pas mal, répondit Cole. Je ne l'ai pas encore vu tenir un maillet de polo mais, comme cheval, il est parfait ! se força-t-il à plaisanter.

La stalle du cheval de polo n'était qu'à quelques mètres de son studio. Il redoutait que Jessica ne sorte en trombe du « lieu du crime » et se fasse repérer en s'enfuyant, aussi essaya-t-il de détourner l'attention de Charles.

— J'aimerais que vous jetiez un coup d'œil à la jambe de la jument marron, dit-il en marchant à grandes enjambées vers l'autre extrémité de l'écurie.

Alarmé, Charles lui emboîta aussitôt le pas :

— Qu'est-ce qui lui est arrivé ?

— Elle s'est blessée en sautant hier.

— Qui la montait ? demanda-t-il, inquiet pour la splendide jument qu'il montait souvent lui-même.

— Barbara.

— Ah ! ceci explique cela…, dit Hayward, l'air exaspéré. Je m'efforce d'être patient avec Barbara mais jusqu'ici, elle n'a montré d'aptitude en aucun domaine. À part discuter des heures au téléphone avec ses amies —avec pour unique sujet les garçons… Ça, elle sait le faire.

Sans répondre, Cole ouvrit la lourde porte de chêne et Charles le suivit dans la stalle. Il tendit sa tasse de café à Cole et se pencha sur la jambe pansée de la jument.

— Ça n'est pas trop enflé. Ce liniment de votre fabrication empeste mais il est vraiment efficace. Je persiste à penser que vous devriez être vétérinaire.

Il se releva — Cole aurait préféré qu'il prolonge encore un peu son examen —, et donna une tape amicale sur la croupe de l'animal.

— Je n'ai jamais vu quelqu'un s'y prendre aussi bien avec les animaux.

— Ils m'aimeraient moins si je leur donnais de la nourriture en tube, dit Cole en jetant un regard de biais vers le couloir.

Il aperçut le visage de Jessica dans l'encadrement de la porte de sa chambre et retint son souffle. Puis fit brusquement volte-face pour empêcher Charles de quitter la stalle. Il heurta le coude de celui-ci et sa tasse de café se répandit sur la paille, éclaboussant au passage sa chemise.

— Mais, qu'est-ce…

— Je suis désolé, dit Cole.

— Ça n'est pas grave, je vais m'en faire un autre, dit Charles en essuyant sa chemise.

— Pourquoi ne pas mettre des rênes plus longues à notre nouveau pensionnaire et voir comment il réagit… À Memphis, je n'ai pas pu rester plus d'une demi-heure avec lui dans sa stalle.

Charles regarda Cole, qui s'était retourné :

— Qu'y a-t-il ? Vous avez l'air sur les nerfs ce soir…

Cole fit un signe négatif de la tête et suivit Charles

vers la cuisine, espérant que Jessica avait pu s'enfuir et que la plaisanterie était terminée pour ce soir. Mais il s'était réjoui trop tôt.

— C'est bizarre, dit Charles en passant devant la chambre de Cole, j'aurais juré que vous aviez refermé la porte derrière vous tout à l'heure.

— Elle s'est probablement ouverte d'elle-même, dit Cole.

Mais sa voix faiblit en voyant Charles s'arrêter devant la porte de la chambre, les yeux rivés sur quelque chose, un sourire étonné aux lèvres.

— Je suppose que vous n'étiez pas seul et que je vous ai dérangé, dit Hayward. Et maintenant la jeune fille s'est enfuie — ou cachée quelque part.

Le regard de Cole se posa sur le soutien-gorge blanc en dentelle à côté de son lit défait. Mais avant qu'il puisse dire quoi que ce soit, Hayward avait remarqué un détail bien plus embarrassant que le soutien-gorge. Son expression passa de l'étonnement à la colère :

— On dirait mes verres à vin, ou je me trompe !

Il souleva la bouteille d'un geste brusque.

— Et c'est le vin préféré de Jessica !...

— Je l'ai emprunté... Non, je l'ai volé...

Hayward se précipita vers la porte de derrière, pour voir une silhouette blanche se ruer vers la maison à travers les arbres.

— Petit salaud ! hurla-t-il en se retournant et en lançant son bras en avant.

Son poing atterrit avec une force insoupçonnée sur la mâchoire de Cole.

— Espèce de petit salaud !

Jessica grimpa quatre à quatre les escaliers menant à sa chambre. Jetant un coup d'œil par la fenêtre, elle vit son mari sortir des écuries, l'air furieux.

— Oh ! mon Dieu, qu'est-ce que je vais devenir ?

Elle se mit à trembler, sentant son univers confortable chanceler autour d'elle. Elle chercha désespérément une façon d'éviter le désastre.

Barbara monta soudain le son de sa stéréo. Alors

Jessica eut une idée : elle se précipita dans la chambre de sa fille, en claquant la porte derrière elle.

Barbara leva les yeux du magazine qu'elle était en train de lire, d'abord étonnée, puis inquiète :

— Maman, que se passe-t-il ?

— J'ai besoin de ton aide, ma chérie. Fais ce que je te dirai, ne me pose pas de questions. Je t'expliquerai en temps voulu…

10

Dallas, 1996.

— Bon après-midi, monsieur Harrison. Et toutes mes félicitations, dit le gardien alors que la limousine de Cole entrait par la grille principale du campus ultramoderne des Unified Industries, non loin du E-Systems de Ross Perot.

Une large allée à quatre voies serpentait à travers un paysage vallonné planté d'arbres, longeait un lac artificiel et une grande fontaine. Quand il faisait beau, les employés qui travaillaient dans les quatre buildings de verre reliés par des passerelles prenaient leurs repas dehors.

La limousine dépassa lentement le bâtiment administratif et les laboratoires de recherche devant lesquels trois hommes en blouse blanche étaient absorbés dans une conversation animée. Elle s'immobilisa devant l'édifice signalé par le panneau Direction.

— Félicitations, monsieur Harrison, dit le réceptionniste en voyant Cole sortir de l'ascenseur du sixième étage.

Cole, plongé dans ses pensées, répondit par un bref signe de tête et traversa les salons de la direction, séparés des bureaux par une haute cloison en teck frappée du sigle de la compagnie. C'était dans ces salons, somptueusement meublés de canapés de cuir vert pâle, d'épais tapis d'Orient et d'objets d'art incrustés de nacre ou de cuivre disposés sur des tables basses en acajou, que l'on faisait patienter les visiteurs importants.

Sans accorder le moindre regard au luxe qui l'entourait, Cole passa derrière la cloison de teck et emprunta le couloir moquetté qui menait à son bureau. Il ne remarqua pas le silence inhabituel qui régnait.

Devant la grande salle de conférences, Dick Rowse, le directeur de la publicité et des relations publiques, l'arrêta :

— Cole, voulez-vous entrer un moment, s'il vous plaît ?

À peine eut-il franchi le seuil que les bouchons de champagne se mirent à sauter. Les quarante employés applaudirent pour fêter le nouveau succès de la compagnie, l'acquisition d'une firme d'électronique très rentable, avec d'avantageux contrats du gouvernement à la clé et de nouveaux ordinateurs encore en phase d'essai. Cushman Electronics, propriété de deux frères, Kendall et Prentice Cushman, avait fait l'objet de tentatives de rachat par d'autres grandes compagnies et la bataille, largement médiatisée, avait été féroce. Unified Industries avait remporté la victoire et la presse ne tarissait pas d'éloges.

— Toutes mes félicitations, Cole, dit Corbin Driscoll, le contrôleur des comptes de la compagnie, en mettant un verre de champagne dans la main de Cole.

— Un discours ! Nous vou-lons un dis-cours ! scanda Dick Rowse sur le ton enjoué d'un homme qui a bu un peu trop et se sent obligé de mettre tout le monde à l'aise. En l'occurrence ses efforts sonnaient particulièrement faux, car les rapports au sein de la direction étaient loin d'être cordiaux.

Cole lui jeta un regard impatient, puis se laissa fléchir.

— Mesdames et messieurs, dit-il avec un sourire de pure formalité, nous venons de dépenser cent cinquante millions de dollars pour une compagnie qui n'en vaudra pas la moitié si nous n'arrivons pas à commercialiser ses ordinateurs. Je suggère que nous réfléchissions tous aux moyens de faire la part du feu si jamais cela se produit.

— J'aurais aimé une formule susceptible d'impressionner les médias, dit Rowse. Mon téléphone n'a pas arrêté de sonner depuis que la nouvelle a été annoncée à la presse, il y a deux heures.

— Je vous laisse le soin de trouver, Dick. C'est votre travail, pas le mien, de trouver des formules qui peuvent frapper les médias.

Cole tourna les talons et se dirigea vers son bureau. Dick se sentait vexé et tout le monde était un peu refroidi. Le groupe ne tarda pas à se disperser et Rowse se retrouva seul dans la salle de conférences avec sa nouvelle directrice adjointe, Gloria Quigley, et Corbin Driscoll.

Gloria avait trente ans, elle était grande, blonde et séduisante. C'était la plus jeune recrue — et la dernière en date — des membres de la direction. Elle fut la première à rompre le silence.

— Quelle douche froide, dit-elle avec un soupir exaspéré. Wall Street est en ébullition parce que Unified Industries vient d'arracher Cushman à l'Intercop de Matt Farrell et à deux autres concurrents de taille. Nous sommes euphoriques, le personnel de bureau est fier et les concierges sont sans doute en train de danser la gigue à l'heure qu'il est… Et le cerveau de l'opération a l'air de s'en moquer royalement !

— Oh ! ne croyez pas ça, s'exclama Dick Rowse. Quand vous serez là depuis six mois, vous réaliserez que Cole Harrison vient d'exprimer ce soir un contentement intense. Je ne l'ai jamais vu aussi heureux.

Gloria regarda les deux hommes d'un air incrédule :

— Qu'est-ce que ça doit être quand il est contrarié !

— Je ne vous souhaite pas d'avoir à l'expérimenter un jour, dit Corbin en hochant la tête.

— Il ne peut pas être à ce point horrible…

— Vous croyez ? ricana Corbin en montrant ses épais cheveux gris, impeccablement coiffés. Je n'avais pas un seul cheveu blanc il y a deux ans, quand j'ai commencé à travailler avec Cole.

Les deux autres rirent et il ajouta :

— Certes le salaire est confortable et les pri…
ressantes, mais il y a quelques ombres au tableau…

— Quoi par exemple ? demanda Gloria.

— Avoir un coup de fil de Cole à minuit qui veut que vous travailliez sur une idée qu'il vient d'avoir, répondit Dick.

— Ou boucler une valise pour prendre un avion dans l'heure qui suit — même le week-end.

— Le week-end ! s'exclama Gloria avec une expression comique de feinte indignation. Il va falloir que j'éteigne mon répondeur dès le vendredi soir, si je comprends bien…

— En effet ! dit Rowse avec un gloussement, en sortant un petit objet noir de sa poche. J'ai un petit cadeau pour vous, qui va remplacer votre répondeur et c'est un signe incontestable de votre position dans la maison.

Gloria ouvrit la main et Rowse lui plaqua un *pager* dans la paume :

— Bienvenue à Unified Industries, dit-il sèchement. À votre place, je dormirais avec.

Tout le monde éclata de rire. Gloria savait bien en entrant dans la compagnie ce qu'on allait exiger d'elle. Et ce défi avait joué pour beaucoup dans son choix. Avant de quitter sa propre société de relations publiques de Dallas, elle avait lu tout ce qu'elle avait pu trouver sur le battant énigmatique qui avait fait date en fondant un trust aussi important et aussi rentable avant l'âge de trente ans.

Elle s'était déjà aperçue de par sa propre expérience que c'était un patron exigeant, dont le comportement à la fois réservé et impatient n'encourageait pas la familiarité, même avec ses collaborateurs, qui le traitaient tous avec déférence. Il se moquait d'avoir des ennemis et semblait indifférent à son image publique. Mais il demeurait intraitable quant à celle de l'entreprise.

Le service clientèle était son point fort et la compagnie avait reçu des louanges justifiées pour les services de qualité incomparable que dispensaient dans ce domaine toutes ses filiales. Que la nouvelle acquisition abrique de médicaments en faillite, e restauration rapide ou une grosse a première chose que faisait Harrison r au service clientèle les méthodes le de Unified Industries.

omme est une énigme dans le monde des af… compris pour ses plus proches collaborateurs, dit Gl…, qui pensait tout haut. On ne sait pratiquement rien de lui. Dès que j'ai lu les titres sur sa reprise de Erie Plastics il y a deux ans, j'ai été intéressée par ses méthodes. Il paraît que les étudiants apprennent ses techniques à l'université.

— Oh ! pour Erie Plastics, ce n'était pas si compliqué et je peux vous raconter comment ça s'est passé, dit Corbin d'un ton sec. Pas besoin d'aller à l'université pour comprendre ça.

Elle lui lança un regard intense :

— Oui, je veux bien que vous me racontiez comment il s'y est pris.

— À l'origine, la raison du succès de Cole est qu'il est sorti vainqueur de la compétition en jouant à la fois sur le temps et l'argent : en général, lorsqu'un groupe décide d'acquérir une société, il lui propose un prix en fonction du rapport temps et rentabilité et si l'estimation est trop élevée, elle fait machine arrière. C'est la tactique habituelle des grands groupes de par le monde. Et les compétiteurs de Cole jouaient le jeu selon ces règles généralement admises. Au plus fort de la bataille, ils remettent sans arrêt sur le tapis ce qu'ils ont à perdre par rapport à ce qu'ils ont à gagner. Puis ils essayent de prévoir les mouvements de l'adversaire en fonction de ce qu'il pense, *lui*, qu'il va perdre ou gagner.

« Cole ne fonctionne pas de cette façon. Quand il veut quelque chose, rien ne l'arrête jusqu'à ce qu'il l'ait obtenu, quel qu'en soit le prix. À la fin, ses concurrents ont enfin réalisé, ce qui lui a donné encore plus de mordant. Maintenant, quand il a décidé de racheter une société, les acquéreurs potentiels se retirent plutôt que de s'attirer des ennuis, et de dépenser de l'argent inutilement en se battant contre lui. C'est son arme principale et c'est pour ça qu'il gagne.

— Que s'est-il passé exactement avec Erie Plastics ? C'est ce qui a fait de lui une légende.

Corbin approuva d'un hochement de tête.

— Dans le cas d'Erie Plastics, cinq concurrents étaient en lice. Nous étions les premiers et en principe leur conseil d'administration avait accepté notre offre — fort généreuse —, mais quand les autres sociétés se présentèrent, Erie décida de tirer parti de la compétition qui s'installait entre nous et augmenta la mise de départ. Ses exigences devinrent exorbitantes, et les trois sociétés les moins importantes finirent par se retirer du jeu. Nous sommes donc restés en compétition avec Intercop, mais au moment où les autres compagnies se sont retirées, une société qu'Intercop préférait à Erie Plastics leur fit une offre de vente, et Intercop se retira à son tour. Nous étions désormais les seuls repreneurs. Dès le lendemain, Cole revenait à l'attaque avec une offre plus basse que celle qu'il avait faite initialement et Erie cria à la trahison dans tout Wall Street. Ils réussirent à éveiller la sympathie mais aucun autre acquéreur ne se présenta, étant donné ce que coûtent les options et les offres d'achat — quelle que soit l'issue des transactions. Cole restait donc seul sur le ring, comme un champion poids lourd, poings levés et prêt à réduire en bouillie le prochain concurrent. Mais il n'y eut personne pour prendre le risque et Unified devint propriétaire de Erie Plastics pour une bouchée de pain. L'affaire causa une mauvaise publicité à Cole et il se fit une nouvelle série d'ennemis.

— Je ne peux pas faire grand-chose contre ses ennemis, dit Gloria, mais j'ai bien l'intention d'agir sur nos relations publiques.

— Cole se fiche pas mal d'être aimé ou non. La seule chose qui l'intéresse, c'est la compagnie — et c'est de gagner. Il voulait Erie Plastics, à n'importe quel prix. Comme si la victoire lui importait encore plus que le but qu'il poursuit.

— Avec une vue aussi réductrice des choses, on

pourrait s'attendre à ce qu'il soit un raté complet en affaires. Or c'est tout le contraire qui se produit.

— En effet. C'est que Cole a un talent tout particulier, en plus de sa ténacité, dit Dick Rowse d'un air sournois, en se servant un verre de scotch au bar de la salle de conférences.

— Ah oui, lequel ?

— Le flair. Il a le don de pressentir les tendances, les changements, les besoins et de savoir les capitaliser bien avant tout le monde.

— Je ne vous sens pas très enthousiaste, fit Gloria, déconcertée.

— J'admire le talent, pas l'homme, dit Rowse abruptement. Quoi qu'il fasse, on dirait que tout est toujours planifié d'avance dans son cerveau. Les analystes de Wall Street s'arrachent les cheveux à essayer de deviner ses sous-entendus. Et nous aussi, d'ailleurs.

— Cet homme m'intrigue, dit Gloria en haussant les épaules comme pour s'excuser d'avoir une opinion divergente de celle de ses collègues.

— Qu'est-ce qui vous fait croire que Cole Harrison est un homme ? répliqua Rowse avec un demi-sourire. Pour moi, c'est plutôt un robot d'un mètre quatre-vingt-cinq avec une intelligence artificielle dans un costume à huit mille dollars.

Les deux autres se mirent à rire et Rowse se détendit un peu.

— Vous pouvez rire, mais je ne suis pas loin de la vérité : il ne joue pas au golf ni au tennis, il ne s'intéresse pas au sport ni à la vie sociale, on ne lui connaît pas un seul ami. Son ancienne secrétaire m'a dit que ses seuls appels non professionnels provenaient tous de femmes. Les femmes, ajouta-t-il en jetant un regard accusateur à Gloria, sont toutes fascinées par lui.

— Voilà qui ne semble pas coller avec ta théorie du robot, plaisanta Corbin.

— Qui nous dit que la technologie moderne n'est pas capable de produire un robot mâle avec tout ce qu'il faut…

— Je suis désolée d'interrompre cette discussion

hautement philosophique, intervint Gloria, mais j'ai du travail et je ferais bien de m'y mettre tout de suite. M. Harrison a beau se moquer de son image, cela affecte la société et nous sommes payés pour la mettre en valeur. Puisqu'il est là aujourd'hui, proposons-lui donc une conférence de presse sur le contrat avec Cushman et les projets de la future société...

— Il refusera, dit Rowse en se levant. Je lui en ai déjà parlé.

— Essayons de nous y mettre tous les deux, nous arriverons peut-être à le convaincre.

— Il m'a déjà envoyé promener, mais si vous essayez seule, vous aurez peut-être plus de chance — en admettant que vous réussissiez à le voir.

Voir Cole Harrison était moins difficile qu'arriver à capter son attention. Gloria s'en était déjà rendu compte les quelques fois où elle était entrée dans le sanctuaire de verre et de chrome à l'épaisse moquette gris argent, meublé de fauteuils de daim bordeaux.

Elle était assise depuis dix minutes devant le bureau de Cole à essayer de le persuader de donner une conférence de presse, tandis qu'il signait des documents, parlait à sa secrétaire, répondait au téléphone... et ignorait sa présence.

Soudain il leva les yeux vers elle :

— Vous disiez ?

Gloria se sentit faiblir sous son regard froid et évaluateur. Mais elle poursuivit :

— Je... j'essayais d'expliquer qu'une conférence de presse à l'heure actuelle est non seulement souhaitable, mais vitale pour la société. La presse a déjà fait passer la reprise de la Cushman pour un carnage. Les perdants ont hurlé à la trahison avant même que tout soit joué.

— Je joue pour gagner, j'ai gagné. Ils ont perdu, un point c'est tout. À part ça, rien n'a d'importance.

Gloria le regarda droit dans les yeux — tant pis s'il lui fallait jouer sa sécurité d'emploi.

— Monsieur, reprit-elle, vos détracteurs ne sont pas les seuls à penser — beaucoup d'hommes d'affaires de

Wall Street sont de cet avis — que vous êtes inutilement dur. Vous ne faites pas de quartier et la presse vous fait passer pour un loup vorace qui préfère le goût du sang à celui du pouvoir.

— La presse n'a pas peur des images fortes, mademoiselle Quigley ! répliqua-t-il d'un ton caustique.

— Ce sont les faits, dit-elle, piquée au vif.

— Non, mademoiselle. Les faits, les voici : la Cushman Electronics a été fondée par un génie il y a soixante ans, mais ses héritiers se sont montrés de plus en plus incompétents et stupides de génération en génération. Ces héritiers — qui constituent le conseil de direction de la compagnie — ont été élevés dans le luxe, éduqués dans les meilleurs établissements et, bien qu'ils aient laissé la compagnie péricliter d'année en année, sont tellement convaincus de leur supériorité qu'ils n'ont rien vu venir. Ils s'imaginaient qu'un de leurs vieux amis viendrait à leur secours en injectant un gros paquet d'argent frais dans la société, grâce à quoi ils auraient pu continuer de faire des offres. Au lieu de ça, ils se font racheter par quelqu'un comme moi, qui suis né du mauvais côté — quoi de plus humiliant pour eux... Ça bouleverse leur vision du monde et c'est pourquoi ils crient à la trahison. Ils croyaient être invités à prendre le thé avec les politesses d'usage, et nous livrions une bataille. Dans une bataille il n'y a que des gagnants, des perdants — et de mauvais perdants.

Cole s'attendait à ce qu'elle s'avoue vaincue et batte en retraite mais elle ne bougea pas, observant un silence obstiné.

— Eh bien ? demanda-t-il au bout d'un moment.

— On peut remporter une bataille sans passer pour un barbare et c'est à cela que servent les relations publiques.

Elle venait de marquer un point. Cole le comprit mais il n'avait pas envie de l'admettre. Il avait monté sa compagnie puis fondé un trust qui réalisait des profits considérables, il avait remporté de haute lutte des batailles contre des aristocrates de la finance comme les Cushman et il avait l'impression qu'ils le haïssaient autant pour ce qu'il leur avait pris en toute légalité que parce qu'il avait infiltré leurs rangs. Il les avait fait plus souffrir en ébranlant leur sentiment de supériorité qu'en s'attaquant à leur portefeuille.

Cole trouvait leur attitude plus drôle qu'insultante. Et lorsqu'une offre de rachat était dans l'air, il s'amusait que la presse donnât de lui l'image d'un prédateur sans états d'âme, tandis que ses concurrents apparaissaient comme de valeureux chevaliers blancs comme neige. En réalité, ces vertueux personnages s'allouaient les services d'une armée de mercenaires, avocats et analystes financiers pour faire le « sale boulot » à leur place et tirer les ficelles depuis les coulisses. Lorsque leur adversaire était à leur merci, ils s'avançaient avec élégance sur le champ de bataille en agitant une épée de parade ; et après l'avoir achevé dans un duel symbolique, ils portaient la lame à leur front, s'inclinaient courtoisement devant la victime et laissaient à d'autres mercenaires le soin de faire disparaître les traces du carnage et d'enterrer les cadavres.

À côté de ces duellistes distingués, Cole faisait figure de bagarreur des rues, que seule la victoire intéressait, indifférent à l'image peu élégante qu'il donnait et peu soucieux de se faire des amis. Car au fil des années, il s'était fait plus d'ennemis que d'amis et avait acquis une réputation de cruauté — en partie méritée — et d'indélicatesse — ce qui était absolument injuste.

Mais rien de tout cela ne l'atteignait. Se faire des ennemis à vie, être en butte à des accusations injustes, avoir un cœur endurci étaient le prix de la réussite. Cole payait son tribut sans se plaindre, comme les quelques visionnaires qui, à sa ressemblance, avaient réussi au cours des vingt dernières années à bâtir de vastes fortunes dans un contexte économique jugé défavorable.

— On disait la même chose de Matt Farrell et d'Intercop à la fin des années quatre-vingt, fit-il remarquer à Gloria. Et maintenant on l'encense, il est devenu le prince charmant de Wall Street.

— C'est vrai. Et il le doit en partie à la très bonne publicité qui a été faite autour de son mariage tumultueux avec une héritière très populaire ainsi qu'à une personnalité plus ouverte, plus communicative.

Cole jeta un regard vers la porte d'entrée et salua d'un signe de tête John Nederly, le président du conseil d'administration, que la secrétaire venait de faire entrer. Gloria en conclut que l'entretien était terminé et se leva, déçue.

— Quand voulez-vous que nous donnions cette conférence de presse ?

L'espace d'une seconde, elle n'en crut pas ses oreilles.

— Euh… le plus vite possible. Demain ? Ça me laisse assez de temps.

Cole leva les yeux des documents qu'il était en train de signer et fit non de la tête.

— Je pars ce soir pour Los Angeles et je ne serai pas de retour avant mercredi soir.

— Jeudi ?

— Jeudi et vendredi, je suis à Jefferson City pour affaire de famille.

— Samedi, alors ?

— Parfait. Disons samedi.

Mais la secrétaire tourna une page de l'agenda qui se trouvait sur son bureau :

— Je crains que ça ne soit pas possible. Samedi, vous êtes à Houston.

— À Houston ? fit-il d'un ton de dégoût. Pour quoi ?

— Pour le Bal des Orchidées. Vous avez fait don d'une sculpture de Klineman à la vente de charité qui précède le bal, et on veut vous récompenser de votre générosité.

— Envoyez quelqu'un à ma place.

Gloria s'insurgea :

— Il faut que vous y soyez en personne. Je réglerai tout ça. Le Klineman est le clou de la vente aux enchères, c'est l'objet le plus cher qui sera proposé…

— C'est aussi le plus laid, coupa Cole d'un ton suave et détaché qui fit glousser Gloria de façon tout à fait incongrue.

— Et pourquoi l'avez-vous acheté ? reprit-elle.

— Je m'étais laissé dire que c'était un bon investissement et il est vrai qu'il a pris de la valeur depuis cinq ans. Malheureusement, il ne me plaît pas davantage aujourd'hui. Envoyez quelqu'un à Houston recevoir les remerciements au nom de la société.

— Il faut que vous y soyez en personne, insista Gloria d'un ton ferme. Lorsque le chargé de relations publiques vous a suggéré de faire une donation, vous vous êtes montré très généreux. Les bénéfices de ce bal vont à la Ligue contre le Cancer et c'est un événement national. C'est le moment idéal pour faire une apparition en public, avant la conférence de presse qui aura lieu ici la semaine prochaine.

Cole leva son stylo et la regarda sans rien dire, ne trouvant pas d'argument à opposer à cette logique imparable. D'une certaine façon, il l'approuvait de mettre un tel acharnement dans le travail pour lequel la société la payait, malgré le peu d'encouragement que lui-même lui témoignait.

— Bien, fit-il sèchement.

Gloria se leva pour partir. Elle se retourna après avoir fait quelques pas et se rendit compte que les deux hommes la regardaient.

— Les médias vont sûrement monter en épingle l'affaire Cushman, dit-elle. Si vous entendez parler de quoi que ce soit, j'aimerais en discuter avec vous pour avoir le temps de préparer la contre-offensive pour la conférence de presse.

Cole lui répondit comme si elle avait atteint les limites de sa patience :

— J'écouterai les informations ce soir en faisant ma valise pour Los Angeles.

Elle finit par battre en retraite. Cole s'adossa à son fauteuil et regarda John qui suivait d'un œil intéressé la sortie de la jeune femme.

— Elle est tenace.

— Très.

— Et elle a des jambes superbes… Bon, je vous ai apporté les procurations dont votre oncle a besoin pour la réunion du conseil d'administration, dit John en glissant des papiers sur le bureau de verre aux pieds tubulaires curieusement tordus qui lui faisaient penser à un jeu de construction pour enfants. Cole, poursuivit-il, je n'ai pas envie de passer pour un oiseau de mauvais augure, mais il faut vraiment que votre oncle vous cède ses parts de la société au lieu de vous donner une procuration à chaque fois. Je sais que sa volonté est de faire de vous son seul héritier, mais je me réveille la nuit avec des sueurs froides à l'idée du désastre que ce serait s'il devenait sénile ou je ne sais quoi, et décidait de ne plus vous signer de procuration.

Cole lança un regard las à John en glissant les formulaires dans son attaché-case.

— Vous vous faites vraiment du souci pour rien, dit-il en tournant son siège pour prendre des dossiers empilés sur une console derrière son bureau. Cal a l'esprit aussi affûté qu'une lame de rasoir.

— Malgré tout, il a passé soixante-dix ans et les personnes âgées peuvent être induites en erreur par des gens malveillants. L'an dernier, par exemple, un groupe de petits porteurs d'une société de produits chimiques de l'Indiana n'était pas d'accord avec une fusion souhaitée par le conseil d'administration. Ils réussirent à persuader une vieille dame de Californie qui avait hérité de son mari un nombre déterminant de parts que la fusion allait causer des pertes considérables. Ils la firent venir dans l'Indiana, où elle vota personnellement contre le conseil, et empêcha la transaction de se faire. Et quelques semaines plus tard, elle écrivait au conseil en se plaignant qu'on l'avait forcée à agir ainsi !

Cole ferma ses tiroirs à clé, fit à nouveau pivoter sa chaise et sourit devant l'air attristé de son avoué. Calvin Downing était l'oncle de sa mère. Non seulement Cole était plus proche de lui que de son propre père, mais il le connaissait par cœur et trouvait les craintes de l'homme de loi parfaitement ridicules.

— Autant que je sache, personne, pas même moi, n'a jamais influencé ni forcé Calvin à faire quelque chose qu'il n'avait pas envie de faire — ni ne l'a empêché de faire ce qu'il avait décidé.

Devant l'air dubitatif de John, Cole cita le premier exemple qui lui vint à l'esprit :

— Pendant cinq ans, j'ai essayé de le convaincre de quitter son ranch pour s'installer à Dallas — en vain. Durant les cinq ans qui ont suivi, je l'ai talonné pour qu'il se fasse construire une belle maison mais il a également refusé sous prétexte que c'était de l'argent gaspillé et qu'il n'avait pas besoin d'une nouvelle maison. À l'époque, il pesait au moins cinquante millions de dollars et vivait toujours dans le deux-pièces où il était né, une vraie masure. Finalement, il y a deux ans, il s'est décidé à prendre des vacances, pour la première — et la dernière — fois de sa vie. Comme il était parti pour six semaines, j'ai fait venir un entrepreneur durant son absence et je lui ai fait construire une maison magnifique à côté de son ranch.

Cole ferma sa mallette d'un geste vif, se leva en ajoutant d'un ton ironique :

— Et savez-vous où il habite aujourd'hui ?

— Toujours dans la vieille masure ?

— Exactement.

— Mais qu'est-ce qu'il fait tout seul dans cette maison délabrée ?

— Il ne vit pas tout à fait seul. Il a la même gouvernante depuis plusieurs décennies et des ouvriers qui lui donnent un coup de main au ranch. Il passe son temps à se mêler de leurs affaires ou à lire… C'est un fou de lecture.

Cette dernière précision ne correspondait guère à l'idée que John se faisait d'un vieux paysan du Texas.

— Qu'est-ce qu'il lit ? demanda-t-il.

— À peu près tout ce qui lui tombe sous la main sur le sujet qui le passionne à une certaine étape de sa vie. Chaque cycle dure à peu près trois ou quatre ans, durant lesquels il dévore tout ce qui a été écrit sur la question. Pendant un temps il ne lisait que des biographies de héros de guerre, puis il a eu un intermède mythologie, puis une période psychologie, philosophie, histoire, et pour finir western et série noire. Il y a un an, il a manifesté un vif intérêt pour les magazines populaires, de

Playboy à *Cosmopolitan*, en passant par la presse féminine et toutes sortes de revues. Il affirme que les magazines populaires sont le plus fidèle reflet de l'état d'esprit d'une société moderne.

— Vraiment ? fit John d'un ton contraint qui dissimulait mal son aversion pour le vieil excentrique possesseur d'une part énorme d'actions de Unified Industries et capable de faire basculer la compagnie si la fantaisie le prenait... Et quelles conclusions a-t-il tirées de ces lectures ? ajouta-t-il.

Cole eut un petit sourire ironique et jeta un bref coup d'œil à sa montre.

— Que notre génération a ouvertement violé toutes les règles de la moralité et de la décence, n'a aucun sens des responsabilités et va mettre au monde des enfants incapables de comprendre ces concepts. Pour faire court, disons que Cal a conclu de toutes ses lectures que l'Amérique est en pleine décadence, à la manière de la Grèce antique et de Rome — et pour les mêmes raisons.

John se leva et sortit en même temps que Cole. Celuici s'arrêta, la main sur la poignée de la porte :

— Vous avez raison en ce qui concerne les parts de Cal. Il faut qu'il me les cède. Ça fait des années que j'aurais dû m'en occuper mais j'ai toujours différé.

— Pourquoi ? Il y a un problème ?

— Non.

La vérité était que Cole n'avait pas envie de raconter à un étranger le rôle que Cal avait joué dans sa vie, et sa gratitude envers lui. Jamais il n'aurait avoué à un homme de loi que seul l'amour qu'il portait à son oncle l'avait empêché de lui demander de restituer les parts qu'il détenait depuis quatorze ans.

À l'époque, Unified Industries n'était pour Cole qu'un rêve lointain. Mais Cal avait écouté attentivement ses projets, et avec une confiance inébranlable dans les capacités de son neveu à concrétiser ses plans, il lui avait prêté un demi-million de dollars qui représentaient la totalité de ses bénéfices sur le pétrole, plus deux cent mille dollars empruntés à la banque. Cole avait ensuite obtenu d'un banquier de Dallas la somme de sept cent cinquante mille dollars hypothéqués sur les futurs profits de Cal. Fort de plus d'un million de dollars, d'une tête bien faite et de la connaissance acquise au contact de Charles Hayward et des autres milliardaires qui fréquentaient ses écuries, Cole avait alors fait ses premiers pas dans les hautes sphères de la finance en décidant de jouer gros ; en portant son choix sur le pari le plus risqué — et le plus profitable : les contrats pétroliers.

Ayant vu une grosse compagnie pétrolière se tromper deux fois en forant chez Cal, il avait décidé de miser sur la plus petite société, celle qui avait finalement réussi à trouver du pétrole sur ces terres : Southfield Exploration, qui était la propriété d'Alan South, jeune homme arrogant de trente-trois ans, « prospecteur de la troisième génération », comme il se définissait lui-même, que l'idée de trouver de l'or noir là où les grandes compagnies avaient échoué excitait au plus haut point.

Alan adorait les défis et rien ne le grisait autant que le succès ; mais il ne savait pas gérer ses profits. Au moment où Cole se rapprocha de lui avec un million de dollars à investir, ses fonds étaient au plus bas et il cherchait un associé. Alan ne tenait pas à donner à Cole le contrôle financier de la société ; mais celui-ci se montra inflexible et il n'avait pas le choix.

Cal voulait que Cole considère son investissement comme une avance. Mais Cole avait mis un point d'honneur à franchir un pas supplémentaire en faisant de son oncle un associé à part entière et lui avait remboursé la somme en toute légalité. Dans les trois années qui suivirent, Alan accumula les erreurs — et les disputes avec Cole qui refusait de lui laisser prendre de l'extension. Il lui racheta finalement ses parts pour cinq millions de dollars, et les deux hommes se séparèrent bons amis.

Avec l'assentiment de Cal, Cole investit les profits réalisés avec la compagnie pétrolière dans l'acquisition de trois petites usines de confection soigneusement sélectionnées. Il engagea une nouvelle équipe directoriale, acheta du matériel neuf, développa le service clientèle et regonfla le moral du personnel des ventes. Quand la balance des paiements de chaque compagnie lui parut équilibrée, il les revendit. À ses moments « perdus », il analysait le parcours et la philosophie des gérants d'affaires et des courtiers qui avaient fait fortune. Remarquant qu'ils ne partageaient jamais le même avis sur un ou plusieurs points décisifs, Cole en conclut que le flair et la chance jouaient un rôle important en affaires. Et comme jusqu'à présent ni l'un ni l'autre ne lui avait fait défaut, il décida de mettre la barre encore plus haut.

Trois ans plus tard, il avait porté son chiffre d'affaires de cinq à soixante-cinq millions de dollars. Durant cette période, la seule condition que Cal avait posée à Cole était que son autre neveu, Travis Jerrold, ait une place dans la nouvelle aventure dans laquelle Cole se lancerait. Travis avait cinq ans de plus que Cole et vivait à l'autre bout du Texas, où il avait travaillé dans une usine d'outillage en dépôt de bilan. Il avait un diplôme universitaire, une jolie femme prénommée Ellain que Cole aimait beaucoup, et deux enfants gâtés, Donna Jean et Ted — qu'il aimait nettement moins. Bien qu'il ne l'ait vu qu'une seule fois alors qu'il était adolescent, Cole aimait bien l'idée d'avoir un membre de la famille dans son entreprise. Il connaissait l'intégrité de Travis et accepta la proposition de Cal.

Il commença à chercher une entreprise sur laquelle fonder sa dynastie — une compagnie produisant des services pour lesquels il y aurait une demande croissante à l'avenir. Savoir aller au-devant d'un besoin était la clé du succès, et Cole découvrit qu'il avait un réel don pour cela. Alors que tout le monde semblait croire que IBM et Apple monopoliseraient bientôt le marché de l'informatique, Cole était convaincu que des prix plus bas, une qualité élevée, des marques génériques pourraient remporter le marché de l'informatique chez les particuliers.

Contre l'avis de tous, il acheta une petite société, la Hancock, et inventa sa propre marque. Il tripla le département des ventes, mit l'accent sur le contrôle de la qualité et investit dans une vaste campagne publicitaire. Deux ans plus tard, les ordinateurs de la marque Hancock se vendaient dans tout le pays, fort appréciés pour leur fiabilité et leur technicité. Cole nomma Travis directeur de la Hancock : sa femme fondit en larmes de gratitude, et lui faillit avoir une crise de nerfs.

Travis se montra un excellent collaborateur dans ce qui était désormais une affaire de famille. Il compensait un manque d'imagination par une grande détermination et une loyauté sans faille dans l'exécution des instructions de Cole. Lorsque Cole créa le département de recherche et de développement de Unified Industries quatre ans plus tard, il plaça Travis à sa tête.

11

— Je suis une de vos ferventes admiratrices, mademoiselle Foster, dit la maquilleuse de CNN tout en brossant soigneusement les longs cheveux brillants de Diana. Ma mère, ma sœur et moi lisons votre magazine de A jusqu'à Z.

La salle de maquillage de CNN ressemblait, en un peu plus grand peut-être, à toutes les salles de maquillage des studios de télévision. Deux comptoirs tout en longueur, surmontés de miroirs entourés de lampes, étaient encombrés de flacons de cosmétiques, de tubes de rouge à lèvres, de crayons, de pinceaux, de peignes et de brosses. Des fauteuils étaient disposés à intervalles réguliers. Habituellement remplie d'invités attendant leur tour de passer à l'antenne, la pièce était pratiquement vide cet après-midi-là. Diana était seule aux mains de la maquilleuse.

— Pour l'anniversaire de ma sœur, reprit celle-ci avec enthousiasme, nous avons fait la recette du gâteau à la vanille de votre grand-mère, avec des myrtilles recouvertes de sucre glace comme sur la photo ! Nous avons fait un centre de table avec des brassées de pivoines, et décoré notre papier-cadeau avec des pochoirs en forme de pivoines… Ma mère a utilisé de l'encre argentée et moi de la dorée, c'était vraiment très réussi !

— J'en suis ravie, dit Diana en lui lançant un sourire absent.

Elle était préoccupée par deux fax urgents arrivés à son hôtel à la fin de la matinée.

— Ma mère a persuadé mon père d'essayer le truc de votre grand-père pour faire pousser des fraises et nous avons eu des fraises énormes, délicieuses ! Quand mon père a vu la photo dans votre magazine, il a dit que la photo était truquée et que c'étaient des pommes sauvages ! Maintenant, il construit la boîte à compost d'après les conseils que donne votre grand-père dans le dernier numéro et il lit régulièrement le magazine !

Diana fit un autre sourire à la maquilleuse avant de se replonger dans le fax émanant de Foster Entreprises à Houston.

— Pratiquement tous les gens que je connais lisent votre revue. Vous avez toujours de bonnes idées et les photos de votre sœur sont vraiment magnifiques. Et la façon dont votre maman parle de votre famille, nous avons l'impression de vous connaître tous. Quand Corey a eu ses jumeaux, nous leur avons crocheté les adorables chaussons dont vous aviez donné le modèle, vous savez, ceux qui ressemblent à des bottines lacées… J'espère qu'elle les a reçus…

— Sans aucun doute, dit Diana en levant les yeux et en souriant.

La jeune femme mit un nuage de blush sur ses pommettes et recula d'un pas.

— J'ai fini, dit-elle comme à regret. Vous êtes encore plus jolie au naturel que sur les photos.

— Merci beaucoup, dit Diana en posant les fax sur la table de maquillage.

— Il vous reste dix minutes avant de passer à l'antenne.

Quand la maquilleuse fut sortie, Diana se tourna vers Cindy Bertrillo, la directrice des relations publiques de *Foster's Beautiful Living*, qui l'avait accompagnée à Atlanta et était restée assise en attendant qu'elle soit maquillée.

— Il y a d'autres fax ? demanda-t-elle en griffonnant

des observations et en les tendant à Cindy pour qu'elle les faxe en retour en arrivant à l'hôtel.

— Non, c'était tout, dit celle-ci en glissant les papiers dans sa mallette.

Avec ses cheveux noirs coupés ras, ses grandes lunettes et ses gestes vifs et énergiques, la jeune femme était, à trente-deux ans, une infatigable travailleuse toujours à l'affût de ce qui pourrait profiter au magazine.

— Je déteste ces interviews, fit Diana avec une grimace. Ça prend trop de temps sur le travail. J'ai six réunions demain matin et il faut que je m'occupe des photos de la nouvelle table à café, je ne peux pas être partout...

Cindy connaissait l'emploi du temps surchargé de Diana. À trente et un ans, elle était devenue plus qu'une femme d'affaires. C'était une vraie célébrité que l'on s'arrachait. Elle le devait autant à ses traits remarquablement photogéniques qu'à la sérénité qu'elle affichait en toute circonstance, même quand la situation était difficile et qu'elle était sur les nerfs. Malgré son désir de rester dans l'ombre, son élégance naturelle, son teint lumineux et sa chevelure flamboyante avaient fait d'elle la cible préférée des journalistes et des photographes, et on lui réclamait sans arrêt des entretiens télévisés.

Cindy lui sourit en répétant ce qu'elle disait toujours en pareil cas :

— Je sais, mais tu passes admirablement à l'écran et les interviews font vendre.

Elle pencha la tête de côté comme pour mieux juger de l'effet produit par Diana dans son petit tailleur de crêpe bouton d'or avec les reflets auburn de ses cheveux et ses yeux d'un vert intense.

— Tu es magnifique.

Diana leva les yeux au ciel.

— Je t'en prie ! La prochaine fois, essaie d'envoyer maman ou grand-mère pour ce genre d'émissions. Ce sont elles qui incarnent l'idéal Foster, l'esprit et le concept du magazine. Prends donc Corey pour les interviews télé ! Avec les photos superbes qu'elle fait, c'est elle qui rend la revue si spectaculaire. Moi je ne m'occupe que des affaires et je passe très mal à la télé. En plus, ça me fait perdre un temps fou.

Lorsqu'elle fut à court d'arguments, Cindy lui dit sur un ton plaisant mais ferme :

— Mais c'est *toi* qu'on veut, Diana.

Et elle ajouta avec un sourire apitoyé :

— De toute façon, il n'est pas question de laisser ta grand-mère devant les caméras. Elle parle vraiment trop. Je ne te l'ai pas raconté, mais le mois dernier elle a enregistré un show télévisé pour CBS à Dallas et quand l'animateur lui a demandé en quoi, selon elle, le magazine *Foster's Beautiful Living* se distinguait de *New Style*, notre concurrent le plus direct, tu sais ce qu'elle a répondu ?

Cindy marqua une pause, les sourcils levés dans une expression de gaieté mal dissimulée.

— Non… Quoi ? demanda Diana d'un ton circonspect, notant le regard lourd de sous-entendus de Cindy.

— Elle a dit que, quand elle avait fait une lampe décorée à la main d'après le schéma donné dans *New Style*, elle avait failli mettre le feu à la maison.

Diana étouffa un rire faussement horrifié.

— Après, elle a raconté que le plâtre a meilleur goût que le gâteau de mariage dont *New Style* a donné la recette.

Cette fois-ci, Diana éclata de rire pour de bon.

— Heureusement que l'émission n'était pas en direct, sinon la candeur de ta grand-mère aurait pu nous attirer les foudres de la justice. J'ai dû user de tout mon charme auprès de l'animateur pour qu'il coupe cette séquence savoureuse — qui aurait fait de l'audience, à coup sûr. Il a accepté, mais il va falloir que je couche avec lui la prochaine fois que j'irai à Dallas…

— Voilà qui me paraît un marché honnête, dit Diana d'un air grave.

Elles éclatèrent de rire toutes les deux.

— Grand-mère ne cherche pas à être méprisante, reprit Diana. À son âge, je crois qu'elle a décidé de ne plus perdre de temps à faire des mensonges polis… Ça doit être quelque chose comme ça.

— C'est à peu près ce qu'elle m'a expliqué, à Dallas. En tout cas, je prends ta mère et Corey ou tes grands-parents chaque fois que je peux pour les shows télévisés, tu le sais. Mais c'est *toi* que les gens veulent.

— Je compte sur toi pour les faire changer d'avis.

— Change de visage et je pourrai peut-être faire quelque chose. Deviens grosse et laide, prétentieuse, poseuse ou vulgaire, le public ne te le pardonnera pas — et tu perdras tout succès commercial.

— Merci du conseil !

— Tu es devenue une idole, je n'y peux rien ! Est-ce ma faute si le public te voit comme la Déesse du Foyer américain ?

Diana fit une grimace comique en entendant la formule, inventée par un commentateur de CBS.

— Ne dis surtout pas que je n'ai pas eu le temps de cuisiner un seul vrai repas depuis deux ans — ou que je suis obligée de faire faire la décoration de mon appartement parce que j'ai trop de travail.

— Même sous la torture je n'avouerais rien, plaisanta Cindy.

Elle repoussa les flacons de cosmétiques et posa une fesse sur la table de maquillage.

— Diana, ajouta-t-elle soudain sérieuse. Je t'ai entendue plus d'une fois faire des plaisanteries de ce style ces derniers mois, et ça m'inquiète vraiment. Quand tu as démarré le magazine, tu avais le champ libre mais en deux ans cela a changé du tout au tout. Inutile de te rappeler la compétition qui se joue autour de toi, les énormes sommes en jeu, et jusqu'où tes concurrents sont capables d'aller pour détrôner *Foster's Beautiful Living*. De gros éditeurs sont prêts à publier leurs magazines et essaient eux aussi de construire leurs idoles. S'ils te découvrent un point faible, ils n'hésiteront pas à s'en servir contre toi pour détruire l'image de Foster dans les médias. Quel que soit le talent de ta mère, de ta grand-mère ou de n'importe quel collaborateur du magazine, c'est *toi* qui représentes l'idéal de la femme pour les Américaines. Je sais que tu es épuisée et que tu as horreur de voir ta vie privée mêlée à ta vie publique, mais tant que tu n'as pas épousé Dan Penworth et que vous n'êtes pas installés dans votre propre maison avec des tas d'objets et de meubles que nous montrerons dans le magazine, il est hors de question même que tu plaisantes sur ton inaptitude aux tâches domestiques. Si nos concurrents ont vent de ça, ils ne rateront pas l'occasion de t'épingler dans la presse.

Diana rejeta la tête en arrière, luttant pour maîtriser son agacement.

— Je suis directrice d'une société qui prend de plus en plus d'ampleur. Je n'ai pas le temps de mettre des frises sur mon papier peint ou des choses de ce genre, tu comprends bien…

Cindy fut soudain émue en sentant les larmes contenues dans la voix de Diana. Elle réalisa pour la première fois que la jeune femme, qui pour elle incarnait le dynamisme, la sérénité et l'optimisme, était sur le point de craquer. Ce qui n'était guère étonnant étant donné les responsabilités qui pesaient sur ses épaules. Son emploi du temps éliminait pratiquement toute vie personnelle. Elle avait réussi à faire patienter son fiancé depuis deux ans pour réussir un mariage conforme à l'idéal Foster.

— Excuse-moi, dit doucement Cindy. Je ne voulais pas te faire de reproches. Tu veux quelque chose ? Un café ?

— Merci. Je crois que j'en ai bien besoin, dit Diana avec un pâle sourire.

Cindy sortie, Diana regarda son reflet dans le miroir.

— Dis-moi un peu comment j'ai pu atterrir dans un endroit pareil ? dit-elle.

La réponse était simple : la nécessité et le désespoir l'y avaient conduite. Son père mort subitement d'une attaque, elle avait dû prendre les choses en main pour sauver sa famille. La chance et l'opportunité avaient fait le reste. Avec, probablement, un coup de pouce de l'au-delà de Robert Foster…

Après l'enterrement, la famille endeuillée avait appris qu'une fois payées les dettes dues à la baisse fatale du marché quelques mois auparavant, il ne lui resterait que la maison et les meubles. Seule Diana avait eu la force de réagir. Pour que les Foster ne se dispersent pas, elle avait décidé de faire de l'argent avec leur style de vie, qui recueillait tous les suffrages dans la région.

Elle avait su s'entourer de bons conseillers, avait élaboré un projet et emprunté la somme nécessaire pour démarrer. Et elle avait réussi à faire du style Foster, unique en son genre, une affaire rentable qui pesait maintenant plusieurs millions de dollars.

12

Torse nu devant le lavabo de marbre gris anthracite, les joues couvertes de mousse à raser, Cole passait le rasoir sur son cou. Il écoutait les informations à la télévision, allumée dans le bureau adjacent à sa chambre. Le grand écran était inclus dans un mur et un panneau coulissant permettait de le dissimuler aux regards.

Sa valise était prête pour son voyage à Los Angeles et Michelle était en train de leur préparer un verre dans la salle à manger. CNN présentait l'invitée du jour : « Depuis que Diana Foster a conçu et mené à bien le projet qui a fait d'un passe-temps familial une véritable affaire, elle est devenue non seulement la directrice de *Foster's Beautiful Living* mais aussi d'une société de Houston en plein essor, qui s'est diversifiée dans différents domaines comme la télévision et les produits dérivés pour la maison — une ligne de produits d'entretien entièrement naturels. »

Cole était en train de se rincer lorsqu'il entendit le nom de l'invitée. Il supposa que c'était une pure coïncidence. Mais en entendant l'animateur parler de Houston, il prit une serviette et se précipita dans le bureau.

Un sourire incrédule se dessina sur ses lèvres lorsqu'il reconnut sur l'écran le ravissant visage de Diana Foster.

« Durant ces deux dernières années, poursuivait l'animateur, Diana a fait les couvertures de *People* et

Working Woman. On a parlé d'elle dans le *New York Times* aussi bien que dans *Enquirer* et *Star*. *Working Woman* l'a décrite comme la directrice de société idéale et *Cosmopolitan* s'est inspiré d'elle pour son éditorial « Des femmes belles, courageuses et intelligentes ».

L'animateur se tourna vers son invitée :

— Diana, un journaliste vous a baptisée « grande prêtresse de la beauté et de l'élégance dans la maison ». Que pensez-vous de cette définition ?

Elle rit. L'intonation douce et musicale de ce rire reporta Cole des années en arrière. Et malgré tout ce temps passé, la vue de son sourire éclatant et de ses yeux magnifiques lui fit chaud au cœur.

— Je me sens flattée, bien sûr, mais c'est très exagéré, répondit-elle. Toute ma famille travaille dur pour *Foster's Beautiful Living* et je ne représente qu'une modeste partie de ces efforts.

— Vous n'aviez que vingt-deux ans lorsque vous avez eu l'idée de commercialiser ce qui n'était jusque-là qu'un style de vie, rendu célèbre à Houston par votre famille. Étiez-vous portée par un enthousiasme juvénile, ou avez-vous eu des frayeurs par rapport aux risques que vous preniez en fondant ce magazine ?

— Je n'ai eu qu'une seule peur, dit-elle solennellement. (Cole entendit une note d'ironie presque imperceptible dans sa voix et il sourit.) Mais elle m'a empêchée de dormir pendant deux ans…

— Ah oui, laquelle ? demanda l'animateur d'un ton grave.

Diana éclata de rire :

— Celle d'échouer.

L'animateur étouffa un petit rire et elle ajouta :

— Je dois vous avouer que la fortune de certains de mes ancêtres provenait de l'attaque de banques ou du vol de bétail. En fait, jusqu'en 1900, le plus respectable d'entre eux était un joueur professionnel qui a été abattu dans un tripot de Fort Worth pour avoir triché aux cartes !

Pieds nus au milieu du bureau, les poings sur les hanches, Cole riait de sa spontanéité et de son esprit.

Michelle entra, apportant des boissons et des hors-d'œuvre.

— Qu'y a-t-il de si drôle ?

Elle déposa le plateau sur la table, lissa son pantalon et son chemisier de soie.

Cole hocha la tête, sans détacher son regard du visage de Diana sur l'écran.

— C'est Diana Foster, dit Michelle.

Originaire d'une célèbre famille de Dallas qui avait des liens importants avec Houston, elle connaissait par cœur le réseau de la haute société.

— Elle a su exploiter le style de vie de sa famille, reprit-elle, et elle a emprunté beaucoup d'argent pour monter une petite affaire où ils travailleraient tous. Personne n'y croyait vraiment, mais ils ont réussi, et c'est maintenant une grosse affaire. Diana a suscité pas mal d'étonnement quand elle a démarré. À présent elle a beaucoup d'ennemis, aussi.

— Pourquoi ?

— Nous sommes au Texas, chéri. N'oublie pas qu'ici le mythe de la supériorité du mâle est encore très vivace. Ici le mot « macho » n'est pas une injure. Les riches Texans protègent leurs femmes et leurs filles. Elles ne sont pas censées réussir par elles-mêmes et si ça se produit, elles ont intérêt à avoir le succès modeste par rapport à la population masculine.

Cole ne put que se ranger à cet avis. Tandis qu'il semblait réfléchir à l'incontestable justesse de ses propos, Michelle lui caressa la poitrine en disant :

— Qui plus est, Diana Foster est jolie, célibataire et elle a beaucoup de classe. Tout ça fait qu'elle est plutôt jalousée par les femmes, tu imagines.

Cole baissa les yeux sur les longs doigts aristocratiques aux ongles laqués de vermillon de Michelle, qui jouaient avec ses points sensibles.

— Tu te comptes au nombre de ces femmes ? demanda-t-il, bien qu'il connût la réponse.

À trente-deux ans, Michelle était trop intelligente et trop avisée pour perdre son temps à envier le sort d'une autre femme. D'autre part, elle avait déjà jeté son dévolu sur celui qui allait devenir son troisième mari et Diana Foster ne constituait nullement une menace pour elle.

— Non, dit-elle en renversant la tête en arrière et plongeant ses yeux au fond de ceux de Cole. Mais j'échangerais ma place contre la sienne dans la minute si c'était possible, car j'ai assez souffert d'être chaperonnée par mon père et mes deux maris.

Elle était très belle, candide et dotée d'une sensualité sauvage. En plus de l'attirance sexuelle et intellectuelle qu'il éprouvait pour elle, Cole l'aimait sincèrement. Il l'enlaça.

— Si nous allions au lit pour que je puisse te « chaperonner » à mon tour…

Elle fit non de la tête, un sourire dans les yeux.

— Dans ce cas, que dirais-tu de me dorloter, moi ? dit-il d'une voix rauque, sensuelle.

Michelle ne refusait jamais une proposition d'aller au lit avec Cole, quelles que soient les circonstances, aussi fut-il très étonné de l'entendre refuser encore une fois :

— Si tu m'épousais, plutôt ?

L'expression de Cole ne changea pas. Il ne murmura qu'un mot : « Non. » Et comme Michelle protestait, il la fit taire d'un baiser.

— Je pourrais te donner des enfants, dit-elle en tremblant quand il releva la tête. J'aimerais avoir des enfants.

Cole resserra son étreinte et prit ses lèvres avec une passion brûlante, en contraste absolu avec la froideur de sa réponse.

— Je ne veux pas d'enfants, Michelle.

13

Le téléphone sonna et Tina Frederick, la réceptionniste, décrocha.

— *Foster's Beautiful Living*, dit-elle sur le ton énergique qui reflétait l'état d'esprit des employés de la maison.

— Bonjour, Tina, c'est Cindy Bertrillo. Diana Foster est-elle rentrée de déjeuner ?

Cindy paraissait si tendue et désespérée que Tina regarda par-dessus son épaule pour vérifier que la porte tournante du hall ne bougeait pas.

— Non, pas encore, répondit-elle.

— Dès que vous la voyez, dites-lui qu'il faut que je lui parle. C'est urgent.

— Entendu, je lui dirai.

— Tina, vous êtes la première personne qu'elle verra en entrant, ne quittez votre bureau sous aucun prétexte avant de lui avoir transmis mon message.

— D'accord.

Tina essaya d'imaginer quelle affaire urgente pouvait bien préoccuper Cindy ; mais elle se dit que Diana prendrait les choses en main, sans rien laisser paraître de l'inquiétude que trahissait la voix de Cindy.

La sérénité et l'humour de Diana étaient unanimement appréciés des deux cent soixante employés de la société qui travaillaient à Houston dans les bureaux du centre-ville. Des plus petites secrétaires au personnel de direction, Diana était connue pour le respect et la courtoisie qu'elle témoignait à tous ceux qui travaillaient avec elle et pour elle. Quel que fût son degré de stress ou de fatigue, elle ne croisait jamais un employé sans lui adresser un sourire ou un mot gentil.

Rien d'étonnant donc à ce que Tina se lève d'un bond en voyant Diana entrer en trombe, faisant tournoyer les portes à toute volée, un journal sous le bras.

— Mademoiselle Foster, s'écria-t-elle lorsqu'elle passa devant son bureau.

Mais Diana d'ordinaire si gracieuse ne lui accorda même pas un regard.

Le visage blême et inexpressif, la jeune femme passa à grandes enjambées devant les bureaux des secrétaires, des chefs de service puis devant le département artistique et s'engouffra dans l'ascenseur.

Sally, sa secrétaire, rassembla les messages téléphoniques en la voyant arriver, car c'était toujours la première chose qu'elle lui demandait lorsqu'elle s'était absentée. Mais Diana traversa le bureau de Sally sans mot dire. Sally se leva avec sa liste de messages à la main et la suivit obstinément dans son bureau.

— Mme Paul Underwood a appelé à propos du Bal des Orchidées. Elle a dit que le collier de diamants et d'améthystes que vous devez porter pour la vente aux enchères est très spectaculaire et que si Dan Penworth n'est pas décidé à vous l'acheter, son mari est prêt à le lui offrir. (Sally leva les yeux de son bloc-notes.) Je crois qu'elle plaisantait…

Elle fit une pause, attendant une réaction ou un trait d'humour de la part de Diana. Mais celle-ci lui fit un signe de tête rigide, lança son journal sur le bureau puis ôta la veste de son tailleur en crêpe de laine cerise qu'elle posa de travers sur le dossier de sa chaise.

— Il y a eu d'autres appels ? demanda-t-elle d'une voix tendue, la tête baissée.

— Oui. La maison de couture. Ils ont plusieurs modèles de Paris à vous proposer, ils pensent que vous allez les adorer.

Diana se dirigea vers la paroi vitrée qui donnait sur

les gratte-ciel de Houston baignés de soleil. Elle se frotta les avant-bras comme si elle avait froid et sembla frissonner. Sally la regardait en silence.

— C'est tout ? fit-elle d'une voix si basse que Sally dut se rapprocher pour l'entendre.

— Bert Peters a appelé. Il a un problème avec deux des photos pour la mise en pages du prochain numéro et son équipe est sur les dents pour le résoudre. Il demande si c'est possible de reporter la réunion de production à quatre heures au lieu de trois, cet après-midi.

— Annulez-la.

— Vous voulez que je l'annule ? répéta Sally d'une voix incrédule.

Diana avala sa salive avec effort.

— Reportez-la à demain matin huit heures. Si ma sœur est dans la maison, voulez-vous lui dire de monter me voir ?

Sally acquiesça d'un signe de tête et téléphona du bureau de Diana.

— Corey Foster est en bas avec l'équipe de production, annonça-t-elle, elle les aide à la mise en pages des photos. Bert dit qu'elle a trouvé la solution.

Sally transmit à Corey la demande de Diana et raccrocha d'un air inquiet, les yeux fixés sur cette dernière qui lui tournait toujours le dos, les épaules raides et les bras croisés. En général, les gens qui ne connaissaient pas Diana étaient éblouis par sa beauté classique, son teint frais, sa voix douce et son élégance tranquille et la considéraient comme une jeune femme de la bonne société s'occupant d'œuvres de charité, faisant quelques apparitions au bureau pour les conseils d'administration et passant son temps à se pomponner pour préserver sa fragile beauté. Mais ceux qui travaillaient avec elle, comme Sally, savaient que c'était une travailleuse infatigable, avec des réserves inépuisables d'énergie et d'enthousiasme.

Quand le magazine était sur le point de paraître, il n'était pas rare que tout le monde travaille jusqu'à minuit. Quand les employés étaient épuisés, Diana, qui travaillait souvent tard le soir à l'administration dans son bureau du dernier étage, venait les voir avec des sandwiches et du café, encourageant chacun d'un sourire.

Le lendemain matin, tout le monde arrivait un peu plus tard, les yeux rouges et le cerveau un peu embrumé, tandis que Diana, l'air frais et dispos, remerciait le personnel d'avoir tant travaillé. La fatigue et le stress semblaient ne pas avoir d'effet sur elle, ce qui lui valait parfois des réflexions envieuses de la part de ses employés. Mais elle n'y prêtait pas attention et se remettait immédiatement au travail.

Elle ne manifestait jamais le moindre pessimisme malgré les problèmes et était capable de gérer mille détails et cent projets en même temps sans paraître s'affoler. Cependant, Sally avait été à la fois étonnée et émue de constater chez elle deux faiblesses : elle avait besoin d'une routine pour travailler, et d'un ordre impeccable dans son bureau. Le non-respect de l'une ou l'autre de ces deux conditions la plongeait dans un désarroi total.

Diana pouvait rester la tête haute contre vents et marées au milieu du désordre dans la salle de production et prendre des décisions vitales sans fléchir, mais dans son propre bureau elle était incapable de se concentrer si un seul crayon n'était pas à sa place.

La semaine passée, avant de partir déjeuner avec le conseiller financier de la société, elle avait présidé la réunion habituelle du lundi matin. Arbitrant une discussion entre deux artistes de talent tout en donnant des instructions au contrôleur financier et en examinant un contrat que Sally lui donnait à signer, elle avait subitement perdu tous ses moyens parce qu'elle ne trouvait pas le stylo en or avec lequel elle signait toujours.

Elle emprunta le stylo du contrôleur pour signer le document mais n'arrêta pas de fouiller son sac et sa serviette pendant tout le reste de la réunion pour essayer de retrouver le sien.

Comme Sally avait eu tôt fait de le découvrir, la Diana secrète était une créature d'ordre et d'habitude. Chaque vendredi matin, quoi qu'il arrive, elle se faisait masser au club de santé de l'Houstonian Hotel, puis pédicurer et manucurer dans son institut préféré. De retour au bureau à dix heures, elle confiait sa voiture au garagiste qui faisait le plein et les vérifications d'usage et la rapportait à midi. Elle payait ses factures personnelles tous les premiers et quinze du mois et allait à l'église tous les dimanches à dix heures. Invariablement quand elle revenait de déjeuner, elle demandait à Sally si elle avait eu des appels et quel était son emploi du temps pour l'après-midi.

Aujourd'hui, elle n'avait rien fait de tout cela et Sally était inquiète. Son regard glissa vers le journal que Diana avait jeté sur son bureau, le laissant atterrir sur une grenouille en cristal de Steuben qu'elle affectionnait particulièrement.

— Diana ? Je ne voudrais pas être indiscrète... mais quelque chose ne va pas ?

Pendant un moment, Sally crut que Diana ne l'avait pas entendue ou ne voulait pas lui répondre. Mais la jeune femme leva enfin la tête et regarda par-dessus son épaule, ses yeux verts embués.

— En effet, Sally, dit-elle dans un murmure, désignant d'un signe de tête le journal étalé sur son bureau. Je viens juste de faire la une du *National Enquirer*, ajouta-t-elle.

Sally prit le journal avec appréhension, indignée à l'avance par ce qui avait pu ainsi bouleverser Diana. Elle était donc mentalement préparée à un affront, mais ce qu'elle lut lui fit l'effet d'un coup de poing à l'estomac :

ORAGE AU PARADIS
DIANA FOSTER
ABANDONNÉE PAR SON FIANCÉ

Sous le titre s'étalait une énorme photo du beau Dan Penworth, allongé sur une plage auprès d'une blonde pulpeuse.

Le fiancé de Diana Foster, Dan Penworth, en pleine lune de miel avec sa nouvelle épouse, une riche héritière de dix-huit ans, le mannequin italien Christina Delmonte. (Sally parcourait l'article, l'estomac retourné.) *Hier à Rome, Christina Delmonte a supplanté Diana Foster, la directrice de* Foster's Beautiful Living… *Récemment, l'empire Foster a fait l'objet de critiques acerbes de la part de ses concurrents qui reprochent à Mlle Foster son aversion pour le mariage et la maternité alors que sa revue prône les vertus de la famille…*

— Le traître ! le…

Sally se tut en voyant entrer Corey, qui avait l'air pressée mais fort heureusement au courant de rien.

— Je crois que nous tenons la solution pour la mise en pages, dit cette dernière. Qu'est-ce qui se passe ? ajouta-t-elle en voyant le visage défait de Diana et l'air choqué de Sally.

Pour toute réponse, Sally lui tendit le journal.

— Quel salaud ! siffla Corey après avoir parcouru l'article.

— C'est un lâche, ajouta Sally.

— Une véritable ordure, renchérit Corey.

— Un moins que rien…

— Merci, dit Diana avec un rire forcé, tout près des larmes. La solidarité féminine, c'est important dans des moments pareils.

Corey et Sally échangèrent un regard entendu, puis Sally sortit du bureau sans rien dire. Corey s'avança vers sa sœur et la prit dans ses bras.

— Je suis désolée, chuchota-t-elle en la serrant fort contre elle.

— Moi aussi, répliqua Diana sur le ton d'un enfant injustement puni pour une faute qu'il n'a pas commise.

— Viens. Prends ta veste et rentrons à la maison. Nous annoncerons la nouvelle à maman et aux grands-parents en même temps.

— Je ne peux pas partir si tôt, j'ai encore du travail.

Diana leva crânement le menton mais son regard était meurtri, et ses yeux encore embués.

— Et puis je ne peux pas esquiver les réactions.

D'ici ce soir tout le monde aura lu cet article et si je pars plus tôt, ils en concluront que j'ai craqué.

— Diana, dit Corey d'un ton ferme, il n'y a pas de directeur mieux aimé et estimé de son personnel que tu l'es. Ils seront de tout cœur avec toi, ils seront désolés de ce qui t'arrive.

— Je ne veux pas qu'on ait pitié de moi, dit Diana en essayant de contrôler sa voix et l'expression de son visage.

Corey savait qu'il était inutile d'argumenter. Diana avait suffisamment de fierté et de courage pour surmonter son chagrin et sa colère.

— Je comprends. Mais ne travaille pas trop tard quand même. Je vais téléphoner à maman que nous rentrerons pour dîner toutes les deux vers six heures et demie. Avec un peu de chance, nous pourrons leur apprendre la nouvelle avant qu'ils aient lu le journal.

Corey s'attendait à ce que Diana décline fièrement son offre. Mais elle n'en fit rien.

— Merci, Corey, dit-elle.

14

Lorsque Diana quitta son bureau ce soir-là, la nouvelle s'était déjà répandue, ce qui lui valut des regards apitoyés de tous ses employés, depuis les agents de sécurité jusqu'au gardien du parking. Tandis que Corey l'attendait dehors dans sa voiture, elle monta se changer dans son appartement. Son répondeur était plein de messages de journalistes, d'amis ou de connaissances qui ne l'appelaient que rarement, probablement à l'affût de détails croustillants. Elle se sentait pleine de ressentiment envers Dan et profondément humiliée.

Dès que les deux sœurs eurent franchi le seuil de la grande maison de River Oaks, elles comprirent à l'expression désolée des membres de la famille qu'ils étaient déjà au courant.

— Nous avons tout entendu à la télévision, dit Mme Foster. Je n'arrive pas à croire que Dan ait fait une chose pareille — en tout cas, pas comme ça, sans même un coup de fil ou un télégramme pour te prévenir…

Diana regardait ses mains d'un air absent, faisant tourner sa bague de fiançailles d'un geste machinal.

— Dan m'a téléphoné d'Italie avant-hier mais nous étions charrette et je n'ai pas pu prendre la communication. Hier soir, nous avons travaillé jusqu'à minuit et je voulais l'appeler, mais je tombais de sommeil et je me suis endormie, le téléphone à la main. Ce matin je me suis levée tard et, à peine arrivée au bureau, j'ai été assaillie par les problèmes. Il voulait probablement me parler de ça… mais j'étais trop occupée pour le rappeler… C'est ma faute s'il s'est marié avec une autre…

— Si l'un de vous deux est à blâmer, ce n'est sûrement pas toi ! s'exclama son grand-père d'un ton indigné en bougeant sur sa chaise, sa jambe gauche un peu raide après l'opération qu'il venait de subir. Vous étiez fiancés et il s'est marié ! Il mériterait le fouet !

— Ce Dan Penworth ne m'a jamais plu, dit sa grand-mère.

Diana appréciait leur force de caractère mais elle était au bord des larmes. Sans réaliser qu'elle retournait le couteau dans la plaie, sa grand-mère poursuivit :

— Dan était trop vieux pour toi. Qu'est-ce qu'un homme de quarante-deux ans a de commun avec une jeune femme de vingt-neuf ans, je te le demande !

— Pas grand-chose, apparemment. Et j'ai trente et un ans.

— Tu en avais vingt-neuf quand tu t'es fiancée.

— Sa femme en a dix-huit…

— Diana, dit doucement Mme Foster, je ne sais pas si le moment est bien choisi pour philosopher, mais je me demande si vous étiez faits l'un pour l'autre…

— Maman, je t'en prie. Tu étais favorable à Dan quand nous nous sommes fiancés.

— Oui, mais j'ai commencé à avoir des doutes en voyant que tu le faisais attendre si longtemps. Quand deux personnes s'aiment vraiment, s'il n'y a pas d'obstacle à leur mariage, il me semble qu'elles devraient être un peu plus pressées de se marier que tu ne l'étais. J'ai épousé ton père à peine quelques semaines après avoir fait sa connaissance.

— Il ne t'avait pas laissé le choix, dit Diana avec un pauvre sourire.

Elle ne put rien avaler au dîner ; elle gardait l'estomac noué en voyant les plats défiler.

— Il faudrait que je parte un mois en attendant que l'affaire se tasse, dit-elle en hochant la tête.

— C'est impossible, dit sa grand-mère avec une brusquerie involontaire. Ce vaurien a fait son coup quelques jours avant le Bal des Orchidées. Il sait que c'est une tradition à laquelle nous ne manquons jamais et si tu ne t'y montres pas, les gens vont penser que c'est parce que tu as le cœur brisé.

À l'idée d'être livrée en pâture à la curiosité du public lors de l'événement mondain de la saison de Houston, Diana se sentit physiquement malade.

— Quoi que je fasse, ils le penseront, de toute façon.

— Dommage que tu ne puisses pas arriver au bal au bras d'un nouveau fiancé, dit son grand-père, qui gardait les pieds sur terre. Ça ferait taire les mauvaises langues.

— Et pourquoi pas avec un mari, dit Diana avec un petit rire étranglé. Pour leur faire croire que c'est moi qui ai rompu avec Dan !

Elle repoussa sa chaise et se leva.

— Je vais me changer et aller nager un peu. Je crois que je vais dormir ici ce soir.

Son mari, Spence, étant en voyage d'affaires, Corey rejoignit Diana à la piscine.

Un instant plus tard, elles étaient toutes les deux allongées sur des chaises longues au bord de l'eau. Corey observait le profil de Diana. Celle-ci avait une expression de plus en plus pensive.

— Je n'imaginais pas que tu allais surmonter le choc de la trahison de Dan en quelques instants… mais on dirait que tu es encore plus préoccupée que tout à l'heure.

— En réalité, dit Diana sans quitter du regard le ciel étoilé, je me fais du souci pour la société, pas pour ma vie privée. Ou plus exactement, ce sont les répercussions néfastes que ma vie personnelle a sur notre société qui m'inquiètent.

Corey se tourna sur le côté et posa son menton sur sa main.

— Qu'est-ce que ça veut dire exactement ?

— Je ne voulais pas que tu sois préoccupée par les questions de gestion quand nous avons décidé que tu prendrais la direction artistique du magazine…

— Il y a un problème de gestion ?

— Tu sais que nous avons été la cible des critiques parce que ma façon de vivre ne correspond pas tout à fait à « l'idéal Foster ». Chaque fois que cela s'est produit, il y a eu une légère baisse des nouveaux abonnements et un peu moins d'offres de publicitaires. Grâce à Dan, cette fois-ci, la baisse va être sensible, j'en suis sûre.

— Je crois que tu surestimes l'influence de l'*Enquirer* sur le lectorat ! railla Corey sans conviction.

Diana était une femme d'affaires avisée, douée même, et elle ne cherchait pas à voir des problèmes là où il n'y en avait pas.

— J'avais plusieurs appels sur mon répondeur, ce soir, quand je suis montée me changer. Il paraît que la nouvelle a fait la une des informations sur CBS et NBC.

Corey était malheureuse et en colère pour sa sœur dont l'amour-propre et la vie privée étaient bafoués. Elle essaya cependant de ne penser qu'aux conséquences sur les affaires, qui avaient l'air de préoccuper davantage Diana à cet instant.

— Tu crois vraiment que toute cette publicité autour du fait que ton fiancé a rompu va affecter le magazine ?

— Il n'a pas rompu, Corey. Il m'a plaquée pour quelqu'un d'autre. Notre lectorat est presque exclusivement féminin et notre succès repose sur l'image de la famille Foster : notre art de vivre est censé apporter harmonie et satisfaction personnelle aux femmes qui essayent nos recettes et suivent nos conseils.

— C'est bien ce qui se passe, non ?

Diana roula sur le côté pour faire face à Corey :

— Dis-moi un peu, si tu étais une de ces lectrices désireuses d'apporter un peu d'air frais dans leur vie de famille, ferais-tu confiance à une femme qui vient de se faire plaquer par son fiancé pour un mannequin blond de dix-huit ans ? Nos concurrents ne vont pas se priver de jeter de l'huile sur le feu pour exploiter au maximum ce petit scandale. Le fait que je sois célibataire et sans enfants était compréhensible tant que j'étais fiancée avec Dan. J'étais censée mettre en pratique dans un avenir proche le style de vie que nous prônons dans le magazine. À présent, on va nous accuser de donner au public des modèles auxquels nous ne croyons pas, dans le seul but de faire de l'argent grâce à la crédulité des lectrices. Nos bénéfices vont chuter, tu vas voir.

Corey était incapable d'anticiper l'effet désastreux que pouvait avoir la vie privée de Diana sur la société. Son cerveau se refusait à un tel calcul et sa nature artistique s'indignait que la beauté et l'émotion passent toujours au second plan dès qu'il s'agissait de profit. Et elle trouvait inquiétant que Diana semble plus affectée par l'avenir du magazine que par la perte de l'homme qu'elle aimait.

— Dis-moi… Qu'est-ce qui te fait le plus de peine ? La trahison de ton fiancé ou les finances de la société ?

— En ce moment précis ?

— Oui.

— L'avenir de notre société me préoccupe beaucoup.

— Dans ce cas, réjouis-toi de ne pas avoir épousé Dan.

— Tu crois qu'il m'aurait trompée, une fois mariés ?

— Je ne sais pas. Mais je crois surtout que tu n'étais pas vraiment amoureuse de lui. Je pensais à Spence et à ma réaction s'il s'était conduit comme Dan. J'aurais été folle de chagrin et de rage mais ça n'aurait eu aucune répercussion sur les affaires.

Corey s'attendait à ce que Diana proteste mais elle n'en fit rien — et ça n'était pas plus rassurant. Elle s'assit et enveloppa ses genoux de ses avant-bras comme pour se protéger.

— Je ne me crois pas capable d'aimer quelqu'un comme tu aimes Spence, dit Diana.

Corey la regarda intensément, l'air inquiet.

À la vue du joli profil de sa sœur, elle se remémora le jour de leur rencontre, où, à son retour d'Europe, Diana, soudain gratifiée d'une famille au grand complet, avait répondu à son salut mi-figue mi-raisin avec une chaleur et une gentillesse insoupçonnées chez la « fille riche et gâtée » que Corey s'attendait à voir. Au lieu de dénigrer son tee-shirt peint par sa grand-mère,

Diana avait levé les bras au ciel et tournoyé sur elle-même :

— Une maman, une sœur et des grands-parents, ça va être cool !

Effectivement, ça l'avait été pour Corey. Diana y avait veillé. Avec sa fragile beauté, son sourire éblouissant et sa gentillesse innée, Diana l'avait toujours guidée et protégée dans sa nouvelle vie. C'était la personne la plus aimante et la plus attentionnée qu'elle connût et l'idée qu'elle eût perdu confiance en elle au point de mettre en doute sa capacité d'aimer lui était insupportable. Bien plus que la trahison de Dan Penworth et ses éventuelles conséquences sur leurs affaires.

— Diana, ce que tu dis ne tient pas debout !

— Qui sait ?

— Tu n'as jamais réalisé que, depuis la mort de papa, tu t'es jetée à corps perdu dans le travail pour ne pas penser à autre chose ? Et que tu as toujours éconduit les prétendants parce que tu préfères sans doute continuer à aimer ton père plutôt que te lancer dans une vraie histoire d'amour ?

Pour toute réponse, Diana haussa ses frêles épaules :

— Quelles qu'aient été mes erreurs, nous allons en subir les conséquences maintenant — et le magazine aussi.

— Ta seule erreur aurait été d'épouser Dan.

— Peut-être. En tout cas, je donnerais cher pour avoir un époux — et le bon — en ce moment précis.

15

— Bon sang, Cole ! hurla Calvin en s'extrayant de sa chaise et en bondissant vers la cheminée du petit salon. Tu me fais perdre mon temps avec ces histoires de procurations, alors que la seule chose qui m'intéresse c'est que tu me donnes un héritier ! Je ne crois pas que ce soit trop te demander, après tout ce que j'ai fait pour toi !

Avec une détermination et une rapidité déconcertantes, Cal avait changé son fusil d'épaule, passant de la menace à la tentative de culpabilisation. Cole sentit la colère monter en lui devant cette tirade plus virulente que toutes les discussions que les deux hommes avaient déjà eues sur le sujet.

— Sans moi, tu serais, comme ton père et le père de ton père avant lui, en train de végéter ici à courir après des bœufs, poursuivit Cal, la main sur le cœur dans un geste théâtral. Alors que maintenant tu te déplaces en Rolls Royce et en jet privé. Je suis le seul à avoir toujours cru en toi : c'est moi qui me suis battu avec ton père pour qu'il t'envoie à l'université et comme il ne voulait rien entendre, je t'ai donné tout l'argent que j'avais reçu de la compagnie pétrolière pour que tu puisses faire des études.

Cal s'interrompit au beau milieu de son monologue et se dirigea vers la cuisine.

— C'est l'heure de mon médicament. Mais je n'ai pas fini. Ne bouge pas d'ici.

Sans rien dire, Cole regarda son oncle se frayer un chemin vers la cuisine, entre une vieille chaise et une table où étaient empilés des magazines et des paperasses. Cole avait eu une rude journée et apparemment la soirée ne s'annonçait guère mieux... Ayant fini ses affaires sur la côte Ouest plus tôt que prévu, il avait donné à son pilote l'ordre de faire le plein afin de quitter le Texas, et il se réjouissait d'avance de passer un bon moment avec son oncle. Mais à partir de là, tout était allé de travers.

Le vol avait été perturbé par des turbulences et la tour de contrôle ayant annoncé une tempête sur l'Arizona, l'avion avait fait un détour et pris une heure de retard. Puis ils avaient dû s'arrêter pour prendre du carburant à El Paso, où le trafic aérien était si dense qu'il y avait une heure d'attente au décollage. Au moment où ils amorçaient enfin leur descente sur Ridgewood Field, Cole avait en vain essayé de joindre son oncle pour qu'il vienne le chercher à l'aéroport — il s'était entendu dire six fois de suite que la ligne était en dérangement.

Le téléphone étant moins que fiable dans la région, Cal déduisait fréquemment un tiers de sa facture pour le désagrément que cela lui causait, et Cole supposa que la compagnie avait répliqué, comme elle l'avait déjà fait, en coupant la ligne.

Lorsqu'il était descendu sur la piste, par une chaleur étouffante, Cole s'était résigné à louer une voiture pour aller au ranch.

Après Kingdom City, située à quarante-cinq miles de Ridgewood, il fallait encore parcourir quarante miles vers l'est pour arriver au ranch de Cal. Construit trente ans auparavant au milieu de nulle part, Ridgewood Field était utilisé à l'origine par les compagnies pétrolières pour la prospection et la surveillance des puits disséminés dans le paysage. La plupart des avions qui atterrissaient, deux fois par semaine, sur sa piste défoncée appartenaient à la Texan Airlines et transportaient du fret, avec parfois un passager à bord.

Un bâtiment de tôle peint en blanc tenait lieu d'aéroport. Il n'y avait pas l'air conditionné et le confort se bornait à deux salles d'attente et un bureau de métal bancal où les passagers échoués là pouvaient espérer louer une des deux voitures de la compagnie locale. Derrière le comptoir se tenait une grosse femme avenante répondant au nom de Roberta, qui faisait aussi office de serveuse.

Roberta essuya ses mains sur son tablier et prit un formulaire sur le bureau.

— Préférez-vous la voiture noire avec le pot d'échappement déglingué ou la noire avec les pneus lisses ? demanda-t-elle poliment.

Cole se retint pour ne pas lui envoyer une réplique cinglante et griffonna son nom au bas du contrat de location.

— Je vais prendre celle avec le mauvais pot d'échappement.

— C'est un bon choix, la climatisation n'est pas en panne dans celle-ci.

À présent que Cal, de retour dans le living-room, le poursuivait de ses litanies, Cole se disait qu'il aurait mieux fait de choisir l'autre voiture, car une bonne crevaison l'aurait retardé…

— Je te propose un marché, dit Cal en se laissant tomber dans sa chaise en face de Cole. Trouve-toi une femme qui te convienne et veuille avoir des enfants, et je te donnerai mes parts le jour de votre premier anniversaire de mariage. Sinon, je les lègue aux enfants de Travis. C'est à prendre ou à laisser.

Dans un silence glacial, Cole soutint le regard de son oncle et se mit à tambouriner nerveusement contre le magazine qu'il tenait sur ses genoux. À trente-six ans, il était à la tête d'une multinationale de cent vingt-cinq mille employés estimée à douze billions de dollars. Rien, dans ses affaires comme dans sa vie privée, n'échappait à son contrôle — rien sauf cet homme de soixante-quinze ans, qui le menaçait de livrer la moitié de son empire à Travis, incapable de diriger sa petite succursale sans que Cole le supervise constamment. Cole ne croyait pas vraiment que son oncle le trahirait en abandonnant la moitié de la compagnie qu'il avait bâtie pierre à pierre, mais il n'aimait pas le ton de sa voix et il remarqua que les photos de famille sur le dessus de la cheminée s'étaient enrichies d'une douzaine de cadres supplémentaires — toutes des photos de la famille de Travis.

— Alors ? Qu'en dis-tu ? demanda Cal d'un ton impatient en se penchant vers Cole.

— Que c'est non seulement ridicule mais parfaitement insensé.

— Tu trouves que le mariage est une chose insensée ?

Cal redevint menaçant :

— Tout le pays est en train de sombrer dans le marasme parce que votre génération se fiche des bonnes vieilles valeurs morales comme le mariage et le sens des responsabilités !

Comme Cole refusait de se laisser entraîner dans cette discussion, Cal désigna une grande table basse surchargée de revues que Letty, la femme de ménage, s'acharnait vainement à maintenir en ordre.

— Si tu ne me crois pas, jette un œil à ces magazines, reprit-il en saisissant un *Reader's Digest* — une de ses lectures favorites. Regarde, si tu ne me crois pas.

Il brandit la couverture bleue aux caractères jaune vif sous le nez de Cole, puis ajusta ses lunettes à double foyer et lut les titres d'un ton accusateur comme si Cole en était l'auteur :

— « La fraude aux examens. Un scandale. » D'après cet article, huit étudiants des grandes écoles sur dix avouent avoir triché, ils ne font même plus la différence entre le bien et le mal !

— Je ne vois pas le rapport avec notre sujet…

— Vraiment ?

Cole ferma la revue, inclina la tête en arrière et plissa les yeux.

— Alors lis ça, dit Cal en pointant son index sur un des titres : « Ce que les hommes d'aujourd'hui cachent aux femmes. » Lis ça, tu te sentiras peut-être plus concerné !

Il jeta le magazine avec dégoût sur la table basse.

— J'aimerais bien comprendre ce qui se passe avec votre génération, pourquoi d'un seul coup les hommes ne comprennent plus les femmes et vice versa. Et plus personne ne voit la nécessité de se marier et d'avoir des enfants bien élevés, dans la crainte de Dieu !

Cole continuait de tambouriner contre son magazine d'un air exaspéré.

— Il me semble que tu es assez mal placé pour me faire la leçon sur les mérites du mariage et de la famille, toi qui es resté célibataire toute ta vie.

— C'est mon plus vif regret, dit Cal, aucunement ébranlé. Tu as vu ça ? enchaîna-t-il en montrant à Cole la une d'un journal qu'il extirpa de sous une pile de magazines.

— Tu es abonné à l'*Enquirer* maintenant ? fit Cole d'un ton ironique.

— C'est Letty qui aime bien le lire, mais là n'est pas la question. Tu as vu la une ? c'est bien la preuve que votre génération a perdu tout bon sens ! Regarde un peu cette jeune femme : elle est belle, elle appartient à la bonne société de Houston, elle doit être riche…

— Et alors ?

— Eh bien son fiancé, un certain Dan Penworth, vient de la plaquer pour une gamine de dix-huit ans qui pose avec lui sur une plage quelque part en Italie, à moitié nue !

Cole, qui regardait son oncle d'un air furieux, ne prêta pas la moindre attention au journal.

— Il a plaqué cette pauvre jeune fille sans même le lui dire, alors qu'elle préparait leur mariage !

— Je ne vois pas le rapport…

— Tu le vois très bien, au contraire ! Ce Penworth est un type de Houston, pur-sang, tout comme la fille qu'il vient de plaquer. Et si les Texans se mettent à traiter les femmes de cette façon et à fouler aux pieds nos valeurs morales, c'est le pays tout entier qui ira à vau-l'eau !

Cole se massa la nuque ; il avait les muscles douloureux et cette discussion ne menait nulle part, alors qu'il avait un sujet important à traiter avec son oncle. Si seulement Cal avait pu se défaire de cette obsession stupide de le voir marié à tout prix… Jusqu'ici, Cole avait toujours réussi à l'en dissuader, mais aujourd'hui le vieil homme lui semblait plus déterminé que jamais et il avait un mauvais pressentiment.

Il se dit que peut-être Cal était devenu sénile, puis rejeta cette idée immédiatement. Sa personnalité n'avait pas changé, il avait toujours été têtu comme un bouledogue. Rien ne pouvait le détourner du but qu'il s'était fixé, Cole en parlait encore à John Nederly pas plus tard que la semaine précédente. Lorsqu'on avait découvert du pétrole sur ses terres, il avait juré que l'argent ne changerait rien à sa vie — et il avait tenu parole. Il était toujours aussi grippe-sou : il conduisait depuis vingt ans le même vieux camion avec le changement de vitesse au plancher et portait les mêmes jeans délavés avec des chemises à carreaux — sauf le dimanche quand il allait à l'église. Il se plongeait toujours avec assiduité dans les chroniques de Sears Roebuck et soutenait que la télévision par câble n'était qu'un caprice onéreux voué à l'échec.

— Écoute, dit Cole. Je n'ai pas envie de discuter avec toi.

— Bien…

— Je n'ai pas l'intention de disserter avec toi sur le déclin de la civilisation américaine, la faillite du mariage ou le désir de mettre des enfants au monde.

— Bien ! répéta Cal en se levant de son vieux rockingchair. Dans ce cas, marie-toi et mets ta femme enceinte pour que je puisse te donner l'autre moitié de ta compagnie. Pourquoi n'épouses-tu pas ta danseuse de Broadway — celle qui avait de grands ongles rouges — que tu m'as amenée il y a deux ans ? Ou le professeur dont tu étais amoureux l'année de ton bac ? Tu trouveras bien quelqu'un mais ne tarde pas trop…

— Qu'est-ce que ça signifie ?

— Ça signifie que nous avons déjà eu cette discussion il y a deux ans, que tu es toujours célibataire et que je n'ai toujours pas de bébé à faire sauter sur mes genoux. Alors je te fixe un délai : je te donne trois mois pour te trouver une fiancée et trois mois encore pour te marier. Si tu ne m'as pas présenté ta femme dans six mois, je lègue mes cinquante pour cent de l'affaire au jeune Ted et à Donna Jean. Je nommerai Travis administrateur, ce qui fera de lui officieusement ton associé en attendant que ses enfants soient en âge de te seconder.

Dans l'atmosphère de plus en plus tendue, Cal jeta l'*Enquirer* sur la table et lança encore un avertissement :

— À ta place, je n'attendrais pas encore six mois avant de m'occuper de ça. Mon cœur peut me lâcher à tout moment et je vais ajouter un codicille à mon testament : si je meurs avant que tu sois marié, mes parts iront automatiquement à Ted et à Donna Jean.

Cole était tellement indigné qu'il songea à faire reconnaître le vieil homme irresponsable. Sinon, il pourrait toujours contester le testament pour se faire rétablir dans ses droits, mais cela prendrait des années après la mort de Cal et l'issue était incertaine…

Il fut tiré de ses pensées par Letty, la cuisinière, gouvernante et femme de ménage de son oncle, qui se tenait sur le pas de la porte de la cuisine :

— Le souper est prêt, dit-elle.

Aucun des deux hommes ne sembla remarquer sa présence. Ils se faisaient face au milieu de la pièce, leurs yeux lançant des éclairs. Deux hommes rudes, inflexibles, séparés par une génération et une décision que l'un ne pouvait combattre et sur laquelle l'autre ne reviendrait pas.

— Es-tu capable de comprendre que ce n'est pas évident de trouver une femme et de l'épouser en moins de six mois ? grinça Cole entre ses dents.

Cal pointa son pouce vers les magazines empilés sur la table :

— D'après les enquêtes de ces magazines, tu possèdes cinq des sept qualités les plus importantes aux yeux des femmes pour faire un mari idéal : peut-être pas dans cet ordre mais tu es riche, intelligent, tu as une bonne éducation, un brillant avenir et Donna Jean dit que tu es « canon », ce qui signifie qu'elle te trouve beau, je suppose.

Sûr de son fait, Cal supporta le silence glacé que lui opposa Cole, puis il décida de tenter de faire retomber l'animosité qu'il avait fait naître.

— Tu ne me demandes pas quelles sont les deux qualités qui te manquent ?

Cole était tellement hors de lui qu'il était incapable d'articuler un mot.

— Eh bien, d'abord tu ne désires pas d'enfants, ensuite je ne crois pas qu'on puisse te considérer comme « tendre et compréhensif », qualités fort appréciées des dames.

Voyant que sa tentative pour détendre l'atmosphère restait sans effet, Cal se dirigea vers la cuisine.

— Letty nous a préparé à dîner, dit-il calmement.

Cole avait l'impression de vivre un cauchemar. Il suivit machinalement son oncle dans la cuisine et la silhouette voûtée du vieil homme n'éveilla en lui aucun sentiment de compassion. Une minute plus tard, lorsque Cole lui tendit un bloc et un stylo à encre en or, Cal lui parut soudain moins fragile.

— Mets tout ça par écrit, dit-il d'un ton sec.

Letty, debout près du fourneau, regardait alternativement les deux hommes d'un air craintif, une louche pleine de chili à la main.

Machinalement, Calvin prit le stylo que lui tendait Cole. Il leva les sourcils d'un air incrédule.

— Pourquoi ? dit-il.

— Je veux que tu mettes noir sur blanc les termes du contrat et les conditions requises pour le choix de ma femme. Je ne veux pas avoir de mauvaise surprise si je te ramène quelqu'un qui ne corresponde pas à des critères que tu pourrais exiger au dernier moment.

— Mais… je ne veux pas choisir ta femme à ta place, c'est ton affaire.

— C'est vraiment très généreux de ta part.

— Je veux que tu sois heureux.

— Et tu crois qu'en t'y prenant de cette façon tu vas y arriver ?

— Peut-être pas tout de suite. Pour le moment tu es énervé, c'est tout.

— Énervé ? Je suis dégoûté, tu veux dire ! s'écria Cole avec un mépris cinglant.

Le trait porta et Cal sembla soudain déstabilisé. Mais rien ne pouvait faire dévier le vieil homme. Il essaya de rendre le bloc à Cole ; celui-ci plaqua sa paume dessus :

— Je veux que tu l'écrives.

Dans une tentative désespérée pour empêcher la situation de dégénérer en bagarre, Letty posa un bol fumant devant chacun.

— Mangez pendant que c'est chaud !

— Et qu'est-ce que tu veux que j'écrive ? fit Cal, l'air étonné et furieux.

— Mangez, vous écrirez après, insista Letty.

— Je veux que tu écrives que tu me lègues tes cinquante pour cent de parts si je suis marié avant six mois.

— Depuis quand ma parole ne suffit plus ?

— Depuis que tu manifestes un penchant pour l'extorsion de fonds.

— Ça n'est pas vrai ! explosa Cal — mais il avait l'air un peu coupable. J'ai le droit de léguer mes parts à qui je veux, poursuivit-il. J'ai le droit de vouloir qu'un jour ton fils hérite de mes profits et de mes sociétés.

— Un fils ? dit Cole d'une voix rauque. C'est une nouvelle condition ? Dans ce cas je ferais mieux d'épouser une femme qui a déjà un fils, comme ça tu n'aurais pas à attendre !

Cal lui jeta un regard furieux et se mit à gribouiller hâtivement ce qu'il lui demandait. Puis il lui rendit le bloc avec un grognement indigné :

— Voilà, tu as ce que tu veux. Il n'y a pas de stipulations.

Cole serait bien parti immédiatement. Mais, d'une part, il était dans l'impossibilité de joindre ses pilotes et, d'autre part, il ne croyait pas, au fond de lui-même, Cal capable de mettre sa menace à exécution. Il savait le vieil homme inflexible mais son cœur lui disait qu'il ne le trahirait jamais.

Ils dînèrent rapidement, dans un silence gêné. Puis Cole alla dans le salon, alluma la télévision et ouvrit son attaché-case. Il jugea plus utile de se mettre à travailler plutôt que se laisser entraîner dans une discussion stérile. La télévision ferait un bruit de fond rassurant.

Malgré le « contrat » qu'il avait fait écrire à son oncle, Cole n'était pas disposé à satisfaire ses exigences aberrantes pour reprendre le contrôle de cette société qui était son œuvre. Il n'avait pas la moindre idée de ce qu'il allait faire. Pour l'heure il bouillait intérieurement et songeait à engager des poursuites juridiques contre son oncle pour incapacité mentale, plutôt que se plier à un mariage hâtif dont il ne voulait pas, avec une femme qu'il connaîtrait à peine. Cette perspective lui paraissait aussi grotesque que douloureuse.

En face de lui, Calvin leva les yeux de l'article du *Houston Chronicle* qu'il était en train de lire avec une expression innocente, comme s'ils avaient de quoi être heureux tous les deux.

— D'après cet article, dit-il, des tas de jeunes femmes d'aujourd'hui décident de ne pas avoir d'enfants. Elles préfèrent se consacrer à une carrière ou se lancer dans la production de babioles de luxe. Fais attention de ne pas tomber sur une femme comme ça.

Cole ignora délibérément la réflexion de son oncle et continua d'écrire.

— Méfie-toi aussi des chercheuses d'or. Ne prends pas une femme qui s'intéresserait plus à ton argent qu'à toi.

Cole manqua exploser.

— Et comment veux-tu qu'en six mois j'arrive à connaître les véritables motivations d'une femme !

— Je te croyais expert en la matière. Il me semble que tu as fréquenté une certaine princesse qui t'a suivi un peu partout en Europe, il y a deux ans…

Cole lui lança un regard glacial et Cal haussa les épaules.

— Pas besoin de connaître une femme des pieds à la tête pour savoir si elle en veut à ton argent.

— Vraiment ? Je suppose que tu te bases sur ta vaste expérience des femmes et du mariage pour affirmer pareille chose…

— Si j'étais toi, je chercherais une femme qui a déjà une fortune personnelle.

Cal leva les sourcils comme s'il s'attendait à ce que Cole applaudisse à sa suggestion. Mais celui-ci ne répondit rien et se replongea dans ses notes.

Pendant un quart d'heure, le silence ne fut troublé que par le froissement des pages du journal, puis Cal engagea la conversation sur le dernier sujet dont Cole avait envie de parler.

Il se mit à parler derrière son journal.

— D'après la chronique de Maxine Messenger, il paraît que tu vas au Bal des Orchidées samedi prochain et que tu as fait don de l'objet le plus cher de la vente aux enchères. Maxine dit que c'est l'événement le plus huppé de la saison. Là-bas, au moins, tu ne risqueras pas de tomber sur une chercheuse d'or… Tu devrais ouvrir l'œil, trouver une femme qui te plaît et me la ramener directement ici pour me la présenter… ainsi que le certificat de mariage, ajouta-t-il d'un air malicieux. Et un an après, je te cède toutes mes parts, comme je l'ai écrit sur ce bout de papier.

Cole ne répondit rien. Au bout d'un moment, Cal se mit à bâiller.

— Je crois que je vais finir mon journal au lit, dit-il en se levant. Il est dix heures. Tu vas travailler tard ?

Cole étudiait le brouillon d'une lettre que John Nederly avait rédigé à sa demande.

— Ça fait quatorze ans que je travaille tard, c'est pour ça que Travis et toi êtes riches !

Cal regarda un moment son neveu. Mais ne trouvant rien à opposer à l'évidence de cet argument, il quitta la pièce.

16

Cole ne leva pas les yeux avant d'avoir entendu son oncle fermer la porte de sa chambre. Il lança alors ses papiers sur la table à café d'un geste nerveux du poignet qui traduisait assez sa mauvaise humeur.

Les documents atterrirent sur le *National Enquirer* — en plein sur la photo d'une jeune femme que venait de trahir son fiancé.

C'était la photo de Diana Foster.

Cole prit le journal et lut l'article, avec un sentiment de réelle sympathie pour la victime. Puis il reposa le journal et ses pensées se tournèrent à nouveau vers Cal.

Il essayait de passer en revue toutes les solutions possibles, lorsqu'un bruit sur sa gauche attira son attention. Letty se tenait sur le pas de la porte de la cuisine, une tasse à la main, avec un sourire hésitant.

Aussi loin que remontaient ses souvenirs, quand Cole se disputait avec son oncle, Letty Girandez, bien qu'elle fût piètre cuisinière, lui apportait quelque chose à boire ou à manger pour le réconforter. À soixante ans passés, Letty avait un visage rond qui respirait la gentillesse et un accent espagnol qui donnait une grande douceur à ses propos. L'expression de Cole s'adoucit lorsqu'il la vit poser la tasse fumante sur la table basse.

— C'est du chocolat chaud ?

C'était le remède de Letty contre la mauvaise

humeur. Chocolat chaud le soir et limonade fraîche le jour. Et du gâteau au chocolat.

— Et mon gâteau ? plaisanta Cole en prenant la tasse, sachant qu'il devrait tout boire pour ne pas froisser Letty.

Le chocolat chaud était une tradition et Cole avait trop peu connu de traditions familiales dans sa vie pour ne pas les respecter.

C'était essentiellement chez son oncle et la gouvernante de celui-ci qu'il avait pu connaître la chaleur d'un foyer.

— Il reste du gâteau au chocolat, dit Letty en se dirigeant vers la cuisine. Je l'ai acheté hier à l'épicerie.

Ce qui était plutôt rassurant, compte tenu des qualités de cordon-bleu de Letty... Mais Cole n'avait pas faim.

— Si ce n'est pas toi qui l'as fait, je n'ai pas envie d'en manger, dit-il.

Le compliment fit rosir Letty.

— Reste un moment avec moi, veux-tu ?

Letty vint s'asseoir sur le fauteuil que Cal venait de quitter ; mais au lieu de s'installer commodément, elle resta assise sur le bord, comme si elle n'était pas à sa place.

— Tu ne devrais pas discuter avec ton oncle, finit-elle par dire.

— Ça fait vingt ans que tu me répètes la même chose.

— Son désir de te voir marié bientôt te paraît-il tellement déraisonnable ?

— Façon de parler, grinça Cole.

— Il croit que s'il ne te force pas, tu ne te marieras jamais.

— Ça ne le regarde pas.

— Il t'aime.

Cole avala une gorgée de chocolat et reposa la tasse d'un geste brusque.

— Ça ne change rien.

— Mais c'est un fait.

— L'amour n'excuse pas le chantage, même si c'est du bluff.

— Je ne crois pas qu'il bluffe. Il a vraiment l'intention de céder ses parts aux enfants de Travis si tu ne te maries pas.

Cole sentit une nouvelle bouffée de colère monter en lui.

— Je me demande comment il arrive à se justifier à ses propres yeux !

Cette remarque n'appelait pas de réponse. Pourtant Letty en avait une, et Cole réalisa qu'elle avait raison : elle avait compris la motivation profonde de Cal.

— Ton oncle se moque de l'argent à présent, expliqua-t-elle. Ce qui le préoccupe, c'est l'immortalité. Et il pense qu'il ne peut y accéder qu'à travers son fils.

Elle se leva pour redresser une pile de revues qui menaçait dangereusement de s'écrouler.

— Mais je ne suis pas son fils ! s'écria Cole.

— Il te considère comme tel.

— Si c'est d'accéder à l'immortalité à travers une descendance qui le préoccupe, il a les enfants de Travis pour ça ! Travis est son neveu au même degré que moi et si j'avais des enfants, leur lien de parenté avec mon oncle serait exactement le même !

Letty retint un petit sourire.

— Le fils de Travis est paresseux et renfrogné, il changera peut-être un jour mais pour l'instant ton oncle n'est pas prêt à parier son immortalité sur un gamin pareil ! Quant à Donna Jean, elle est trop timide…

— Tu sais ce qui a déclenché cette obsession chez lui ?

Letty hésita, puis fit un petit signe affirmatif.

— Son cœur est de plus en plus faible. Le docteur Wilmeth vient souvent. Il dit qu'on ne peut rien faire de plus.

Cole savait qu'il était inutile d'emmener son oncle consulter d'autres médecins à Dallas. Il l'avait fait déjà, après des mois de discussion pour le convaincre, et tous avaient abouti à la même conclusion que Wilmeth. Depuis Cal refusait de les voir.

Letty poussa un gros soupir. Ses yeux bruns étaient pleins de larmes.

— Le docteur Wilmeth dit qu'il n'a plus beaucoup de temps…

Elle se leva brusquement et se précipita hors de la pièce.

Cole se pencha en avant et posa ses coudes sur ses genoux, submergé par une soudaine détresse. Il regarda le siège vacant de son oncle, et fut envahi par le souvenir des soirées passées en longues conversations animées qu'ils partageaient tous deux depuis trente années. Le seul bonheur que Cole eût jamais connu était là, dans ce salon vétuste et chaleureux. Et tout cela était appelé à disparaître lorsque Calvin mourrait.

Si Letty avait raison, ce temps n'était plus très éloigné. Cole se laissa aller à imaginer ce que serait sa vie sans ses visites au ranch de son oncle. C'était là, auprès de cet homme, que sa vie s'était forgée. Aujourd'hui il avait troqué ses bottes de cow-boy et ses jeans effrangés pour des mocassins italiens de cuir souple, des costumes sur mesure fabriqués en Angleterre et des chemises de coton égyptien ; mais sous ce vernis, il était resté le garçon rude en jean délavé et bottes éculées.

À l'époque où il était entré à l'université de Houston, il avait renié ses racines et s'était acharné à effacer toute trace du cow-boy en lui, allant jusqu'à modifier sa démarche et se surveillant pour éliminer de sa voix l'accent traînant du Texas. Mais maintenant que le destin menaçait de rompre à tout jamais les derniers liens qui l'attachaient encore à ce pays, il ressentait le besoin de les préserver à tout prix.

Oubliant ce qu'il considérait comme « la trahison de Cal », il réfléchit alors au moyen de retarder l'inéluctable, d'illuminer les dernières années de son oncle. Ou les derniers mois…

Et une seule chose pouvait le rendre heureux.

— Le salaud, grommela Cole.

Mais cette fois-ci le juron exprimait la résignation, non plus la méfiance.

Il se marierait, donc, même si le mariage dans un État comme le Texas, où la communauté de biens était de mise, comportait de gros risques financiers pour lui. Quelle que soit « l'heureuse élue », pensa cyniquement Cole, elle aura intérêt à avoir le sens de l'humour et un caractère docile... Sinon la scène du mariage promettait d'être houleuse !

Il pensa un moment avoir recours à une actrice pour jouer le rôle. Mais Cal était trop perspicace et découvrirait la supercherie. Il avait bien précisé qu'il voulait voir le certificat de mariage. Heureusement, le vieil homme n'avait pas exigé la naissance d'un garçon pour rendre à Cole ce qui lui revenait de droit. Il n'avait pas ajouté de stipulations non plus, preuve qu'il avait perdu un peu de son mordant d'autrefois.

Jurant toujours entre ses dents, Cole prit la tasse de chocolat refroidi pour la rapporter à la cuisine. Son regard tomba sur le journal où le sourire de Diana Foster s'étalait à la une. Elle était devenue la beauté qu'elle promettait d'être à seize ans, mais plus Cole regardait son joli visage et son sourire confiant, plus il avait du mal à faire concorder l'image de cette femme d'affaires somptueuse aperçue sur CNN avec celle de l'adolescente spontanée et équilibrée qui discutait de tout, d'animaux domestiques comme de politique, perchée sur une balle de foin.

Ce soir, quand son oncle avait parlé de la jeune femme « plaquée » par son fiancé, Cole n'avait pas fait le rapprochement. Quand il avait ensuite parcouru l'article, il avait compati à son malheur. À présent il était indigné. Avec sa beauté et sa fortune, son intelligence et sa gentillesse, Diana méritait le meilleur de ce que la vie peut offrir. Et sûrement pas de devenir la risée du pays à cause d'un Dan Penworth.

Cole poussa un soupir de fatigue et revint à ses propres préoccupations. La vie, il le savait d'expérience, se déroulait rarement comme on l'imaginait. Ni pour lui, ni pour Diana Foster… ni pour Calvin.

Il alla jeter le chocolat dans l'évier et rinça soigneusement les traces pour ne pas vexer Letty.

En vérité, il avait toujours eu horreur du chocolat.

Et des médecins qui diagnostiquent des maladies sans proposer de traitement.

Il se dit encore que la candidate la plus adéquate pour ce mariage ne serait pas la « princesse » à qui son oncle avait fait allusion tout à l'heure, mais Michelle. Non seulement elle était sincèrement éprise de Cole, mais elle ne lui reprocherait pas de travailler comme un forcené et de partir en voyage d'affaires. Elle était toute prête à s'adapter à son rythme de vie. Cela était important aux yeux de Cole et, étant donné les circonstances, il se dit qu'en somme il avait de la chance d'avoir une fiancée comme Michelle.

Pourtant, il ne se sentit pas heureux en se couchant dans sa chambre d'enfant où il dormait toujours quand il passait la nuit chez Calvin. Il se sentit déprimé. Il était malheureux pour Michelle, car il savait qu'elle accepterait le marché et qu'elle allait faire une erreur, lui-même n'ayant pas grand-chose à lui offrir en retour.

Sa liaison précédente, avec Vicky Kellogg, avait échoué exactement pour la même raison et il n'avait pas changé depuis. Il était marié avec son entreprise, comme Vicky le lui avait si bien dit. Et il méprisait la vie superficielle qu'elle menait avec ses amis. Il voyageait beaucoup pour son travail et était incapable de prendre des vacances. Il s'ennuyait vite. Sans doute était-il le « salaud froid et insensible » qu'elle l'avait accusé d'être avant de le quitter. En fait, elle n'avait jamais compris que Cole se sentait responsable de l'emploi et des investissements des quelque cent mille employés de Unified Industries.

Le matelas lui parut bosselé lorsqu'il se glissa entre les draps blancs qui sentaient bon le soleil et le vent d'été. Le tissu, adouci par d'innombrables lavages, était léger et frais contre sa peau nue.

Il croisa ses bras sous sa nuque, les yeux fixés sur le ventilateur qui tournoyait lentement au plafond. Sa tristesse se dissipa peu à peu et il ne songea plus au mariage, avec Michelle ou avec une autre. Cette idée était non seulement obscène mais absurde. Tout comme celle que Cal ne vivrait pas jusqu'à la fin de l'année.

Cole avait travaillé dix-huit heures par jour pendant des mois, et le seul jour où il prenait un congé pour aller voir son oncle, il y avait une tempête en Arizona. *La fatigue et le stress, ajoutés au souci pour la santé de Calvin, ont contribué à me faire voir les choses en noir*, pensa-t-il en fermant les yeux, plein d'un sentiment de bien-être et de confiance retrouvée.

Cal allait encore vivre dix ans, au moins. Il est vrai que ce soir il ne lui avait pas paru bien robuste ; mais c'étaient des changements dus à l'âge et ce n'était pas si alarmant. Cole se rappelait le Cal qu'il avait connu dans sa jeunesse, réparant les clôtures sous un soleil de plomb ou faisant rentrer les bœufs au corral dans un nuage de poussière. Avec son Stetson et ses bottes qui le grandissaient encore, il lui paraissait un géant. Plus tard, Cole devait le dépasser de huit bons centimètres.

En réalité, Cal n'avait jamais eu le physique puissant de Cole. Il était mince et nerveux mais doté d'une résistance aussi utile que de gros muscles dans le dur travail du ranch. Quand son arthrite le faisait souffrir, il se voûtait en avant et semblait tassé, mais en fait il n'avait pas perdu grand-chose de sa taille d'autrefois.

Ses cheveux n'avaient pas blanchi d'un seul coup. Cole n'avait jamais connu son oncle autrement qu'avec cette épaisse toison blanche coupée court qui encadrait un visage étroit et basané, un menton carré où se lisait une volonté inflexible et des yeux bleu clair qui portaient sur le monde un regard différent, un regard pétillant d'humour et d'intelligence. S'il avait perdu son hâle et portait des lunettes, il avait toujours dans les yeux la même petite flamme, et rien ne lui échappait.

Certes, son corps n'était plus aussi fort ni aussi souple du fait du manque d'exercice. Mais il tirait sa véritable force de son esprit et, Cole s'en était rendu compte ce soir, son esprit était aussi vif qu'autrefois.

Il allait réfléchir, et trouverait bien une solution qui leur conviendrait à tous les deux. Il allait tout mettre en œuvre pour savoir si de nouveaux traitements existaient pour la maladie de Cal, la médecine faisant sans arrêt de nouvelles découvertes.

Cole trouvait toujours des solutions à des problèmes apparemment insolubles. Ç'avait été la clé de son succès — et il avait réussi bien au-delà de ce qu'il osait espérer.

Ses paupières se fermèrent tout doucement.

Quelque chose dans la simplicité monacale de cette petite chambre l'avait toujours incité, dans sa jeunesse, à faire des rêves grandioses. À présent il possédait des appartements un peu partout, tous plus luxueux les uns que les autres, mais nulle part il ne s'endormait aussi bien qu'ici. Il se dit que la chambre devait avoir sur lui une sorte d'effet magique.

La paix le suivait jusque dans ses rêves, comme chaque fois qu'il dormait ici.

La fenêtre était ouverte ; un clair de lune argenté filtrait à travers les rideaux qui flottaient comme de la soie dans la brise parfumée. Ici, l'air semblait plus pur.

Les murs familiers semblaient protéger Cole. Sur la table de nuit, le tic-tac du vieux réveil, régulier comme un battement de cœur, allait bercer son sommeil. Et demain matin, quand il serait bien reposé, il verrait les choses sous un jour nouveau.

Un peu plus tard, il roula sur le ventre et le drap vint couvrir ses épaules comme par magie — comme à chaque fois qu'il dormait ici…

Près du lit, Calvin Downing regardait dormir son neveu, fronçant les sourcils à la vue des rides de fatigue et de souci au coin de ses lèvres et autour de ses yeux. Il se mit à lui parler, si doucement que sa voix se confondit avec le murmure de la brise dans les rideaux. Ses mots étaient chargés d'émotion, comme chaque fois qu'il venait voir Cole dans son sommeil pour lui dire ce qu'il n'osait lui dire quand il était éveillé :

— La plupart des hommes ne sont capables qu'en

rêve d'une réussite comme la tienne. Tu as déjà prouvé au monde que tu réalisais toujours ce que tu avais décidé de faire. Tu peux te reposer un peu, Cole.

Cole bougea dans son sommeil et détourna la tête ; mais sa respiration resta calme et régulière.

— Tout ira mieux demain matin. Je t'aime, fiston.

17

Pour un samedi à cinq heures de l'après-midi, le trafic était intense entre l'aéroport de Houston et le centre-ville. Mais le chauffeur conduisait la longue Mercedes noire avec habileté, se faufilant avec grâce d'une file à l'autre dans une sorte de ballet automobile à la gloire de la puissance et de la vitesse.

Indifférent à la virtuosité de son chauffeur, Cole, assis à l'arrière, était plongé dans un volumineux dossier, une analyse des difficultés pour Unified Industries de collaborer avec les Russes, ainsi que d'autres compagnies, à la construction d'un oléoduc vers la mer Noire.

La limousine s'arrêta devant le dais vert qui abritait l'entrée du Grand Balmoral Hotel et Cole ne leva la tête que lorsqu'un portier en uniforme s'approcha de sa portière. Comme à regret, il remit son dossier dans sa mallette et sortit de la voiture.

D'après *Condé Nast Traveler*, le quinzième étage du Grand Balmoral Hotel est un modèle d'opulence vieux style et de service impeccable. Mais en traversant à grandes enjambées le salon ovale pavé de marbre vert foncé et décoré de colonnades grecques, Cole pensait aux chemins de fer de Russie et à l'hiver glacial, sans un regard pour les lustres de cristal qui scintillaient au plafond ni les canapés recouverts de soie ivoire.

Sur la droite, un large escalier conduisait à une mezzanine qui surplombait le salon. Les préparatifs du grand Bal des Orchidées, dont le thème était cette année le *Camelot*, battaient leur plein. Des dizaines d'ouvriers s'affairaient pour transformer la mezzanine en forêt mythique, avec des arbres grandeur nature recouverts de neige artificielle. Détourné un instant de ses pensées par l'intense activité qui se déroulait au-dessus de sa tête, Cole jeta un coup d'œil distrait vers la mezzanine puis se dirigea vers le grand bureau en acajou de la réception.

Le directeur de l'hôtel avait reconnu Cole et se précipitait déjà à sa rencontre. Il insista pour le conduire personnellement dans la suite du Régent.

— Si nous pouvons faire quoi que ce soit pour rendre votre séjour plus agréable, monsieur Harrison, nous sommes à votre entière disposition, dit-il en s'inclinant.

— Merci, dit Cole d'un ton absent, aussi peu impressionné par les attentions dont il était l'objet que par la suite somptueuse de cinq pièces avec ses meubles Louis XV, ses tentures mauve et or et sa vue magnifique sur les gratte-ciel de Houston.

Depuis plus de dix ans, Cole avait l'habitude de descendre dans les plus grands hôtels du monde et tout cela lui semblait normal.

Il avait refusé qu'une femme de chambre vînt défaire ses bagages, et donna un pourboire au veilleur de nuit qui avait monté sa valise. Il ôta ensuite sa veste et sa cravate, déboutonna le col de sa chemise et alla au bar du salon se servir un gin tonic. Puis il ouvrit la double porte-fenêtre et sortit sur le balcon. Dehors la température était chaude, mais sans cette humidité qui transforme Houston en bain de vapeur pendant l'été. Cole resta accoudé à la rampe, promenant son regard sur cette ville qu'il avait considérée comme la sienne durant ses années d'université. Il était revenu quelquefois à Houston en voyage d'affaires depuis, mais jamais n'y avait passé une nuit. Et peut-être à cause de cela il fut frappé par l'énorme changement entre la ville qu'il avait connue quatorze ans auparavant et celle qui s'étendait aujourd'hui à ses pieds.

Quand il avait obtenu son diplôme, il avait quitté la ville en autocar, vêtu d'un jean délavé, d'un tee-shirt et de bottes usées jusqu'à la corde. Tout ce qu'il possédait tenait dans son sac à dos. Aujourd'hui il était de retour en jet privé et portait un costume Brioni à sept mille dollars, des mocassins de Cole-Haan à six cents dollars et un attaché-case à cinq cents dollars. Son chauffeur l'attendait à l'aéroport dans une limousine pour l'emmener au Balmoral. Il était traité partout comme une personnalité importante et habitué aux suites luxueuses, aux avions privés et aux regards suggestifs des plus belles femmes.

Ce voyage de dix heures en autocar jusqu'à Jefferson City était aussi frais dans sa mémoire que s'il s'était déroulé la veille. Le jour même de la remise de son diplôme, il avait sauté dans le premier bus vers le nord pour rejoindre le ranch de son oncle — lequel estimait, malgré les profits substantiels qu'il tirait de ses revenus pétroliers, que voyager en avion était un gaspillage. Ce jour-là, Cole ne possédait pratiquement que ce qu'il avait sur le dos.

Son sac à dos contenait quelques affaires… et beaucoup de rêves. Des rêves grandioses, ambitieux et déjà élaborés. En regardant par la vitre de l'autocar s'éloigner les maisons cossues de River Oaks, il s'était juré de revenir à Houston riche et puissant.

Et il y était arrivé.

Il avala une gorgée de son gin tonic en songeant à l'ironie de la situation : aujourd'hui il avait enfin réalisé son vieux rêve, mais cela lui était indifférent. Il s'était battu contre l'adversité et contre lui-même, il avait gagné, et pourtant il était toujours aussi dur à la tâche et se démenait toujours autant — sinon plus.

En regardant la brume qui s'accrochait aux immeubles comme une draperie diaphane, il se demanda quel était le sens de tous ses efforts. À Denver, le conseil d'administration des actionnaires d'Alcane Electronics tenait sa réunion annuelle, et si les négociateurs de Cole ne parvenaient pas à les évincer, il allait devoir se battre à coups de procurations pour prendre le contrôle de cette société. En Californie, ses avocats, ses directeurs et une équipe d'architectes conduisaient une série de réunions pour la construction d'un complexe immobilier de bureaux qu'il projetait de faire au nord de la Californie et dans l'État de Washington, afin d'abriter les différentes sociétés qui composaient le département technologique de la Unified.

Et si la santé de son oncle ne s'améliorait pas… Mais c'était impensable. Après sa conversation avec Letty, il était pourtant allé voir le médecin de Cal qui lui avait confirmé que dans le cas de son oncle on ne pouvait rien prédire et qu'il lui fallait s'attendre au pire à tout moment.

Cole jeta un coup d'œil à sa montre. Il était six heures et demie. On devait venir le chercher à la réception pour une intervention télévisée à sept heures et demie et le Bal des Orchidées commençait à huit heures. Il avait plus d'une heure devant lui pour se doucher, se raser et s'habiller. C'était plus qu'il ne lui en fallait et il décida d'appeler ses avocats en Californie pour savoir comment l'affaire progressait.

18

Les Foster et deux de leurs amis, un sourire artificiel plaqué sur le visage, se tenaient sur un côté du grand salon de l'hôtel Balmoral, faisant bonne figure au prix d'efforts désespérés, les yeux rivés sur la porte à tambour dans l'espoir de voir paraître Diana.

— La décoration est très réussie, dit la mère de Diana sans conviction.

Les autres observaient avec un intérêt forcé le salon, le grand escalier et la mezzanine. Les éclairages étaient tamisés et l'hôtel tout entier était transformé en une épaisse forêt, avec de petites lumières clignotant à travers les branches couvertes de neige artificielle. Des sculptures de glace représentaient des chevaliers du Moyen Âge et leurs dames se promenant au bord d'étangs gelés. Des serveurs costumés offraient des pichets de vin en se frayant un chemin parmi les congères de neige artificielle, tandis que l'orchestre symphonique de Houston jouait *I wonder what the king is doing tonight.*

— Ça ressemble plutôt à la scène d'ouverture de *Camelot*, dit Corey en jetant un regard de biais à son mari, tu ne trouves pas ?

En guise de réponse, Spence glissa son bras autour de la taille de Corey avec une petite pression réconfortante.

— Ne t'inquiète pas, chérie, tout va bien se passer.

— Diana a promis d'être là à sept heures et quart et il est la demie. Diana n'est jamais en retard.

Mme Foster jeta un coup d'œil circulaire autour d'elle et vit que la foule se dirigeait vers la mezzanine où seraient situés les points forts de la soirée.

— Elle a peut-être décidé de ne pas venir, après tout, dit Mary Foster.

Le sourire de convenance de Corey se figea :

— Se décommander à la dernière minute est la pire des solutions.

— Elle viendra, dit Spence d'un ton rassurant. De sa vie, Diana ne s'est jamais dérobée devant une épreuve.

— En l'occurrence, je ne la blâmerais pas de nous avoir faussé compagnie, dit Corey. Diana met sa dignité et sa vie privée au-dessus de tout et avec l'affront que vient de lui faire subir Dan publiquement, son amour-propre est mis à rude épreuve. À sa place, je ne sais pas si j'aurais le courage de me montrer ici ce soir.

— Je suis sûr que tu l'aurais, dit Spence avec une conviction absolue.

Elle lui lança un regard étonné.

— Qu'est-ce qui te fait dire ça ?

— La fierté. Si ton amour-propre était blessé, tu ne pourrais pas faire autrement que d'apparaître en public et de faire face. L'amour-propre est tout ce qui reste à Diana en ce moment et c'est son amour-propre qui la forcera à se montrer au bal la tête haute.

— Elle viendra, renchérit Doug Hayward.

— En fait, elle vient de faire son entrée, dit Spence. Elle est vêtue avec beaucoup d'élégance.

Stupéfaite, Corey vit Diana fendre calmement la foule, la tête haute, indifférente aux gens qui se retournaient sur son passage. Corey était si fière de sa sœur et si éblouie par son apparition qu'elle en oublia un instant la trahison de Dan Penworth.

D'habitude, pour les réceptions, Diana optait plutôt pour une élégance discrète mais ce soir elle avait choisi de briller de tous ses feux. Elle portait une ravissante robe violette évoquant un sarong fendu haut sur le côté, avec de fines bretelles et une coupe qui épousait ses hanches gracieuses, retombant en une volute discrète au-dessus des chevilles. Au lieu de nouer ses cheveux en chignon serré comme elle le faisait d'ordinaire, elle les avait laissés flotter librement, retomber en cascade auburn sur ses épaules. La simplicité de sa coiffure offrait un contraste saisissant avec la sophistication de sa robe.

Corey la serra dans ses bras avec force.

— J'ai eu si peur que tu décides de rester à la maison ce soir…

— Il n'en a pas été question une seconde, mentit Diana.

Puis elle réconforta sa mère et ses grands-parents d'un sourire. Elle était tellement nerveuse et touchée de voir sa famille, ainsi que Doug et sa fiancée, qui lui faisait comme une haie d'honneur pour la soutenir qu'elle se sentit au bord des larmes. La soirée ne faisait pourtant que commencer.

— Tu es superbe, déclara galamment Spence en lui donnant une fraternelle accolade. Ta robe aussi.

— Quelle chance que tu aies pu rentrer un jour plus tôt de New York pour être parmi nous ce soir, répondit-elle.

En réalité, la chance n'y était pour rien : Spence, alarmé par le contenu de l'article du *National Enquirer*, avait annulé ses rendez-vous d'affaires pour être à Houston pour le bal. Mais Corey avait eu la délicatesse de n'en rien dire à sa sœur.

— Tu es absolument éblouissante, dit Doug Hayward en posant un baiser sur la joue de Diana. (Il prit ses mains dans les siennes et, reculant d'un pas, la regarda en fronçant les sourcils.) Tu as les mains glacées, ajouta-t-il, tu es sûre de pouvoir affronter le public ce soir, surtout les médias ? Ils sont tous là.

Émue par la sincère sollicitude de son ami d'enfance, Diana lui décocha un sourire aussi éblouissant que factice.

— Ça va aller, ne t'inquiète pas. Je ne suis pas la première à qui cela arrive. Tous les jours, des gens rompent leurs fiançailles pour épouser quelqu'un d'autre.

C'est dans cet ordre qu'on procède, en général, ajouta-t-elle avec un trait d'humour.

Sa plaisanterie ne fit pas rire Doug, qui, au contraire, se sentit d'autant plus blessé pour elle et lui pressa la main dans un geste d'affection et de gratitude. Il n'avait pas eu d'abord l'intention d'assister à ce bal car, en tant que plus jeune sénateur du Texas, il était débordé. Mais quand il avait découvert que Diana était déterminée à faire sa première apparition publique après sa rupture avec Dan, il avait insisté pour avoir une place à la table des Foster. Il agissait ainsi pour la soutenir moralement, Diana le savait bien, mais aussi pour neutraliser grâce à son influence considérable sur la bonne société de Houston l'effet désastreux du comportement de Dan.

— Merci de t'occuper si gentiment de moi, lui dit Diana, la voix légèrement voilée par l'émotion. J'ai l'impression que tu es toujours là quand Corey ou moi sommes dans une mauvaise passe.

— La plupart du temps, ce sont mes conseils qui ont mis Corey dans le pétrin ! Toi en revanche, tu ne m'as jamais rien demandé et autant que je me rappelle, tu n'as jamais eu de problèmes.

Il disait vrai — en tout cas en ce qui concernait la deuxième partie de son affirmation —, mais Diana ne voulait pas qu'il minimise l'importance de son amitié.

— Tu as un cœur d'or, dit-elle avec candeur.

Il lui lâcha les mains et fit un pas en arrière, mimant l'effroi de façon comique :

— Essaierais-tu de briser ma carrière, si laborieusement construite sur une image d'homme inflexible ? Mes adversaires politiques me prendraient pour une chiffe molle s'ils savaient à quel point j'ai bon cœur au fond !

Corey regardait sa sœur, non sans inquiétude. Elle se rendait compte que, sous son maquillage sophistiqué et malgré son teint lumineux, Diana était anormalement pâle ; ses yeux verts n'avaient pas leur éclat habituel, elle avait un regard triste et blessé. Cela n'avait pas échappé à Spence non plus. Il se dirigea vers un des bars dressés pour la circonstance et fit signe à un serveur. Il revint une minute plus tard avec deux verres.

Diana but une gorgée, résolue à faire face. Il était impossible de prévoir ce qui allait se passer dans l'heure qui suivait, lorsqu'elle entra dans la salle de bal, escortée de sa famille, de Doug et de sa fiancée Amy.

Elle allait sûrement rencontrer des amis ce soir dans la salle et, s'ils lui parlaient de Dan, leur compassion à son égard serait sincère — ce qui ne serait pas le cas de tous les invités qu'elle allait croiser. Des dizaines de vagues connaissances ou relations d'affaires allaient la dévisager et scruter le moindre de ses gestes, dans le seul but de faire courir ensuite des ragots sur son compte et de se délecter de son malheur.

Diana s'était toujours efforcée de ne pas se faire d'ennemis. Mais elle savait bien que la réussite de la famille Foster suscitait des jalousies et que certaines personnes sont toujours prêtes à se réjouir du malheur des autres.

— La presse va te harceler toute la soirée, dit Corey d'un ton lugubre.

— Je sais.

— Reste près de nous, nous te protégerons du mieux que nous pourrons.

Diana eut un faible sourire.

— Spence est venu armé ?

— Pas ce soir. Ça ferait une bosse sous son smoking ! plaisanta Corey.

Diana s'efforça de sourire à nouveau, tout en levant les yeux vers la foule qui se pressait sur la mezzanine, qu'elle regardait comme si elle allait devoir faire face à un peloton d'exécution.

— Si seulement je n'avais pas accepté de présenter ce collier pour la vente aux enchères… Il va falloir que je monte là-haut pour qu'on me le passe autour du cou…

— Mon Dieu, je n'y pensais plus, gémit Corey. J'ai bien remarqué que tu ne portais pas de bijoux ce soir… mais tu étais tellement rayonnante dans cette robe violette que j'avais oublié que tu devais porter ces fichues améthystes…

Depuis plus d'un siècle, le Bal des Orchidées blanches, plus simplement appelé Bal des Orchidées, et la vente aux enchères qui l'accompagne constituent l'événement le plus brillant de l'année, celui où se presse toute la haute société texane. Traditionnellement ce bal était fréquenté par les riches éleveurs et les prospecteurs pétroliers, qui venaient en carrosses rutilants et dansaient la valse avec leurs femmes sous les lustres de cristal surchargés de chandelles. De nos jours, cette manifestation n'est plus l'apanage d'une poignée de richissimes familles. Mais la tradition est demeurée intacte, et le bal et sa vente de charité sont des œuvres de bienfaisance hautement profitables.

Diana, qui devait présenter un des dons les plus généreux, le fameux collier d'améthystes, n'aurait pu se dérober à ce rituel honorifique sans attirer davantage de ragots.

— Finis ton verre, insista Spence.

Elle s'exécuta, n'ayant pas la force de protester et préférant garder son énergie pour la suite des événements.

— J'ai horreur d'être engoncé dans cet habit de pingouin, dit son grand-père pour faire diversion. J'ai l'air d'un épouvantail, là-dedans.

— Cesse de te plaindre, Henry, lui dit Rose d'un ton de reproche. Le smoking te va très bien.

— Je ressemble à un pingouin, maugréa-t-il.

— Tous les hommes portent des smokings ce soir.

— Et alors ? Ils ont tous l'air de pingouins, c'est tout.

Il n'avait pas envie d'argumenter avec sa femme sur le sujet et, pour mettre un terme à la discussion, il se tourna vers Diana et dit d'un ton enthousiaste :

— Nous devrions faire un autre numéro sur les engrais écologiques pour le jardin, qu'en dis-tu, ma chérie ?

Diana, incapable de penser à autre chose qu'à la corvée qui l'attendait, dut faire un effort pour se concentrer sur la question que venait de lui poser son grand-père.

— C'est une idée formidable, répondit-elle d'un air absent.

Le magazine avait pourtant déjà consacré deux articles importants au sujet depuis le début de l'année.

— Nous ferons un numéro spécial… Je ferais bien d'aller essayer ce fameux collier. C'est une chance que je ne me sente pas la fièvre acheteuse ce soir, ajouta-t-elle avec une pointe d'humour désabusé. J'ai commencé par oublier mon sac. (Elle désigna son petit sac du soir ovale signé Judith Leiber.) Ensuite, quand j'ai voulu donner un pourboire au gardien du parking, j'ai réalisé que j'avais oublié également mon porte-monnaie. Je n'ai que mon permis de conduire et mon bâton de rouge — et encore, je me suis trompée de couleur.

Tout le monde lui sourit pour l'encourager avant qu'elle ne se dirige vers l'escalier — tout le monde sauf Rose, qui la regardait s'éloigner d'un air perplexe, le front plissé d'inquiétude.

Cette dernière se tourna vers la famille et dit d'un ton grave :

— J'ai l'impression que Diana est au bout du rouleau, elle m'inquiète.

— Qu'est-ce que tu veux dire par là ? demanda son mari.

— Je trouve qu'elle a un comportement bizarre — et cela date d'avant sa rupture avec Dan.

— Tu te fais des idées, maman, dit Mary Foster.

— Diana a toujours été la personne la plus organisée, la plus méthodique et la plus ponctuelle du monde. Son emploi du temps est réglé comme du papier à musique et elle ne rate jamais un rendez-vous.

Elle fit une pause pour s'assurer que personne ne la contredirait sur ce point, puis reprit :

— Il y a deux semaines, Diana a manqué sa séance de massage du vendredi matin. La semaine d'après, elle a oublié une réunion avec l'équipe de production : elle n'avait pas prévenu sa secrétaire qu'elle avait pris un rendez-vous avec son banquier à la place. Je le sais parce que sa secrétaire a appelé à la maison pour savoir où elle était.

— Ça arrive à tout le monde d'oublier un rendez-vous, grand-mère, dit Spence avec un sourire rassurant. Surtout quand on est très occupé, comme Diana. D'après ce que m'a dit Corey, elle a énormément travaillé ces derniers temps pour développer le magazine et le maintenir en tête de la compétition, et il n'est guère étonnant qu'elle ait oublié une chose aussi futile qu'un massage ou une manucure.

— Il y a deux mois, elle a aussi oublié une « chose aussi futile » que mon anniversaire ! dit Rose d'un air têtu.

— Elle travaillait tard au bureau ce soir-là. Quand je lui ai téléphoné, elle s'est précipitée aussitôt, dit Mary.

— Et elle avait oublié mon cadeau… elle a tenu à aller le chercher à son appartement et, une fois là-bas, elle a mis une heure à le trouver parce qu'elle ne se souvenait pas où elle l'avait mis !

— Probablement parce qu'elle l'avait acheté longtemps à l'avance, madame Britton, dit Doug en échangeant un regard de complicité masculine avec Spence. Au mois d'août dernier, je l'ai croisée chez Neiman, et elle m'a dit qu'elle faisait ses cadeaux de Noël !

— Elle fait toujours ça, dit Corey en souriant. Elle dit qu'après il n'y a plus de choix.

— Elle trouve toujours des cadeaux originaux, dit Doug avec un sourire attendri. L'année dernière, elle m'a offert une écharpe en cachemire que je lui avais avoué avoir convoitée dans la vitrine. Je suis sûr que quand vous avez ouvert votre paquet-cadeau, c'était exactement ce que vous souhaitiez.

— C'était une boîte de cigares, dit Rose sans rire.

Son mari pouffa :

— Elle avait préparé les cigares pour *mon* anniversaire, mais dans sa précipitation, elle avait pris le mauvais paquet.

Rose ne désarmait pas :

— La semaine dernière, en revenant de sa réunion

avec les imprimeurs de Chicago, elle a pris un taxi à l'aéroport pour aller directement au bureau.

— Qu'y a-t-il de bizarre à cela ?

— Elle avait oublié que sa voiture était restée au parking de l'aéroport. Si vous voulez mon avis, elle travaille trop dur — et depuis trop longtemps.

— Elle n'a pas pris de vacances depuis six ans, dit Mary Foster, se sentant coupable. Je crois que nous devrions insister pour qu'elle s'arrête un mois.

— Je vous dis que Diana va bien. Elle devrait prendre des vacances, c'est vrai, mais elle va bien, conclut son grand-père d'un ton sentencieux afin de clore la discussion.

19

L'espace officiellement réservé à la presse était entouré d'un cordon de velours rouge, au fond de la mezzanine, au-dessus du grand salon où étaient exposés les objets destinés à la vente aux enchères. Fidèle aux promesses faites à son département des relations publiques, Cole alla se présenter aux journalistes, faisant de son mieux pour donner l'impression qu'il était ravi d'être là. Il promit de répondre brièvement aux questions des correspondants de CBS et d'ABC, posa pour quelques photos et répondit à une interview de routine pour le *Houston Chronicle* et le reporter local de *USA Today*.

Sa dernière interview était pour ABC. Debout à côté de Kimberley Proctor, sous le feu d'un projecteur braqué sur lui comme un regard fixe de cyclope, Cole écoutait la jolie blonde qui se gargarisait de l'histoire centenaire du Bal des Orchidées et de la traditionnelle vente aux enchères. La journaliste lui mit ensuite un micro devant le visage :

— Monsieur Harrison, dit-elle, d'après le comité, vous avez fait don de l'objet le plus cher de la vente. Pouvez-vous nous dire ce que vaut cette sculpture de Klineman ?

— Pas grand-chose, grommela Cole entre ses dents.

Il avait toujours considéré cet objet comme une

monstruosité, mais l'avait acheté à une vente et à présent il valait cinq fois plus cher.

La journaliste rit, avant de répéter sa question :

— Je veux dire, à combien est-elle estimée ?

— Un quart de million de dollars.

— Vous êtes un homme très généreux, monsieur Harrison.

— Vous devriez dire ça aux impôts, répliqua sèchement Cole.

Puis il mit fin à l'interview avec un bref sourire et un petit salut de la tête et sortit du champ de la caméra.

Surprise, la journaliste lui emboîta le pas :

— M'accorderiez-vous encore un moment, pour discuter à bâtons rompus, monsieur Harrison ?

— Je suis désolé, dit poliment Cole. Contactez notre service de relations publiques pour une autre interview.

— Je ne pensais pas spécialement à une interview, dit-elle d'une voix douce en le regardant droit dans les yeux. Peut-être pourrions-nous boire un verre, un peu plus tard…

— Je n'ai pas une minute à moi avant de quitter Houston, dit Cole avec un sourire poli.

Elle était charmante, intelligente et elle parlait bien mais tout cela lui était indifférent. Elle était journaliste — et eût-elle été la femme la plus désirable de la terre, animée des intentions les plus pures à son égard, il s'en serait méfié comme de la peste.

— Une autre fois, peut-être, dit-il en s'esquivant.

— Monsieur Harrison ! cria un autre journaliste, mais Cole l'ignora et continua son chemin vers l'autre extrémité de la mezzanine, ne s'arrêtant au passage que pour prendre une coupe de champagne que lui tendait un garçon.

Une bonne douzaine de personnes l'avaient déjà salué et il avait répondu à leurs saluts sans avoir la moindre idée de qui il s'agissait. Ironie du sort, les deux seules personnes qu'il reconnut dans la foule furent celles qu'il voulait éviter à tout prix, M. et Mme Charles Hayward II. Ils passèrent à côté de lui, la tête haute et le regard glacial.

Cole s'arrêta sur le seuil de la salle où étaient exposés les objets les plus précieux de la vente. Il entendit son nom chuchoté à plusieurs reprises autour de lui quand les gens le reconnaissaient, mais celui qui revenait le plus souvent sur toutes les lèvres était celui de Diana Foster. Il entendait chuchoter « pauvre Diana Foster » par des femmes qui lui semblaient plus ironiques que compatissantes.

Aux yeux de Cole, cet événement mondain semblait répondre à trois besoins différents : tout d'abord, il fournissait aux femmes et aux filles nanties l'occasion de se retrouver dans un cadre élégant afin de montrer leurs nouveaux bijoux et leurs nouvelles robes, tout en médisant les unes des autres tandis que leurs maris et pères parlaient de leurs parties de golf ou de leurs matches de tennis.

Ensuite, grâce à ce bal, des fonds importants étaient récoltés chaque année pour la lutte contre le cancer.

Et enfin, l'événement permettait aux citoyens les plus riches et les plus influents de Houston de se donner une bonne conscience sociale en faisant un don ou en achetant aux enchères des objets d'un prix exorbitant.

Le bal de ce soir se doit d'être une réussite inégalée à tous points de vue, se dit Cole en approchant de la salle des enchères.

Des agents de sécurité armés se tenaient devant l'entrée de la salle où étaient exposés les objets mis en vente. Une discussion opposait un photographe en chemise à carreaux rouges et blancs aux gardiens :

— Laissez-moi passer, disait-il, je travaille pour l'*Enquirer*. Ce ne sont pas les objets de la vente qui m'intéressent, je veux seulement prendre une photo de Diana Foster, je viens de la voir entrer à l'instant.

— Désolé. Après sept heures, seuls les invités sont autorisés à entrer dans cette salle, dit le gardien en se croisant les bras sur la poitrine.

Cole, en proie à un mélange de sympathie et d'incrédulité, réalisa à quel point Diana était harcelée et il compatit sincèrement. Il l'avait vue à la télévision, il savait que c'était une femme à présent et pourtant il la voyait toujours comme l'adolescente ingénue assise en tailleur sur une balle de foin, la tête penchée sur le côté quand elle écoutait ce qu'il lui disait.

Les portes de la salle de bal, où devaient se dérouler le banquet puis la vente, étaient encore fermées. Cole jeta un coup d'œil impatient à sa montre, pressé d'en finir avec toutes ces mondanités assommantes. Il se réfugia à l'abri d'un bouquet d'arbres, afin de ne pas être reconnu ni importuné, et porta sa coupe de champagne à ses lèvres.

Depuis le temps qu'il avait quitté Houston et les écuries des Hayward, il avait assisté à un nombre incroyable de mondanités de par le monde, où la plupart du temps il s'ennuyait ferme mais où jamais il ne s'était senti mal à l'aise. Houston était une exception. Le rôle qu'il allait jouer dans cette soirée lui donnait l'impression de s'être introduit là par effraction, comme un imposteur.

De son poste d'observation sous le feuillage scintillant des arbres factices, il regardait distraitement la foule, sans s'avouer qu'il espérait apercevoir Diana... Et soudain la foule s'écarta et il la vit, debout près d'une colonne, à moins de quinze mètres de lui.

Il la reconnut immédiatement et ne put se défendre d'un regard d'admiration purement masculin devant « la pauvre Diana Foster ».

Au lieu de la créature pâle et humiliée qu'il craignait de découvrir, il vit une Diana qui n'avait rien perdu de sa sérénité ni de sa superbe. Drapée dans la robe de soie violette qui épousait la rondeur de ses seins et la finesse de sa taille, il la vit s'avancer de façon irréelle dans cette forêt de légende, comme une fière Guenièvre aux traits fins, aux yeux d'un vert lumineux sous les cils épais et les sourcils délicatement arqués, indifférente à la rumeur qui bruissait sur son passage. Elle avait pris des couleurs à présent et son abondante chevelure luisait de reflets acajou à la lueur des chandeliers. À son cou brillait un splendide collier d'améthystes, d'un violet profond, admirablement assorti à la robe. *Elle est faite pour les robes spectaculaires et les bijoux somptueux*, se dit Cole, *plus que pour les blazers et les pantalons qu'elle semble affectionner d'habitude...*

Il resta dans l'ombre, certes ébloui par sa beauté mais plus encore intrigué par l'indéfinissable et indéniable « présence » de Diana, même au milieu d'un kaléidoscope de mouvements et de couleurs. Elle semblait immobile parmi le tourbillon des invités.

Elle était en conversation avec un homme en qui Cole crut reconnaître Spence Addison. Puis l'homme s'éloigna et Cole se surprit à souhaiter qu'elle regarde dans sa direction, qu'elle le reconnaisse et le gratifie d'un de ses inoubliables sourires.

Peut-être allait-elle le snober, comme les Hayward tout à l'heure, mais il ne la pensait pas capable d'une telle réaction. Jusqu'à maintenant, son rêve de jeunesse d'un retour triomphal à Houston lui avait semblé ne plus avoir beaucoup de sens, et il réalisa à quel point c'était incongru de vouloir à tout prix que Diana Foster le reconnaisse — lui, ou plutôt l'homme qu'il était devenu.

Compte tenu des regards glacés que Charles et Jessica lui avaient jetés tout à l'heure, il était peu plausible qu'ils se fussent répandus en louanges sur la réussite de leur ancien garçon d'écurie. Il était donc possible que Diana n'eût pas fait le rapprochement entre le palefrenier qui avait partagé ses rires et ses confidences d'adolescente et le Cole qui venait d'être nommé « entrepreneur de l'année » par *Newsweek*.

Les portes de la salle de bal venaient de s'ouvrir. La foule s'y engouffra d'un bloc, lui obstruant subitement la vue. Cole s'avança dans la direction de Diana pour lui parler avant qu'elle ne se fonde dans cette foule. Il se fraya difficilement un passage dans la marée humaine et, parvenu enfin près de Diana, il s'aperçut qu'elle était en train de parler à Doug Hayward. Il s'arrêta sur le côté et porta sa coupe à ses lèvres, espérant que Doug la quitterait bientôt. Il ignorait si celui-ci partageait les sentiments de son père à son égard, mais ne voulait en tout cas pas prendre de risque.

Doug voulut escorter Diana pour entrer dans la salle de bal, mais, au grand soulagement de Cole, elle refusa.

— Passe devant, dit-elle, je vais prendre l'air cinq minutes.

— Je t'accompagne.

— Non, je te remercie, mais j'ai envie d'être seule quelques instants.

— D'accord. Tu es sûre que ça ira ? Ne tarde pas trop quand même…, dit Doug en s'éloignant à contrecœur.

Diana se dirigea vivement vers une porte surmontée du panneau « sortie ».

Cole avait suffisamment l'expérience des femmes pour savoir quand l'une d'elles était au bord des larmes et il se dit que Diana voulait s'accorder ce privilège.

Il allait entrer dans la salle quand il fut soudain assailli par un vieux souvenir : Diana lui racontant sa chute de cheval…

— *Je n'ai pas pleuré… même pas quand je me suis cassé le poignet et que le docteur me l'a remis en place.*

— *Pas même une larme ?*

— *Non.*

— *Bravo.*

— *En fait, je me suis évanouie…*

Enfant, elle savait retenir ses larmes mais aujourd'hui la jeune femme avait manifestement été blessée au-delà de ce qu'elle pouvait endurer. Cole hésita, déchiré entre cette envie instinctive de l'homme de fuir une femme qui pleure et un besoin beaucoup moins compréhensible pour lui de vouloir la protéger.

Cette dernière impulsion fut la plus forte. Il suivit Diana sans plus d'hésitation. Après un bref détour pour prendre deux coupes de champagne, il se dirigea vers la sortie.

20

L'étroit balcon de pierre était désert et mal éclairé par des lampes à gaz vacillantes qui faisaient de petites trouées de lumière jaune dans l'obscurité environnante. La solitude un peu désolée de l'endroit convenait mieux à l'humeur de Diana que le romantisme de la forêt enchantée recréée par les décorateurs ; et elle n'était pas obligée de subir la cruelle ironie de l'orchestre qui jouait *Ne me quitte pas*.

Elle marcha jusqu'à l'extrémité du balcon, de façon à atteindre l'angle du bâtiment et à n'être pas vue de quiconque aurait envie de prendre l'air. Debout près de la balustrade, elle posa ses paumes sur la pierre froide et regarda ses mains un moment, étonnée de voir combien la gauche paraissait nue sans la bague de fiançailles de Dan.

Deux étages plus bas, une procession de feux rouges se déroulait le long du large boulevard bordé d'arbres, devant l'hôtel. Mais Diana, perdue dans sa tristesse, ne voyait rien du monde extérieur. Depuis quelques jours, elle oscillait entre un état léthargique, semblable à celui dans lequel elle se trouvait à ce moment, et de brusques accès d'énergie qui l'avaient poussée dans un tourbillon d'activité insensée. Elle n'arrivait pas à réaliser que Dan était marié. Avec une autre… Pas plus tard que le mois d'avant, ils avaient projeté d'assister ensemble au

Bal des Orchidées et il lui avait même demandé de lui réserver une place à la table de la famille Foster.

Sur le boulevard, un crissement de freins, suivi d'un concert de klaxons, tira brusquement la jeune femme de ses pensées. Elle se pencha pour voir ce qui se passait ; ce n'était pas un carambolage. Elle eut un coup au cœur en voyant une Mercedes noire comme celle de Dan s'arrêter devant l'hôtel. Une fraction de seconde, elle crut réellement que ce pouvait être lui... lui, venu en personne lui expliquer qu'il s'agissait d'une terrible méprise.

Mais elle dut se rendre à l'évidence en voyant la voiture stopper doucement devant le dais vert de l'entrée : la Mercedes était bleue et non pas noire, et le conducteur était un homme aux cheveux argentés.

Après cet espoir fugace et insensé, la triste réalité s'imposait et elle se retrouva plus misérable encore que tout à l'heure. Elle vit, à travers ses larmes qu'elle ne cherchait plus à retenir, une magnifique blonde d'une vingtaine d'années sortir ses longues jambes de la voiture. Vêtue d'une robe courte et moulante, elle avait l'air sûre d'elle et Diana se demanda quand Dan avait commencé à préférer les blondes sexy de vingt ans aux brunettes classiques d'une trentaine d'années comme elle. Elle était persuadée, d'après les photos qu'elle avait vues dans les magazines, que sa nouvelle femme était dix fois plus jolie et sensuelle qu'elle. Christina était sans aucun doute plus féminine, plus drôle, plus aventureuse aussi. Diana se demanda à quel moment exactement Dan avait pensé qu'elle n'était pas assez bien pour lui... C'était certainement cela qu'il avait dû penser, sinon pourquoi l'aurait-il rejetée avec une telle désinvolture, comme on se débarrasse d'un objet usagé ou encombrant ? Dan l'avait cruellement humiliée et cette seule pensée lui retournait l'estomac. Avant de se fiancer à elle, Dan était toujours sorti avec des jeunes femmes grandes, sophistiquées, « bien roulées » disait-on — des débutantes pleines d'esprit et ambitieuses, entièrement vouées au culte de leur propre beauté. Diana, quant à elle, se consacrait exclusivement à son travail et à l'entreprise familiale. La seule chose qu'elle eût en commun avec les autres « fiancées » de Dan, c'était qu'elle avait été elle aussi une débutante. Pour le reste, les différences étaient criantes, et elle ne se trouvait que des défauts : elle mesurait tout juste un mètre soixante, ses cheveux étaient d'un châtain auburn tout à fait commun, et elle n'était pas sexy. Quand le scandale sur les opérations esthétiques des seins avait éclaté, elle s'était félicitée de ne pas avoir cédé à la mode de la chirurgie plastique et l'avait dit à Dan sur le ton de la plaisanterie. Mais il lui avait répondu le plus sérieusement du monde que certains implants étaient sans danger et que, si elle voulait, elle pourrait se faire opérer.

Dans l'état d'esprit d'autodénigrement qui était le sien en ces circonstances, elle eut brusquement le regret de ne pas avoir eu recours à la chirurgie. Si elle avait été une vraie femme, elle se serait davantage consacrée à son apparence physique au lieu de garder un air « naturel » et de miser sur son intellect pour garder son fiancé. Elle se serait coiffée autrement, avec des mèches, ou du gel, ou pourquoi pas une coupe courte avec des mèches « en pétard ». Au lieu de la robe du soir classique qu'elle portait ce soir, elle aurait osé une de ces robes courtes et moulantes, tellement « couture », qui faisaient fureur cette saison.

Le claquement d'une porte en métal la fit sursauter ; elle vit un homme de haute taille, en smoking, s'avancer sur le balcon. Elle constata avec soulagement qu'il s'agissait vraisemblablement d'un invité et non d'un journaliste ou d'un importun. Mais elle fut agacée de voir qu'il se dirigeait vers elle au lieu de s'éloigner.

Enveloppé d'ombre et de silence, il s'approchait, d'un pas lent mais décidé. Il avait les avant-bras pliés comme s'il tenait quelque chose dans chacune de ses mains. L'esprit enfiévré de Diana lui fit craindre l'espace d'une seconde que ce ne fussent des revolvers, mais quand l'homme passa dans le halo d'une des lampes à gaz, elle vit qu'il portait…

Deux coupes de champagne !

Elle resta bouche bée tandis que l'homme arrivait à

côté d'elle. De près, elle réalisa qu'il mesurait facilement un mètre quatre-vingt-cinq, qu'il avait des épaules larges et un visage sévère avec une mâchoire puissante, un menton carré et d'épais sourcils sombres. Son visage semblait hâlé et il la dévisageait avec une lueur d'amusement dans ses yeux clairs.

— Bonjour, Diana, dit-il d'une voix grave et sonore.

Elle se composa une expression de confusion polie, alors qu'elle n'avait qu'une envie, l'envoyer promener. Sa bonne éducation reprit le dessus et elle s'efforça de ne manifester aucun signe d'impatience :

— Je suis désolée, dit-elle, mais si nous avons été présentés, je ne me le rappelle pas.

— Nous nous sommes rencontrés à plusieurs reprises, dit l'homme brièvement. Champagne ?

Elle refusa d'un signe de tête la coupe qu'il lui tendait. Elle scrutait son visage, se demandant quel jeu jouait l'inconnu. Bien qu'elle préférât les hommes fins à ceux qui dégageaient comme celui-ci une force virile, elle se dit que si elle l'avait rencontré, elle ne l'aurait sans doute pas oublié.

— Je ne pense pas, dit-elle d'un ton poli mais ferme, désireuse de mettre un terme à la conversation. Peut-être me confondez-vous avec une autre personne.

— Au grand jamais je ne vous ferais l'injure de vous confondre avec quelqu'un d'autre. Je me souviens trop bien de vos yeux verts et de votre chevelure flamboyante…

— Je vous assure que vous vous méprenez, je ne vous ai jamais vu…

— Comment va votre sœur ? coupa-t-il. Corey aime-t-elle toujours autant monter à cheval ? ajouta-t-il avec un sourire un peu narquois.

Diana le dévisagea d'un air indécis. Il se tenait dans l'ombre — sans doute à dessein, se dit-elle — et soudain sa voix lui rappela quelque chose de familier.

— Êtes-vous un ami de ma sœur, monsieur ?

Il fit un pas en avant dans la lumière, et elle le reconnut enfin. Ses yeux gris pétillaient d'amusement.

— Vous êtes bien cérémonieuse ! Vous m'appeliez...

— Cole ! s'écria-t-elle.

Elle savait qu'il devait apparaître à cette soirée et elle était très impatiente de le revoir, mais depuis sa vie à elle avait basculé et les autres événements étaient passés à l'arrière-plan. À présent elle avait du mal à se remettre du choc de ces retrouvailles.

Cole avait remarqué le plaisir qui avait illuminé son visage dès qu'elle l'avait reconnu et il en avait eu chaud au cœur — tout en étant surpris. Sa froideur et son cynisme coutumiers s'étaient adoucis l'espace d'un instant. Quoi que les Hayward aient pu lui donner comme explication à son départ précipité, Diana lui avait donc conservé son amitié intacte.

— Cole ! C'est bien toi, je ne rêve pas ?

— En chair et en os. Ou plus exactement, en smoking !

Il lui tendit à nouveau la coupe de champagne et, cette fois-ci, elle l'accepta. *Elle l'a refusée à un étranger*, se dit-il, *mais elle l'accepte d'un vieil ami*. Et lorsqu'elle leva vers lui son joli visage, il se sentit incroyablement heureux et flatté.

— Je crois qu'un toast s'impose, mademoiselle Foster !...

— Alors porte-le, dit-elle. Je suis encore sous le choc, je ne saurais pas quoi dire.

— Je bois à la femme la plus heureuse du monde.

Le sourire de Diana s'estompa et un frisson lui parcourut le dos. Mon Dieu ! Il n'était apparemment pas au courant de ce qui lui était arrivé...

Elle haussa les épaules avec une feinte désinvolture.

— J'ai connu des moments plus heureux dans ma vie...

— Je ne vois pas ce qui pourrait te rendre plus heureuse qu'avoir échappé de peu à un mariage catastrophique avec un beau salaud !

C'était dit avec une telle sincérité que Diana eut envie de rire et de pleurer à la fois.

— Tu as raison, dit-elle en prenant une gorgée de champagne pour éviter son regard.

Puis elle changea bien vite de sujet.

— Quand la nouvelle de ta présence ici ce soir s'est répandue, les gens ont été très excités. Tout le monde meurt d'envie de t'apercevoir. J'ai tellement de questions à te poser que je ne sais pas par où commencer…

— Commençons par la question la plus importante.

Il l'avait interrompue d'un ton ferme et Diana se sentit une petite fille face à un adulte plein de sagesse, comme autrefois…

— Arrives-tu à garder la tête haute dans la tourmente ?

Il faisait bien entendu allusion à tous les ragots qui couraient sur son compte en ce moment même dans la salle de bal.

— Ça va, dit-elle, trahie par un léger tremblement dans la voix.

Elle crut entendre une porte s'ouvrir un peu plus loin sur le balcon et répéta plus bas :

— Ça va bien.

Cole jeta un coup d'œil par-dessus son épaule, dans la direction du bruit. Éclairé par le panneau « sortie », se tenait le journaliste en chemise à carreaux rouge et blanc. La première réaction de Cole fut de le prendre au collet, mais il se dit aussitôt qu'il y avait une façon de se servir de lui.

De sa main libre, il prit Diana par le menton :

— Écoute-moi bien, et surtout ne bouge pas.

Elle écarquillait les yeux, inquiète.

— Il y a un reporter qui nous espionne, dans l'espoir de te photographier. J'ai une meilleure idée : nous allons lui donner l'occasion de faire une photo digne de la une de son torchon.

— Tu es devenu fou ! chuchota Diana effrayée.

— Non, j'ai simplement un peu plus l'expérience de ce genre de « journalistes »… Il ne nous lâchera pas tant qu'il n'aura pas son cliché, reprit Cole tout en surveillant du coin de l'œil le reporter qui venait de sortir de l'ombre et braquait son appareil sur eux. Tu as le choix : tu peux laisser les gens croire que tu es une femme abandonnée, ou bien m'embrasser. Ils oublieront alors jusqu'à l'existence de Dan.

Diana était affolée, les pensées se bousculaient dans sa tête. Comme elle hésitait, Cole prit la décision à sa place :

— Essayons de paraître convaincants, dit-il doucement en posant les coupes de champagne.

Il passa la main autour de sa taille et fit ployer le corps de la jeune femme dans ses bras.

Tout alla trop vite pour que Diana eût le réflexe de résister. Il lui sembla que la scène se déroulait comme dans un film au ralenti. Elle sentit ses jambes contre les cuisses de Cole, ses seins pressés contre sa poitrine, et des lèvres tièdes qui emprisonnèrent les siennes.

Cole releva la tête un instant et plongea ses yeux dans ceux de Diana. Elle crut qu'il allait relâcher son étreinte, mais ses mains glissèrent sur son dos nu et il se pencha à nouveau sur elle. Son cœur se mit à battre de façon désordonnée tandis que les lèvres de Cole se pressaient sur les siennes, épousant lentement leur courbe tendre. Sa langue effleura le coin de ses lèvres et elle sursauta de surprise. Une partie de son cerveau lui commandait de se libérer immédiatement mais quelque chose de plus profond lui enjoignait de répondre aux tendres efforts de Cole. Tendres et persuasifs…

Elle réalisa dans le même temps que le photographe avait peut-être raté ses premiers clichés. Jugeant plus prudent d'entretenir encore un peu l'illusion, elle fit alors lentement glisser ses mains le long de la veste de Cole et lui rendit son baiser, un peu incertaine. La pression des lèvres de Cole se fit plus impérieuse et il passa sa main sous sa nuque, faisant courir ses doigts à travers ses cheveux.

Un tonnerre d'applaudissements venu de la salle de bal, mêlé aux accents de la musique qui annonçait le début des festivités officielles, les ramena soudain à la réalité. Diana se recula avec un rire et Cole fourra ses mains dans ses poches tout en regardant gravement la jeune femme, ses sourcils noirs froncés. Il chercha le photographe du regard et fut soulagé de constater qu'il était parti.

— Je... je n'arrive pas à croire que nous ayons fait une chose pareille ! dit Diana nerveusement en lissant ses cheveux.

Cole lui lança un regard de biais, un regard dont le sens lui échappa.

— En fait, j'en avais déjà envie il y a des années, dit-il en ouvrant la lourde porte.

Diana leva les yeux au ciel avec un sourire incrédule.

— Je ne te crois pas.

— Je te jure que c'est vrai, dit-il en souriant.

À l'intérieur, la mezzanine était presque déserte.

— Je vais réparer les dégâts, dit Diana en s'arrêtant devant les toilettes pour dames. Passe devant.

— Pas question. Je t'attends.

Charmée par sa galanterie, elle ne répondit rien et entra dans les toilettes. Plusieurs jeunes femmes étaient là, absorbées dans une discussion animée. Diana s'arrêta devant le miroir pour se recoiffer.

— Tout ça n'a rien d'étonnant, disait Joelle Marchison à son amie. Dan a dit à Anne Morgan il y a plusieurs mois qu'il voulait rompre ses fiançailles avec Diana, mais celle-ci tenait absolument à se marier avec lui et l'a supplié de ne pas le faire. Anne dit que se marier avec une autre et le faire savoir à Diana par les journaux était probablement le seul moyen qu'il ait trouvé pour se débarrasser d'elle.

Pétrifiée, Diana alla s'enfermer dans l'une des toilettes. Un concert d'exclamations s'éleva et elle en eut les larmes aux yeux. Elle avait envie de hurler qu'Anne Morgan était jalouse et malade de dépit parce qu'elle avait été amoureuse de Dan et qu'il l'avait quittée pour elle... Mais, à supposer qu'elle eût le cran de le dire, elle n'était pas sûre de ne pas fondre en larmes.

Elle attendit que ces jeunes femmes soient sorties puis essaya de se tamponner les yeux sans ruiner son maquillage. La méchanceté de personnes à qui elle n'avait jamais fait aucun mal la blessait plus qu'elle ne voulait l'admettre.

Cole, qui attendait toujours Diana dehors, en partie caché par un pilier, entendit la conversation des jeunes femmes qui s'empressaient de mettre leurs amies au courant.

— Il paraît que Dan Penworth voulait rompre depuis longtemps déjà mais que Diana s'accrochait désespérément.

— C'est bien fait pour elle, les médias l'ont toujours traitée comme une princesse. Moi je suis écœurée de les entendre se répandre en louanges sur ce magazine merveilleux, la réussite fulgurante et les qualités extraordinaires de femme d'affaires de Diana, et toutes ces foutaises !

— Je ne suis pas d'accord avec toi, dit une autre moins cruelle. Moi, je la plains, et je ne suis pas la seule.

Encore une fois sidéré par la méchanceté des femmes entre elles, Cole n'avait pas perdu un mot de cette conversation. Il se demanda si pour Diana leur pitié n'était pas pire encore que leur jalousie. Il eut le sentiment qu'elle préférerait leur jalousie.

21

Dès l'instant où il vit l'extrême pâleur de Diana, Cole comprit qu'elle avait surpris la conversation de ses « amies » dans les toilettes. Ne pouvant lui être d'aucun réconfort, il lui offrit son bras et ils se dirigèrent vers la salle de bal, où le discours était déjà commencé.

Diana s'arrêta devant la porte, ne voulant pas se faire remarquer davantage en arrivant en retard, au bras de Cole qui plus est.

— Je suppose que ta table est au premier rang ?

En tant que donateur de la pièce la plus précieuse de la vente, Cole devait être placé près du podium du commissaire-priseur, à la place d'honneur.

— Oui, au centre, confirma-t-il.

— Nous sommes au troisième rang, soupira Diana. Restons derrière en attendant. Il n'y a aucun moyen de passer inaperçus autrement.

Elle allait ouvrir les lourdes poignées lorsque Cole l'arrêta dans son geste en posant la main sur son bras.

— Pourquoi vouloir passer inaperçus ? Laissons-les croire ce qu'ils vont découvrir fatalement dans l'*Enquirer* d'ici un jour ou deux, à savoir que tu te moques éperdument de Penworth et que c'est moi l'heureux élu à présent !

— Les gens qui me connaissent ne croiront jamais une chose pareille, s'écria-t-elle d'un ton désespéré.

Le visage de Cole se durcit.

— Bien sûr, tu as raison. C'est une idée idiote, en effet : j'avais oublié qu'il n'y a ici que des gens riches et oisifs… Qui pourrait croire que tu as quitté l'un d'entre eux pour un homme aussi ordinaire que moi, n'est-ce pas ?…

Diana le regarda, médusée.

— Pourquoi dis-tu ça ? Tu n'as rien d'ordinaire.

Elle était sincère et Cole réalisa qu'en fait elle était dégoûtée d'elle-même. Elle avait rougi, ses traits étaient décomposés.

— Merci, dit-il en souriant, étonné de la voir si bouleversée. Au moins, la colère a ramené une étincelle dans tes yeux. Chose que mes baisers n'ont pas réussi à faire.

Diana commit l'erreur de regarder la bouche de Cole, et dut détourner les yeux pour reprendre ses esprits.

— Je n'ai pas l'habitude d'embrasser des hommes que je connais à peine, surtout s'il y a un espion dans les parages.

— Je t'ai connue moins difficile ! Tu n'arrêtais pas de cajoler et d'embrasser des chatons égarés et des chiens bâtards, autrefois…

La comparaison était si cocasse que Diana éclata de rire :

— Oui ! mais seulement quand je savais que tu ne regardais pas !

Dans la salle, des applaudissements polis signalèrent la fin du discours. Cole ouvrit les lourdes portes et passa sa main sous le coude de Diana pour l'escorter. Un murmure de stupéfaction parcourut l'assistance lorsque les quelque mille personnes attablées virent entrer leur invité d'honneur — le célèbre et mystérieux milliardaire récemment élu par le magazine *Cosmopolitan* comme l'un des « cinquante célibataires les plus irrésistibles du monde » — d'un pas nonchalant, tenant par le coude Diana Foster — la fiancée éconduite de Daniel Penworth — avec des airs de propriétaire.

Cole accompagna Diana à sa table, et la fit asseoir entre son grand-père et Spence. Il salua tout le monde d'un signe de tête poli, fit un clin d'œil à Corey et un sourire chaleureux à Diana avant de regagner sa propre table au premier rang.

Diana le regarda un moment, impressionnée et amusée par la suprême indifférence qu'il opposait à la curiosité dont il était l'objet. Elle-même promena un regard tranquille et aimable autour de la table : en face d'elle, un peu sur sa gauche, se trouvaient Doug et sa fiancée, Amy Leeland. Sa mère et ses grands-parents étaient assis à sa droite et Corey entre Doug et Spence. Le regard de cette dernière était plein de questions, mais elle gardait un visage parfaitement neutre.

Tous étaient dévorés par la curiosité, Diana le savait. Mais la première règle de savoir-vivre en société était de présenter un front calme et serein même dans l'adversité. Sans déroger à cette règle d'or, Spence, Corey et Doug lui sourirent comme s'il était parfaitement naturel qu'elle arrive en retard au bras d'un homme que personne n'avait revu depuis plus de dix ans et qui la traitait avec une singulière familiarité. Ses grands-parents n'avaient aucune idée de qui il s'agissait mais firent chorus.

La grand-mère de Diana, qui avait décidé de se moquer des règles sociales dès qu'elle aurait atteint ses soixante-dix ans, regarda s'éloigner Cole Harrison en fronçant les sourcils d'un air perplexe. Puis elle se pencha vers Diana et murmura de façon telle que trois personnes sursautèrent à la table d'à côté :

— Qui est cet homme, Diana ?

Afin d'éviter d'autres questions plus embarrassantes, Diana répondit hâtivement :

— C'est Cole Harrison, grand-mère. C'est lui qui a fait don de la sculpture de Klineman que tu admirais tout à l'heure.

Rose Britton resta interdite un moment. Puis, comme elle manifestait également, en avançant en âge, le désir déroutant de dire toute la vérité sans égard pour les conséquences, elle protesta, dans un chuchotement indigné qui fit se retourner trois autres personnes :

— Je l'ai trouvée hideuse.

Elle chercha du regard l'approbation des membres de

la famille, mais chacun fit mine d'être absorbé dans des conversations particulières pour ne pas avoir à donner son avis.

— C'est vrai, on dirait un gigantesque cure-pipe, dit-elle, dès que le regard de Diana croisa le sien.

Diana aurait voulu expliquer à sa grand-mère que ce Cole Harrison était le Cole qui travaillait chez les Hayward quand elle était adolescente. Mais elle craignit que la vieille dame ne fît des commentaires sur la nourriture qu'elle lui faisait alors parvenir…

Cole était si galamment venu au secours de Diana ce soir qu'elle se faisait un devoir de protéger à son tour son amour-propre et sa vie privée.

22

Au grand soulagement de Diana, l'agitation soulevée par leur arrivée se calma bientôt. Le dîner, inclus dans les mille dollars du prix d'entrée au bal, fut servi et les événements du début de la soirée passèrent au second plan.

Diana avait du mal à croire que l'homme sûr de lui, dominateur et sophistiqué qui lui était apparu sur le balcon était le même que le palefrenier avec qui elle discutait autrefois, juchée sur une balle de foin, dans l'écurie des Hayward, ou qui la taquinait tandis qu'ils jouaient aux cartes… et se jetait avidement sur la nourriture qu'elle lui apportait.

Elle prit machinalement un petit pain et le brisa pour empêcher ses mains de trembler… Le Cole qu'elle connaissait alors avait toujours faim, elle s'en souvenait avec tendresse. Un sourire se dessina sur ses lèvres en pensant à l'adulte superbe qu'il était devenu. À l'époque, il avait sans doute grand besoin de manger pour satisfaire sa croissance.

Une voix polie mais insistante interrompit sa rêverie. Un serveur se tenait près d'elle et lui présentait deux bouteilles d'excellent vin :

— Vin blanc ou vin rouge, mademoiselle ?

— Oui, dit-elle, l'air absent.

Voyant l'expression désemparée du serveur, Spence vint à son aide.

— Peut-être les deux, dit-il d'un ton neutre.

Un autre serveur posa devant Diana une assiette de bisque de crevettes… Les conversations allaient bon train autour d'elle, émaillées d'éclats de rire et de tintements de verres. Mais elle demeurait indifférente à ce qui se passait. *Cole a beaucoup changé*, se dit-elle en tartinant distraitement une coquille de beurre sur son pain, et en le laissant sur le bord de son assiette sans y toucher. Au lieu de quoi elle prit le verre de vin le plus proche d'elle, un moelleux chardonnay.

Cole s'est durci avec les années, pensa-t-elle encore avec un peu de nostalgie. Jeune homme, il dégageait certes une impression de force virile mais lui semblait gentil et proche. À présent il y avait du cynisme dans sa voix et de la froideur dans son regard. Il était éprouvé par les combats mais au fond il était toujours aussi chevaleresque. Quand il avait vu le photographe, il s'était précipité à son secours et il avait élaboré sans hésiter un plan audacieux pour faire tourner la situation à son avantage. Et pour ce faire, il l'avait embrassée…

Diana reprit son verre en hochant la tête et but une autre gorgée. Elle n'aurait jamais dû le laisser faire ! C'était de la folie… Avoir agi comme ça, sur une impulsion… Mais quel baiser ! Doux… maladroit d'abord quand elle avait senti contre elle les cuisses, la poitrine, puis les lèvres de cet étranger surgi de l'ombre — un vieil ami, il est vrai. Insistant, expert ensuite quand ses lèvres avaient emprisonné les siennes avec l'expérience et la désinvolture d'un mâle sûr de lui. Puis il avait plongé son regard dans le sien et l'avait embrassée à nouveau, comme… affamé…

À cette évocation, le rouge lui monta aux joues. Elle vida son verre de vin pour tenter de se calmer. Elle n'aurait pas dû se laisser embrasser une seconde fois… Cela arrivait à d'autres femmes d'être abandonnées, et elles n'allaient pas pour autant se jeter dans les bras du premier venu…

Après tout, peut-être le faisaient-elles ?

En y réfléchissant, Diana se dit qu'elle exagérait probablement l'importance d'un baiser destiné à donner le change à un reporter indélicat. D'ailleurs, Cole avait sans doute déjà oublié ce banal incident.

Qui plus est, il était l'objet de toutes les attentions et il passait sans doute une excellente soirée. Mais elle ne parvint pas à résister à la tentation de le vérifier par elle-même. La table de Cole était juste au pied du podium, deux rangées devant la sienne. En se penchant légèrement sur la gauche ou sur la droite, elle pouvait voir les convives de la table d'honneur. Elle porta son verre à ses lèvres d'un air désinvolte et lança un regard vers la droite. La table d'honneur accueillait plus de convives que les autres, et Diana eut un coup au cœur en voyant deux d'entre eux.

Franklin Mitchell était le président de la cérémonie cette année et il était naturellement assis là avec sa femme, ainsi que leur fils Peter et sa femme Haley, Vincennes de son nom de jeune fille. Il y avait un autre couple, ami de Peter et de Haley. La dame âgée aux cheveux violets qui tournait le dos à Diana était sans aucun doute Mme Canfield, dont les ancêtres avaient créé le Bal des Orchidées. L'homme dégarni à côté d'elle devait être son fils Delbert, un célibataire entre deux âges.

Franklin dit quelque chose qui provoqua les rires autour de lui et Diana regarda vers sa gauche. Conner et Missy Desmond étaient aussi à la table et tout le monde riait sauf une personne — le regard de Diana rencontra alors une paire d'yeux gris acier qui étaient rivés sur elle. Manifestement indifférent à ce qui se passait autour de lui, Cole était renversé dans sa chaise et la fixait d'un regard étrangement perplexe.

Elle ne comprit pas pourquoi il la regardait ainsi ; mais il lui sembla convenable de le gratifier d'un sourire poli.

Il lui répondit par un petit signe de tête et un sourire effronté et chaleureux ; mais son regard bizarre, presque calculateur, continuait à perturber Diana.

Elle détourna vivement les yeux, et essaya de se concentrer sur la conversation qui se déroulait à sa propre table. Mais elle avait l'esprit ailleurs. Elle se demandait ce que Haley Mitchell avait pu dire à Cole si elle l'avait vue entrer avec lui. Haley se repaissait des potins et des médisances qu'elle créait au besoin afin de les utiliser contre ceux — ou plutôt celles — qu'elle n'aimait pas. Et elles étaient légion.

Elle détestait particulièrement Diana depuis le jour où Peter, encore célibataire à l'époque, ayant passablement bu lors d'un mariage où il était garçon d'honneur, avait publiquement proposé à Diana, demoiselle d'honneur elle aussi, de l'épouser au lieu de porter un toast aux mariés. Diana avait pris tout cela avec humour, ainsi que tous les invités d'ailleurs, sauf Haley, qui était amoureuse de Peter depuis des années.

Ils s'étaient mariés peu de temps après, mais Haley considérait toujours que Peter l'avait épousée par dépit, et ce dernier en voulait malgré tout à Diana de l'avoir humilié publiquement par son refus. La haine de Haley pour Diana semblait empirer avec les années, à mesure que couraient des rumeurs sur la faillite de son mariage. Diana pouvait être sûre que si Haley soupçonnait une idylle entre elle et Cole, elle lancerait immédiatement une campagne de dénigrement.

Elle se dit qu'elle n'arriverait jamais à faire bonne figure toute la soirée… Elle se tourna vers Doug et Amy, demanda à celle-ci ce qu'elle avait projeté de faire pendant son séjour à Houston, puis reprit un verre de vin et s'efforça de se concentrer sur la conversation. Si bien qu'elle ne se rendit pas compte que Spence, qui était assis à sa gauche, regardait Cole en fronçant les sourcils. Ce qui n'échappa pas à Corey.

— Qu'est-ce qui ne va pas ? chuchota cette dernière à son oreille.

Spence attendit que le garçon ait fini de lui servir son café avant de répondre.

— Je n'aime pas la façon dont Harrison a regardé Diana à plusieurs reprises ce soir, dit-il en désignant la table du premier rang d'un petit signe de tête.

Corey fut surprise, mais plutôt agréablement. Dans la situation actuelle de Diana, elle pensait qu'être l'objet de l'attention d'un des hommes les plus désirables de la soirée ne pouvait que lui remonter le moral.

— Pourquoi cela ? demanda-t-elle.

— Ce Harrison ne me plaît pas.

— Pour quelle raison ? fit-elle, étonnée.

Spence sembla réfléchir avant de répondre à sa femme, puis écarta la question d'un haussement d'épaules.

— Oh ! il a la réputation d'avoir l'esprit tordu et Diana est très vulnérable en ce moment, c'est tout.

— Spence ! Cole est un vieil ami de Diana. Tu exagères.

Il posa sa main sur la sienne :

— Tu as raison, dit-il en lui donnant une petite pression rassurante.

Leur conversation fut interrompue par le commissaire-priseur, qui venait de monter sur le podium pour procéder à la vente aux enchères. Il donna un coup de marteau et les conversations se turent. Toutes les têtes se tournèrent vers lui tandis qu'un frémissement parcourait l'assistance.

— Mesdames et messieurs, proclama-t-il, il vous reste encore une demi-heure pour faire enregistrer vos enchères. La vente que vous attendez tous va bientôt commencer dans cette salle. Vous savez que le profit de cette vente sera entièrement reversé pour la recherche sur le cancer, et je vous invite, sans autre commentaire, à ouvrir votre cœur et votre porte-monnaie. Vous trouverez à chaque table un catalogue avec la description détaillée des objets proposés. Je sais que beaucoup d'entre vous souhaitez acquérir l'œuvre de Klineman, aussi, pour ne pas jouer trop longtemps avec vos nerfs, l'avons-nous placée au numéro dix.

Les rires se mêlèrent aux froissements des catalogues et le commissaire-priseur demanda à nouveau le silence.

Le premier objet mis en vente fut un petit dessin de Picasso au crayon, à quarante mille dollars.

Quelques minutes plus tard, le dessin partit à soixante-six mille dollars.

— Cette splendide lampe Tiffany, datant environ de 1904, est mise à prix à cinquante mille dollars. Qui dit mieux ?…

23

Être à la table des invités de marque était un « honneur » dont Cole se serait volontiers passé. Son hôte officiel, Franklin Mitchell, était un homme de haute taille, d'allure distinguée, aux cheveux grisonnants. Il était vice-président du conseil d'administration d'une compagnie pétrolière que possédait sa famille et c'était un individu terriblement suffisant et ennuyeux. À sa table se trouvaient sa femme, son fils et sa belle-fille et les Jenkins, un jeune couple de leurs amis, tout aussi arrogants que futiles. Le genre de personnes que Cole méprisait royalement.

Il y avait encore Delbert Canfield, un célibataire ventripotent d'une cinquantaine d'années, et sa vieille mère qu'il appelait respectueusement « maman ». Conner et Missy Desmond, un couple charmant entre deux âges qui faisait de louables efforts pour engager la conversation avec Cole. Malheureusement leurs centres d'intérêt se limitaient à leurs handicaps au golf, à leurs parties de tennis et à leurs amis. Cole n'étant guère passionné par ces sujets, la conversation était rapidement retombée. Plutôt que de perdre une soirée à écouter des conversations ineptes et des ragots, il fit abstraction de ses compagnons de table. Ses pensées allèrent vers son oncle Cal et son exigence insensée de le voir marié avant six mois depuis qu'il se savait malade du cœur. De temps en temps, il jetait un coup d'œil en direction de Diana pour voir comment elle s'en sortait.

Après le plat de résistance, il avait déjà mentalement préparé la réunion annuelle des directeurs de ses différentes sociétés et décidé de déclarer des profits avant la réunion pour s'assurer que ses propositions seraient acceptées.

Au dessert, tandis que Mitchell se vantait de la stratégie qu'il avait adoptée pour se faire élire président du Country Club de River Pines, Cole élaborait en silence ses propres plans pour propulser Cushman Electronics au sommet de l'industrie des puces électroniques.

Les enchères étaient déjà bien avancées et Cole avait déjà envisagé toutes les solutions de rechange possibles si la nouvelle puce n'était pas à la hauteur de leurs espérances, quand il réalisa que Franklin Mitchell lui parlait.

— Êtes-vous chasseur, Cole ?

— À l'occasion, répondit-il en détournant à contrecœur son regard de Diana, qui avait l'air beaucoup plus tendue qu'une heure auparavant.

— Il faudrait que je vous invite au ranch à la chasse au cerf. C'est un endroit splendide — vingt-cinq mille hectares.

Il haussa ses sourcils blancs comme s'il attendait une réponse à une invitation qu'il n'avait d'ailleurs pas faite clairement. Cole avait déjà rencontré ce genre d'attitude chez des crétins narcissiques comme Mitchell, qui voulaient absolument affirmer leur supériorité sociale en présence d'un nouveau venu. À partir du moment où l'invitation à la chasse au cerf dans cet endroit « splendide » n'était qu'hypothétique, cela réduisait l'interlocuteur au rôle de quémandeur plein d'espoir s'il donnait une réponse positive. Au regard de quoi Cole n'eut aucun scrupule à dire ce qu'il pensait.

— Franchement, je ne vois pas quel plaisir il y a à se geler les fesses à l'aube dans les bois, en attendant qu'un cerf passe par là.

— Nous ne faisons jamais ça, les cerfs sont nourris, ils viennent tous les jours au même endroit.

— Vous voulez dire que vous attendez que les cerfs viennent tranquillement manger, dit Cole avec une expression glaciale, et vous leur trouez la peau, vous les dépouillez et vous les suspendez au-dessus de la cheminée ?

— Ça n'est pas ce que vous croyez.

Mitchell était furieux.

— Ah bon, ça se passe comment, alors ?

— Vous êtes contre la chasse ? demanda Mitchell avec une expression qui tentait de mettre clairement en doute la virilité de Cole.

— Non, pas du tout. Mais je mange ce que je tue.

Mitchell sembla se détendre un peu.

— Nous aussi, bien sûr. Que tirez-vous ?

— Je tire surtout au ball-trap, dit Cole en s'avouant que cet homme ne méritait même pas son dédain.

Contre toute attente, la femme de Mitchell et sa belle-fille avaient l'air de s'amuser de sa déconfiture ; mais Delbert Canfield et sa mère, gênés, observaient un silence prudent. Les Desmond, qui parlaient entre eux de leurs futures leçons de voile, n'avaient pas suivi la conversation et ne perçurent pas l'incident.

Le neuvième objet proposé à la vente était parti à cent quatre-vingt-dix mille dollars. L'annonce du commissaire-priseur arriva fort à propos pour dissiper la gêne qui s'était installée à la table d'honneur :

— Le prochain objet se passe de commentaire, dit-il en dévoilant la sculpture de Klineman.

Un murmure d'admiration parcourut l'assistance quand la draperie de velours tomba.

— Je sais que beaucoup d'entre vous attendez ce moment avec impatience, reprit-il. C'est l'occasion, qui ne se produit qu'une fois dans une vie, d'acquérir l'œuvre d'un grand maître aujourd'hui disparu. La mise à prix est de deux cent mille dollars et les enchères iront de cinq mille en cinq mille.

Le commissaire haussa les sourcils et, un sourire confiant aux lèvres, laissa l'excitation monter un moment tandis que les acquéreurs potentiels admiraient le gigantesque bronze, évaluant la somme qu'ils étaient prêts à débourser.

Puis il lança l'enchère :

— Qui prend à deux cent mille dollars ?

Une main se leva dans la salle.

— M. Selfer. Qui dit mieux ?

— Oui… M. Higgins… Deux cent cinq mille.

— Deux cent dix mille pour M. Altour.

— Deux cent cinquante ! cria Franklin Mitchell.

Cole eut du mal à réprimer un sourire devant l'idiotie qui consistait à dépenser une telle somme pour un morceau de bronze en forme de banane.

— Deux cent soixante-dix, dit quelqu'un dans la salle.

Le commissaire-priseur rayonnait littéralement.

— Trois cent mille, renchérit Mitchell, baissant encore dans l'estime de Cole.

— Trois cent mille dollars et la vente ne fait que commencer, dit le commissaire-priseur, qui jaugeait la salle avec l'acuité d'un sismographe. M. Selfer offre quatre cent mille dollars ! Mesdames et messieurs, quatre cent mille dollars, qui dit mieux ?… Oui, quatre cent dix mille… Quatre cent vingt, qui dit quatre cent vingt ?…

Pour finir, le Klineman partit à quatre cent soixante-dix mille dollars. Le nouveau propriétaire, ravi, signa son chèque sous les applaudissements de l'assistance, puis se dirigea vers Cole et lui tendit la main. La poignée de main était plus qu'un simple geste de gratitude, c'était une des traditions du Bal des Orchidées, qui symbolisait le transfert de propriété et de responsabilité de l'ancien propriétaire au nouvel acquéreur.

Lequel s'éloigna fièrement sous le regard passablement irrité de Cole, qui jeta un coup d'œil à sa montre, et se mit à feuilleter le catalogue pour tromper son impatience.

Quatre enchères importantes restaient à venir, ainsi qu'une série de bijoux et de fourrures répertoriés dans une rubrique intitulée « Pour les dames ». Cole parcourut avec amusement le commentaire enthousiaste et un peu naïf assorti d'explications sur l'histoire et les traditions centenaires du bal, qui occupait une double-page au début du catalogue.

D'après la brochure, le bal était autrefois réservé exclusivement aux grandes familles du Texas et, depuis la création de la vente aux enchères, les bijoux et les fourrures étaient présentés par les dames, qui s'improvisaient mannequins ce soir-là.

Cole reposa le catalogue et décida de faire un effort pour se racheter d'avoir bouleversé Mme Canfield et son fils.

— D'après la brochure, ce bal a des traditions fort anciennes, dit-il en se penchant vers la vieille dame.

Mme Canfield semblait sur ses gardes mais soulagée qu'il fît le premier pas. À quatre-vingts ans passés, elle avait encore un teint de poupée de porcelaine. Ses cheveux argentés brillaient de reflets bleutés et elle portait plusieurs rangs de perles en sautoir.

— Certaines remontent à cent ans, répondit-elle.

Cole approuva d'un signe de tête bienveillant :

— D'après ce que je viens de lire, les bijoux et les fourrures sont présentés par les dames elles-mêmes.

— Il y a une logique charmante derrière cette tradition, dit la vieille dame avec l'enthousiasme d'une jeune fille. Autrefois, lorsqu'une dame choisissait de présenter un bijou, ou une fourrure, il était implicite qu'elle désirait que son mari le lui offre.

— Ça ressemble à une extorsion en bonne et due forme, dit Cole en souriant.

— Vous ne sauriez mieux dire !

La vieille dame rit de bon cœur.

— Ne perdez tout de même pas de vue qu'il s'agit d'une vente de charité, reprit-elle... Et cela permettait aux enchères d'atteindre des sommes considérables. Vous savez, au début de mon mariage avec le père de Delbert, j'avais choisi de présenter une grosse broche de rubis. Naturellement, je supposais que Harold connaissait la tradition ; malheureusement ce n'était pas le cas et il ne m'offrit pas la broche. J'étais terriblement déçue, et gênée de surcroît.

— J'en suis désolé…

Cole ne trouva rien d'autre à dire.

— Pas autant que Harold, croyez-moi ! Je n'ai pas pu affronter le regard de mes amis de toute une semaine !

— Comment avez-vous fait pour tenir si longtemps ? ironisa Cole.

— C'est le temps qu'il a fallu à Harold pour réaliser sa bévue et faire venir une broche de rubis de New York.

— Je vois…

Cole mit fin à cette discussion futile en se replongeant dans le catalogue. Il passa en revue les différents objets pour évaluer combien de temps il devrait encore rester là avant de retourner à la pile de dossiers qui l'attendait sur la table basse du salon, dans sa suite.

En parcourant la liste des bijoux, son attention fut attirée par le dernier bijou présenté, offert par un joaillier de la ville : « *Présentée par Mlle Diana Foster, une splendide parure, collier et boucles d'oreilles assorties, en améthystes d'un violet profond et en diamants de 15 carats, sertis en or 18 carats. Collection de feu la comtesse Vandermill. 1910 environ.* »

Cole leva les yeux et regarda Diana. Elle parlait à Corey d'un air parfaitement naturel mais elle était encore plus pâle que tout à l'heure. Il comprit à quel point elle devait redouter l'épreuve qui l'attendait.

Missy Desmond, qui compulsait son propre catalogue, en était apparemment arrivée à la même conclusion.

— La pauvre Diana Foster ! s'exclama-t-elle. Je me demande pourquoi elle n'a pas demandé à quelqu'un d'autre de présenter le collier à sa place…

Pour Cole, la réponse était évidente. Le catalogue était déjà imprimé et elle ne pouvait se désister sans attirer davantage l'attention de milliers de gens.

De l'autre côté de la table, Haley Mitchell, vexée au plus haut point que Cole, après toutes ces années, ait reconnu Diana mais pas elle, avait remarqué qu'il la regardait souvent depuis le début de la soirée. Ce qui n'avait pas échappé non plus à son mari, lequel buvait un peu plus que de raison depuis le début du repas. Peter se pencha vers Haley et murmura à son oreille :

— On dirait que Diana a fait une nouvelle conquête. Harrison ne la quitte pas des yeux.

— Toi non plus, siffla Haley, ulcérée parce que son mari avait osé prononcer le nom de Diana, et plus encore parce qu'il disait vrai.

Elle se tourna vers Missy et dit :

— La raison pour laquelle Diana Foster ne s'est pas désistée, c'est qu'elle ne laisserait sa place pour rien au monde dès qu'il s'agit d'apparaître sous les projecteurs, ne serait-ce que cinq minutes. Vous avez vu comme elle joue les martyres, ce soir, avec ce petit sourire courageux ?

— Je suis désolée pour elle, dit Mme Canfield. Daniel Penworth s'est conduit de façon inadmissible.

— C'était inévitable. Diana était un boulet pour lui. Il ne l'aimait pas mais elle s'accrochait à lui. Les gens croient qu'elle est douce et gentille, mais au fond elle ne s'intéresse à rien ni à personne en dehors de son stupide magazine d'art de vivre !

Marilee Jenkins abonda dans son sens :

— Je ne blâmerai pas Dan une seconde.

Cole attendait que quelqu'un prît la défense de Diana… Mme Canfield avait l'air mal à l'aise et Missy Desmond arborait un visage désolé, mais elles gardèrent le silence.

Le commissaire-priseur annonça le début de la vente « pour les dames » et Cole tourna délibérément le dos à ses convives.

Une jeune femme rousse et élancée, qui portait au cou un somptueux collier de diamants, se leva sous les applaudissements avec la grâce et l'assurance de ceux qui sont nés pour être admirés des foules. Elle s'avança parmi les invités, en souriant à son mari qui ouvrit aussitôt l'enchère. Un autre homme fit immédiatement monter le prix en souriant, obligeant son ami à surenchérir. La vente fut rapide, et les rires fusèrent quand ses amis, complices, se liguèrent pour obliger le mari à débourser de plus en plus. Cole était plutôt amusé par le spectacle de ce petit jeu qui se répéta à chaque enchère, avec un humour blasé de part et d'autre. Il ne quittait plus des yeux la table de Diana afin de voir comment elle réagissait ; à chaque enchère et plus son tour approchait, elle devenait plus grave et tendue.

Elle se mit à jouer avec le collier d'améthystes, ses doigts effilés s'enroulant autour des pierres ou se plaquant dessus comme si elle voulait les cacher ou les disloquer. Son sang sembla se figer dans ses veines quand le commissaire-priseur annonça :

— Mesdames et messieurs, le dernier bijou mis en vente est un merveilleux exemple de l'habileté des artisans d'autrefois, un collier d'améthystes d'une grande finesse, présenté par Mlle Diana Foster.

Cole avait déjà compris pourquoi elle redoutait tant d'être le point de mire de l'assistance. Mais au moment où elle se leva, il réalisa à quel point son supplice était cruel du fait de l'absence criante de Dan Penworth, qui naturellement aurait dû se porter acquéreur du collier pour le lui offrir.

Elle rassembla toutes ses forces pour se composer un sourire et se leva parmi les chuchotements.

À une table derrière Cole, un homme dit en plaisantant que Dan Penworth avait probablement épousé son mannequin italien pour éviter d'avoir à débourser une fortune. Tout le monde rit.

Cole sentait monter en lui la colère en même temps que son instinct de protection. Tandis que le commissaire-priseur, qui n'était évidemment au courant de rien, regardait Diana d'un air extatique, s'attendant à ce que son fiancé ouvre l'enchère.

— L'offre d'ouverture est à quinze mille dollars.

Le commissaire attendit, stupéfait par le silence gêné qui s'installait.

— Ce collier est mis à prix à peine à la moitié de sa valeur. Quelqu'un veut-il enchérir à dix mille ?... Oui, M. Dickson...

L'enchère fut suspendue à treize mille dollars, quelqu'un ayant demandé à voir le collier de plus près.

— Pauvre Diana, dit Mme Canfield à l'adresse de Cole. Je connaissais très bien son papa. S'il était encore là, il achèterait le collier pour mettre un terme à tout ça.

— Diana avait bien besoin qu'on la remette à sa place, éructa Haley. C'est une garce prétentieuse.

Franklin Mitchell eut le bon goût de paraître choqué par le langage de sa belle-fille, sinon par sa virulence. Il regarda son fils comme s'il s'attendait à ce qu'il dise quelque chose en faveur de Diana ; mais celui-ci ne contredit point sa femme.

— Diana a toujours eu une haute opinion d'elle-même, dit Peter.

— C'est la vérité, ajouta Mme Mitchell mère.

Ignorant les raisons personnelles de chacun à cette table pour se montrer si mesquin et méchant envers Diana, Cole en conclut que toute la salle était dans le même état d'esprit.

Il revit en esprit l'adorable et délicate adolescente, qui, un gros sac en papier dans les bras, lui apportait de la nourriture tout en s'efforçant de ménager son amour-propre...

— *Cole, auriez-vous de la place pour mettre ces pêches au naturel ? Ma grand-mère adore faire des conserves de fruits, mais nous ne savons vraiment plus où les mettre, les placards sont pleins à craquer !... J'espère que vous nous aiderez à finir la salade de pommes de terre et de poulet de grand-mère, elle en a fait pour tout un régiment hier soir !...*

Il se rappelait la jeune fille toujours tirée à quatre épingles, depuis ses mocassins cirés jusqu'à ses ongles impeccablement limés mais jamais vernis.

La voix du commissaire-priseur vint se mêler à sa rêverie :

— J'en suis à treize mille dollars. Quelqu'un dit quatorze mille ?

— Peter, dit brusquement Haley d'un ton pervers, je veux ce collier. Offre-le-moi.

— Personne ne dit mieux... Mesdames et messieurs, le collier va être adjugé à treize mille dollars...

— Je voudrais voir le collier de plus près, s'écria Peter Mitchell d'une voix embrumée.

Diana, qui montrait le collier aux convives de la table voisine, se retourna et s'approcha docilement. En la voyant, Cole se dit que son fiancé étant censé lui offrir le collier, elle avait sans doute acheté cette robe violette qui lui seyait à merveille pour l'assortir aux améthystes. Il vit son sourire vaciller quand elle dut se pencher vers Mitchell à moitié ivre qui reluquait ses seins. Elle souleva délicatement de ses doigts fins et gracieux la grosse améthyste au centre du collier. Mitchell tendit la main, ne se privant pas de toucher la peau délicate de son décolleté. Elle se dégagea d'un mouvement preste puis défit le collier et le lui tendit.

Elle continuait à sourire mais, tandis que Mitchell prenait le collier, elle lança à Cole un regard vif comme l'éclair. Dans ce regard fugace et sans défense, Cole lut quelque chose qui le poussa à agir sur-le-champ.

Peut-être avait-il le désir inconscient et jusqu'ici inassouvi d'incarner le preux chevalier à l'armure étincelante qui vole au secours d'une damoiselle en détresse ? Ou bien voulait-il jouer la version civilisée du mâle préhistorique assommant son ennemi à coups de massue dans le seul but de prouver sa supériorité ?

Ou peut-être avait-il l'intuition que le destin lui offrait l'occasion de résoudre ses problèmes en même temps que ceux de Diana...

Quelles que fussent ses raisons, sans doute étaient-elles influencées par un mélange de ces trois hypothèses.

En tout cas, sa décision fut prise avant que Mitchell ait pu annoncer « quinze mille dollars ».

— Vingt-cinq, trancha-t-il, sans laisser à l'autre le temps de reprendre son souffle.

Le commissaire-priseur, stupéfait, était aux anges.

— Ah, ah ! voilà du sérieux, dit-il avec un sourire extatique. M. Harrison vient de faire monter l'enchère de dix mille dollars ! Et il n'a pas encore examiné la pièce de près ! Mademoiselle Foster, voulez-vous s'il vous plaît permettre à M. Harrison de contempler l'extraordinaire pureté des pierres et le travail d'orfèvrerie du collier ?

Avec un sourire qui disait assez son soulagement, Diana se dirigea vers Cole. Elle lui tendit le collier étincelant, mais il l'ignora complètement et la regarda dans les yeux.

— Il vous plaît ? demanda-t-il avec un sourire chaleureux et complice.

En voyant la lueur de malice dans ses yeux gris, Diana comprit qu'il prolongeait le jeu délibérément pour le public. Mais elle mourait d'envie de quitter les feux de la rampe au plus vite et d'éviter les centaines de paires d'yeux avides qui se tournaient vers Cole Harrison.

— Il est magnifique, dit-elle.

Cole s'adossa à sa chaise, mit les mains dans ses poches et sourit nonchalamment.

— Oui. Mais il vous plaît *vraiment* ?

— Oui, sincèrement. Ce collier est splendide.

La curiosité de l'assistance était piquée au vif et la réflexion enthousiaste de Diana souleva quelques rires spontanés.

— Vous croyez que je devrais l'acheter ?

— Oui, si vous savez à qui l'offrir.

Le commissaire-priseur, sentant que l'intérêt de la salle allait faiblir si ce petit jeu durait trop longtemps, intervint :

— Monsieur Harrison, êtes-vous satisfait de votre examen ?

Cole arbora un sourire admiratif en regardant ostentatoirement Diana :

— Absolument.

— Dans ce cas, l'enchère peut continuer. M. Harrison propose vingt-cinq mille dollars pour ce collier. Qui dit mieux ? Trente mille ?

Il lança un regard interrogateur à Peter Mitchell, qui approuva du chef. Puis jeta un regard circulaire dans la salle. Comme personne ne se manifestait, il revint vers Cole.

— Monsieur Harrison ?

Si Diana n'avait pas été aussi tendue, elle aurait éclaté de rire devant le sourire contagieux de Cole qui leva quatre doigts d'un air décontracté, faisant monter l'enchère à quarante mille dollars comme s'il s'était agi de quarante cents.

— Quarante mille ! triompha le commissaire-priseur. M. Harrison offre quarante mille dollars, pour une œuvre caritative. Monsieur Mitchell ? Irez-vous jusqu'à quarante-cinq mille ?

Haley fit oui de la tête à son mari, mais Peter Mitchell hésitait, regardant Cole d'un air furieux. Cole se renversa contre le dossier de sa chaise et leva un sourcil dans une expression de défi.

— Non, dit Mitchell. J'en reste là.

— Une fois, deux fois, trois fois… Adjugé ! Vendu à M. Cole Harrison pour la somme de quarante mille dollars ! Monsieur Harrison, permettez-moi, au nom de tous les organisateurs de cette manifestation, de vous exprimer notre profonde gratitude pour votre immense générosité envers notre cause. Et j'espère que l'heureuse jeune dame qui portera ce collier appréciera non seulement votre générosité mais aussi votre bon goût !

— Je l'espère aussi, répondit Cole en souriant avec une amabilité qui offrait un contraste absolu avec l'attitude glaciale qu'il avait eue toute la soirée. Le mieux est de lui demander son avis.

Il se leva et repoussa lentement sa chaise, sous les regards fascinés des spectateurs. La plupart d'entre eux avaient lu dans leurs colonnes préférées que ce magnat avait une carte de circuits intégrés à la place du cerveau et un ordinateur à la place du cœur.

Diana était tellement bouleversée de rester encore sous les projecteurs qu'elle fit quelques pas en arrière en voyant Cole marcher vers elle, le collier à la main. Avant qu'elle ait eu le temps de réaliser, il le lui avait passé autour du cou et avait assujetti le fermoir.

Les yeux écarquillés, elle lui lança un regard affolé et il lui rendit un regard interrogateur.

Le public rit et applaudit. Les caméras entrèrent en action, comme autant de lucioles.

— Eh bien ? Est-ce que j'ai bon goût ? demanda Cole en souriant, ne laissant plus aucune équivoque quant au fait que c'était bien elle « l'heureuse jeune dame ».

Diana se dit qu'il faisait semblant de lui offrir le collier comme il avait tout à l'heure fait semblant de l'embrasser pour donner le change au photographe. La présenter au public comme la jeune femme à qui il destinait le collier était une ruse très élégante pour la sauver de l'humiliation…

— Je crois que vous avez un goût exquis, dit-elle avec un enthousiasme un peu tardif mais sincère.

… Et que tu es un magnifique imposteur, songea-t-elle avec une admiration amusée.

— Seriez-vous assez favorablement impressionnée pour m'accorder une danse ? J'entends l'orchestre à côté…

Il émanait de lui un charme sophistiqué absolument irrésistible et, sans attendre sa réponse, il lui prit doucement le coude et la pilota au milieu des tables vers la salle de bal, sous les regards enchantés de l'assistance.

Le spectacle était terminé et la foule commença une lente sortie vers la salle de bal.

— Oh ! dit Diana avec un sourire timide avant d'entrer dans la salle. Il faut que je vous présente ma famille, ils doivent mourir d'envie de faire votre connaissance…

Elle fit demi-tour et se fraya un chemin parmi la foule.

24

En regagnant la table où étaient assis les membres de sa famille, Diana avait la tête qui tournait. Depuis plusieurs jours, elle luttait pour sauver la face, au travail comme à la maison, essayant de dissimuler le chagrin que lui avait causé la trahison de Dan. Et pour couronner le tout, il y avait cette vente aux enchères, un cauchemar qui s'était terminé en *happy end* hollywoodien grâce à Cole.

La pression qu'elle subissait depuis quelques jours se relâchait brusquement, mettant ses nerfs à rude épreuve. Elle se sentait subitement légère, comme si elle venait de se débarrasser d'une lourde armure. Presque aérienne.

Quelques heures auparavant, elle était la fiancée abandonnée de Daniel Penworth un objet de dérision aux yeux de tous. Et dans les heures à venir, la presse allait probablement la distribuer dans un nouveau rôle et faire passer Cole pour son amoureux. Tout cela lui parut si incroyable qu'elle eut une irrépressible envie d'éclater de rire.

Elle réussit cependant à garder son sérieux et présenta Cole à ses grands-parents et à sa mère. Mais elle eut du mal à contenir son hilarité en voyant chacun réagir à sa façon.

Corey félicita Cole en riant et lui donna l'accolade. Mme Foster fut moins démonstrative mais tout aussi chaleureuse. Spence et le grand-père de Diana lui donnèrent une poignée de main en souriant poliment, la grand-mère le regarda comme si elle soupesait son âme, et Amy Leeland rougit quand il lui sourit.

Doug se montra non seulement hostile, mais insultant envers Cole. Il se leva et mit ses mains dans ses poches pour éviter de lui serrer la main. Il le toisa d'un regard méprisant tout en expliquant à Amy :

— Harrison travaillait aux écuries chez nous. Aujourd'hui, il fait don de ses œuvres d'art à notre bal de charité. Il n'y a qu'en Amérique qu'on peut voir des choses pareilles, n'est-ce pas, Harrison ?

La mâchoire de Cole se contracta et son regard devint glacial.

L'hostilité entre les deux hommes était palpable et tout le monde se tourna instinctivement vers Diana pour qu'elle intervienne. Dans les situations les plus délicates, on faisait toujours appel à son sens inné de la diplomatie et à son humour.

Cette fois-ci, cependant, elle ne semblait pas disposée à le faire. Elle regarda d'un air radieux les deux hommes qui se dévisageaient comme des duellistes attendant le signal de tirer, et dit d'un ton enjoué :

— Je vois que vous mourez d'envie d'évoquer le bon vieux temps, mais pour l'instant, j'enlève Cole.

Elle ramassa prestement le sac noir qui était devant elle sur la table, passa son bras sous celui de Cole et l'entraîna vers la salle de bal.

Sentant qu'une repartie s'imposait, celui-ci lança par-dessus son épaule :

— Diana a décidé de prendre sa vie en main. Vous voyez, elle m'a invité à danser…

À l'exception de la grand-mère, tout le monde autour de la table s'accorda pour dire que la soirée avait été un triomphe, qui marquerait un tournant dans la vie privée de la jeune femme.

— M. Harrison a fait exactement ce qu'il fallait pour aider Diana à oublier Dan. Elle a retrouvé son amour-propre et elle a l'air à nouveau heureuse.

— Diana est une rescapée, dit Spence.

— Elle a du sens pratique, ajouta son grand-père, et elle a compris que Dan n'était pas un homme pour elle. Je suis sûr qu'elle pense déjà à lui au passé.

— Diana est une battante, elle est courageuse, approuva Corey.

— Et moi, je vous dis que Diana est au bout du rouleau, affirma sa grand-mère.

— Ça ne tient pas debout, grand-mère, dit Corey, qui se refusait à croire une chose pareille. Elle a toujours été indépendante, elle est sereine, même sous la pression, et…

— Et elle vient de partir avec mon sac noir, interrompit la vieille dame d'un air triomphant, comme si c'était là l'ultime preuve de l'état de délabrement mental de sa petite-fille.

Connaissant l'attention particulière que Diana apportait aux détails de sa toilette, tous se regardèrent, inquiets, en découvrant sur la table le petit sac du soir de Diana, une pochette brillante de Judith Leiber en forme de bonbon, avec une bordure argentée et des feuilles vertes. La voyant s'éloigner avec le sac noir de sa grand-mère qui se balançait à son bras et jurait horriblement avec sa robe, ils furent atterrés.

— N'est-ce pas la preuve que Diana a complètement perdu les pédales ? conclut tristement sa grand-mère.

25

— Si tu as vraiment l'intention de danser avec moi, dit Cole en riant, je te suggère de boire quelque chose avant.

Il s'arrêta près d'une table où une place était restée inoccupée, prit une bouteille de champagne dans le seau placé au centre et remplit une coupe.

— L'alcool est un anesthésiant, dit-il en tendant la coupe à Diana... Et danser avec moi est une aventure qui peut s'avérer dangereuse.

Elle accepta la coupe. Elle était si heureuse que son calvaire soit terminé et si reconnaissante à Cole de sa gentillesse qu'elle aurait dansé pieds nus avec lui... Les femmes ne la regardaient plus ni avec pitié ni avec dédain. À vrai dire, elles ne la regardaient pas du tout, elles regardaient Cole, et Diana ne pouvait pas les en blâmer. Avec son épaisse chevelure noire, ses yeux perçants gris et son physique d'athlète, Cole Harrison était vraiment un homme magnifique.

Les qualités viriles qui alimentaient autrefois les fantasmes des adolescentes étaient encore plus apparentes aujourd'hui. Outre la force primitive et la sensualité qui émanaient de lui à cette époque, il affichait à présent une sophistication et un détachement doublés d'une puissance invincible.

Diana buvait son champagne à petites gorgées, se délectant des regards confus de ceux qui l'avaient accablée de leur pitié ou de leur mépris quelques heures auparavant.

L'orchestre jouait un slow en vogue lorsqu'ils s'approchèrent de la piste de danse. Diana s'apprêtait à poser sa coupe sur une table, mais Cole interrompit son geste :

— Finis-la, dit-il.

— Tu as si peur que ça de me marcher sur les pieds ! dit-elle avec un sourire où se mêlaient la reconnaissance, le soulagement et l'envie de rire.

— J'ai surtout peur que *tu* me marches sur les pieds !

Elle rit, vida son verre et glissa sa main sous son bras, l'attirant contre lui avec un geste incontrôlé de possession qui fut loin de lui déplaire. Il était sur le point de négocier l'un des « contrats » les plus importants de sa vie avec une jolie femme qui ne se doutait de rien mais qui devait lui faire suffisamment confiance pour son étrange proposition.

Il passa son bras autour de sa taille et ils se mirent à danser.

— Cole ? dit-elle en levant vers lui un regard plein de gratitude et de tendresse.

Il lui sourit mais ses yeux gris, sous les cils à demi baissés, avaient une expression soucieuse.

— Hmm ?

— Personne ne t'a jamais dit à quel point tu es gentil et galant ?

— Jamais. On me décrit plutôt comme froid, calculateur et inflexible.

L'injustice de ces jugements indigna Diana. Le cœur débordant de reconnaissance envers Cole, le cerveau un peu embrumé par tout le vin et le champagne qu'elle avait bu pour se donner du courage, elle voyait en lui l'ardent chevalier qui avait vaincu ses ennemis et l'avait sauvée d'une cruelle humiliation. Il lui apparaissait comme la galanterie et l'audace faites homme dans un monde de lâches et de méchants.

— Comment les gens peuvent-ils seulement penser des choses aussi horribles de toi ?

— Parce qu'elles sont absolument vraies, dit-il d'un ton calme.

Diana ne put réprimer un petit rire.

— Menteur !

— Ça, c'est un défaut que je n'ai pas.

— Oh, oh !…

Elle ne put s'empêcher de sourire, persuadée qu'il était gêné par son compliment, et changea de sujet.

— Pour qui as-tu réellement acheté le collier ? demanda-t-elle.

Il la regarda un moment sans rien dire, si bien qu'elle se demanda s'il savait vraiment à qui l'offrir ou s'il avait dépensé quarante mille dollars uniquement pour lui éviter une humiliation.

— Je compte offrir ce collier à ma future femme.

— C'est magnifique ! Quand te maries-tu ?

— Dès que j'aurai fait ma demande.

Il avait l'air tellement sûr de lui qu'elle ne put résister à la tentation de se moquer :

— Tu es sûr qu'elle va dire oui, ou tu comptes sur le collier pour faire pencher la balance ?…

— Un peu des deux, probablement. J'espère qu'elle sera impressionnée par le collier et je suis *absolument* sûr qu'elle dira oui quand je lui aurai exposé tout le bénéfice qu'elle pourra tirer de ma proposition.

— On dirait que tu parles de la fusion de deux sociétés, dit Diana avec un sourire étonné.

Cole remit aussitôt en question le plan qu'il avait conçu dans la dernière demi-heure et prit une décision.

— La dernière fois que j'ai fait une demande en mariage, nous avions seize ans l'un et l'autre. Il faut que je revoie ma technique, chaton !

Diana fut un peu déconcertée de constater que Cole Harrison n'était pas aussi déterminé et expert en matière de femmes qu'elle l'avait cru quand elle avait seize ans et était amoureuse de lui. Mais elle se sentait très touchée qu'il l'ait appelée « chaton ». Il se souvenait donc du surnom qu'il lui donnait parfois quand ils bavardaient dans les écuries des Hayward, dans l'odeur du foin fraîchement coupé et du cuir, leur conversation ponctuée par le claquement étouffé des sabots. La vie était si simple alors, l'avenir semblait tout tracé, brillant et riche de promesses.

— Chaton…, murmura-t-elle en fermant les yeux, pleine du regret que tout ne se soit pas passé comme elle se l'imaginait alors.

Sentant que la nostalgie s'emparait d'elle, Cole la conduisit doucement hors de la piste de danse.

— Allons dans un endroit plus tranquille étudier la technique de ma proposition, dit-il. Il y a trop de monde ici.

— Je croyais qu'il nous fallait un public.

— Ils en ont assez vu, lança Cole d'un ton royal et sans réplique.

Il passa la main sous le coude de Diana et la pilota hors de la salle bondée et bruyante.

26

— Où allons-nous ? demanda Diana en riant tandis que Cole la conduisait vers les ascenseurs.

Comme c'était bon de rire… Demain elle croulerait à nouveau sous le poids de la réalité, mais ce soir, la réapparition miraculeuse de Cole, l'alcool et le collier lui apportaient un répit inattendu et elle était bien décidée à en profiter.

— Que dirais-tu de Lake Tahoe ? suggéra Cole en appuyant sur le bouton de l'ascenseur. Nous pourrions nous marier, faire quelques brasses et être de retour pour le petit déjeuner.

Diana, présumant qu'il mettait à l'essai sa technique de demande en mariage, eut du mal à garder son sérieux devant une hâte aussi peu romantique.

— C'est un peu loin et je ne suis pas vraiment dans la tenue adéquate, répondit-elle en regardant sa robe d'un air désabusé.

Cole abaissa son regard sur le doux renflement de ses seins au-dessus de son corsage puis descendit le long de sa taille fine.

— Dans ce cas, je ne vois qu'un endroit qui offre suffisamment d'intimité.

— Ah oui, lequel ?

— Ma suite, dit-il en la faisant entrer dans l'ascenseur et en glissant sa clé à l'étage marqué « Penthouse ».

Diana lui jeta un regard alarmé. Mais il y avait dans

l'ascenseur des gens qui assistaient au bal, et elle ne pouvait décemment pas argumenter devant eux. Lorsque le dernier couple âgé fut descendu, elle dit enfin :

— Je n'aurais pas dû disparaître ainsi du bal, et surtout pas avec toi.

— Pourquoi cela ? demanda-t-il sèchement.

L'ascenseur s'arrêta et les portes s'ouvrirent sur le vestibule en marbre noir du penthouse. Au lieu de sortir tout de suite, Cole posa sa main sur la porte pour l'empêcher de se fermer. Diana, un peu étourdie par le champagne et la vitesse de l'ascenseur, eut plutôt envie de rire devant son air sombre.

— Tu t'es donné tellement de mal pour sauver ma réputation que je me demande si tu réalises dans quelle situation tu t'es mis, dit-elle. Ce que je voulais dire, c'est que je n'aurais pas dû disparaître sans avoir dit à ma famille pour qui tu avais réellement acheté le collier. Qui plus est, si ces photos de nous sur la terrasse font la une des journaux et que les gens apprennent que tu es sur le point de te marier, tu vas passer pour un homme sans intégrité.

Cole fut pris d'une irrépressible envie de rire.

— C'est *toi* qui t'inquiètes de *ma* réputation ?

— Pourquoi pas ? fit-elle d'un ton sec en entrant dans le vestibule.

— Ça, c'est une première ! dit-il en souriant. Et j'ai la sensation qu'il y en aura d'autres ce soir, poursuivit-il en allumant de petites lampes nichées dans le plafond.

Il jeta un coup d'œil à Diana, qui s'était arrêtée près de la table basse du salon. Elle le regardait, la tête penchée sur le côté, avec une expression plus étonnée qu'inquiète. *C'est bien qu'elle soit étonnée*, se dit Cole. Il se dirigea vers le bar et sortit une bouteille de champagne du réfrigérateur. Un peu d'alcool dans les veines d'une femme déjà fondante de gratitude ne pouvait que l'aider à baisser la garde.

— Ah bon ? reprit Diana. Et qu'est-ce que tu as donc fait ce soir que tu n'aies jamais fait ?

— D'abord, fit-il d'un ton détaché, je n'ai jamais été

sur le balcon de cette suite avec une femme. (Il fit sauter le bouchon du champagne et mit la bouteille dans le seau à glace.) Allons-nous l'inaugurer ce soir ?...

Il déboutonna sa veste de smoking et dénoua sa cravate, prit le seau à champagne au creux de son bras et, une flûte dans chaque main, il appuya sur un interrupteur d'un geste du coude. Les lourds rideaux, qui encadraient la fenêtre, se détachèrent sur le ciel assombri de Houston. Diana le regardait faire d'un air amusé, revoyant comme en surimpression le jeune homme au jean élimé qui étrillait un cheval d'une main en cherchant sa bride de l'autre, tout en discutant avec elle de son travail scolaire.

Il remarqua son sourire en lui ouvrant les portes du balcon.

— J'ai fait quelque chose de drôle ?

— Je pensais simplement que déjà autrefois tu arrivais à faire plusieurs choses à la fois sans le moindre effort, et je t'ai toujours admiré pour ça...

Le compliment surprit Cole agréablement... Si bien qu'il ne trouva rien à répondre et s'effaça pour laisser Diana franchir le seuil du balcon.

Diana se dirigea vers la balustrade et contempla les lumières de la ville qui faisaient un tapis scintillant tout en bas, sur l'avenue. Une musique douce s'échappa de la stéréo du salon et ses pensées dérivèrent inévitablement vers Dan.

Cole vint s'accouder à côté d'elle, en se penchant un peu pour voir son visage.

— J'espère que ce n'est pas moi qui ai fait naître cette expression désolée sur ton visage..., dit-il. Tu pensais à Dan, n'est-ce pas ?

Piquée au vif, la jeune femme releva fièrement le menton.

— Oh ! nous nous sommes si peu vus cette année que je l'ai déjà presque oublié...

Cole ne répondit rien, se contentant de hausser les sourcils d'un air sceptique.

Après ce qu'il avait fait pour elle ce soir, Diana était

consciente cependant qu'elle lui devait quelques confidences.

— Non, ce n'est pas vrai, dit-elle en poussant un gros soupir. En vérité, je crois que j'ai fini par accepter le fait que tout est fini entre nous. Mais je suis… furieuse. Furieuse et humiliée.

— Bien sûr. Finalement, tu as juste été plaquée par la lie de la société !

Diana le regarda un instant, bouche bée… Puis elle éclata de rire.

Cole eut lui aussi un rire grave et profond. Il glissa son bras autour des épaules de Diana et l'attira contre lui. Le tissu soyeux de sa veste caressait la peau nue de la jeune femme, tandis qu'il promenait ses doigts le long de son bras. Même si elle croyait ne jouer qu'un rôle de doublure, Diana se dit qu'il était bon de savoir que quelqu'un de la trempe de Cole pouvait la trouver suffisamment attirante pour avoir envie de passer une soirée avec elle. Attirante et intéressante… Pas comme Dan, qui… Elle porta sa flûte à ses lèvres et but pour le chasser de ses pensées.

Elle réalisa alors qu'elle portait toujours le collier.

— Je ferais bien d'ôter ce collier tout de suite, sinon je risque de partir avec, dit-elle en passant ses mains derrière sa nuque pour atteindre le fermoir.

— Laisse ce collier où il est. Je l'ai acheté pour toi.

Elle s'arrêta, sidérée.

— Tu l'as acheté pour la femme que tu as l'intention d'épouser…

— En effet, c'est bien ce que j'ai dit.

Diana secoua la tête, puis se tourna vers Cole, repoussant une mèche rebelle de son front :

— Je reconnais que ce soir j'ai bu plus que de raison, mais j'ai du mal à te suivre. J'ai l'impression que tu parles par énigmes.

— Dans ce cas, je vais être direct. Je veux t'épouser, Diana. Ce soir.

Elle se cramponna à la balustrade et éclata de rire.

— Cole Harrison, tu es ivre !

— Pas le moins du monde.

Elle l'observait avec un air de confusion adorable.

— Alors... *je* suis ivre...

— Non. Mais je préférerais que tu le sois.

Elle lui décocha un faible sourire.

— Tu n'es pas sérieux ? Ce n'est pas possible...

— Je suis très sérieux.

— Je ne veux pas te paraître ingrate... ni avoir l'air de te critiquer, dit-elle en hoquetant de rire, mais je crois que tu pousses la galanterie un peu loin !

— La galanterie n'a rien à voir là-dedans.

Elle est sacrément jolie, se disait-il en attendant sans émotion apparente que Diana ait dominé son hilarité. La photo du journal ne lui rendait pas justice. C'était une photo professionnelle d'une jeune femme souriante et sûre d'elle, mais au naturel elle était cent fois plus attirante. Le cliché ne laissait pas soupçonner le charme irrésistible de son sourire si spontané et si chaleureux, les reflets flamboyants de ses cheveux, ni l'éclat pétillant de son regard vert frangé de longs cils. Et la petite fossette, au milieu de son menton, n'était même pas visible.

Diana cependant ne parvenait pas à garder son sérieux :

— Soit vous me témoignez de la compassion au-delà des limites du raisonnable, monsieur Harrison, soit vous avez une case de vide !

— Diana, je t'assure que je suis en pleine possession de mes moyens, et la compassion n'entre en rien dans les raisons qui me poussent à vouloir ce mariage.

Diana cherchait à lire sur le visage de Cole quelque signe qui pût trahir la plaisanterie. Mais il demeurait impassible.

— Dois-je *honnêtement* prendre cette proposition au sérieux ?

— Je suis tout à fait sérieux, crois-moi.

— Je peux te poser quelques questions ?

— Demande-moi ce que tu veux, dit-il en ouvrant les bras.

Elle pencha la tête sur le côté, avec un mélange d'incrédulité et d'amusement.

— Tu ne prends pas de drogue ? demanda-t-elle.

— Jamais de la vie.

— Dois-je penser… que tu… tu es tombé amoureux de moi quand j'étais adolescente et que tu m'as portée dans ton cœur jusqu'à aujourd'hui pour… me demander en mariage ?

— C'est un scénario tout à fait ridicule.

— Je vois.

Elle se sentit rétrospectivement vexée qu'il n'ait même pas eu un petit béguin pour elle alors qu'elle était folle de lui.

— Tu préférerais que je te mente en disant que je suis amoureux de toi ?

— Non, dit-elle d'un ton neutre, je préférerais que tu me dises pourquoi tu veux m'épouser.

— Pour deux raisons : j'ai besoin d'une femme et tu as besoin d'un mari.

— Ce qui impliquerait que nous soyons faits l'un pour l'autre.

Cole, voyant son regard étincelant et son sourire, eut l'irrésistible envie de se pencher pour l'embrasser.

— Je ne sais pas pourquoi tu veux te marier, reprit-elle d'un ton sec, mais pour moi, le mariage est vraiment la dernière des choses dont j'ai besoin.

— Tu as tort. C'est au contraire *exactement* ce qu'il te faut. Tu viens de te faire plaquer publiquement par un type nul et d'après ce que j'ai lu dans l'*Enquirer*, tu as été la cible d'une attaque en règle conduite par tes concurrents sur le thème du « bonheur dans le célibat ». Ce n'est que le début de l'escalade… Quel était le gros titre de l'*Enquirer*, déjà ? « *Diana Foster abandonnée par son fiancé* »… Mauvaise presse, Diana. C'est très, très mauvais pour les affaires. En m'épousant, tu sauves ta dignité et tu épargnes à ta société les effets désastreux de cette campagne de presse.

Elle le regarda comme s'il venait de lui donner le coup de grâce, alors qu'il était la dernière personne qu'elle eût cru capable de lui faire du mal.

— Je dois te sembler bien désespérée pour que tu me

fasses une telle proposition — et que tu me croies capable de l'accepter !

Elle se détourna de la balustrade et allait se diriger vers la porte-fenêtre pour rentrer dans le salon lorsque Cole la prit par le bras, d'une main douce mais ferme.

— C'est *moi* qui suis désespéré, Diana, dit-il platement.

Elle le dévisagea d'un air incrédule.

— Et qu'est-ce qui te rend désespéré au point de prendre la première venue pour femme ?

D'instinct et d'expérience, Cole se dit qu'un soupçon de tendre persuasion serait fort utile à sa cause. Mais seulement s'il réussissait d'abord à la convaincre à force d'honnêteté et de logique. Elle était vulnérable en ce moment, il le savait, et il ne voulait pas lui donner à penser plus tard qu'il avait voulu jouer les fiancés de substitution. Il ne voulait pas non plus que le sentiment ou l'émotion entrent en ligne de compte dans ce mariage.

Il résista donc à l'impulsion d'écarter une boucle rebelle sur sa joue de satin et de lui confesser que, loin d'être « la première venue », elle était au contraire bien plus proche de son idéal féminin que toutes les femmes qu'il avait connues jusqu'à présent.

Sa moralité n'excluait pas cependant qu'il eût recours à un peu d'alcool pour vaincre les réticences de Diana.

— Finis ton champagne, dit-il. Je vais tout te raconter.

Diana était sur le point de protester mais, finalement, elle décida de temporiser et avala une gorgée.

— Mon problème, commença Cole calmement, est un vieil homme nommé Calvin Downing. C'est l'oncle de ma mère. Quand j'ai voulu quitter le ranch pour aller à l'université, c'est Calvin qui est intervenu auprès de mon père pour lui faire comprendre que ce n'était pas parce que je le méprisais, lui, et tout ce qu'il représentait. Comme mon père ne voulait rien entendre, c'est Cal qui m'a prêté l'argent pour que je puisse faire mes études. Juste avant ma dernière année d'université, une compagnie pétrolière fit un forage dans le ranch de Cal et ils trouvèrent du pétrole. Ce n'était pas un puits jaillissant mais il lui rapportait tout de même vingt-six mille dollars par mois. Et quand, après avoir obtenu mon diplôme, je suis venu voir mon oncle avec un projet qu'aucun banquier ne voulait soutenir, c'est encore lui qui m'a donné toutes ses économies pour que je puisse me lancer. Cal a toujours cru en moi depuis que je suis tout petit et, quand j'ai commencé à vouloir faire les choses en grand, il a été le premier à m'écouter et à croire en mes rêves.

Fascinée par tant de candeur et comprenant mal comment un vieil homme aussi attentif et aimant pouvait être à l'origine du « problème » mystérieux de Cole, Diana sirotait son champagne en attendant la suite. Mais Cole se contentait de la regarder sans rien dire.

— Et alors ? dit-elle. Jusqu'ici, c'est bien la dernière personne à vouloir te causer des ennuis, il me semble.

— Il croit qu'il résout un problème, alors qu'en réalité il m'en crée un.

— Je ne comprends toujours pas. Même si j'avais moins bu, je crois que je ne comprendrais rien.

— Attends la suite et tu vas comprendre. Après m'avoir confié toutes ses économies, mon oncle a emprunté encore deux cent mille dollars pour que je puisse monter ma société. Bien entendu, j'ai insisté pour lui signer une reconnaissance de dette et faire de lui un partenaire à part entière dans l'affaire.

D'après ce que Diana avait lu dans le *Time*, Cole Harrison avait connu une ascension fulgurante et « pesait » actuellement plus de cinq milliards de dollars.

— Je suppose que tu l'as remboursé, dit-elle.

— Oui — y compris les intérêts au taux en vigueur à l'époque, comme il avait tenu à le stipuler. (Un sourire forcé vint adoucir les traits de granit de Cole.) Entre autres excentricités, poursuivit-il, mon oncle est près de ses sous comme tu n'imagines pas, ce qui donne d'autant plus de valeur à son geste. Maintenant, Cal est riche, mais il découpe toujours les bons de réduction dans les journaux, discute âprement ses factures et s'habille encore au petit magasin du village où il habite. Si son téléphone tombe en panne quelques minutes, il les déduit de sa note…

— Je ne savais pas que c'était possible, fit Diana, impressionnée.

— Sauf qu'ils coupent la ligne tant qu'on n'a pas tout payé !

Diana ne put s'empêcher de sourire à la description pittoresque que Cole venait de faire du vieil homme grippe-sou mais au cœur d'or.

— Je ne vois toujours pas le rapport avec ton problème…

— Le rapport, c'est que Cal est mon associé à part entière et que je dois mon succès actuel à son soutien dans le passé. Il est hors de question que je lui demande de dissoudre cette association — même si je lui ai remboursé intégralement son prêt. Je lui faisais une confiance aveugle et, quand je lui ai demandé de me rétrocéder ses parts, j'étais loin de penser qu'il refuserait, ou pire, qu'il avait l'intention de les donner à quelqu'un d'autre.

En tant que femme d'affaires, Diana vit immédiatement l'effet désastreux d'une telle décision. Mais elle n'arrivait pas à croire que l'homme que Cole venait de lui décrire fût capable d'une telle trahison.

— Tu lui as demandé de signer les papiers dans les formes ?

— Bien sûr.

— Et alors ?

Cole eut un sourire désabusé.

— Il est d'accord à un petit détail près : il faut d'abord que j'apporte la réponse à son problème.

Diana le regarda, médusée.

— Mais quel problème ?

— L'immortalité.

Elle resta bouche bée, entre le rire et la confusion.

— L'immortalité ?

— Exactement. Depuis qu'il a passé soixante-dix ans — cela fait six ou sept ans —, sa santé s'est détériorée et Calvin a alors conçu un vif désir d'avoir une lignée de descendants avant de quitter cette terre. À part moi, il n'a qu'un seul parent, mon cousin Travis, marié à Ellain. Ils sont charmants — mais loin d'être brillants — et ils ont deux enfants, qui ne sont doués ni l'un ni l'autre. C'est pourquoi Cal veut que je me marie et procrée des petits génies pour assurer la postérité.

Diana ne comprenait toujours pas où il voulait en venir.

— Et si tu ne le fais pas, que se passera-t-il ?

— Il cédera ses parts à Travis et Ellain et à leurs enfants, Donna Jean et Ted, qui sont tous les deux à l'université. (Cole s'arrêta pour boire une gorgée, comme pour chasser le mauvais goût des mots qu'il venait de prononcer.) Dans cette hypothèse, Travis et Ellain deviendraient mes associés, et ils détiendraient suffisamment de parts pour contrôler la société en nom et place de leurs enfants, en attendant leur majorité. Travis travaille déjà pour moi, je l'ai placé à la tête du département de recherche et de développement de Unified Industries. Il est dévoué et fait de son mieux, mais il n'a ni les capacités intellectuelles ni l'imagination nécessaires pour diriger un jour la société ; c'est hors de question. Quant à ses enfants, il n'ont ni sa loyauté ni la gentillesse et le bon sens de leur mère. Ils sont avides, égoïstes et n'ont qu'une envie, c'est de dilapider mon argent dès qu'ils auront pu mettre la main dessus.

Diana réprima difficilement un sourire : Cole Harrison, l'invincible brasseur d'affaires, le lion redouté de Wall Street, tenu en échec par un vieil oncle fragile qui était probablement en train de perdre l'esprit…

— Pauvre Cal ! dit-elle avec un rire étouffé. Quel affreux dilemme ! Un petit-neveu qui n'a aucun sens des affaires mais a deux enfants, l'autre qui est un brillant entrepreneur mais qui n'a ni femme ni enfant…

— Et qui n'a pas le moindre désir d'avoir ni l'un ni l'autre, dit Cole en levant son verre en un toast dérisoire.

Diana ne parvenait pas à dissimuler son hilarité.

— Qu'y a-t-il de si drôle ? demanda-t-il.

— Reconnais que tu es dans une situation quelque peu… romanesque.

— Pour le moins.

— Sauf que dans les histoires de ce genre, c'est l'héroïne qui est mariée contre son gré. Ce n'est jamais le héros.

— Si tu avais l'intention de me réconforter, c'est plutôt raté.

Cole parut si chagriné de ne pas correspondre à l'image du héros que Diana détourna la tête pour qu'il ne vît pas son rire. Mais au bout d'un moment, elle finit par réaliser à quel point la proposition de Cole était insolente. Elle dit alors, en s'efforçant de garder un ton aussi calme et détaché que l'avait été le sien tout à l'heure :

— Alors quand tu m'as vue ce soir, tu t'es soudain rappelé que je venais de me faire plaquer et tu t'es dit que je serais ravie de t'épouser pour t'aider à résoudre ton problème… surtout si tu me sauvais la face en m'offrant un collier.

— Je ne suis ni égoïste ni futile à ce point, Diana. Je savais bien que tu rejetterais ma proposition, sauf peut-être pour une raison.

— Laquelle ?

— En t'épousant, je deviens la solution à *tes* problèmes.

— Je vois… Peux-tu m'expliquer…

— Simple logique. Bien que tu aies officiellement été plaquée, tu peux sauver ton amour-propre en m'épousant immédiatement. Demain, les journaux vont publier les photos de notre baiser sur le balcon et l'histoire du collier aura fait le tour de la ville. Si l'annonce de ton mariage paraît le jour d'après, les gens penseront que tu me fréquentes depuis un moment déjà et que c'est toi qui as plaqué Penworth, et non l'inverse.

Diana haussa les épaules pour cacher sa colère et son chagrin.

— Mon amour-propre n'a pas été blessé au point de nécessiter une réparation aussi radicale que ce que tu proposes, répondit-elle.

— Peut-être, mais tu dois sauver ta société avant tout. Maintenant que tes fiançailles sont rompues, tes adversaires ne vont pas se priver de faire un battage publicitaire autour de l'événement pour en tirer le maximum de profit.

L'inquiétude et la colère firent naître un orage dans ses yeux verts. Elle baissa promptement les cils pour ne rien laisser transparaître de ses sentiments. Mais Cole eut le temps de remarquer qu'elle réagissait presque plus violemment à la menace qui pesait sur son magazine qu'à la trahison personnelle de Penworth.

En dépit de son apparente fragilité et de sa délicate beauté, Diana lui apparut alors comme une femme qui plaçait les affaires avant tout. *C'est au moins une chose que nous avons en commun*, pensa-t-il en regardant la brise ébouriffer ses cheveux auburn.

Alors que Diana réfléchissait à sa proposition, il se dit encore qu'il ne savait finalement pas grand-chose de son parcours. D'après ce qu'il avait lu ici et là, il savait que sa compagnie avait été fondée par la famille Foster.

L'affaire avait démarré comme un service « traiteur » pour gens riches, basé sur la confection de produits maison élaborés à partir de produits naturels et présentés de façon luxueuse dans des emballages réalisés de façon artisanale. Bientôt cet art de vivre avait incarné l'idéal Foster et trouvé sa consécration avec la création d'un magazine, *Foster's Beautiful Living*. Cole en avait feuilleté un exemplaire à l'aéroport, peu après avoir vu Diana sur CNN. Le magazine regorgeait de photos luxueuses de meubles peints, de décorations au pochoir, de nappes en lin brodées à l'ancienne ou d'étonnants centres de table faits main, et semblait prôner un art de vivre, voire une « philosophie » basée sur l'idée qu'en revenant aux choses simples et naturelles, une femme pouvait trouver un accomplissement personnel et une sérénité domestique à toute épreuve.

Les photos, toutes somptueuses, étaient signées Corey Foster Addison, ce qui n'avait guère étonné Cole, car il ne se souvenait pas avoir vu Corey sans son appareil depuis qu'elle était adolescente. Cependant, il n'avait pu s'empêcher de sourire en remarquant que la « prêtresse » de ce magazine qui défendait le retour à la vie simple était une enfant choyée de la haute société de Houston — qui autrefois, perchée sur une balle de foin, avait avoué qu'elle ne serait jamais un garçon manqué car elle avait horreur de se salir les mains.

Il jeta un coup d'œil de biais vers Diana, dont le fin profil était éclairé par le clair de lune, s'étonnant de la bêtise de ce Penworth qui lui avait préféré une gamine de dix-huit ans. Même lorsqu'elle n'était qu'une adolescente, Diana avait déjà cet esprit vif et brillant, doublé d'une grande gentillesse. À présent qu'elle était une femme, son apparence vive, sa silhouette ravissante et sa sérénité naturelle la faisaient apparaître comme une princesse dans un monde de rustres.

Cole avait fréquenté suffisamment de mannequins pour savoir que la plupart d'entre elles, obsédées par chaque centimètre carré de leur peau et chaque mèche de leur chevelure, tellement attirantes lorsqu'elles portaient les modèles des grands couturiers, étaient terriblement ennuyeuses et se révélaient être des sacs d'os une fois au lit.

Penworth était vraiment un imbécile d'avoir laissé passer sa chance avec Diana.

Cole Harrison, qui n'en était pas un, était bien décidé, quant à lui, à saisir cette chance.

27

Estimant que Diana avait eu amplement le temps de réaliser, Cole lui dit d'un ton calme :

— Mon intention n'était ni de te blesser ni de te gêner. J'ai simplement voulu te faire un tableau objectif de la situation.

Elle déglutit avec peine et regarda ses mains. L'une tenait sa flûte de champagne et l'autre était crispée sur la balustrade, si fort que ses articulations avaient blanchi. Quand elle vit que Cole s'en était aperçu, elle relâcha sa main. *Elle n'aime pas laisser transparaître ses émotions*, se dit-il, *c'est encore une chose que nous avons en commun*. Cela lui plut, car ce qu'il attendait d'elle était une association d'affaires dans laquelle ne devaient entrer ni émotion ni sentimentalisme, sous peine d'être dissoute.

En revanche, le silence prolongé ne lui plaisait pas et il le rompit délibérément.

— Diana, si tu dois me reprocher quelque chose, reproche-moi ma brutalité mais ne me blâme pas parce que tu es malheureuse.

Elle prit une longue inspiration pour se calmer mais elle avait des larmes de colère dans la voix.

— Pourquoi te reprocherais-je d'avoir posé le problème ?

— Permets-moi de te faire remarquer que j'ai *aussi* proposé une solution.

— C'est vrai, et j'apprécie ton offre — honnêtement…

Cole réalisa que sa proposition devait lui paraître aussi baroque qu'irréalisable, et il pensa qu'elle prenait des précautions oratoires pour ne pas le blesser. Cela lui parut adorable de sa part — et très naïf aussi, car pour lui il n'était pas question que les sentiments entrent en ligne de compte. Et il avait choisi de maîtriser son émotivité quoi qu'il arrive.

— Le problème, dit Diana de sa voix douce, c'est que je ne comprends pas la logique qui consisterait à échanger un fiancé que j'aimais mais qui ne m'aimait plus contre un mari que je n'aime pas et qui ne m'aime pas non plus…

— C'est en cela justement que notre accord est parfait. Notre mariage ne sera pas troublé par des émotions superflues.

Elle posa sa flûte et se frotta les avant-bras comme si cette réponse l'avait glacée.

— Comment peux-tu être aussi froid ?

Cole regarda le joli visage de Diana tout près du sien, et son décolleté ravissant. Mais il ne ressentait rien. Pour la première fois depuis qu'il avait échafaudé son plan à la hâte, il lui vint à l'esprit que le désir pouvait brouiller les cartes. Il résolut donc dans son for intérieur de ne pas se trouver trop souvent proche de Diana physiquement.

— Je ne suis pas froid, je suis pratique. J'ai un problème urgent qui est de me marier et tu es exactement dans la même situation. Notre mariage ne sera pas troublé par des problèmes sentimentaux, c'est un contrat à l'amiable qui nous convient parfaitement à l'un comme à l'autre et d'ici un an nous pourrons divorcer d'un commun accord. Si tu étais superstitieuse, tu pourrais dire que c'est le destin qui en a décidé ainsi.

— Je ne crois pas au destin. Je croyais en Dan et j'étais persuadée que nous étions faits l'un pour l'autre.

— Il y a une énorme différence entre Penworth et moi, dit Cole d'un ton dur. Je ne manque jamais à la parole donnée.

Lorsque Cole plongea dans le sien son regard gris acier, le timbre profond de sa voix résonnant avec conviction, Diana crut enfin à sa proposition. Elle vacillait encore sous le choc quand il lui prit le menton entre deux doigts et la força à lever la tête pour le regarder.

— Pendant l'année que durera notre mariage, je te promets que je me comporterai publiquement comme le plus attentif et le plus fidèle des époux. Je te promets de ne rien faire qui puisse t'offenser une seconde comme l'a fait Penworth. Je ferai tout ce qui est en mon pouvoir pour que tu ne regrettes jamais d'avoir signé ce contrat.

Cole finit son champagne et posa sa flûte.

Il n'y aura pas de contrat, se disait Diana, mais sa détermination intérieure sembla faiblir par l'effet que produisaient sur elle le beau visage sombre de Cole, sa voix profonde et hypnotique, son corps parfait aux larges épaules — des épaules capables de la décharger de tous ses fardeaux. Tout cela commençait à devenir dangereusement attirant, d'autant plus qu'il ne lui parlait ni d'amour ni même d'affection.

— Tu apparaîtras aux yeux de tous comme ma femme chérie — ce que tu seras effectivement pendant cette année, je te le garantis.

Sa voix avait pris un ton presque sans appel.

Chérie… un mot un peu désuet et romantique, comme tout ce que lui disait Dan. Et pour le moins surprenant dans la bouche de Cole.

Il passa les bras autour de sa taille et la serra contre lui dans une étreinte de velours, faisant monter en elle un désir attisé par la quantité déraisonnable de champagne qu'elle avait bu. Le clair de lune et le climat texan ajoutant encore à l'atmosphère sensuelle…

— Et bien sûr, reprit Cole doucement mais fermement, j'attends la même chose en retour. Est-ce recevable ?

Diana n'arrivait pas à croire qu'elle pourrait prendre tout cela au sérieux, même quand elle hocha lentement la tête en signe d'assentiment.

— Je ne t'ai pas donné mon accord, dit-elle d'une voix tremblante.

Cole leva la main et prit sa joue avec douceur.

— Si, Diana, dit-il avec un sourire entendu, ses doigts enserrant tendrement son visage. Mais pas à voix haute. Dès demain tes ennuis et les miens ne seront qu'un mauvais souvenir.

Elle était totalement envoûtée par sa voix et son regard.

— Tu n'as qu'une seule chose à faire, reprit-il, c'est de dire oui et mon avion est prêt à décoller pour le Nevada dans une demi-heure.

S'il l'avait embrassée à ce moment-là, elle se serait durcie, s'il avait relâché la douce étreinte de sa main, elle aurait fui à toutes jambes. Mais lorsqu'il glissa la main derrière sa nuque et attira son visage contre sa poitrine dans un geste étrangement paternel, le reste de résistance qu'elle lui opposait encore fondit immédiatement. Il lui offrait, sur le plan personnel comme sur le plan professionnel, un havre de sécurité pour une année. Il lui offrait sa protection, il lui offrait de la sauver de l'humiliation, de l'angoisse et du stress.

Il lui offrait tout cela, à elle qui était épuisée, déçue et furieuse. Elle commençait à se laisser aller à la délicieuse langueur due en partie à l'alcool, mais aussi à cet homme avec qui tout semblait facile. Cole lui offrait de l'épouser et de la « chérir » le soir même. Elle n'avait qu'à dire oui et c'en était fini de ses ennuis.

Elle sentit le souffle léger de sa voix dans ses cheveux.

— Si nous partons dans une heure, nous pouvons être de retour pour le petit déjeuner.

Elle avala péniblement sa salive, refoulant des larmes soudaines qui brouillèrent son regard. Les boutons en or de la chemise de Cole s'étaient transformés en petits lacs tremblants. Elle essaya de dire quelque chose mais les mots restèrent coincés dans sa gorge serrée de peur, de soulagement et d'espoir aussi.

— Tout ce que tu auras à faire pendant un an, c'est

exactement la même chose que moi, c'est-à-dire donner au monde l'image d'un couple fidèle et heureux.

— Nous... nous n'habitons pas... la même ville, articula faiblement Diana dans un effort surhumain pour extirper un son de sa gorge nouée.

— Ce sera d'autant plus facile, puisque mes activités professionnelles m'obligeront à avoir une résidence à Dallas et les tiennes à Houston. Comme il n'y a que trois quarts d'heure d'avion entre les deux villes, les gens penseront que nous faisons la navette.

Diana sourit, la joue écrasée contre les plis de la chemise de Cole.

— Tout a l'air si simple avec toi.

— Parce que c'est simple. La seule chose que nous ayons à faire, c'est garder un esprit d'amicale collaboration. Pendant cette année, tu auras sans doute besoin que je t'accompagne à telle ou telle manifestation et je m'arrangerai pour être présent.

Diana y réfléchit du mieux qu'elle put ; puis elle pencha la tête en arrière et observa Cole avec un vague sourire.

— Même s'il y a des journalistes ? Je sais que tu détestes les reporters, mais nous avons besoin des médias pour nos affaires.

Malgré la précarité de sa condition et l'étrangeté de l'offre qu'il lui faisait, Cole nota avec admiration que sa future femme essayait de garantir ses arrières avant d'accepter.

— Peu importe, dit-il. Et j'espère que ce sera la même chose pour toi. D'accord ?

Au lieu de répondre, elle leva la tête vers lui et lui lança un regard aigu :

— Il y a d'autres conditions ?

La dernière chose qu'il voulait, c'était entrer dans des détails et perdre l'avantage qu'il venait de gagner de haute lutte.

— Nous parlerons des détails demain. Nous sommes d'accord sur l'essentiel ?

Il attendit sa réponse mais elle se mordit la lèvre inférieure, réfléchit un instant et secoua la tête :

— Je crois qu'il vaudrait mieux en parler maintenant, dit-elle avec un petit sourire comme pour s'excuser d'être trop tatillonne. Comme ça, il n'y aura pas de malentendus entre nous…

Cole ne put réprimer un petit sourire admiratif. Même soumise à une forte pression, Diana Foster ne perdait pas sa perspicacité. Il commençait à comprendre comment elle s'était imposée dans le monde des affaires.

— Il suffit que nous soyons d'accord sur les grandes lignes. D'abord, au bout d'un an, nous divorcerons par consentement mutuel sans prétentions financières de l'un ou de l'autre côté. C'est d'accord ?

Elle avait tressailli au mot « divorce » et il se sentit un peu coupable de faire de son premier mariage un échec programmé d'avance. D'un autre côté, elle avait autant à gagner que lui à ce mariage — et beaucoup moins à perdre. Le régime matrimonial du Texas étant celui de la communauté, et Cole étant beaucoup plus riche qu'elle, elle aurait la possibilité de lui soutirer de l'argent si elle remettait en cause le contrat.

— C'est d'accord…, murmura-t-elle avec solennité.

— À part ça, il y a deux autres conditions, dit Cole d'une voix qui avait retrouvé toute son assurance. D'abord, personne en dehors de nous ne doit savoir ce qu'il en est de notre mariage…

— C'est impossible.

Il la dévisagea d'un air incrédule.

— Pourquoi ?

— Parce qu'il faut que je dise la vérité à ma famille. À ma sœur, d'abord. Tu connais Corey ?

— Bien sûr.

Dans le dos de Diana, il leva son poignet dans la lumière provenant du salon et regarda sa montre. Il était onze heures cinq. Les pilotes de son jet Gulfstream étaient dans un motel près de l'aéroport et portaient tous deux des pagers. Sa limousine était joignable vingt-quatre heures sur vingt-quatre. Si les églises étaient fermées à Lake Tahoe, il faudrait aller à Las Vegas, où elles étaient ouvertes toute la nuit. L'organisation ne lui posait aucun problème ; pour l'instant c'était Diana qui en posait un.

— Il faut que je le dise à toute ma famille, reprit-elle. Et à Spence aussi.

— Et si je refuse ?

Elle le regarda d'un air de supériorité amusée :

— Difficile de leur faire croire que nous avons eu un coup de foudre ce soir et que nous nous sommes enfuis pour nous marier, non ?

— Pourquoi pas ? De toute façon, ils ne pourront pas prouver que c'est faux. Tenons-nous-en à cette version des faits.

Diana releva le menton de l'air le plus hautain qu'elle put.

— Il n'est pas question que je perturbe ma famille avec un mensonge, et je ne ferai pas délibérément une promesse que je ne tiendrai pas.

Cole réalisa qu'elle pensait sincèrement chaque mot qu'elle disait. La femme d'affaires de l'année n'avait pas sacrifié son idéal de jeunesse à la réussite sociale et sa voix tremblait réellement de fierté.

— Dans ce cas, je t'accorde cette concession, dit-il.

— Vraiment ?

Diana était de plus en plus abasourdie par tout ce qu'il disait. D'abord il lui avait proposé le mariage avec le même détachement que s'il lui eût tenu la porte, et maintenant il lui accordait ce qu'elle lui demandait avec une véritable tendresse dans le regard. Elle secoua la tête, essayant de chasser les effets de l'alcool et du regard gris de Cole.

— Quelle est la deuxième condition ? demanda-t-elle.

— Je voudrais que tu viennes passer quelques jours au ranch la semaine prochaine, pour rassurer mon oncle Cal au cas où il aurait des doutes sur notre mariage.

— Je dois avoir quelques réunions, dit-elle en fronçant les sourcils.

La brise tiède d'été jouait dans ses cheveux et plaquait sa robe contre son corps ; elle ressemblait à une déesse antique en proie à l'inquiétude.

— J'ai *toujours* des réunions… Je pense que je vais pouvoir m'arranger pour que nous rendions visite à ton oncle, soit la semaine prochaine soit celle d'après.

— Bien, dit Cole d'un ton bref.

— Je… je pourrais avoir quelques arrangements ?

Elle était si nerveuse que sa voix tremblait presque.

— Dis-moi à quoi tu penses. Je t'ai déjà promis de faire tout ce qui est en mon pouvoir pour coopérer.

Estimant qu'ils avaient assez discuté et que le moment était venu de passer à l'action, Cole entra dans la suite et téléphona à ses pilotes, puis demanda qu'on avance sa limousine devant l'hôtel. Il appela ensuite à Dallas sa secrétaire, qu'il tira de son sommeil, et lui donna une série d'instructions qui la laissèrent sans voix.

— Tout est en ordre, dit-il en revenant sur le balcon.

Il prit la bouteille de champagne dans son seau et remplit leurs deux coupes.

— La limousine attend en bas et mon avion est prêt à décoller. C'est le moment de porter un toast ! dit-il en tendant une coupe à Diana.

Elle regarda la coupe un instant et tout son courage s'évanouit.

— Je ne peux pas ! s'écria-t-elle en croisant les bras dans un geste de défense.

Pendant qu'il téléphonait, elle n'avait cessé de se demander si ses craintes étaient fondées ou si sa panique résultait de cette lâcheté et ce conservatisme qu'elle détestait en elle, qui la paralysaient parfois au point de lui avoir fait perdre plus d'une occasion en affaires.

Sans un mot, Cole reposa les deux coupes avec un petit tintement menaçant ; puis il recula d'un pas.

— Comment ça, tu ne peux pas ?

— Pas ce soir ! dit-elle d'une voix si tremblante qu'elle avait du mal à se reconnaître.

Et dans un mouvement irraisonné pour échapper à ce qu'elle considérait comme une menace, elle recula si violemment qu'elle se heurta à la balustrade.

— Laisse-moi du temps !

Comme Cole lui barrait l'entrée de la suite, elle se glissa derrière une chaise ; mais lorsqu'il parla de sa voix profonde où perçait un regret sincère, elle se dit que sa frayeur était absurde.

— Le temps est la *seule* chose que je ne puisse pas te donner, Diana.

Cette phrase lui sembla receler des messages confus : était-ce une tentative pour l'acheter, ou une volonté chez Cole de sauver son amour-propre en l'impressionnant par sa fortune ?

— Avec tout ce que tu as à offrir, dit-elle en détachant le lourd collier d'améthystes, tu trouveras dans la salle de bal, en bas, des quantités de femmes prêtes à accepter le marché dans l'espoir qu'il durera plus d'un an.

— Je suppose que tu as raison, répondit-il d'une voix blanche. Sans doute ai-je visé trop haut. Mais je voulais une femme à qui je serais fier de donner mon nom, ce qui limitait le choix à une seule personne. Toi.

— Pourquoi moi spécialement ?

— Pour diverses raisons, dit-il en haussant les épaules. La plus importante étant peut-être que malgré ton statut social, tu ne m'as jamais ignoré ni méprisé quand je nettoyais les écuries des Hayward pour payer mes études.

À ce brusque rappel de ses origines modestes, Diana eut un pincement au cœur et les larmes aux yeux. Elle regarda cet homme puissant et adulé, et réalisa qu'il était probablement inconscient de sa propre valeur. Son visage était trop buriné pour être beau ; et pourtant c'était un des visages les plus séduisants qu'elle eût jamais vus. Un mâle orgueil avait façonné ses traits de granit, le cynisme avait creusé de petites rides aux coins de ses yeux et aux commissures de ses lèvres, et sur tout son visage se lisaient les batailles remportées de haute lutte et les leçons durement apprises. Sa bouche avait une forme d'une indéniable sensualité, même quand il arborait un sourire sardonique comme en ce moment. Même s'il n'avait pas eu d'argent, les femmes se seraient jetées à sa tête et pourtant, pour une obscure raison, il envisageait un mariage factice et une vie sans enfants.

Elle-même n'était guère plus qu'une enfant du temps où elle allait le voir chez les Hayward et il semblait apprécier beaucoup sa compagnie. Il lui avait même offert un chaton en peluche pour ses seize ans… Elle avait été folle de joie et il s'était excusé… *Tu as probablement des dizaines d'animaux exotiques en peluche…*

Cole avait été son ami, son amoureux en rêve et presque son mentor. Ce soir, il avait joué les chevaliers en armure flamboyante pour elle. Elle se dit qu'elle était stupide de se méfier de lui et de laisser passer la chance qu'il lui offrait — une véritable providence…

Un sentiment vague de culpabilité la submergea soudain. Comment avait-elle pu se montrer aussi cynique et blasée ?

— Cole…

Au son de sa voix, son expression se radoucit.

— Je suis désolée, murmura-t-elle en lui tendant la main dans un geste de réconciliation.

Mais lorsqu'il vit le collier dans sa paume, son expression se durcit à nouveau.

— Garde-le. C'est pour toi que je l'ai acheté.

— Non…, dit-elle, mal à l'aise et pensant qu'elle aurait dû accepter la coupe de champagne pour avoir le courage de soutenir son regard à ce moment-là… Peux-tu me répéter les bonnes raisons que j'aurais de le garder ?

Devant la douceur de son regard, une sensation depuis longtemps oubliée se réveilla en Cole. Une émotion si lointaine et devenue tellement étrangère qu'il ne la reconnut pas.

Ce fut pourtant elle qui guida sa main lorsqu'il écarta une mèche de cheveux sur la joue tiède de Diana.

— Je suis incapable de me décider, dit-elle.

— Tu as déjà décidé, Diana.

Elle était sous le choc de cette décision, et ses sens étaient troublés par le contact de la main de Cole. Mais elle essaya de plaisanter malgré tout :

— Vraiment ? Et qu'est-ce que j'ai décidé ?

Les yeux de Cole pétillaient mais sa voix était sérieuse :

— Tu as décidé de m'épouser cette nuit au Nevada.

— Tu crois ?

— J'en suis sûr.

28

J'en suis sûr... Diana tourna la tête sur l'oreiller, mais les mots résonnaient comme au bout d'un tunnel, et d'étranges images se bousculaient comme dans un kaléidoscope, avec des bruits bizarres et des événements décousus.

J'en suis sûr... Dans son rêve, les mots étaient couverts par le bruit des réacteurs d'un jet et une lointaine sonnerie de téléphone. Il y avait aussi un homme dont la présence indéfinissable lui donnait la sensation paradoxale d'être à la fois en grand danger et en sécurité. La voix qui lui parlait n'était pas celle de l'homme et pourtant il semblait contrôler ses réponses.

Veux-tu ? À présent c'était sa propre voix qu'elle entendait, comme un murmure dans la lumière glauque qui brillait près d'un lit sur lequel elle avait l'impression de flotter. Il était là, penché sur elle, son bras sous son oreiller, essayant de la calmer. Non...

Elle le prit par les épaules et l'attira contre elle, son regard s'adoucit. *Non...*, lut-elle sur ses lèvres sans entendre le son de sa voix. Ses lèvres sensuelles...

Elle glissa son bras sous sa nuque et son regard devint brûlant. Elle commençait à recouvrer ses sens.

— Oui, murmura-t-elle.

Et elle avait totalement repris ses esprits lorsque les lèvres de l'homme prirent les siennes dans un baiser brûlant, profond, sa langue s'insinuant entre ses lèvres.

Il cherchait à se dominer mais ce fut elle qui gémit, en écrasant ses lèvres contre les siennes, emmêlant sa langue avec la sienne. Les mains de l'homme s'emparèrent de ses seins et leurs pointes se dressèrent sous ses caresses ; il les prit dans sa bouche et elle ne put retenir un cri. Elle ne voulait pas perdre le contrôle, il ne fallait absolument pas… Il sentit qu'elle cherchait à se reprendre et il glissa ses mains dans ses cheveux, sa bouche affamée quittant ses seins pour emprisonner à nouveau ses lèvres. Le corps de Diana se mit alors à bouger lentement au-dessus du sien avec des mouvements sensuels des hanches.

Elle chercha à résister au désir brûlant du corps de Cole mais il l'étreignit, et ses jambes s'écartèrent doucement tandis qu'il passait une main derrière ses fesses pour la soulever. Il entra en elle, sa bouche dévorant la sienne… il l'entraînait vers un précipice… il roula sur le dos, leurs deux corps enlacés étroitement, et la prit par les hanches, lui imprimant un rythme qui lui fit oublier que ses cheveux étaient horriblement emmêlés, ses seins trop petits et qu'elle avait une cicatrice sur la hanche.

Elle le chevaucha, encore et encore. Il ne l'aurait pas arrêtée et, de toute façon, elle ne le lui aurait pas permis. Il savait qu'elle luttait contre son propre désir mais il était trop tard, ses hanches bougeaient à l'unisson des siennes, il avait les mains sur ses seins et ses doigts titillaient leurs pointes dressées. Elle cria, une explosion jaillit en elle et il se cambra, tandis que de profonds spasmes le faisaient entrer encore plus profond en elle. Les réacteurs mugirent et le lit sembla tomber à terre, Diana fut projetée brutalement loin de Cole.

Il la serra fort dans ses bras et la tint contre lui tandis que des lumières bleues défilaient à toute vitesse derrière les hublots. Des lumières irréelles.

Des lumières bleues qui tournaient sans cesse…

Diana roulait la tête sur son oreiller, effrayée par ces lumières, essayant d'échapper aux griffes de l'amant diabolique qui lui avait pris plus qu'elle ne voulait donner.

Elle aurait voulu s'enfuir mais un monstre à quatre pattes, aux oreilles pointues, au corps décharné par la faim et aux crocs énormes, une bête terrifiante et noire tout droit sortie de l'enfer la retenait prisonnière. Satan en personne, comme dans *Rosemary's Baby*. Et c'était *elle*, Rosemary !

Dans son rêve elle hurla de frayeur, mais en réalité elle murmura seulement : « *Non !* »

Sous l'emprise de sa terreur, elle se réveilla en sursaut et ouvrit les yeux. Une douleur sournoise traversa ses orbites et se propagea dans son cerveau, tandis qu'elle clignait des yeux en découvrant une chambre spacieuse et confortable, mais totalement inconnue. Une porte s'ouvrit. Elle tourna brutalement la tête dans la direction du bruit, ce qui amplifia encore sa douleur. La pièce se mit à tanguer autour d'elle et son estomac se révulsa. Elle vit un homme qu'elle identifia comme étant Cole Harrison qui entrait dans la chambre avec une désinvolture incroyable. Il portait un plateau.

— Doucement… ne fais pas de gestes brusques.

Diana était incapable de penser à autre chose qu'à son corps douloureux. Elle voulut parler, mais ne réussit qu'à émettre un son rauque.

— Que… que m'est-il arrivé ?

— Ce n'est qu'une hypothèse, mais je pense que tu es victime d'un excès d'acétaldéhyde, dit-il d'un ton chaleureux en posant le plateau sur la table de nuit. Dans les cas les plus aigus, cela se traduit par des maux de tête, des nausées, la bouche sèche et une vision brouillée. C'est en tout cas la théorie du département pharmaceutique de Unified Industries… En termes profanes, tu as une colossale gueule de bois.

— Pourquoi ? murmura-t-elle en regardant le liquide orange vif dans le grand verre sur la table de chevet.

— Tu as trop bu de champagne.

— Mais pourquoi ?

Elle voulait comprendre ce qu'elle faisait là, pourquoi elle s'était rendue malade, mais son cerveau refusait de répondre.

Sans un mot, Cole s'assit à côté d'elle ; elle gémit quand le lit bougea un peu sous son poids.

— N'essaie pas de parler, dit-il en passant un bras derrière ses épaules pour l'aider à se redresser. C'est de l'aspirine, ajouta-t-il en lui tendant deux cachets et le verre de jus d'orange.

Sa main tremblait lorsqu'elle porta les comprimés à ses lèvres ; son estomac chavira à l'idée d'ingurgiter du liquide.

— C'est un bon antidote, dit Cole en la forçant à boire. Maintenant, il faut que tu dormes. Tu te sentiras bien mieux après. Je viendrai te réveiller.

Il lui tamponna le front avec quelque chose de frais, un gant de toilette, sans doute.

Cole Harrison est un homme très prévenant, se dit-elle. *Il faudra que je pense à le remercier.*

— Merci de t'occuper de moi, lui dit-elle au moment où il se levait.

— En tant que mari, je considère de mon devoir de te soigner chaque fois que tu en auras besoin.

— Tu es très gentil.

— J'espérais que tu serais de cet avis, mais j'avais quelques doutes quand même…

Son pas fut étouffé par le tapis et Diana l'entendit à peine sortir et refermer doucement la porte derrière lui. Elle attendit en vain que le sommeil la gagne. Des images lui revinrent à l'esprit, floues d'abord, puis de plus en plus précises : elle se revit au bal, en train de boire du champagne… porter un collier d'améthystes, boire encore du champagne… Elle se revit dans la suite de Cole, puis sur le balcon… boire encore plus de champagne… Une limousine qui les conduisait à l'aéroport… la cabine d'un jet privé, où elle continuait à boire du champagne… puis une autre limousine dans une ville resplendissante de lumière…

Les images s'affinaient de plus en plus : elle sortait de la voiture et entrait dans une pièce décorée d'une treille recouverte de fleurs artificielles. Un petit homme chauve et souriant lui parlait, tandis qu'en esprit, elle ôtait ces horribles fleurs en tissu pour les remplacer par des branches de lierre fraîchement cueillies.

Luttant contre une soudaine nausée, elle essaya de ne plus penser au petit homme ni à la treille. Mais cette image semblait ne pas vouloir s'effacer de sa mémoire. Il l'avait raccompagnée à la porte avec Cole et leur avait fait un signe amical de la main quand ils étaient montés dans la limousine qui les attendait le long du trottoir. Il avait même dit quelque chose à ce moment-là, quand il se tenait sous les néons roses et verts… Et il y avait quelque chose d'écrit avec ces néons…

Quelque chose d'écrit…

Des mots en néon rose et vert…

CHAPELLE DES MARIAGES

… Et l'homme avait dit : « Bonne chance, madame Harrison ! », et elle avait répondu, en se penchant à la portière !

— Mon Dieu ! gémit Diana à voix haute en réalisant enfin ce qui s'était passé.

Elle eut l'impression que sa tête allait exploser et son estomac se vrilla convulsivement. Elle roula sur elle-même, pressa son visage contre l'oreiller en se disant que c'était un cauchemar…

29

Lorsque Diana se réveilla, les lourds rideaux avaient été ouverts et le soleil filtrait à travers les voilages. Au loin une sonnerie de téléphone retentit.

Elle resta un moment immobile, les yeux fermés, faisant mentalement le bilan de sa condition physique. Elle avait encore mal à la tête et elle se sentait encore faible mais n'avait plus l'impression que son crâne allait éclater en morceaux.

Puis elle dut se rendre à l'évidence : sous l'emprise de la première cuite de sa vie, elle avait épousé Cole Harrison.

Son cœur se mit à battre à tout rompre tandis que la réalité de cet acte insensé s'imposait subitement à elle. Elle était mariée à un homme qui lui était quasiment inconnu, un opportuniste sans cœur et sans scrupule qui avait profité de son état pour la persuader qu'elle avait autant intérêt que lui à ce mariage.

Elle était folle d'avoir accepté. Et lui de le lui avoir proposé. Elle était stupide, et lui était un monstre. Elle méritait d'être enfermée dans un asile psychiatrique et lui d'être supprimé !

Pourtant, malgré la panique qui l'envahissait, elle devait admettre que tout n'avait pas été aussi irrationnel que cela la veille au soir. Elle n'avait peut-être pas été si folle que cela, et Cole ne l'avait en aucun cas violentée pour qu'elle accepte. Elle essaya aussi calmement que possible de se repasser le film de cette soirée.

À la lumière du jour, une fois dissipées les vapeurs de l'alcool, il apparaissait comme indéniable que Cole avait un extraordinaire pouvoir de persuasion. Et qu'elle avait dû se laisser gouverner par ses émotions et ses sentiments pour agir de façon si impulsive. Plus elle y réfléchissait, plus elle devait admettre qu'il y avait une certaine logique à la base de leur engagement.

Hier soir, Cole était l'objet du chantage que lui faisait son vieil oncle. Et aujourd'hui, non seulement il avait sauvé son empire mais il rendait heureux le vieil homme.

Hier soir, l'avenir financier de Foster Enterprises était en danger, et Diana une femme délaissée en butte à la calomnie. Ce matin, elle était l'épouse « chérie » d'un beau milliardaire.

Elle se sentit subitement beaucoup mieux… Mais elle ne voyait pas encore comment elle allait pouvoir convaincre sa famille que Cole n'était pas un immonde manipulateur.

Pour éviter d'avoir à y penser, elle essaya de se remémorer ce qui s'était passé lorsqu'ils avaient décollé de Las Vegas ; mais ses souvenirs étaient flous. Elle se rappelait avoir demandé à Cole d'aller à Las Vegas plutôt qu'à Lake Tahoe, qu'elle connaissait déjà, mais à partir de là tout se brouillait et se confondait avec ses rêves et elle n'était pas en état pour l'instant de faire la part des choses.

Elle souleva les draps pour se lever et s'aperçut qu'elle était nue. Vu l'état d'ébriété dans lequel elle se trouvait la veille, elle n'avait sans doute pas pu se déshabiller sans l'aide de Cole ; mais cette désolante constatation dépassait pour l'instant ce qu'elle était capable d'endurer. Elle réalisa alors qu'elle n'avait rien à se mettre à part la robe violette qu'elle portait pour le bal. À l'idée de traverser le hall de l'hôtel Balmoral dans cette tenue, sans compter tout le reste, elle retomba sans forces sur son oreiller. Elle n'envisageait même pas de téléphoner à sa famille pour se faire envoyer des vêtements. Elle ne voulait pas avoir à leur donner d'explications par téléphone, et qui plus est, depuis la suite de Cole.

Elle finit par sortir du lit en poussant un soupir de résignation.

30

Cole leva les yeux quand elle sortit de la chambre, les cheveux encore mouillés, son joli corps enveloppé dans le peignoir de bain de l'hôtel. On voyait à peine ses orteils dépasser de l'ourlet et les épaules lui tombaient presque aux avant-bras. La veille au soir, Cole s'était dit qu'elle ne pouvait pas paraître plus désirable que dans cette provocante robe violette, mais il avait tort. Dans ce peignoir trop grand pour elle, sans le moindre maquillage et ses boucles auburn tombant en frisettes humides sur sa nuque, Diana lui sembla aussi fraîche qu'une rose du matin.

Il posa le *Houston Chronicle* sur la table basse et se leva.

— Tu as l'air bien mieux.

— J'ai décidé d'être courageuse, dit-elle avec un faible sourire. Je crois que je vais continuer à vivre.

Il rit tout en lui désignant une table recouverte d'une nappe de lin et chargée de nourriture.

— Quand j'ai entendu que tu étais sous la douche, je t'ai fait monter quelque chose à manger.

Elle regarda les œufs au bacon et les pancakes et haussa les épaules.

— Je ne suis pas courageuse à ce point.

— Il faut que tu manges, dit-il en lui avançant une chaise.

Elle s'assit en soupirant et déplia sa serviette.

— Comment te sens-tu ?

Cole s'assit en face d'elle.

— Comme au lendemain de la veille !

Le peignoir glissa, découvrant une de ses épaules, et elle le remit en place.

— Aussi bien que ça ? dit-il en l'enveloppant d'un regard admiratif qui lui fit battre le cœur et monter le rouge aux joues.

Elle baissa les yeux pour éviter de rencontrer son regard, se disant qu'il ne faisait que jouer un rôle, qu'honorer sa promesse de la rendre heureuse pendant la durée de leur contrat — car il ne s'agissait que d'un contrat… Elle se demandait comment elle allait pouvoir faire comprendre cela à sa famille.

Elle prit un toast et se mit à anticiper la scène… Cole avait promis qu'il l'accompagnerait lorsqu'elle leur dirait qu'ils s'étaient mariés, et elle avait apprécié qu'il assume les conséquences de ses actes. Elle ne pensait pas qu'ils lui feraient de reproches, mais elle craignait que sa grand-mère n'exprime quelque forte opinion.

Voyant son expression s'assombrir de plus en plus, Cole lui demanda :

— Je peux faire quelque chose ?

— Je crains que non, dit-elle en le regardant d'un air coupable… Je ne sais pas comment expliquer à ma famille que j'ai épousé un inconnu sur un coup de tête pour des raisons purement stratégiques. Je pense qu'une fois le choc passé, ils comprendront. Ils n'approuveront sans doute pas, mais ils comprendront, j'en suis sûre.

— Alors où est le problème ?

— Je redoute leur réaction. Je vais leur faire le choc de leur vie.

— Pas forcément.

— Comment ça ?

— Tu as déjà donné quelques coups de fil depuis mon avion.

Diana le regarda, stupéfaite.

— Qui ai-je appelé ?

— Marge Crumbaker.

Elle poussa un soupir de soulagement.

— C'est une vieille amie de la famille. Elle tenait la rubrique mondaine dans le *Houston Post*. Mais le journal a disparu, donc ce n'est pas un problème.

— Ensuite, tu as téléphoné à Maxine Messenger.

— Ça, ce n'est pas bien.

Elle eut un haut-le-cœur en pensant au chroniqueur du *Houston Chronicle*. Puis son visage s'éclaira :

— Je lui ai demandé de garder le secret ?

— Je ne crois pas, répondit Cole, intéressé par les changements d'expression successifs sur son joli visage. Mais il n'y avait pas matière à lui demander la confidentialité.

— Par pitié, ne me dis pas que j'ai appelé quelqu'un d'autre…

— D'accord…

Elle plissa les yeux d'un air soupçonneux :

— J'ai donné un autre coup de fil ?

— Mange quelque chose, ça ira mieux après.

Elle grignota la cerise qui ornait un demi-pamplemousse.

— À qui d'autre ai-je téléphoné ?

— Larry King.

Elle faillit s'étrangler de dégoût :

— Ne me dis pas que j'ai appelé CNN au milieu de la nuit pour parler à Larry King ?

— Je crains que si. Mais il n'était pas là.

— Dieu merci !

— En revanche, tu as eu quelqu'un de la rédaction.

Elle hocha la tête, cherchant désespérément une raison d'être optimiste.

— J'ai un nom très banal et d'autre part, c'est mon grand-père qui est connu de ces messieurs. Mon nom est associé au magazine mais ce sont des femmes qui nous lisent. Il y a peu de chances qu'un journaliste de CNN m'ait reconnue au téléphone.

— Non, mais il y a des chances qu'ils me connaissent moi, de nom ou de réputation…

— Tu aurais dû m'empêcher de téléphoner ! gémit-elle. Tu aurais dû m'arracher l'appareil des mains, ou me jeter hors de l'avion ! Si j'étais morte, au moins je n'aurais pas mal partout comme maintenant !

Incapable de réprimer un sourire, Cole désigna d'un signe de tête le plat devant elle :

— Finis ton pamplemousse et mange un peu de ces œufs.

Elle frissonna en regardant la nourriture.

— Tout a l'air tellement… jaune. La couleur me fait mal aux yeux.

— Ça arrive quand on a trop bu.

— J'en sais assez long sur le sujet à présent pour passer une thèse de doctorat !

— Mange un toast. C'est brun.

— Mais il y a du beurre… c'est jaune.

— Arrête, Diana ! dit-il en riant. Je ne me sens pas en grande forme non plus, mais je refuse d'être malade pour mon premier matin avec toi.

— Excuse-moi.

Elle prit un toast et le regarda avec un air si confus qu'il se sentit sincèrement honteux de la traiter à la légère.

— Qu'est-ce qui ne va pas ? demanda-t-il doucement.

— Dis-moi la vérité : quand j'ai appelé tous ces gens, j'avais l'air heureuse ou saoule ?

— Tu avais l'air heureuse *et* légèrement ivre, dit-il, diplomate. Mais je doute qu'ils aient été choqués. Les jeunes femmes boivent souvent un peu trop de champagne pendant leur nuit de noces.

— Un peu trop ? J'étais complètement ivre, c'était dégoûtant !

— Tu n'avais rien de dégoûtant.

Un drôle de petit sourire retroussa le coin des lèvres de Cole.

— J'étais insensible…

— Pas complètement, je t'assure, dit-il galamment.

— J'ai tellement bu que j'ai failli m'évanouir dans l'avion.

— Non, tu t'es simplement endormie, la soirée avait été longue et éprouvante.

— Un miracle que je n'aie pas vomi, encore…

Diana attendait un démenti, au lieu de quoi Cole la regarda en silence, un sourcil levé.

— Oh non ! ce n'est pas vrai, gémit-elle en se prenant le visage dans les mains.

— Tu t'es sentie beaucoup mieux après.

Elle laissa tomber ses mains dans un geste de résignation.

— Qu'est-ce que j'ai encore fait ?

— Tu m'as raconté quelques histoires très drôles.

— J'ai fait de drôles de rêves cette nuit — si vivants qu'on aurait dit des hallucinations —, mais je n'arrive pas à me les rappeler tous, et même, ceux dont je me souviens, je suis incapable de dire si ça m'est arrivé vraiment ou si je l'ai rêvé. J'ai peur d'avoir oublié quelque chose d'important…

En disant cela, elle regarda Cole dans les yeux.

Oui, Diana, tu as oublié quelque chose de vraiment important, pensa-t-il, se rappelant la façon dont elle s'était lovée contre lui pendant le trajet du retour vers Houston. Tandis que le jet se propulsait à travers les airs, elle lui avait récité en riant des comptines puériles avec des rimes absurdes et drôles.

Il se rappelait comme elle avait pressé ses lèvres contre les siennes pour un petit baiser et, plus tard, quand le baiser était devenu plus sensuel, comment elle avait glissé sa main sous sa veste de smoking et caressé sa nuque, dans une étreinte fiévreuse. Il avait lutté pour éviter que les choses n'aillent trop loin alors que son adorable femme déployait des trésors de séduction pour vaincre sa résistance… qui avait fini par céder à dix mille mètres d'altitude, dans le ciel rosi par l'aube naissante. Il s'était allongé sur le canapé et l'avait prise dans ses bras… et ce matin, il avait bien du mal à oublier les choses qu'elle ne se rappelait pas. D'une certaine façon, c'était une bonne chose qu'elle ait tout oublié, car cela ne se reproduirait jamais.

— Non, tu n'as rien oublié, Diana, dit-il à voix haute.

— Je sais que j'ai fait quelque chose d'autre. Je me

souviens d'avoir vu les casinos depuis la limousine, et les lumières étincelantes, tout cela était très excitant.

Elle mordit dans son toast et commença à se sentir un peu mieux.

L'expression de Cole passa de la gravité à une hilarité mal dissimulée.

— Qu'est-ce que j'ai fait, Cole ?

Dans son imagination enfiévrée, elle voyait une femme ivre en robe violette se ridiculiser en public et monter sur scène avec les danseuses nues…

— J'ai fait une chose horrible, n'est-ce pas ? articula-t-elle faiblement.

— Ça dépend. Tu n'as rien contre le jeu, ni moralement ni religieusement ?

— Non, je n'ai pas ce genre de principes.

— Alors ce n'est pas grave.

Diana leva les yeux au ciel avec une expression d'intense soulagement.

— J'ai joué au casino !

En l'espace de quelques heures, Cole l'avait vue passer de la gravité à la panique, puis au soulagement et à l'humour, et quel que fût son état d'âme, il s'aperçut qu'il appréciait vraiment sa compagnie. Depuis toujours, d'ailleurs.

— Comment ça s'est passé ? fit-elle en prenant un peu d'œufs brouillés.

— Pas trop mal.

— Ça veut dire que j'ai perdu ! conclut-elle en riant, sa bonne humeur apparemment peu affectée par ce constat.

Elle but un peu de jus d'orange.

— J'ai perdu combien ? C'était à la roulette ? Au baccara ? Aux machines à sous ?… J'ai perdu aux trois ?

— Oui, mais je t'ai arrêtée avant que tu te lances dans un poker avec de gros enjeux, dit-il en prenant une gorgée de café.

— Nous sommes restés longtemps au casino ?

— Non, une demi-heure.

— Alors je n'ai pas eu le temps de perdre beaucoup…

Devant l'expression réservée de Cole, elle se tut.

— J'ai perdu combien ?…

— Environ trois mille dollars.

Consternée, elle dit platement :

— Je te ferai un chèque.

— Ça n'est pas nécessaire.

— J'insiste. Une dame doit toujours honorer ses dettes de jeu, dit-elle, comme si c'était un principe qu'elle avait appris à l'université.

Non seulement elle est belle, intelligente et drôle mais elle est têtue en diable, se dit Cole. Mais lui aussi était têtu.

— Et un gentleman se doit d'offrir la lune de miel, dit-il sur le même ton doctoral.

L'idée qu'une « lune de miel » puisse se résumer à un séjour d'une demi-heure dans un casino ramena brusquement Diana à la réalité. Cole réalisa aussitôt la gaffe qu'il venait de faire, et pensa au mariage si peu romantique qui avait précédé.

Le sourire s'évanouit sur le visage de Diana. Mais elle n'eut l'air ni blessée ni en colère. Elle prenait simplement la mesure de la réalité.

— J'aurais aimé que tu m'empêches de téléphoner de l'avion…, répéta-t-elle.

— Je ne l'ai pas fait, parce que je pense qu'il est bénéfique pour toi et ta société que les gens apprennent le plus vite possible que nous sommes mariés.

Il s'était dit aussi que de cette façon elle ne pourrait pas revenir sur sa décision le lendemain matin, au cas où elle l'aurait envisagé. Mais cela, il le garda pour lui… D'ailleurs elle détourna d'elle-même la conversation :

— Je comprends pourquoi j'ai rêvé de machines à sous. Et dans mon rêve la machine était gigantesque, elle était plus grande que toi et…

— Ce n'était pas un rêve.

— Vraiment ? dit-elle d'un ton poli mais l'esprit déjà ailleurs.

Elle se retrancha dans sa réserve habituelle et Cole se mit à penser affaires, ce qui était son ordinaire.

— Nous avons encore quelques détails pratiques à régler, dit-il, mais nous pourrons en discuter en allant voir ta famille.

Elle acquiesça d'un signe de tête, regarda sa montre et se leva.

— Nous n'y serons pas avant cinq heures. Corey devait refaire quelques clichés pour le magazine et l'équipe sera en train de remballer quand nous arriverons.

La main sur la poignée de la porte de la chambre, elle se retourna vers Cole qui était en train de se servir une tasse de café :

— Hier soir, j'ai pris le sac de ma grand-mère au lieu du mien. Comment avons-nous pu nous marier sans ma carte d'identité ?

— La propriétaire de la chapelle t'a reconnue et quelques centaines de dollars ont fait office de preuve d'identité.

— C'est une chance que j'aie laissé ma voiture à l'hôtel hier soir. Je vais pouvoir passer chez moi me changer.

31

Une demi-heure plus tard, Diana avait revêtu un pantalon de toile blanche, des sandales blanches et un chemisier de soie lilas noué à la ceinture, et ils étaient en route pour la maison familiale de Inwood Drive.

Comme elle ne se sentait pas encore très bien, Cole prit le volant. En roulant le long des avenues bordées d'arbres et d'élégantes propriétés, il éprouvait une sensation de déjà-vu doublée d'un sentiment d'irréalité totale. De tous les tours et détours qu'avait pris sa vie depuis tant d'années, le plus bizarre était bien de revenir dans ce quartier cossu avec Diana Foster pour épouse.

Diana était quant à elle concentrée sur la façon dont elle allait annoncer la nouvelle à sa famille. Elle se dit qu'elle devrait afficher un optimisme qu'elle ne ressentait pas vraiment et les convaincre que ce mariage était non seulement raisonnable, mais idéal. Elle peaufinait intérieurement sa stratégie et répétait mentalement son discours d'entrée lorsque Cole sortit une feuille de papier d'hôtel pliée en quatre de la poche intérieure de son blazer bleu marine. Il la lui tendit en disant d'un ton professionnel :

— Pendant que tu dormais ce matin, j'ai mis par écrit les termes de notre engagement verbal. Ils stipulent que notre mariage doit durer un an. À la fin de cette période, nous divorcerons à l'amiable, sans prétentions financières de l'un ou de l'autre.

Cole déboîta un peu pour dépasser une cycliste puis il reprit :

— Bien sûr, les cadeaux comme les alliances — ou le collier que je t'ai offert hier — resteront la propriété de leur destinataire.

— Les alliances ?… Quelles alliances ?

Il sortit de sa poche deux anneaux en or massif et les lui tendit.

— Les propriétaires de la chapelle ont pensé à tout. Je les ai achetés là-bas et nous les avons échangés durant la cérémonie. C'est terrible de voir comment on oublie les moments les plus émouvants de sa vie ! dit-il sur un ton faussement éploré.

Diana prit le plus petit des anneaux et le regarda un moment.

— C'était vraiment un moment émouvant ?

— En tout cas, tu avais l'air de le croire. Tu as pleuré pendant toute la cérémonie.

— Les mariages, ça me fait toujours pleurer.

— À ton propre mariage, tu as tellement pleuré que tu as dû te moucher deux fois.

D'abord horrifiée, Diana se mit soudain à rire à l'idée d'une fiancée ivre en robe violette éclatant en sanglots et se mouchant violemment.

— Et avant la cérémonie, tu étais profondément déprimée par le décor.

Elle se laissa glisser dans son siège et son hilarité redoubla.

— Regarde ma liste et dis-moi si tu vois quelque chose à ajouter, dit Cole en lui tendant le papier.

Elle se redressa et lut. L'écriture de Cole était volontaire et brouillonne mais étonnamment lisible.

— C'est sans détour, tu vois.

— En effet.

— Ton avocat pourra l'utiliser comme brouillon pour établir le contrat. Dès que ce sera fait, faxe-le-moi à Dallas.

Il sortit un mince portefeuille de sa poche et donna

sa carte à Diana, qui réalisa avec horreur qu'elle venait d'épouser un homme dont elle ne connaissait même pas l'adresse ni le numéro de téléphone.

— Connais-tu un avocat qui puisse faire ça vite et discrètement ?

Elle ne pouvait décemment pas confier cette tâche aux avocats de la firme Foster. Les avocats parleraient entre eux et, à supposer même qu'elle eût le courage de leur avouer ce qu'elle avait fait, elle ne pouvait guère compter sur eux pour garder le secret. Le seul avocat en qui elle eût confiance, sur le plan personnel comme professionnel, était Doug Hayward. Doug avait abandonné la loi pour la politique et il n'aurait sûrement pas fait le poids dans une bataille juridique contre les avocats d'affaires de Cole. Mais en l'occurrence, il ne s'agissait pas d'une bataille mais d'un simple arrangement.

D'après ce qu'elle avait lu ou entendu dire, Diana savait que les contrats postnuptiaux étaient relativement répandus par rapport aux accords prénuptiaux, surtout pour les personnes d'un certain âge qui se remariaient et voulaient protéger leurs enfants respectifs.

Charles Hayward, le père de Doug, avait probablement des tas d'amis qui avaient déjà eu recours à cette procédure et il saurait la conseiller utilement. Son avis et son aide avaient été très précieux à Diana après la mort de son père.

— Je connais quelqu'un, dit-elle après un moment de silence.

Cole tournait dans l'allée bordée d'arbres qui menait à la maison natale de Diana. Plusieurs voitures étaient garées devant la maison.

— On dirait que vous avez de la visite, dit-il.

— L'Explorer est à Corey et la BMW à Spence. Spence est là, car nous avons toujours un dîner de famille le dimanche. Les autres voitures sont celles des assistants de Corey. Elle refait une photo dont elle n'était pas contente.

32

La maison Foster était une maison imposante, comme toutes celles où Cole était déjà entré et qui dataient de la fin des années cinquante ou du début des années soixante. Mais les pièces que Diana lui fit traverser étaient toutes de caractère subtilement différent. Certaines étaient plus cérémonieuses, d'autres plus intimes, mais toutes étaient accueillantes.

La cuisine était immense, manifestement destinée à une utilisation quasi professionnelle.

Une dame entre deux âges que Cole supposa être la cuisinière coupait un potiron en tranches sur un billot.

— Ils sont tous en train de travailler, dit-elle en désignant l'arrière de la maison d'un petit signe de tête. Ton grand-père fait pousser des citrouilles de plus en plus grosses grâce à son nouvel engrais organique... Les placards sont pleins de citrouilles à toutes les sauces possibles et imaginables et, à moins que ta grand-mère n'invente une recette de glace au potiron, je me demande ce qu'on va en faire !

— On pourra toujours les peindre, fit Diana, imperturbable.

Cole se demandait vraiment à quoi cela pouvait ressembler, lorsqu'il eut l'impression d'entrer dans un autre monde : le jardin d'agrément dans lequel le conduisit Diana était ravissant mais tout était conçu pour servir l'affaire familiale. Il y avait des gens partout.

Deux assistants tenaient des réflecteurs et des spots tandis que Corey faisait poser sa grand-mère, vêtue d'une grosse parka, avec une citrouille dans les mains et des feuilles mortes éparpillées par terre à ses pieds. De son côté Mary Foster, un pot de peinture dans une main et un pinceau dans l'autre, retouchait le visage d'un épouvantail.

— Nous en avons pour une minute, dit Corey en apercevant sa sœur. Je fais encore une prise et c'est fini.

Les trois femmes eurent l'air surprises, mais pas mécontentes, de voir Diana en compagnie de Cole. Il se dit qu'elles ne devaient pas être au courant.

Spence surveillait les jumelles qui jouaient avec un ballon sur une couverture étendue au sol. Il sourit à Diana mais se contenta de faire un petit signe de tête à Cole.

— Nous travaillons sur le numéro d'octobre, expliqua Diana à Cole.

— Ta grand-mère doit étouffer dans cette parka, observa-t-il.

Des tables étaient disposées devant un atelier qui ressemblait plutôt à un cottage de livre d'images. Sur l'une des tables, deux femmes étaient en train d'arranger des couronnes sur des centres de table confectionnés avec des légumes peints, que Cole jugea du plus bel effet. À une autre table, un jeune homme et une jeune femme fourbissaient avec ardeur d'anciennes poignées de porte en cuivre. Trois portes à divers stades de restauration étaient appuyées contre le mur de l'atelier.

— Nous proposons un sujet qui s'intitulera « comment personnaliser vos portes », dit Diana, au moment où deux jeunes gens en salopette tachée de peinture sortaient de l'atelier et y transportaient les portes.

— Faites attention, elles sont fragiles ! cria Henry Britton, depuis son établi installé devant l'atelier.

Son plan de travail était recouvert de dessins de toutes formes et couleurs, maintenus par des boîtes de différentes tailles dont Cole ne comprit pas l'utilité, sinon qu'elles empêchaient les dessins de s'envoler au gré du vent.

Lorsque Henry aperçut Diana et Cole, il leur fit signe d'approcher. Il s'essuya la main et la tendit à Cole, puis se tourna vers sa petite-fille, ses yeux noisette fixés sur elle :

— Jette un coup d'œil, Diana. Ça fait des semaines que j'y pense et je suis sûr que ça va marcher très fort.

Diana examina les dessins puis les boîtes en bois, faisant un réel effort pour se concentrer.

— Qu'est-ce que c'est ?

— Des petites maisons pour les oiseaux. Pas des maisons ordinaires mais des fermettes miniatures, avec des toits de chaume, des petites granges et des habitations typiques du sud. J'en ferai aussi de plus modernes, en forme de minuscules maisons de ville ou d'immeubles…

Corey, qui en avait terminé avec la prise de vues, s'approcha avec sa mère et sa grand-mère.

— Henry Britton ! s'écria sa femme, qui avait entendu la fin de sa phrase, as-tu vraiment l'intention de faire nicher des oiseaux dans des immeubles ?

— Pas du tout ! Je montrais simplement à Diana une série de dessins que j'ai faits pour des nichoirs originaux.

— Nous avons déjà sorti un numéro sur les maisons d'oiseaux il y a deux ans, soupira Mary, qui semblait un peu agacée par ce souci d'originalité à tout prix.

— En fait, ce ne sont pas de véritables nichoirs, Mary, rétorqua son père, l'air un peu frustré lui-même. Ces petites maisons sont uniquement décoratives. C'est une idée du tonnerre, non ? dit-il en se tapant sur la cuisse. Elles seront jolies comme tout, alignées dans le jardin…

— Une sorte de banlieue pour oiseaux, dit sa femme d'un ton blasé.

Il lui lança un regard courroucé.

— Corey pourrait les disposer de façon charmante devant les impatientes roses et orangées, avec quelques branches. Ça ferait des photos formidables.

— Je ne crois pas que les lecteurs de Diana apprécieraient des maisons d'oiseaux inutilisables comme telles.

— Au contraire ! À Noël, ils raffolent de ces petites maisons en céramique à déposer au pied du sapin et qui ressemblent à des dessins de Norman Rockwell. Elles n'ont pas d'autre fonction que décorative, elles non plus. Je suis sûr que mes petites maisons plairont beaucoup pour les jardins, l'été.

Tous se tournèrent vers Diana pour qu'elle tranche la question. Bien que Corey fût responsable de la présentation artistique du magazine, et chacun dans son secteur également du choix des sujets, Diana supportait sur ses seules épaules la responsabilité de satisfaire les abonnés, et d'elle seule dépendait en fin de compte le succès du magazine, donc de l'entreprise familiale.

Préoccupée comme elle l'était par l'annonce de son mariage, elle dut faire un effort pour se concentrer sur la question posée.

— En fait, dit-elle après un temps de réflexion, je crois que grand-père a raison. Nous pourrons même consacrer un numéro à la décoration du jardin.

Ravi, Henry enchaîna :

— Nous avions pensé faire un autre numéro sur l'engrais biologique, souviens-toi. C'est un sujet très populaire. Peut-être pourrions-nous combiner cela avec les maisons d'oiseaux ?

— Ça me paraît une bonne idée, grand-père, dit-elle, l'esprit manifestement ailleurs.

Sa mère, sa grand-mère et sa sœur la regardèrent, stupéfaites :

— Mais nous venons de faire un numéro sur le jardinage écologique…

— C'est vrai, j'avais oublié. Mais c'était pour les légumes, nous n'aurons qu'à faire le prochain sur les fleurs.

Elle les regarda alors tous en face et se jeta à l'eau :

— J'ai à vous parler. Pouvons-nous nous retrouver tous dans le salon d'ici quelques minutes ?

Corey jeta un coup d'œil vers le soleil :

— J'ai attendu tout l'après-midi pour que la lumière arrive à travers les branches sous cet angle-là. Donne-moi dix minutes pour prendre Spence et les jumelles sur la couverture, c'est une photo pour moi.

— Prends une demi-heure si tu veux, dit Diana, réalisant qu'il faudrait bien ce temps-là pour que l'équipe range son matériel et que tout le monde se change.

— Au fait, dit Corey en prenant son appareil et son trépied, Cindy Bertrillo a appelé, c'est Glenna qui a pris le message. Il faut que tu rappelles Cindy dès que possible. Il faut que tu confirmes quelque chose…

— Je l'appellerai plus tard.

Diana se doutait bien de quoi il s'agissait…

Cole regardait cependant avec intérêt le ballet parfaitement réglé qui se déroulait sur la pelouse tandis que l'équipe rangeait son matériel.

— J'avais déjà entendu parler d'industrie familiale, dit-il avec une tranquille admiration, mais je n'imaginais rien de tel. Tu peux être fière de ce que tu as créé.

— Oh ! je n'ai fait que gérer et capitaliser. Les véritables créateurs, ce sont eux.

Il ne la crut pas. Diana le savait bien, et cela lui aurait pris trop de temps de lui expliquer que, bien avant que son père ait épousé Mary Britton et fait venir toute sa famille à Houston, ils avaient déjà créé depuis longtemps leur art de vivre au naturel.

33

— Installez-vous confortablement, dit Diana avec un sourire crispé en précédant la petite troupe dans le grand salon.

À une extrémité se trouvait un piano à queue ; le centre de la pièce était occupé par une table basse en acajou autour de laquelle étaient disposés deux grands canapés recouverts d'un tissu à rayures or et bordeaux. Des coussins moelleux et des plaids aux tons mordorés donnaient à l'ensemble une tonalité très chaleureuse. Une grande cheminée de marbre occupait l'autre extrémité de la pièce.

Diana désigna d'un geste solennel les canapés et elle-même resta debout près du piano. Cole se tint de l'autre côté du piano de façon à pouvoir intervenir si nécessaire, mais suffisamment en retrait pour ne pas jouer les intrus. Il observait d'un air amusé Diana qui se frottait nerveusement les paumes l'une contre l'autre, cherchant appui contre le piano. Elle se comportait comme si elle était vraiment terrorisée à l'idée d'annoncer son mariage à sa famille.

Du point de vue de Cole, Diana était majeure, elle avait pesé les risques et pris sa décision, il ne voyait donc pas pourquoi elle était si nerveuse.

Sa mère et sa grand-mère s'assirent sur le canapé, Corey et Spence en face d'elles. Son grand-père resta debout, appuyé au dossier d'une chaise.

— Assieds-toi, grand-père, s'il te plaît.

— Je préfère rester debout.

— Il vaut mieux que tu sois assis pour entendre ce que j'ai à vous dire, grommela Diana.

— Tu dois nous réserver une sacrée surprise ! plaisanta Henry en s'asseyant.

Il rayonnait, se méprenant manifestement sur l'origine de la nervosité de Diana.

— Maintenant que nous sommes tous là, vas-y !

Diana regarda les visages attentifs tournés vers elle, et eut un petit rire nerveux.

— Je ne me suis jamais sentie aussi nerveuse depuis la fois où j'ai dû vous annoncer que j'avais eu un accident avec la voiture neuve que papa venait de m'offrir pour mes seize ans…, commença-t-elle.

Corey, voyant que l'aplomb habituel de Diana lui faisait cruellement défaut, vint à son secours :

— En réalité, dit-elle avec un sourire contrit, c'était moi qui avais abîmé la voiture cette fois-là.

La manœuvre de diversion avait réussi et tous les regards se tournèrent vers elle avec incrédulité.

— Tu as encore eu un accident de voiture ? demanda sa grand-mère, les sourcils froncés. C'est pour ça que tu nous a convoqués ?

— Non, grand-mère, ma voiture va bien. *C'est ma vie qui est une catastrophe*, pensa-t-elle en jetant un coup d'œil en biais à Cole, qui la pressa du regard d'en venir au fait.

— Hier soir après la vente aux enchères, reprit-elle, je vous ai présenté Cole. Vous vous souvenez ?

Sa mère et ses grands-parents hochèrent la tête ensemble.

— Vous n'aviez jamais vu Cole auparavant, cependant Corey, Spence et moi le connaissons depuis très, très longtemps, insista-t-elle, comme pour minimiser l'énormité de ce qu'elle allait leur annoncer… Pour Corey et moi en tout cas, Cole est un vieil ami de la famille.

— Nous savons tout cela, ma chérie. Hier au soir, sur le chemin du retour, Corey nous a parlé de vous, dit

Mary en se tournant vers Cole avec un sourire. Elle nous a dit que vous travailliez autrefois pour la famille Hayward et que vous vous voyiez tous là-bas, Corey, Diana, Spence et vous.

Cole remarqua qu'elle passait sous silence le fait qu'il travaillait aux écuries mais la grand-mère de Diana, avec son franc-parler, ne put s'empêcher d'y faire allusion.

— Diana nous parlait beaucoup de vous quand elle était adolescente, dit la vieille dame sur un ton enthousiaste. Il paraît que vous habitiez dans les écuries pour vous occuper des chevaux et que vous aviez toujours faim. C'est moi qui faisais les petits colis que Diana vous apportait !

Cole observa d'un air amusé la gêne provoquée par le manque de tact de la grand-mère et chacun y alla de sa petite phrase pour excuser ses paroles, se renvoyant la balle comme dans un match de volley. Ce fut Corey qui ouvrit le service.

— Grand-mère, les écuries des Hayward sont plus grandes et confortables que la plupart des maisons !

Elle jeta un regard de détresse à son mari, qui reprit la balle au bond :

— Quand j'étais à l'université, je venais toujours chez les Hayward jouer les pique-assiette, j'avalais tout ce qui me tombait sous la dent. C'est probablement inhérent à la condition du mâle de moins de vingt ans, qu'en pensez-vous, Henry ?

Henry fit de louables efforts pour garder la balle en jeu :

— Sans aucun doute. De toute façon, je n'ai jamais pu moi-même résister à la cuisine de Rose. Et il m'est arrivé plus d'une fois de dormir dans les écuries. Lorsque notre vieille jument était malade, Corey et moi avons passé la nuit près d'elle pour ne pas la laisser mourir toute seule. Rose nous avait apporté notre dîner et nous avons partagé notre dessert avec la vieille Pearl : le goût de la pomme au four a dû lui redonner goût à la vie, car après cela elle a vécu jusqu'à vingt-deux ans !

Content de lui, le grand-père se frappa la cuisse en souriant à sa fille, de manière à lui passer le relais :

— Tu te souviens, Mary, comme Robert aimait la cuisine de Rose ? Il n'était jamais rassasié !

— C'est vrai, soupira Mary. Mon mari avait pris dix kilos après que nous étions venus vivre ici ! Il se levait même la nuit pour grignoter ! Je suis sûr que c'est pour éviter à son père de devenir obèse que Diana vous apportait tous les restes de nourriture, Cole.

Elle jeta un regard circulaire sur la famille, cherchant à qui faire la prochaine passe, jugea plus sage d'éviter sa mère et choisit Cole :

— Vous savez comme les adolescentes sont fantasques, parfois. Vous n'aviez probablement nul besoin de toute cette nourriture, mais Diana était persuadée que vous mouriez de faim. Vous étiez poli, et Diana était une jeune fille douée d'une imagination fertile !

Tous les regards étaient tournés vers Cole, attendant son arbitrage :

— Diana était très gentille avec moi et j'appréciais ses attentions, déclara-t-il pour mettre un terme au jeu.

Rose Britton, qui avait assisté à toute cette scène avec l'impartialité d'un observateur extérieur, hocha la tête d'un air amusé mais désapprobateur :

— Diana a toujours été attentionnée, mais la vérité, c'est qu'elle avait le béguin pour vous ! Bien que ce soit moins évident que Corey pour Spence, nous nous en étions tous aperçus à la maison ! Diana était très réservée mais elle présentait tous les symptômes de la jeune fille amoureuse…

— Maman ! intervint Mary d'une voix suppliante, ce n'est ni le moment ni l'endroit pour en parler.

— La vérité est la vérité, quels que soient le lieu et l'heure. N'ai-je pas raison, ma chérie ? fit Rose à l'adresse de Diana.

Diana, d'abord effarée de la sortie de sa grand-mère, se sentit soudain soulagée. Rose venait inconsciemment de lui donner un argument pour aborder le sujet : son mariage avec Cole paraîtrait moins irréfléchi. Elle sauta sur l'occasion :

— Tu as raison, grand-mère ! s'exclama-t-elle sur un ton un peu trop enthousiaste pour ce qui aurait dû être de l'histoire ancienne. En réalité, j'étais folle de lui.

Elle guetta du coin de l'œil la réaction de Cole. Il demeurait imperturbable, bras croisés, jambes légèrement écartées, et la regardait sans ciller ; son attitude ne laissait rien transparaître de ce qu'il ressentait.

— Eh bien, reprit-elle un peu décontenancée, maintenant que vous connaissez les sentiments que m'inspirait Cole quand j'étais jeune, ce que je vais vous dire vous surprendra moins…

Elle vacilla légèrement.

— Nous t'écoutons, dit Spence avec un sourire d'encouragement. Quelle est cette surprise ?

Diana prit une profonde inspiration et se jeta à l'eau :

— Eh bien, hier soir, après la vente, Cole et moi avons dansé un peu et…

— Et alors ? fit le grand-père.

— Nous sommes montés dans la suite de Cole, nous avons bu un verre et… nous avons parlé de certaines choses…

Diana regarda désespérément la table basse dans l'espoir incongru qu'elle se redresse comme par magie et lui fasse un bouclier…

— Et… que s'est-il passé ? dit encore le grand-père.

Les mots déferlèrent alors comme en un torrent :

— Nous avons quitté l'hôtel et nous avons pris l'avion pour Las Vegas… et nous… nous nous sommes mariés là-bas.

Le silence de plomb qui suivit mit les nerfs de Diana à rude épreuve, lui faisant l'effet d'ongles crissant sur un tableau noir…

— Je vois que vous êtes tous un peu choqués, dit-elle en regardant les cinq visages figés d'horreur qui la dévisageaient.

Son grand-père fut le premier à réagir. Il s'adressa amèrement à Cole avec un regard de pur mépris :

— Vous devez être un bien beau parleur, monsieur. Surtout quand vous avez une femme seule dans votre chambre d'hôtel, qu'elle vient juste d'avoir le cœur brisé et qu'elle a bu plus que de raison.

— Attends un peu, interrompit Diana, choquée par la réaction de son grand-père et décidée à reprendre les choses en main. Ça ne s'est pas passé comme ça, grand-père. Cole et moi avons conclu un marché qui nous arrange l'un et l'autre et profitera à l'entreprise Foster. En épousant Cole j'ai non seulement sauvé mon amour-propre, mais aussi l'image de notre magazine. Cole avait lui aussi un problème que ce mariage a résolu... Ce mariage nous arrange tous les deux, nous en avons discuté et nous sommes tombés d'accord sur un arrangement temporaire.

— Que signifie « arrangement temporaire » ? demanda Spence d'un ton hostile.

— Un mariage blanc, pour une durée d'un an, répondit Cole sur le même ton.

— Vraiment ? rétorqua Spence, un peu confus.

— Vraiment.

— Et quel est le problème que votre mariage avec Diana est censé résoudre ?

— Ça ne vous regarde pas.

— En tout cas, moi, ça me regarde, jeune homme, dit abruptement le grand-père.

Diana n'avait pas imaginé que les choses s'envenimeraient de cette façon. Elle voulut s'interposer mais, à son grand étonnement, Cole se rendit aux raisons de son grand-père avec une courtoisie glaciale.

— Pour vous résumer la situation, dit-il, j'ai un vieil oncle — c'est lui qui m'a servi de père, à dire vrai — gravement malade et obsédé par l'idée de me voir marié et père de famille avant sa mort.

— Et comment comptez-vous devenir père en concluant un mariage blanc ?

— Je n'ai pas l'intention de devenir père, dit platement Cole. Mais il n'a pas besoin de le savoir car, malheureusement, il ne vivra pas assez longtemps pour s'en apercevoir.

— Vous avez bien manigancé, n'est-ce pas ? dit le grand-père avec dédain avant de se tourner vers Diana. Ce que je n'arrive pas à comprendre, dit-il à cette dernière, c'est comment tu as pu te laisser embobiner par cet intrigant…

— Cole ne m'a pas « embobinée », grand-père. J'ai décidé de l'épouser parce que cela résout mes problèmes, les siens et les vôtres, dit-elle avec un geste théâtral vers eux tous.

— Je ne vois pas en quoi épouser un beau parleur que tu n'as pas vu depuis des années serait bénéfique pour ta famille.

— Je vais t'expliquer pourquoi, répliqua-t-elle vivement, sans se rendre compte qu'elle n'avait pas démenti que Cole fût un « beau parleur ». Tout ce qui est bon pour l'entreprise Foster est bon pour nous car *nous sommes* l'entreprise Foster. C'est ainsi que le public nous perçoit, également. Nous avons tellement été médiatisés que le public a l'impression de nous connaître intimement. Ils adorent l'émission « Chez Foster » où grand-mère, toi et Corey apparaissez sur la chaîne câblée et ils vous aiment, non seulement pour ce que vous faites, mais pour ce que vous êtes. Leurs lettres le prouvent. Ils adorent quand tu te moques gentiment de grand-mère et que tu l'appelles « Rosie », et, quand maman travaille avec vous, ils sont sensibles à l'affection qui transparaît dans votre relation. Ce qu'ils ont préféré, c'est, quand Corey a amené les jumelles pour montrer comment on photographie les bébés, que Molly a tendu les bras vers grand-mère et que Mary a chipé un cookie fait par maman. Imagine que soudain tu fasses un œil au beurre noir à grand-mère, que Corey soit arrêtée pour ivresse sur la voie publique ou maman pour vol à l'étalage, et que les médias s'emparent de ces informations catastrophiques ! Quand Dan m'a quittée et que les médias l'ont appris, ils m'ont fait passer pour une pauvre fille pathétique. Tu comprends ?

— Non !

— Alors je vais tâcher d'être plus claire : le public vous associe tous les quatre à un certain art de vivre, à la Foster, mais ils m'associent moi au magazine. Et chaque article qui paraît dans *Foster's Beautiful Living*, chaque merveilleuse photo de Corey exaltent le même idéal : l'harmonie et le bonheur dans le foyer. Et c'est là mon problème : en tant que porte-drapeau du magazine, je me dois de vivre conformément aux idées que nous prônons, mais en tant que célibataire, sans enfants, je serais plus représentative de *Working Woman* ou *Bazaar*, comme l'a fait remarquer récemment un journaliste qui avait découvert que je passais plus de temps au bureau que dans mon appartement. Alors qu'à l'époque j'étais encore fiancée avec Dan… Ma crédibilité auprès du public en a pris un rude coup quand la presse a annoncé qu'il m'avait quittée pour une jeune et belle héritière de dix-huit ans. Et les conséquences de ce remue-ménage médiatique risquent d'être catastrophiques pour le magazine. Dans un premier temps nous risquons de perdre des abonnés, et ensuite des sponsors.

— Si nos abonnés et nos sponsors sont versatiles au point de bouder le magazine uniquement parce que tu t'es trompée sur le choix de ton fiancé, alors qu'ils aillent au diable ! Il y en a des quantités d'autres !

— Ah, tu crois cela ! s'écria Diana, incrédule et frustrée.

Elle se sentit alors obligée de leur dire ce qu'elle avait toujours gardé pour elle depuis presque dix ans.

— Vous ne réalisez pas à quel point c'est difficile de faire prospérer une entreprise comme Foster Enterprises, reprit-elle, car je n'ai jamais voulu que vous le sachiez. J'ai consacré toute ma vie d'adulte à la compagnie et, mon Dieu, je n'avais que vingt-deux ans à la fin de mes études, quand papa est mort.

Elle baissa les yeux, luttant pour retenir ses larmes. Puis continua au bout d'un long silence :

— Je ne savais rien à l'époque, sinon que, d'une

façon ou d'une autre, il me fallait trouver un moyen de sauvegarder notre standing et notre vie de famille. Je sais que vous m'avez fait une confiance aveugle quand je vous ai proposé de monter un service traiteur avec nos propres produits. Vous me pensiez brillante et compétente, mais il n'en était rien. En réalité, j'étais désespérée et morte de peur.

Prise dans son raisonnement pour leur faire comprendre pourquoi elle s'était rendue aux raisons de Cole, elle ne remarqua pas la tristesse grandissante de leurs visages.

— Je sais bien, poursuivit-elle d'une voix plus douce en tendant les mains comme pour plaider la compréhension, que vous avez toujours cru que, ayant grandi dans un milieu fortuné, j'avais hérité de papa et de ses amis une sorte d'instinct infaillible pour les affaires. Mais ce n'était pas le cas.

— Et pourtant, tu as vraiment hérité du don de ton père pour les affaires, dit sa grand-mère d'une voix tendre.

Bouleversée par toutes ces émotions, Diana, qui était au bord des larmes, eut brusquement envie de rire.

— Si j'ai réussi, c'est un pur hasard. Ce dont j'ai hérité, c'est surtout une peur salutaire de la pauvreté. Et j'ai appris à mes dépens combien les gens riches peuvent être indifférents quand l'un des leurs fait faillite. Je ne voulais pas que Corey ait à souffrir de cette flétrissure. Je ne voulais pas qu'aucun d'entre vous fasse cette triste expérience. Je n'étais pas audacieuse, j'étais simplement terrorisée par la perspective de la misère et j'ai pris un risque énorme. Toute notre richesse, c'était cette maison, et je n'en menais pas large quand je l'ai hypothéquée pour monter notre affaire. Mais je n'avais pas trouvé d'autre solution pour maintenir notre train de vie.

Elle fit une pause et prit une longue inspiration, avant de confesser les erreurs dues à sa jeunesse et à son inexpérience :

— Au début j'ai fait quelques fautes, qui nous ont coûté cher, et que je regrette encore : pour obtenir des fonds d'investisseurs privés, j'ai vendu des actions de la société, qui vaudraient une fortune aujourd'hui en comparaison de ce que j'en ai obtenu à l'époque. J'ai eu le tort également de nous freiner à certains moments où il aurait fallu foncer. Le succès de Foster Enterprises n'est pas dû à mon génie. C'est le résultat d'un travail acharné, assorti d'une chance insolente !

La seule personne à n'avoir pas l'air complètement abasourdie par les révélations de Diana était Cole. Mais il était aussi incontestablement le plus surpris. Lui qui avait pensé que *Foster's Beautiful Living* était un agréable passe-temps créé du vivant de Robert Foster, à seule fin de permettre à sa famille de faire connaître son style de vie original, à Corey d'exprimer son talent exceptionnel pour la photo, et d'offrir à Diana une occasion de se faire la main dans l'édition en sortant de l'université…

Jamais il n'aurait imaginé que le magazine était né d'une nécessité financière et de l'esprit d'entreprise, non par ennui distingué de gens riches. Il avait cru que Diana était la figure de proue décorative du magazine et était loin de penser qu'elle pouvait en être la fondatrice.

Et ce qui le laissait sans voix, c'était qu'elle avait pris ce risque énorme à vingt-deux ans à peine. Il avait le même âge quand il s'était lancé lui-même ; mais il avait eu une vie plus rude, il était préparé à la lutte. Alors que Diana l'avait toujours frappé par sa délicatesse, sa fraîcheur et son apparente fragilité.

Dans le silence gêné qui suivit le discours de la jeune femme, la famille sembla avoir oublié la présence de Cole — et lui aurait préféré être ailleurs. Il pouvait trouver une excuse polie pour prendre congé, pensant que les histoires de famille devaient se traiter en famille exclusivement. De plus, il avait toujours évité jusqu'ici de se trouver mêlé aux discussions, si une femme essayait de l'impliquer dans sa famille… Ce genre de discussions lui donnait l'impression d'être une sorte d'extraterrestre qui aurait passé les vingt premières années de sa vie sur une planète inhabitée. Car sa propre enfance avait été marginale, et il n'avait aucune idée des relations qui peuvent exister entre les membres d'une famille aimante.

Henry finit par briser le silence.

— Diana, dit-il d'une voix émue, il n'était pas nécessaire que tu prennes de tels risques pour nous. Nous n'étions pas à ta charge, après tout. Ta mère, ta grand-mère et moi aurions très bien pu rentrer à Long Valley et reprendre notre vie d'autrefois. Corey serait allée au cours du soir et aurait pu travailler comme photographe dans la journée…

Cole s'attendait à ce que Diana réagisse vivement à l'ingratitude qui consistait à considérer son sacrifice comme inutile… Mais au contraire, elle sourit gentiment et dit, la voix pleine de larmes :

— Tu ne comprends pas, grand-père. Je ne voulais pas abandonner sans avoir au moins livré bataille. Précisément, je ne voulais pas que tout ce que tu viens de décrire se produise. Corey a un don rare, je ne voulais pas qu'elle le gâche en faisant des photos de mariage pour un photographe de campagne qui aurait tiré profit de son talent et l'aurait payée une misère. Vous ne réalisez pas à quel point vous êtes tous talentueux : des milliers de personnes sont tombées amoureuses de vous grâce à ces dons inimitables. Je sais que vous pensez modestement que vous n'avez que des violons d'Ingres, mais c'est beaucoup plus que ça. Vous savez reconnaître la beauté dans les choses simples et la faire voir aux autres, vous savez leur communiquer le bonheur que l'on peut trouver dans un acte créatif et la joie de le faire partager à ses hôtes, de façon que chacun d'entre eux se sente important — et unique. Les gens adorent vous regarder à la télévision travailler ensemble et leur donner des recettes de bonheur. Ils croient en vous. Tous les quatre, vous avez vraiment changé quelque chose dans les comportements et les attitudes de millions de gens, hommes et femmes, jeunes et vieux. Les politiques nous parlent sans cesse du retour aux valeurs traditionnelles, et vous avez su montrer aux gens une façon extrêmement séduisante d'y parvenir. Quoi qu'il en soit, vous devez me croire quand je vous dis que Cole ne m'a nullement forcée à l'épouser. C'était la meilleure des solutions possibles et je suis heureuse qu'il m'ait fait confiance. Je sais qu'il respectera le contrat, comme j'ai l'intention de le faire de mon côté.

Elle se dit alors que le mieux, pour l'instant, était de les laisser entre eux discuter à tête reposée.

— Je crois que nous allons partir, dit-elle en se tournant vers Cole.

Encore mal revenu de la surprise que lui avait causée le plaidoyer de Diana, celui-ci lui emboîta le pas.

— Resterez-vous pour le dîner du dimanche soir, jeune homme ? lança la grand-mère en manière de défi avant qu'il ait atteint la porte.

Diana ne voulait pas imposer à Cole une épreuve supplémentaire :

— Pas aujourd'hui, grand-mère. Une autre fois, peut-être…

Mais à son grand étonnement, Cole se retourna vers la vieille dame et rétorqua sur le même ton :

— Je ne pensais pas avoir été invité…

— Vous l'êtes, à présent !

— Restez dîner avec nous, s'il vous plaît, insista Mary Foster.

Henry se joignit au chœur familial de sa voix bourrue :

— Ça fait longtemps que vous n'avez pas goûté à la cuisine de Rose.

— Je vous remercie tous, dit Cole en s'attardant sur Corey, dans le regard de qui il crut lire une offre d'amitié. Dans ce cas, je suis heureux d'accepter votre invitation.

Mais Diana persistait à croire qu'il valait mieux laisser Cole en dehors de la famille pour cette fois-ci. Ils pourraient discuter librement entre eux de son mariage si peu conventionnel. Mais elle fut heureuse qu'ils aient insisté pour garder Cole à dîner. C'était la preuve de leur bonne volonté. La soirée serait sûrement agréable et, de toute façon, c'était une belle surprise que Cole ait accepté leur invitation.

34

À l'extérieur, on avait rangé les tables et le matériel de prise de vues, et le jardin avait retrouvé son impeccable splendeur tropicale.

Des palmiers entourés de massifs de gardénias odorants se balançaient gracieusement au-dessus de la piscine en ondulant au gré de la brise. Et d'imposants bosquets de myrte couverts de fleurs blanches ou rose pâle, des asters rouges et mauves, des buissons d'hibiscus aux fleurs somptueuses allant du jaune orangé au rouge ajoutaient encore à la luxuriance du décor.

Sachant que les hommes étaient généralement fascinés par l'atelier de son grand-père avec son attirail d'outils et de bois de toutes sortes, Diana décida de le faire visiter en priorité à Cole. Il fit semblant de s'intéresser à tout ; mais elle se rendit compte qu'il n'en était rien, et le conduisit alors dans la serre, puis vers le jardin de boutures derrière la pelouse.

Comme il semblait toujours distrait, elle pensa que la scène à laquelle il venait d'assister dans le salon l'avait affecté plus qu'il ne voulait l'admettre. Et elle ne pouvait honnêtement l'en blâmer. Décidée à tirer les choses au clair, elle s'arrêta sur la pelouse près de la piscine et s'appuya contre le tronc épais et doux d'un palmier.

— Je suis désolée pour ce qui s'est dit tout à l'heure. Il faut tenir compte de l'âge de mon grand-père.

— Évidemment.

— Mais tu es quand même fâché…

— Je ne suis pas fâché, Diana. Je suis impressionné.

— Par quoi ? fit-elle, décontenancée.

— Par toi, répliqua-t-il d'un ton grave.

Incrédule, elle leva les yeux au ciel en riant.

— Tu n'as pas du tout l'air impressionné, tu as plutôt l'air sinistre !

— C'est probablement parce que je n'éprouve pas souvent ce genre de sentiment.

Diana réalisa qu'il parlait sérieusement. Elle resta un moment interdite, heureuse du compliment.

— Et à quoi ressembles-tu quand tu es fâché ? reprit-elle.

— Je crois qu'il vaut mieux que tu ne le saches pas.

— Allez… montre-moi !

Cole avait si peu l'habitude d'être traité avec une telle impertinence qu'il éclata de rire, un rire un peu rauque.

— Tu ne m'as pas demandé pourquoi j'étais impressionné…

— Oh ! je sais que ce n'est pas à cause de l'atelier de grand-père… Tu as qualifié de « planche » une merveilleuse pièce d'acajou et je suis sûre que tu ne fais pas la différence entre une rose hybride et une fleur d'hibiscus !

— Tu as raison. Mais je m'y connais un peu en affaires. Je savais bien que ton magazine était un succès, mais j'ignorais que tu avais réussi à faire de ta belle-mère et de ses parents des personnalités. C'est une sacrée prouesse !

— Ce n'est pas moi qui ai fait d'eux des personnalités, dit Diana en hochant la tête avec un petit sourire affectueux. Ils *ont* des personnalités extraordinaires. Ils n'ont pas changé. Ils étaient uniques et ils le sont restés. À leur insu, c'étaient des précurseurs.

— Qu'est-ce que tu veux dire par là ?

— Un mois environ après que mon père se fut remarié avec Mary, tous deux nous ont emmenées, Corey et moi, à Long Valley pour que je fasse la connaissance de mes grands-parents. À l'époque, je n'étais pas familiarisée avec cette façon de vivre. Je fus frappée par le fait qu'ils faisaient tout par eux-mêmes. Mon grand-père travaillait alors comme inspecteur de la sécurité dans une petite ville de sept mille habitants ; mais il passait toutes ses soirées et ses week-ends dans son jardin à expérimenter toutes sortes d'engrais biologiques afin d'avoir les plus beaux fruits et les plus belles fleurs de tout l'ouest du Texas. Quand il n'était pas plongé dans des catalogues de grainetiers ou des revues horticoles à la recherche d'un nouvel insecticide écologique, il était dans le petit atelier derrière sa maison où il fabriquait des maisons de poupée pour Corey, des boîtes à bijoux, et même des rocking-chairs pour ma grand-mère. J'ai tout de suite adoré l'atelier de mon grand-père, les copeaux qui jonchaient le sol, l'odeur du bois. Je me souviens que, lors de cette première visite, j'ai ramassé un morceau de bois qui traînait par terre près de son établi et quand j'ai voulu le jeter à la poubelle, il m'a dit : « Pourquoi veux-tu jeter un bonbon ? » J'avais quatorze ans à l'époque et lui guère plus de cinquante, mais il me semblait très vieux et je me suis dit qu'il devait être... (Diana vissa son index sur sa tempe dans un geste enfantin.)... fou, pour appeler bonbon un vieux bout de bois.

— Il n'en était rien ! hasarda Cole en riant.

Il était enchanté de la façon dont Diana parlait des gens qu'elle aimait. Le soleil jouait dans les cheveux de la jeune femme et ses yeux pétillaient. Certes elle faisait partie de la haute société, mais elle avait un tempérament généreux et une gentillesse qui l'avaient toujours attiré — maintenant plus que jamais, car il réalisait à quel point c'était une chose rare.

— Bien sûr, reprit-elle, il n'était pas fou du tout : il prit un petit ciseau et sculpta dans le morceau de bois un petit triangle rebondi, puis attrapa sur son étagère une feuille de papier d'argent dont il l'enveloppa. « Et voilà, me dit-il en riant, un bonbon sans calories ! » Plus tard, je m'aperçus qu'il y en avait une coupe pleine sur la table du salon.

— Que faisaient ta mère et ta grand-mère à cette

époque ? demanda Cole, tandis que Diana se tournait pour examiner un massif de gardénias.

— Avant de rencontrer mon père, ma mère travaillait comme secrétaire dans une usine de confection et elle passait tout son temps libre à cuisiner et faire des conserves avec ma grand-mère, qui adorait ça.

Elle cueillit une branche de gardénia et arrondit les mains autour d'une fleur parfaite, d'un blanc crémeux, entourée de feuilles d'un vert profond et brillant, qu'elle porta à ses narines.

— Et ta grand-mère ? dit Cole.

— Ma grand-mère utilisait les fruits et les légumes du jardin et expérimentait des recettes transmises de mère en fille depuis des générations. Chaque recette avait un nom qui rappelait l'une ou l'autre de ces femmes et évoquait des événements du passé, des senteurs et des goûts oubliés. Il y avait par exemple la salade aux trois haricots de grand-mère Sarah, la tarte aux cerises et à la cannelle de l'arrière-grand-mère Cornelia, le gâteau de la lune de septembre et les friands au jambon des moissonneurs… Avant de connaître ce véritable jardin d'Éden qu'était Long Valley, je croyais que les fraises poussaient sur les arbres et que les conserves se limitaient aux boîtes que l'on trouve au supermarché !… Tu imagines ma réaction, quand j'ai vu des bocaux remplis de pêches dorées, avec des étiquettes peintes à la main représentant un bébé assis sur une couverture à l'ombre d'un arbre, encadrées d'une frise de fleurs et de feuilles de pêcher. Ça me semblait merveilleux, exotique même !

Cole la regardait, amusé et séduit.

— Tu croyais réellement que les fraises poussaient sur les arbres ?

Elle battit des cils d'un air comique, à la façon d'une vamp de dessin animé.

— Et pourquoi pas ? Je croyais bien que les poulets naissaient dans une barquette sous plastique… et je préfère croire encore que ça se passe comme ça, ajouta-t-elle d'un air penaud. Pour moi, la maison de mes grands-parents était un endroit magique. Et quand ils sont venus vivre avec nous à Houston, ils ont transformé notre mode de vie, et la maison est devenue merveilleuse, depuis le jardin qui n'était qu'une simple pelouse jusqu'à la moindre pièce à l'intérieur.

Elle lui tendit la fleur qu'elle protégeait au creux de ses paumes comme un trésor.

— Elle est exquise, tu ne trouves pas ?

C'est toi qui es exquise, pensa Cole en mettant les mains dans ses poches pour ne pas céder à l'envie de prendre celles de Diana dans les siennes afin de sentir la fleur et d'embrasser ses doigts délicats... Il contrôlait habituellement sans difficulté son désir, et ne se laissait jamais aller au sentimentalisme ni à la tentation de protéger une femme en dessous de soixante ans. Mais depuis vingt-quatre heures, tous ces beaux principes menaçaient de s'écrouler.

— Ainsi, tu as commercialisé leurs talents et leur art de vivre, tu as créé un marché. C'est très intelligent, dit-il d'un ton abrupt.

Troublé par le souvenir de son corps souple et ferme, il se mit à fixer le palmier, honteux du tour que prenaient ses pensées.

Diana parut un peu déconcertée par sa brusquerie, mais elle répondit d'une voix douce :

— Je n'ai pas eu besoin de créer un marché, il existait potentiellement à l'insu des gens. Je n'ai fait que le développer.

— Qu'est-ce que tu veux dire par là ?

— Les Américains ont perdu leurs racines, les gens sont de plus en plus isolés les uns des autres et coupés de leur environnement naturel. Nous vivons dans un monde impersonnel, dans des quartiers aux dimensions inhumaines et des maisons presque toutes semblables, meublées de produits standardisés. Rien ne donne plus une sensation d'intemporalité, de stabilité, rien ne permet aux individus d'exprimer leur créativité. Alors les gens ont le désir de personnaliser leur environnement immédiat, même s'ils ne peuvent agir sur le monde à une plus vaste échelle. L'idéal Foster leur montre la voie du plaisir que l'on peut trouver à créer.

— Je croyais que les femmes d'aujourd'hui s'intéressaient plus à leur carrière.

— C'est vrai. Mais à l'inverse des hommes, nous ne nous définissons pas par la réussite ou l'échec dans le travail. Nous attendons plus que cela de la vie et avons plus à donner.

Cole fronça les sourcils, incrédule.

— Tu veux dire que ton lectorat est composé en grande partie de femmes qui mènent une carrière ?

Diana acquiesça d'un signe de tête, amusée par sa réaction.

— Tu vas être étonné : d'après nos études de marché, soixante-cinq pour cent de nos lectrices sont des femmes qui ont fait des études supérieures et réussi dans leur carrière. Elles ont des enfants après trente ans, et décident de faire une pause dans leur vie professionnelle pour se consacrer à eux. Alors elles se jettent dans cette nouvelle tâche avec la même ardeur que celle qu'elles avaient consacrée à leurs études et à leur carrière. Ces femmes sont des perfectionnistes, habituées à prendre des responsabilités, qui ont travaillé dans la finance, dans les affaires ou dans des secteurs créatifs. Et dans leur nouveau rôle de femme au foyer, elles font preuve d'autant d'esprit d'organisation et de réflexion. Elles cherchent à améliorer leur intérieur, à le personnaliser, à le rendre plus esthétique et plus fonctionnel à la fois. Elles sont à la recherche de techniques au service de leur créativité personnelle, qui leur permettent en même temps de faire des économies. Et c'est à ce moment-là qu'elles nous découvrent : *Foster's Beautiful Living* répond à leurs besoins. Et à travers nous, elles se découvrent elles-mêmes.

— C'est placer haut la barre pour un magazine, dit Cole, ébloui non seulement par le discours de Diana mais aussi par sa classe et sa beauté, au point de se sentir soudain complexé.

— Foster Enterprises ne se contente pas d'éditer un magazine, nous avons aussi une ligne de meubles et de produits d'entretien naturels ainsi que des objets à faire soi-même, des kits créés par mon grand-père ou supervisés par lui. Nous avons conçu et réalisé une émission hebdomadaire pour CBS pendant les vacances et nous avons remporté un tel succès que la chaîne voulait nous faire signer un contrat d'exclusivité pour six émissions par an. Mais j'ai refusé parce que je crois que nous valons mieux que cela, grâce à notre poids financier et à notre image publicitaire, il vaudrait mieux que nous produisions l'émission nous-mêmes.

— Il me semble que tu as réussi !

— Oh ! ne te fie pas aux apparences. En réalité, nous sommes soumis en permanence à des pressions terribles. La concurrence est omniprésente, essayant de tirer à elle une part de notre réputation ou de nos profits. Quant au public, qui semble nous tenir en plus haute estime que nos adversaires, nous nous devons de ne pas le décevoir. À chaque numéro il nous faut rivaliser d'imagination pour trouver des idées nouvelles et des sujets originaux, par rapport aux revues et aux émissions passées. Il faut que nous soyons à chaque fois plus frais, plus inventifs, que nous offrions un « plus ». C'était facile au début quand nous étions les seuls, mais à présent nous avons des concurrents. Nous avons même renvoyé deux « espions » mis en place par nos compétiteurs.

Cole la regarda d'un air stupéfait.

— Je n'aurais pas cru que l'espionnage industriel s'applique à d'autres domaines que l'électronique ou la défense !

— Moi non plus, jusqu'à ce que cela nous arrive... Nous avons un autre problème majeur, c'est notre image, poursuivit-elle en pensant à Dan sans le mentionner. La garder conforme à notre idéal est un véritable cauchemar pour les relations publiques. C'est valable non seulement pour moi mais pour chacun d'entre nous : nous devons nous surveiller en permanence, où et avec qui que nous soyons.

— Vous tous ? Je croyais que c'était essentiellement *ton* problème car les gens t'assimilent à l'image du magazine.

— Je t'ai peut-être donné cette impression tout à

l'heure, mais ce n'est pas tout à fait vrai. Nous sommes tous identifiés au magazine. Ce qui fait la spécificité de *Foster's Beautiful Living*, c'est qu'il s'agit de l'engagement d'une famille entière. C'est ce qui plaît au public — et à la presse, malheureusement ! Nous ne pouvons pas nous permettre la moindre dissonance, sinon les journaux titrent « Orage au paradis » ou d'autres ragots du même genre... Ma mère tient une rubrique qui a un énorme succès : elle raconte ses souvenirs d'enfance, les vacances chez ses grands-parents, elle plaisante au sujet de ses premières surprises-parties et de la frayeur qu'elle avait en rentrant au petit matin, elle livre des anecdotes sur ses parents et sur Corey et moi lorsque nous étions adolescentes. Nous apparaissons tous dans le magazine de temps à autre et nos lecteurs ont l'impression de bien nous connaître. Nous sommes devenus leurs amis. Quand Corey a épousé Spence, ils ont reçu des camions entiers de cartons de félicitations peints à la main et, à la naissance des jumelles, les lecteurs ont envoyé des tas de cadeaux qu'ils avaient faits eux-mêmes, à tel point que nous les avons photographiés pour un numéro sur les bébés. La fois où grand-père s'est cassé la jambe, les messages de sympathie ont afflué. Alors pour ce public, il faut que nous restions une famille heureuse et unie, vivant conformément à l'idéal qu'elle prône dans le magazine.

Tout en l'écoutant, Cole réalisait l'étendue de la réussite de Diana. Et il était vraiment contrarié qu'après être parvenue à une telle situation avec si peu de soutien et d'argent, elle ait une si piètre opinion de ses mérites.

Il s'approcha d'elle et appuya son bras contre le tronc du palmier au-dessus de sa tête.

— Dis-moi, fit-il d'un air grave, crois-tu avoir fait des fautes si énormes qu'elles occultent ton immense succès ? Tout à l'heure, dans le salon, tu n'as pas cessé de te déprécier et de faire passer ta réussite pour de la chance pure.

Diana cilla des paupières et détourna les yeux.

— Tu ne sais pas à quel point mes erreurs ont été néfastes.

— Raconte-moi tout et je te dirai ce que j'en pense. Je te promets d'être impartial.

Diana était heureuse de passer du temps avec Cole, de faire à nouveau sa connaissance, mais elle aurait préféré qu'il ne s'appesantisse pas sur ce sujet. Elle poussa un soupir de résignation et s'adossa au tronc de l'arbre.

— Eh bien, entrons dans le vif du sujet, si tu y tiens... J'ai laissé passer quelques occasions magnifiques uniquement parce que je n'ai pas osé tenter ma chance — j'avais peur que l'entreprise prenne trop d'envergure.

Cole, en regardant son visage levé vers lui, s'émerveilla qu'elle fût aussi sincère et spontanée que lorsqu'elle avait seize ans. Il aurait presque préféré qu'elle ne le fût point. Leur mariage n'était pas à l'abri de tout danger et il ne voulait pas réussir là où Penworth avait échoué, faire d'elle un personnage cynique et froid.

— J'ai l'impression que tu me fais ton air sinistre ! dit-elle en riant.

— Non, répondit-il avec un demi-sourire, c'est encore mon air impressionné. En affaires, lorsqu'on échoue, c'est en général parce que les rêves sont démesurés par rapport aux possibilités financières. Il est beaucoup plus sage de pécher par excès de conservatisme.

— J'ai péché par bêtise, oui ! La pire de mes erreurs a été d'attendre deux ans avant de commercialiser nos articles de jardinage et nos produits artisanaux. Lorsque je me suis enfin décidée, ils se sont vendus comme des petits pains.

— À l'époque, tu devais avoir de bonnes raisons pour attendre.

— En effet. À la base, j'étais préoccupée par le contrôle de la qualité et les coûts de production. Et quand nous avons lancé la ligne de produits, le succès a été immédiat. Mais je pense que nous avons perdu beaucoup à attendre.

— C'est seulement après coup que tu peux le dire.

Diana croisa les bras et répliqua du tac au tac, refusant décidément d'être traitée avec indulgence :

— Est-ce que toi, tu aurais attendu aussi longtemps avant de te lancer dans la compétition ?

— Non, dit-il avec honnêteté.

— Tu vois ! Toi, tu as de l'audace et du flair !

— Je ne vois rien du tout ! Tu oublies qu'il y a une grosse différence : quand j'ai monté Unified Industries, j'avais de l'argent derrière moi.

Elle se rasséréna un peu.

— J'ai fait d'autres choses que je regrette terriblement…

— Quoi par exemple ? insista Cole, tenant absolument à la consoler bien qu'il eût conscience d'être indiscret.

— J'ai pratiquement abandonné des parts de la société pour avoir de l'argent pour démarrer et, plus tard, pour continuer à avancer.

Il eut soudain envie de lui caresser la joue… Il lui répondit d'une voix étonnamment douce :

— Je suis très admiratif qu'à vingt-deux ans tu aies eu le cran d'aller trouver une banque avec ton projet — et à plus forte raison des investisseurs privés.

Diana haussa les épaules.

— La banque n'a pas pris de gros risques, elle avait hypothéqué la maison.

— Vraiment ? Et comment as-tu réussi à convaincre des investisseurs privés de risquer de l'argent durement gagné pour un projet potentiellement si peu rentable ?

— Oh, ça n'a pas été difficile ! dit-elle avec un rire pitoyable. J'ai fait le tour des amis de mon père avec mon projet dans mon attaché-case. Ils ont tous pensé que nous échouerions probablement, mais ils compatissaient à mon malheur. Ils m'ont tous donné cinq ou dix mille dollars en me tapotant gentiment la tête, se disant qu'ils pourraient toujours les déduire de leurs impôts. En échange, je leur ai donné des actions de la future société… J'en ai donné tellement qu'au bout du compte il ne nous en est resté que cinquante pour cent.

— Diana, est-ce que tu avais le choix à l'époque ?

— Si je m'étais doutée que nous aurions un tel succès par la suite…

— Bien sûr. Mais quand tu t'es lancée, tu as pris des risques, et avais-tu un autre moyen de rassembler des fonds ?

Elle hésita un peu puis secoua la tête négativement.

— Aucun.

— Alors cesse de te blâmer de ne pas avoir été extralucide et pense plutôt à tous les obstacles que tu as franchis toute seule — des obstacles que tu n'aurais pas surmontés si tu n'étais pas des entrepreneurs les plus doués de ta génération.

Elle leva les yeux vers le beau visage grave de Cole et réalisa qu'il était parfaitement sérieux.

— Venant de toi, c'est un compliment d'une grande valeur.

Il lui sourit :

— Rappelle-toi que je ne peux pas laisser ma femme se sous-estimer ainsi. Ça pourrait avoir une influence néfaste sur mon propre jugement… et faire chuter les actions de Unified, ajouta-t-il en riant.

— Et causer la chute de Wall Street ! renchérit Diana, singulièrement réconfortée par la chaleur de son sourire.

35

Debout devant l'évier de la cuisine, où elle coupait des feuilles de salade rouge, Corey était intriguée par le couple qui bavardait sur la pelouse. Elle était si absorbée qu'elle sursauta quand son mari surgit derrière elle, lui passant les mains autour de la taille.

— Où sont les autres ? demanda Spence.

— Je leur ai conseillé de se reposer un peu avant le dîner. Glenna et moi nous occupons de tout.

— Je viens de mettre les filles au lit et je leur ai fait un baiser de la part de maman... J'aimerais bien moi aussi être au lit — avec toi, murmura-t-il en l'embrassant sur la nuque.

Corey se retourna pour lui rendre son baiser au moment où Glenna entrait en trombe dans la cuisine, et ils se séparèrent comme deux adolescents pris en faute.

— Ne vous gênez pas pour moi, j'essaye seulement de faire un repas de six plats pour sept personnes !

— Pourquoi faut-il toujours qu'elle me culpabilise ! s'écria Spence en la regardant sortir avec un air affairé.

Il prit machinalement un couteau et se mit à émincer un poivron en fines lanières.

— Ça fait quinze ans que ça dure...

Corey étouffa un petit rire. Mais elle était toujours attirée par ce qui se passait dehors.

— Elle sait que ça marche à tous les coups ! Tu m'aides pour la salade ? Si tu mettais ça devant toi, dit-elle en lui fourrant un torchon dans la ceinture de son pantalon, tu ne te ferais pas de taches.

L'ex-star de football de la Southern Methodist University jeta un coup d'œil oblique au torchon :

— Les vrais hommes ne portent pas de tablier !

— Pense que c'est un pagne, suggéra-t-elle.

Ils travaillèrent en silence pendant un moment. Tous deux avaient les yeux fixés sur le couple qui discutait sur la pelouse.

Diana riait à ce que lui disait Cole.

— Quand nous étions adolescents, dit Corey avec un sourire attendri, j'étais tellement obnubilée par toi que je ne comprenais pas pourquoi toutes les filles trouvaient Cole Harrison tellement sexy.

— Et maintenant, tu comprends ?

— Mmm… J'aimerais bien le photographier un jour. Il a un visage extraordinaire, tout en angles et en plans.

— Il n'a rien d'un mannequin, pourtant…

— Non, il a une virilité trop sauvage pour présenter des vêtements. Il y a quelque chose du prédateur en lui.

Elle mit une poignée de frisée dans un saladier et se mit à couper des feuilles d'épinards tout en continuant à étudier son modèle :

— J'aimerais le faire poser dans un cadre qui le mettrait en valeur.

Spence, piqué au vif par l'admiration sans réserve de sa femme pour le physique d'un autre homme, fronça les sourcils en regardant par la fenêtre.

— Quel genre de cadre ? dit-il en éminçant vigoureusement un oignon rouge.

— Je pense à quelque chose de chaotique, un désert avec un soleil brûlant par exemple. Et des montagnes arides dans le fond.

Des montagnes sans neige ni arbres étaient pour Spence quelque chose d'horrible.

— Ça lui irait parfaitement, en effet.

Corey ne perçut pas la perfidie et continua d'observer Cole.

— Dis-moi, reprit Spence, comment comptes-tu cacher ses yeux ?

— Pourquoi veux-tu que je cache ses yeux ? fit-elle en regardant son mari.

— Parce qu'ils sont froids et durs comme du granit. Je l'ai observé cet après-midi dans le salon et je crois qu'il n'y a chez lui aucun sentiment.

— Dans mon souvenir, il n'avait pas l'air si dur, admit Corey. Mais je ne crois pas qu'il soit insensible. Rappelle-toi la façon dont il a offert le collier à Diana pour faire croire qu'il avait eu le coup de foudre pour elle. En les voyant ensemble, je crois voir le prince charmant venu au bal sauver Cendrillon.

Spence observa un silence sceptique, que Corey interpréta comme hostile.

— Et toi, qu'est-ce que tu vois en les regardant tous les deux ainsi ?

— Je vois plutôt le petit chaperon rouge qui sourit au grand méchant loup.

Elle rit de bon cœur. Mais Spence reprit :

— D'après tout ce que j'ai pu lire ou entendre sur lui, je peux t'assurer que l'homme que tu es en train d'encenser est probablement le type le plus dénué de sentiments et l'entrepreneur le plus cynique de la décennie.

Corey lâcha ses feuilles de salade. Bien qu'elle ne fût pas aussi au fait des cours de la bourse que Spence, elle écoutait les informations nationales.

— Je ne comprends pas pourquoi tu dis ça. Il n'y a pas si longtemps, j'ai lu qu'il était le « cerveau » de la reprise d'une firme d'électronique et le journaliste disait que c'était « un coup remarquable ». Il ne disait pas qu'il avait fait quelque chose d'illégal.

— Il a racheté Cushman Electronics, Corey, dit Spence platement. Les journalistes ont dit que c'était un « coup » parce que, juste avant son rachat par Harrison, le bruit circulait que Cushman avait des problèmes avec un nouvel ordinateur en phase d'essai et sa cote avait baissé de moitié. Les parts ne valaient plus que quatorze dollars et c'est alors que Harrison est entré en scène :

il s'est offert une compagnie de trois cents millions de dollars pour la moitié de sa valeur.

— Qu'y a-t-il de mal à ça ? N'est-ce pas la loi des affaires ?

— Oui. Mais d'après toi, *qui* a répandu les rumeurs ? Et *qui* possède la société indépendante qui a fait les tests chez Cushman ?...

Corey resta bouche bée.

— Est-ce qu'il y a des preuves ? demanda-t-elle.

— Non, mais si jamais quelqu'un arrive à prouver que des employés de Cole sont dans le coup, il ira en prison.

Corey frissonna d'appréhension. Elle n'arrivait cependant pas à faire concorder l'image d'un prédateur de Wall Street avec le souvenir du jeune homme qui soignait si gentiment les poulains dans les écuries des Hayward, et semblait à présent fondre en regardant Diana, là-bas dans le jardin.

— Tant que rien n'est prouvé, ce n'est qu'une vilaine rumeur, dit-elle.

— La rumeur semble le poursuivre partout où il va, répondit Spence d'un ton sarcastique. Quoi qu'il fasse, on ne sait pas ce qu'il a derrière la tête. Hier au soir, il était en quête d'une femme pour amadouer son oncle. Diana était l'occasion rêvée et il a joué les princes charmants... Il lui a offert ce collier, sachant que la presse était là, ensuite il l'enlève au Nevada et l'épouse — encore un beau « coup » à son actif ! En moins de douze heures, il s'est introduit dans notre famille et maintenant il va nous rendre fous à essayer de comprendre ce qu'il mijote !

Corey sourit tout en versant les diverses salades qu'elle venait de couper dans un vieux saladier en bois patiné par des années d'utilisation.

— Non seulement Cole est bel homme et sexy, mais en plus il est milliardaire et on l'a toujours vu en compagnie de jolies filles. Il n'avait pas besoin de se donner tout ce mal pour trouver une belle femme.

— Harrison ne s'est pas simplement trouvé une belle

femme en épousant Diana. Il a réussi à redorer son image auprès du public.

— Que veux-tu dire ?

— Quand les photos prises hier soir paraîtront dans la presse, les gens croiront que Cole Harrison a eu le coup de foudre pour la jeune femme délaissée par Dan Penworth — une jeune femme adorée des Américains. Et comme par hasard Harrison, dans le plus pur style des contes de fées, vole à son secours, la couvre de bijoux, l'enlève dans son avion privé et l'épouse, tout ça en une seule nuit ! Tu vas voir qu'à la fin de la semaine, il passera pour le héros le plus valeureux et le plus romantique des dix dernières années !

— Je n'arrive pas à croire qu'il soit si manipulateur. Il était très doux et gentil quand il travaillait chez les Hayward.

— Je doute que, même à l'époque, il ait été si gentil que ça, dit Spence en se rinçant les mains.

— Pourquoi cela ?

— Il avait des ennemis farouches : Doug et Charles Hayward le détestaient cordialement.

— Doug ne s'est jamais montré hostile envers Cole.

— Rappelle-toi ce qui s'est passé hier au soir : après la vente, Diana est venue vers notre table avec Harrison.

— C'est vrai que Doug a été brutal, et ça ne lui ressemble pas, mais il était bizarre depuis le début du repas.

— Il était parfaitement normal jusqu'à ce que Diana fasse son apparition avec Cole Harrison. Plus tard, il a délibérément évité de lui serrer la main.

— Mais…

— Écoute-moi, ma chérie. Hier soir tu étais euphorique parce que Cole était venu au secours de Diana, et je n'ai pas voulu gâcher ta joie. Mais il est vrai que Doug Hayward méprise Cole.

— Pourquoi donc ? Qu'est-ce qu'il a fait pour ça ?

— Je t'ai dit tout ce que je sais. Doug est venu me voir à Newport il y a quelques années, après avoir rendu visite à Barbara à l'hôpital. Il était bouleversé parce qu'elle n'allait pas mieux et je l'ai emmené faire un tour en bateau ; puis nous avons dîné ensemble. Nous avions bu du vin et il a décidé de passer la nuit chez moi.

Spence se dirigea vers le placard où il prit de l'huile d'olive et du vinaigre de vin blanc pour faire la sauce de la salade, et poursuivit :

— Nous sommes allés dans la bibliothèque pour regarder les informations à la télévision et Doug a vu le dernier numéro de *Newsweek* sur la table basse. Il a reconnu Harrison en première page et s'est lancé dans une diatribe si virulente contre lui que je le reconnaissais à peine dans ces propos venimeux.

Spence leva les yeux du bol de vinaigrette qu'il était en train de mélanger.

— Il parlait de vengeance, disant que son père et lui attendraient le moment propice. Il mêla même le nom de Barbara à cette histoire, et j'ai cru qu'il allait se mettre à pleurer… Tout ce dont je me souviens ensuite, c'est que j'ai dû le mettre au lit. Le lendemain matin, il s'est excusé de sa conduite, disant qu'il avait trop bu et qu'il ne fallait pas faire attention aux propos d'un homme ivre.

— Ce n'était peut-être que cela, en effet, dit Corey en mélangeant les ingrédients de la salade. Doug n'a jamais supporté l'alcool.

— Il n'en est rien, crois-moi, dit Spence avec un petit sourire. Quand j'étais à l'université, il venait souvent me voir au foyer à Dallas. Et j'ai rarement vu quelqu'un se transformer en Superman après trois rhum-Coca et essayer d'escalader les buildings comme Doug !

Corey hocha la tête. Mais son attention s'était de nouveau portée sur le couple qui discutait sur la pelouse. Elle regarda Cole attentivement, et finit par dire :

— Non, je ne peux pas le croire !

Spence se garda de lui rappeler qu'elle avait refusé de croire qu'un ouvrier charpentier leur volait des outils dans le garage, jusqu'à ce qu'elle le voie partir avec une clé à molette dépassant de sa poche.

Corey, quant à elle, se garda de faire remarquer à

Spence qu'il aimait beaucoup Dan Penworth, lequel s'était révélé être un odieux personnage.

— Peux-tu au moins accorder à Cole le bénéfice du doute ? dit-elle.

— Oui, ma belle, mais ça va te coûter cher, répondit-il avec un regard polisson.

Elle retira le torchon de sa ceinture :

— Joli pagne ! dit-elle en riant.

Spence se retourna et lui mit la main sur les fesses.

— Joli derrière…, dit-il en lui embrassant l'oreille.

Ils n'avaient pas entendu Glenna qui s'approchait sur ses semelles de caoutchouc.

— Je viens simplement retirer le canard du four avant qu'il ne soit transformé en morceau de charbon, dit celle-ci d'une voix de martyre.

Corey se raidit et Spence s'immobilisa. Puis il l'attira contre lui pour l'embrasser, avec ou sans Glenna.

36

Lorsque Cole entra dans la majestueuse salle à manger aux côtés de Diana, il eut le sentiment que la famille avait décidé que ce mariage impromptu serait une occasion de fête plutôt que prétexte à un homicide…

Une grande coupe remplie de roses jaunes et flanquée de deux chandeliers occupait le centre de la table, qui était dressée classiquement avec de la porcelaine et de l'argenterie. Des aiguillettes de canard rôti étaient présentées sur un grand plat, accompagnées de pommes de terre nouvelles rissolées à l'huile d'olive et au romarin ainsi que de jeunes asperges cuites à la vapeur.

Les dames rivalisèrent de charme et de sourires envers Cole, et même le grand-père lui fit un signe amical en prenant place en bout de table, l'engageant à s'asseoir à sa droite. Rose prit place à la gauche de son époux, juste en face de Cole.

— Corey, ma chérie, dit-elle, alors que Diana s'apprêtait à s'asseoir près de Cole, pourquoi ne te mets-tu pas à côté de M. Harrison ? Laisse Spence près de moi, comme cela nous pourrons faire connaissance plus facilement.

Mary Foster s'assit à l'autre bout de la table et Diana entre sa mère et Spence. Cole remarqua que Mme Foster était gênée par l'aspect informel du plan de table, mais d'un coup d'œil à la grand-mère de Diana, il comprit qu'elle l'avait délibérément placé de façon qu'il soit le point de mire de tous, aussi éloigné que possible de Diana.

Cole n'était pas assez hypocrite pour remercier un Dieu en qui il ne croyait pas pour des faveurs qu'Il ne lui avait tout d'abord pas accordées, et pour avoir la bêtise de Lui demander des faveurs qu'Il n'avait de toute façon pas le pouvoir de lui accorder… Aussi s'absorba-t-il dans la contemplation de la rose jaune brodée sur sa serviette de table tandis que Henry Britton disait un rapide bénédicité. Celui-ci lui adressa ensuite la parole :

— Alors, Cole, lui dit-il, quels sont vos projets ?

Avant que Cole ait eu le temps d'ouvrir la bouche, Diana intervint, regardant sa sœur droit dans les yeux :

— Corey meurt d'envie d'entendre le récit du mariage, et je ne veux pas la faire attendre plus longtemps.

Corey répliqua du tac au tac :

— C'est vrai… Écoutons d'abord Diana nous raconter son mariage, grand-père. Parlons d'abord du présent, ensuite ils nous exposeront leurs projets d'avenir… D'accord ? ajouta-t-elle à l'adresse de Cole.

Celui-ci en était déjà arrivé à la conclusion que la grand-mère n'était pas seulement une dame âgée avec son franc-parler, mais aussi une personne rusée en diable…

Corey était l'alliée inconditionnelle de Diana, et sans doute neutre à son égard, pensa-t-il. Quant à Diana, avec son joli visage, sa voix douce et sa diplomatie à toute épreuve, elle était incontestablement un atout de choix dans un dîner aussi bien qu'à une table de conseil d'administration.

Il la regarda, amusé, faire le récit enthousiaste d'un mariage improvisé et romantique dont elle se souvenait à peine, avec un luxe de détails destinés à plaire à coup sûr à tous.

— Nous avons quitté l'hôtel dans la limousine de Cole, direction l'aéroport. L'avion de Cole est un Gulfstream, grand-père, c'est bien plus grand qu'un Learjet ! Tu pourrais l'ajouter au mobile que tu as fait avec des modèles réduits pour les petits garçons, ce serait superbe ! Il y avait un magnum de champagne à bord et l'un des pilotes était déjà dans le cockpit en train de faire… toutes les choses d'usage avant de décoller, dit-elle avec un geste gracieux. Quelques minutes plus tard, l'autre pilote, Jerry Wade, est arrivé. Grand-mère ! Tu n'imagines pas à qui il ressemble ! Un vrai sosie de ton acteur préféré ! Je lui ai demandé de venir nous voir un de ces jours.

Cole apprécia la diversion destinée à détourner l'attention de Rose Britton, qui n'arrêtait pas de l'observer du coin de l'œil. En attendant de savoir quelle pouvait bien être la star préférée de la vieille dame…

— Vraiment ! s'exclama celle-ci avec un mélange de scepticisme et d'émerveillement. Il ressemble à Clint Eastwood ?

— Clint Eastwood est presque chauve, grommela Henry. Et on ne comprend pas ce qu'il dit !

— Grand-mère est folle de Clint Eastwood et grand-père est jaloux… C'est adorable, non ? dit Corey en passant à Cole le plat d'asperges.

— Maman, reprit Diana, tu aurais adoré l'intérieur de l'avion. On dirait un vrai salon, avec des touches d'or et d'argent dans la décoration. Il y a deux canapés en cuir blanc autour d'une table à café ancienne, un buffet avec des gonds en cuivre et des chaises.

Elle avait capté l'attention de sa famille d'artistes et Cole remarqua que non seulement elle avait un talent incontestable pour rendre une description vivante, mais qu'elle avait eu le tact de ne pas évoquer la chambre à coucher. À moins vraiment qu'elle eût oublié…

Il la revit, éclatante de beauté dans la soie de sa robe violette, allongée sur le lit recouvert de satin, dans une position qui mettait sa poitrine en valeur. Quand elle avait levé vers lui son joli visage pour l'embrasser, il s'était penché puis avait résisté à la tentation. Sa raison triomphait toujours de ses désirs et il avait murmuré non en reculant à regret.

Elle avait alors glissé sa main le long de son épaule, puis derrière sa nuque, ses doigts fins caressant sa poitrine par sa chemise entrouverte. Et il avait plongé son regard dans les yeux vert jade, aussi innocents et vulnérables que ceux d'un enfant.

« Non », avait-il répété, mais cette fois Diana avait perçu le regret et l'hésitation dans sa voix. Et lui pareillement…

Elle s'était cependant lancée dans une description détaillée du cockpit tapissé de cuir gris perle… Cole ne pouvait pas croire qu'elle eût oublié la chambre à coucher qui occupait un tiers de la cabine. Mais il réalisa qu'elle n'était allée dans la chambre qu'au retour, après le mariage, c'est-à-dire après le choc de cette cérémonie dans une chapelle au goût criard éclairée au néon, après qu'il lui avait fait boire encore plus de champagne pour éliminer le stress. Elle n'avait pas beaucoup de souvenirs de ce qui s'était passé à la chapelle, il était donc finalement plausible qu'elle eût aussi oublié la chambre.

Elle avait fait une pause pour se servir une tranche de canard, et sa grand-mère saisit l'occasion pour revenir à la charge :

— Parlez-nous de vous, monsieur Harrison, dit-elle.

— Je vous en prie, madame Britton, appelez-moi Cole.

— Alors, parlez-nous de vous, Cole.

Il remarqua qu'elle n'avait pas suggéré qu'il l'appelât autrement que Mme Britton.

— Eh bien, dit-il, choisissant délibérément de ne pas faire allusion à son passé, j'habite à Dallas mais je voyage beaucoup pour affaires. En réalité, je suis absent deux semaines sur quatre.

Elle ne releva pas et, lui jetant un regard aigu pardessus ses lunettes, demanda sans préambule :

— Vous allez à l'église le dimanche ?

— Non, dit-il d'un ton purement formel, sans aucune nuance d'hésitation ni d'excuse.

Elle fronça les sourcils d'un air déçu mais poursuivit :

— Je vois… Et votre famille ?

— Non plus, rétorqua-t-il vivement.

Elle eut l'air complètement décontenancée.

— Je voulais simplement vous demander de nous parler un peu de votre famille, pas s'ils étaient pratiquants ou non…

Elle brisa un petit pain et entreprit de le beurrer.

— Parlez-nous un peu de vos origines, dit-elle calmement, dites-nous d'où vous venez et comment vit votre famille…

L'idée lui parut tellement aberrante qu'il en resta sans voix. Il se servit un peu de salade et regarda la famille assise autour de la table : des gens parfaits qui trouvaient tout naturel de partager un repas du dimanche à une belle table cirée avec des couverts en argent et des tapis épais sous les pieds au lieu de la terre battue.

Il jeta un coup d'œil à Diana, irréprochable et fraîche comme une rose, à Spence Addison qui n'avait jamais dû connaître d'autre humiliation dans sa vie que de perdre un match de tennis, à Mary Foster, un exemple de dignité, de grâce et de gentillesse dénuée d'affectation.

À sa gauche, le grand-père de Diana sentait le savon et l'après-rasage. En face de lui, la grand-mère le regardait de ses yeux vifs couleur noisette, les sourcils levés dans une joyeuse impatience. Son visage était encadré de cheveux blancs ondulés coupés court, ses lunettes cerclées d'or lui seyaient à merveille. Tout en elle était décent et convenable.

Cole aurait préféré devoir raconter la plus torride de ses aventures érotiques plutôt qu'avoir à parler de son enfance et ses origines familiales. Pour ne pas détruire les illusions de Rose, il fit donc quelques réponses évasives :

— Je suis originaire d'une petite ville de l'ouest du Texas, Kingdom City. J'avais deux frères aînés, qui sont morts à présent, et quelques cousins que j'ai perdus de vue depuis qu'ils ont déménagé. Le seul parent qui me reste est un grand-oncle, dont je vous ai déjà parlé. Mon père voulait que je travaille au ranch, mais mon oncle Cal pensait que j'avais les capacités d'étudier et il m'a poussé à le faire — jusqu'à ce que j'y croie moi-même. Je suis sûr qu'il va adorer Diana. J'ai hâte de la lui présenter, nous irons la semaine prochaine.

— Moi aussi j'ai hâte de faire la connaissance de ton oncle, dit Diana, à qui le malaise et les réticences de Cole à parler de sa famille n'avaient pas échappé.

Elle se rappelait que, dans le passé déjà, il s'était montré extrêmement vague quand elle avait cherché à en savoir un peu plus sur lui.

— Mon oncle habite à Kingdom City, reprit Cole, qui se trouve environ à cent quatre-vingts miles de San Larosa. Ce n'est pas tout à fait la montagne, mais c'est très beau. Là-bas la nature est encore vierge.

— San Larosa, dit Rose à sa fille, ce n'est pas là que vous vous étiez arrêtés avec les filles en allant faire du camping à Yellowstone ?

— C'est un endroit très apprécié des campeurs, dit Cole, trop heureux de changer de sujet. Mais il faut déjà une certaine expérience pour camper par là-bas.

Cette remarque provoqua l'hilarité de toute la famille.

— Nous n'étions pas particulièrement… expérimentés, expliqua Mary Foster. Corey et moi avions déjà campé quelquefois et Robert avait été boy-scout dans son enfance mais sa seule expérience se limitait à un stage de tennis à Scottsdale ! Mais les filles et moi étions ravies de vivre un peu à la dure pendant trois semaines.

Cole avait du mal à imaginer Diana en campeuse aguerrie, elle qui, déjà à quatorze ans, était si pointilleuse sur la blancheur de ses tennis et la netteté de ses ongles toujours impeccablement limés.

— Je n'ai jamais pensé que tu étais une petite fille qui aimait la vie au grand air, dit Cole.

— Nous avons passé un séjour merveilleux, fit Diana d'un air compassé.

Cole ne sembla pas convaincu… Un souvenir ancien lui revint alors en mémoire.

— Te rappelles-tu une conversation que nous avons

eue dans les écuries un jour, sur ce que nous détestions le plus au monde ? demanda-t-il.

Diana s'était tellement entichée de lui à l'époque que chacune de leurs conversations était restée pour elle comme un événement considérable... Elle comprit donc aisément à quoi il faisait allusion. Étonnée qu'il s'en souvienne encore, elle en profita pour donner un tour plus léger à la conversation :

— Ah oui ? dit-elle en faisant des yeux étonnés, avant de croquer dans une pomme de terre rôtie.

— Tu sais bien de quoi je veux parler, dit Cole avec un sourire nonchalant. Ce que tu détestais le plus, c'était la saleté et le camping.

— Non, c'était d'abord les serpents, ensuite le camping, corrigea-t-elle, les yeux pétillants de malice. La saleté, c'était en trois.

Elle se tourna vers Corey et dit en riant :

— Nous étions parés contre toute éventualité, si je me souviens bien ?

Corey comprit que Diana comptait sur elle pour détendre l'atmosphère et elle enchaîna aussitôt :

— Notre père voulait que cette expédition soit une véritable coopération et nous avions chacun une tâche définie. Papa devait s'occuper du transport et des finances, maman de la nourriture et de la boisson, Diana de la sécurité, et moi de la pharmacie et de la photo. Je m'étais dit que quelques pansements et de la crème solaire suffiraient pour les premiers soins, et je dévorais des livres de photos sur la nature. Mais Diana avait une approche beaucoup plus scientifique. Des semaines avant le départ, elle avait déjà accumulé une documentation impressionnante, du style « comment survivre dans la nature » ou le « guide du parfait campeur ».

— C'est vrai ! s'exclama Diana en riant. J'avais même commandé dans un catalogue de vente par correspondance ce que j'estimais être de première nécessité pour Corey et moi.

Corey remarqua alors que Cole observait Diana avec un sourire de plus en plus chaleureux. Elle reprit :

— La veille du départ, papa était allé chercher le

camping-car que nous avions loué, et Diana et moi avons commencé à descendre nos « stocks personnels », qu'elle avait rangés dans le grenier, puis les « objets indispensables à notre sécurité » et enfin la pharmacie.

La grand-mère ajouta, avec un sourire à l'intention de Cole :

— Les filles ont bien dû faire quinze voyages au grenier pour tout prendre !

— Et ensuite, dit grand-père en riant, Robert, qui n'avait jamais rien conduit de plus long que la Cadillac de son père dans les années cinquante, quand il a pris le volant du camping-car, a tourné trop court en sortant de l'allée, et il a entraîné la boîte aux lettres et son piquet sur plusieurs mètres dans la rue…

— Henry et moi riions comme des gamins en courant après la boîte aux lettres pour ramasser le courrier éparpillé par terre !

Cole, pris par l'histoire et ce nouvel aperçu du passé de Diana, en avait oublié qu'il se trouvait en territoire hostile.

— Qu'est-ce que Diana avait donc emporté qui tenait tant de place ? demanda-t-il à Corey.

— Vas-y, dis-le-lui, l'encouragea Diana en voyant qu'elle hésitait. Cole fait partie de la famille à présent, il a le droit de savoir.

— Il y avait aussi des affaires à moi, reconnut-elle. Si Diana n'avait pas été aussi prévoyante, j'aurais passé tout le séjour avec un vieux sac de couchage déchiré, deux shorts, deux tee-shirts, mon matériel de photo, vingt pellicules et quelques pansements. Diana avait une autre conception du confort en camping : elle avait acheté une tente tricolore bleu, blanc, rouge et tout était coordonné à l'intérieur, depuis les duvets et les vêtements jusqu'aux lampes de poche. Elle avait même prévu des bouteilles bleu, blanc, rouge elles aussi, remplies de lotions et de médicaments.

Corey, décidément un peu réticente à se moquer de Diana, fit une pause et se servit du thé froid.

— Tu as oublié les répulsifs, intervint celle-ci. J'avais emporté des tas de préparations, contre les moustiques, les guêpes, et tous les insectes rampants ou volants. Et j'avais préparé de gros bidons de répulsif pour serpents, que je répandais consciencieusement autour de notre tente chaque fois que nous changions de campement.

— Des serpents à Yellowstone ! dit Cole en hoquetant de rire. Mais qu'est-ce que tu croyais ?

— Ça dépend des gens à qui on demande, dit-elle, un peu vexée.

Tout le monde éclata de rire, Mary s'essuya les yeux puis dit :

— Le premier jour, nous sommes allés faire une grande promenade à pied. Corey a fait des photos de chèvres des neiges, moi quelques jolies esquisses de paysage, Diana a été brûlée par une plante vénéneuse et Robert a fait une allergie…

— Les soirées étaient très gaies, dit Corey. Nous cuisinions dehors et mangions des marshmallows en chantant des chansons.

— Quand nous étions couchés, les ratons laveurs et les ours venaient visiter nos poubelles, ajouta Diana en se servant une minuscule tranche de canard. Ils ont dû faire des festins tout le temps que nous sommes restés là !

— Avec le recul, dit Corey, ces vacances n'ont pas été aussi agréables pour tous. Tandis que je courais les bois pour faire le cliché parfait, Diana m'escortait avec une trousse de pharmacie et ses manuels qui mettaient en garde contre le danger à s'approcher d'un wapiti en période de rut et indiquaient la conduite à tenir si on rencontrait un ours.

— Tu as eu de la chance qu'elle ait été avec toi, dit Mary.

— C'est vrai, admit Corey en se tournant vers Cole. Le dernier jour des vacances, avant l'aube, je me suis glissée hors de la tente avec mon appareil photo et mon trépied — bravant les ordres de papa qui nous avait strictement interdit de quitter le camp seule. Je voulais participer à un concours de photo pour les jeunes sur le thème de la vie sauvage, mais jusqu'ici je n'avais rien pris d'extraordinaire. La veille, à environ un mile et demi de notre campement, j'avais vu des wapitis traverser une rivière près d'une cascade. Si j'arrivais à les prendre avec en fond le soleil qui se levait au-dessus de la colline, je gagnais le concours ! J'avais bien demandé à papa de m'accompagner, mais avec son allergie, il éternuait et toussait sans arrêt et il m'avait dit qu'il ferait fuir les animaux. J'avais donc décidé d'y aller seule.

— Pourquoi n'as-tu pas demandé à ta mère ?

— Oh ! elle avait fait les bagages et cuisiné, elle était épuisée...

— Et Diana ?

— Je n'ai pas eu le cœur de le lui demander. Elle avait été brûlée par une plante vénéneuse, elle avait des coups de soleil, et pour couronner le tout, elle s'était tordu la cheville la veille. Mais elle m'avait entendue ramper hors de la tente et elle avait commencé à rassembler tout le matériel de survie alors que moi j'étais partie avec mon appareil et une lampe de poche ! Quelques minutes plus tard, j'ai entendu les brindilles craquer derrière moi et j'ai senti l'odeur caractéristique de la lotion antimoustique... Pas de doute, Diana m'avait suivie ! Elle se traînait avec sa trousse d'urgence dans une main, une torche dans l'autre... Quelle matinée, quand j'y repense ! Lorsque nous sommes arrivées à l'endroit que j'avais repéré, je me suis aperçue que l'éclairage ne serait pas bon de ce côté de la rivière. Nous avons donc dû trouver un passage peu profond pour traverser et monter dans les bois vers la cascade.

— Finalement, tu as réussi à photographier les wapitis au soleil levant ?

— Non ! Je me suis perdue. En fait, nous étions sur la rive d'une autre rivière près d'une autre colline, mais je l'ignorais. J'ai donc installé mon appareil et mes objectifs en attendant que la lumière soit bonne... Le ciel devenait tout rose et les wapitis n'apparaissaient pas. J'ai laissé Diana près de l'appareil et j'ai rampé à quatre pattes jusqu'à la rive pour ne pas effrayer les animaux au cas où ils se montreraient. La cascade était à contre-jour et j'étais éblouie par le reflet des premiers rayons sur l'eau. Alors je me suis assise et j'ai commencé à manger les marshmallows que j'avais emportés en guise de petit déjeuner. Et c'est là que je l'ai vu sortir de l'eau et marcher droit sur moi !

— Le wapiti ? demanda Cole en passant un plat de gâteaux au grand-père.

— Non, l'ours ! Un jeune, à peine moins grand que moi. J'ai cru qu'il chargeait et, avant que j'aie eu le temps de me redresser, il me faisait face. J'ai crié, il s'est arrêté, aussi effrayé et étonné que moi. Il s'est mis sur ses pattes arrière, alors je lui ai jeté mes marshmallows et me suis enfuie à toutes jambes. Heureusement, lui s'est mis à courir dans la direction opposée ! Le comble, c'est qu'au moment de repartir, nous nous sommes rendu compte que nous étions perdues. Diana avait insisté pour que nous restions sur place, comme il était recommandé dans ses manuels, mais évidemment je n'avais pas voulu l'écouter et plus nous marchions, plus nous nous égarions. Elle a dit alors qu'elle ne pouvait plus avancer à cause de sa cheville et nous avons décidé de ne plus bouger. À la tombée de la nuit, elle a allumé un feu pour signaler notre présence aux sauveteurs. J'avais oublié de prendre une pile neuve pour ma torche et elle donnait des signes de faiblesse. J'ai cru entendre hurler des loups, et je n'en menais pas large. Diana avait une pile neuve dans sa lampe, évidemment, mais elle préférait l'économiser pour faire des signaux au cas où l'on serait venu à notre secours en avion. Elle avait raison, bien sûr. Alors j'ai fait un plus grand feu. J'avais l'impression que les hurlements des loups se rapprochaient et je devenais hystérique ; je tremblais si fort que je ne pouvais pas parler et je me détournais de Diana pour qu'elle ne voie pas mes larmes. J'avais honte de mon inconscience, moi qui me moquais tout le temps d'elle parce qu'elle avait peur des serpents et se trimbalait partout avec son kit de survie… Et elle s'occupait sereinement de tout, alors que je n'étais bonne à rien, que je pleurais comme un bébé. Évidemment elle avait lu les manuels de A jusqu'à Z et elle a réussi à me convaincre que c'était mon imagination qui travaillait trop quand j'avais cru entendre des loups. Elle a même réussi à me faire rire… Finalement, nous avons dormi près du feu et on nous a trouvées le lendemain matin. En fait, nous n'avions jamais reparlé de ces loups imaginaires jusqu'à aujourd'hui.

— C'étaient vraiment des loups imaginaires ? demanda Cole.

— Bien sûr. Vous n'avez pas lu vous non plus le guide du campeur… Il n'y avait plus de loups dans cette région à l'époque. Ils étaient rassemblés dans une réserve à l'autre extrémité du parc, loin des endroits fréquentés par les campeurs. En réalité, ce sont eux que nous entendions.

Compte tenu des partis pris des parcs nationaux, cela parut étrange, voire impossible à Cole.

— Vous voulez dire que les autorités du parc avaient capturé les loups de ce gigantesque espace sauvage pour les mettre derrière des clôtures ?

Cole se tourna vers Diana, mais elle avait l'air profondément absorbée dans la contemplation de son manche de couteau.

— Non, bien sûr, s'exclama Corey. Le comité pour la vie sauvage avait réalisé que la population des loups échappait à tout contrôle à Yellowstone parce que leur prédateur naturel, l'ocelot des Rocheuses, avait pratiquement disparu, alors ils en ont fait venir de Californie. Et les ocelots ont chassé les loups loin dans les montagnes.

Diana sentait le regard de Cole sur elle et, lorsqu'elle leva enfin les yeux, il vit la lueur d'amusement dans son regard.

— Quelle explication vaseuse, dit-il.

— C'est bien ce que je me suis dit aussi, répliqua-t-elle avec un petit rire étouffé.

Corey les regarda alternativement en repensant à l'explication qu'elle avait acceptée sans se poser de question à l'époque… Mais maintenant qu'elle l'avait évoquée elle-même, cela lui semblait vraiment bizarre…

— Diana… c'était un pur mensonge, n'est-ce pas ?

— Une vaste blague ! pouffa son grand-père. Ça m'étonne que tu aies gobé ça, ma petite Corey !

Cole trouvait que Diana s'était montrée ingénieuse mais en qualité de tout nouveau — et temporaire — membre de la famille, il ne s'autorisa pas à donner son opinion.

— Finalement, dit-il, vous avez passé une nuit effrayante et n'avez pas eu votre cliché ?

— Si ! J'ai même eu le deuxième prix dans la série humoristique, dit Corey en souriant.

— Félicitations…

— Ce n'est pas moi qu'il faut féliciter, car j'étais sur les photos ! C'est Diana qui les avait prises. Quand j'ai vu l'ours et que j'ai essayé de me relever, elle a cru que j'avais aperçu les wapitis et elle a mis l'appareil en prise de vue automatique comme je le lui avais montré. Au retour, j'ai failli jeter la pellicule, mais Diana a voulu que je la développe juste pour rire. Et elle a envoyé trois clichés — c'était le règlement — qui ont été choisis et publiés dans *National Photographic Magazine.*

— Ils ont même gardé les légendes que Diana avait écrites.

— Quelles légendes ? demanda Cole.

— Sur la première photo, répondit Corey, j'étais nez à nez avec l'ours ; nous étions à quatre pattes, terrorisés tous les deux, et Diana avait écrit : « À vos marques ». Sur la deuxième, nous étions en train de nous redresser, prêts à courir, et elle avait mis : « Prêts ». Et sur la troisième, la plus drôle, nous courions à toutes jambes dans des directions opposées et elle avait écrit : « Partez ! »

37

Diana et Corey avaient donné le ton avec leur histoire de camping. Durant le dîner, chacun, y compris Spence, y alla d'une anecdote pittoresque ou révélatrice, et Cole, au milieu du repas, sentit qu'il n'était plus un intrus. Tous avaient l'air ravis de trouver en lui un public indulgent.

La dernière histoire concernait Rose, qui avait vertement remis à sa place pendant le show d'Oprah Winfrey une fan qui en faisait un peu trop dans le style « Ah, comme j'aimerais avoir épousé Henry Britton ! »...

Au milieu des rires, Mary Foster confia à Cole :

— Vous allez connaître tous les secrets inavouables de la famille...

— Mais je suis muet comme une tombe, répondit-il en souriant.

Il pensait intérieurement aux « secrets inavouables » de sa propre famille...

Il était heureux néanmoins que le dîner se fût déroulé de façon si conviviale. Plus personne ne lui avait posé de questions indiscrètes et il avait été traité comme un ami de la famille.

Sauf par Spence Addison.

Il n'était pas neutre, Cole le sentait d'instinct. Il était farouchement opposé à son mariage avec Diana. Trop bien élevé pour troubler sa belle-famille par une attitude hostile, il n'en avait rien laissé paraître. Mais Cole connaissait bien ce genre d'hommes qui ne frayent qu'avec ceux, si bornés et rétrogrades soient-ils, qui sont issus de la « classe privilégiée ». Par sa naissance et son éducation, Addison était un ennemi naturel pour Cole, il le savait. Et il le comprenait. En affaires, il forçait toujours les adversaires de ce milieu-là à marcher à découvert, à dévoiler les sentiments qui se cachaient sous le vernis social. Ils se sentaient alors plus vulnérables et le combat devenait plus équitable.

En l'occurrence, Cole ne voyait pas la nécessité de pousser Addison hors de ses retranchements. Diana ne reviendrait pas sur son engagement, il avait confiance en elle — et cette constatation le troubla d'ailleurs profondément… Il se la représenta avec sa cheville bandée et sa trousse d'urgence, traînant la patte derrière Corey, et son inquiétude se mua en amusement.

Malgré l'harmonie et la gaieté qui avaient dominé pendant tout le dîner, une gêne bien compréhensible s'installa au moment de se dire au revoir.

Habituellement, les jeunes époux quittent la maison de la mariée sous une pluie de riz et les vœux de la famille… Dans le cas précis, tous essayèrent d'improviser et Cole trouva leurs efforts aussi touchants qu'ils l'étaient eux-mêmes.

La mère de Diana lui tendit la main et dit brusquement :

— J'ai été ravie de vous revoir après toutes ces années, Cole. J'espère que vous reviendrez nous voir.

— Bien sûr.

Le grand-père lui donna une vigoureuse poignée de main :

— Vous êtes le bienvenu. Revenez quand vous voulez, Cole.

— Merci.

Spence Addison n'en rajouta pas, mais sembla plus amusé qu'hostile :

— Je ne savais pas que Diana avait une telle aversion pour la saleté et les serpents. Elle n'avait donc jamais vu ce grand serpent aux écuries des Hayward ?

— Cole l'avait dressé pour qu'il se tienne à l'écart

quand je venais, intervint Diana, sautant sur l'occasion de prouver à quel point Cole était gentil avec elle, déjà à l'époque.

— Vraiment ? Comment vous y preniez-vous ? dit Spence en haussant les sourcils d'un air amusé.

— J'avais fait venir un ocelot des Rocheuses et le serpent ne bougeait plus des combles…, répondit Cole avec humour, prenant la main qu'il lui tendait.

— Alors tu m'avais menti ? dit Diana en riant.

Corey donna une fraternelle accolade à Cole. Quant à la grand-mère, elle lui glissa dans les mains un paquet de cookies et un pain faits maison.

38

Le malaise réapparut lorsque, une fois dans la voiture, Diana se demanda comment ils allaient pouvoir se séparer sur une note optimiste. Cole avait quitté sa chambre au Balmoral, ses bagages étaient dans le coffre de la voiture et les pilotes n'attendaient que son signal pour connaître l'heure du départ.

Si les chaînes de télévision locales n'avaient pas encore diffusé les images de Cole lui offrant le collier, l'événement ferait sans doute la une des journaux du lundi matin et l'annonce de leur mariage paraîtrait dans la foulée. Diana se sentit soudain épuisée et le futur immédiat lui sembla lourd de menaces.

L'horloge du tableau de bord indiquait sept heures un quart et la perspective de passer la soirée seule dans son appartement à penser aux coups de téléphone, aux regards et aux commentaires des amis, des employés, des associés et des journalistes qui l'assailliraient le lendemain la déprimait au plus haut point.

En tournant dans San Felipe, elle décida de demander à Cole de monter boire un verre. Ils auraient sûrement des tas de détails à régler.

Assis à côté d'elle, celui-ci l'observait : de pensive elle était devenue préoccupée, puis triste. Et il crut en comprendre la raison.

— Pourquoi ne m'inviterais-tu pas à boire un verre chez toi ? suggéra-t-il.

Elle partit d'un éclat de rire spontané :
— J'allais justement te le proposer !

L'appartement de Diana était situé au dernier étage, avec des murs de verre qui permettaient de jouir d'une vue exceptionnelle. L'intérieur spacieux était manifestement signé d'un grand décorateur. Les voilages transparents aux gracieux bouillonnés complétaient admirablement la moquette crème, ainsi que les chaises et les canapés blancs. Des coussins jetés négligemment sur les sièges mettaient quelques touches de mauve et de vert tendre. En entrant, Cole trouva cet appartement luxueux et de très bon goût mais il fut surpris de constater qu'il y manquait tous les détails chaleureux qui faisaient le charme de la maison de River Oaks.

Sur une table près du canapé, le pager de Diana se mit à sonner et les messages clignotaient sur son répondeur. Elle se précipita.

— Mets-toi à l'aise… J'ai un message de Cindy Bertrillo. C'est notre chargée de relations publiques.

— Si je nous servais à boire, suggéra Cole.

Elle fit un petit sourire de reconnaissance, tout en composant un numéro. Elle désigna d'un signe de tête le réfrigérateur dans la cuisine.

— Il y a tout ce qu'il faut… Un Coca sans rien pour moi, s'il te plaît.

Il n'y avait personne chez Cindy. Elle raccrocha et écouta son répondeur. Elle avait onze messages, dont dix de ses amis ou relations qui voulaient en savoir plus sur Cole Harrison. Les appels les plus récents faisaient allusion au journal télévisé de six heures où on la voyait aux côtés de Cole avec un collier de quarante mille dollars autour du cou.

Le dernier message était de Cindy : « Diana, c'est Cindy, je viens de rentrer de chez ma sœur à Austin et j'ai des messages vraiment bizarres des médias. Je t'ai appelée à River Oaks et ils m'ont dit que tu venais de partir. Il faut que je te donne le communiqué de presse sur les kits de loisir, alors je fais un saut chez toi tout de suite, comme ça je te dirai tout de vive voix. Je n'ai rien dit à ta famille pour ne pas les inquiéter. Si tu n'es pas là, je laisserai le dossier chez le gardien. Salut. »

La sonnerie de l'entrée retentit avant que Diana ait eu le temps de rembobiner la bande.

Elle fit un effort pour rassembler ses esprits. Cindy la soutenait dans toutes ses apparitions publiques et télévisées et les deux jeunes femmes avaient plus qu'un simple rapport de patron à employée : au fil des années, elles étaient devenues des amies. Cindy était au courant de la vie privée de Diana, elle savait qu'elle était restée fiancée deux ans et connaissait le nom de tous les garçons avec qui elle était sortie avant. Et Cole n'en faisait pas partie…

Cindy entra en coup de vent, bronzée, souriante et débordante d'énergie.

— La rumeur va bon train ! s'exclama-t-elle en ôtant ses lunettes de soleil.

Diana était trop tendue pour s'asseoir et Cindy trop exaltée ; elles restèrent face à face de chaque côté de la table basse.

— C'est incroyable ! Qu'est-ce que tu as fait hier soir ? Tu as dansé avec Cole Harrison ou tu lui as simplement souri ?

— Oui, fit Diana d'une voix presque inaudible. Enfin, j'ai fait les deux…

— Tu n'as pas idée de ce que la presse a raconté !

Elle étouffa un rire afin de pouvoir continuer :

— Le rédacteur de *Chronicle*, un journaliste de l'Associated Press et un producteur de la chaîne Financial News Network m'ont tous laissé des messages aberrants comme quoi Foster Enterprises voulait fusionner avec Unified Industries ! C'est absurde ! fit Cindy en levant les mains dans un geste d'incrédulité. Comme si un petit poisson d'aquarium voulait s'associer avec un requin !

Diana glissa un regard vers la cuisine.

— Attends, tu ne connais pas la meilleure, continua Cindy. Une femme, qui s'est fait passer pour toi, a téléphoné à CNN et à Maxine Messenger pour dire qu'elle venait de se marier avec Cole Harrison ! Non, mais tu réalises un peu !

— N… non, pas encore.

— Le producteur qui a reçu l'appel à CNN a dit que la femme avait l'air ivre. Mais les chaînes veulent savoir la vérité, maintenant. Est-ce que je leur dis que les rumeurs de ce mariage sont « parfaitement grotesques » ou je nuance un peu plus ?

Une voix grave de baryton fit sursauter Cindy ; elle tourna brusquement la tête vers la cuisine, d'où elle vit émerger un inconnu aux cheveux noirs, son verre devant les lèvres.

— Personnellement, je nuancerais mes déclarations.

— C… comment osez-vous ? Et qui êtes-vous, d'abord ?

Le verre s'abaissa, révélant un visage familier :

— Je suis le requin qui a épousé le petit poisson.

Cindy se laissa tomber sur l'accoudoir du canapé.

— Je ne vaux même pas la corde pour me pendre, dit-elle d'une toute petite voix.

Elle reprit ses esprits et se leva quand Cole vint près de Diana et lui passa un bras autour de la taille.

— Je suis Cindy Bertrillo, dit-elle en lui tendant la main. Et j'*étais* responsable des relations publiques de Foster Enterprises.

Cole s'attendait à ce que Diana lui fît des reproches — ce qu'il aurait fait en pareilles circonstances. Mais elle n'en fit rien et, tout en serrant la main de la jeune femme, Cole se dit qu'il n'était pas indifférent à ses tracas ni à son humour.

Diana et Cole expliquèrent la situation à Cindy et elle déclara qu'elle allait se concentrer sur la façon d'annoncer leur mariage au public. Il s'avéra que le meilleur moyen était de donner une courte conférence de presse le lendemain matin. Bien que Cindy se montrât parfaitement discrète sur ce point, Cole sentit qu'elle était ravie de voir Diana libérée de l'humiliation infligée par Penworth. Et elle rayonna littéralement en apprenant que Cole et Diana se connaissaient depuis longtemps.

Ils prirent rendez-vous pour le lendemain matin et Diana raccompagna Cindy.

— Où veux-tu dormir ? demanda ensuite Diana à Cole qui se versait un verre d'eau à la cuisine.

— J'ai le choix ?

— Oui, entre ici… et l'hôtel Balmoral, dit-elle d'un ton innocent.

— Je préfère ici.

— Dans ce cas, pourquoi n'appellerais-tu pas tes pilotes pour les prévenir qu'il y a un changement ?… Et pendant que tu iras chercher ta valise, je préparerai la chambre d'amis.

39

Pour une raison d'elle inconnue, les souvenirs de la nuit précédente assaillirent l'esprit de Diana au moment où elle faisait le lit dans la chambre d'amis. Tout lui avait paru si réel, si présent et pourtant… Ce lit étrange qui semblait flotter, cet amant démoniaque qui l'avait ensorcelée… avec ses baisers impérieux, ses mains… tendres et rudes à la fois…

Elle secoua la tête comme pour chasser ses pensées et prit une taie d'oreiller. Mais les images resurgirent, obsédantes, du fond de sa mémoire : des lumières bleues, une petite pièce basse de plafond, remplie de vapeur, ou d'une fumée qui rendait tout gris…

Cole était entré sans bruit dans la chambre, une housse de costume dans une main et sa valise dans l'autre.

— Je peux ?…

Diana poussa un cri et se retourna, la main crispée sur le cœur.

— Ah ! c'est toi…

Il la regarda d'un air inquiet, tout en posant sa valise au pied du lit.

— Tu t'attendais à voir qui ? Jack l'Éventreur ?

— À peu près, dit-elle d'un ton sec en tirant le couvre-lit dont elle rabattit un angle.

— C'est moi qui te rends nerveuse ?

Elle le regarda ôter sa veste, fascinée par l'intimité qu'impliquait ce geste pourtant banal.

— Bien sûr que non.

Il la regarda intensément, tout en posant sa veste sur le dossier d'une chaise. Puis il dénoua sa cravate et l'espace d'un instant elle eut peur qu'il ne se déshabille devant elle.

— Je te rends nerveuse, je le sais, dit-il avec un sourire de connivence en déboutonnant son col de chemise.

Cherchant désespérément un argument pour justifier sa réaction, elle énonça une demi-vérité :

— Ça n'a rien à voir avec toi. Pendant que tu es descendu chercher tes bagages dans la voiture, j'ai repensé à un rêve que j'ai fait la nuit dernière. Un rêve… très vivant, presque réel…

Cole défit le deuxième bouton de sa chemise, une drôle de lueur dans le regard.

— Quel genre de rêve c'était ?

— Tu te souviens d'un film qui s'appelait *Rosemary's Baby* ?

Cole se rappelait vaguement une histoire de possession démoniaque et il fit oui de la tête :

— La femme avait été droguée et elle faisait l'amour avec le diable, ou quelque chose comme ça…

Diana se tourna pour allumer la lampe de chevet.

— Eh bien, la nuit dernière, dans mon rêve, je… j'étais cette femme.

Les doigts de Cole se figèrent sur le troisième bouton de sa chemise.

Inconsciente du coup qu'elle venait de lui porter, elle dit avant de sortir :

— La salle de bains est juste à droite. Tu n'as besoin de rien ?

— Si. D'un gros pansement.

Diana écarquilla les yeux et le dévisagea sans comprendre.

— Pour quoi ?

— Pour mon ego.

Elle refusa de faire l'effort de comprendre de quoi il

parlait. Elle lui fit un petit signe de tête avant de refermer la porte.

— Allez… Bonne nuit.

Une fois dans sa chambre, Diana prit une douche, tout en se récitant mentalement les articles des trois prochains numéros du magazine. En se séchant les cheveux, elle essaya de se rappeler les noms de tous ses camarades de faculté. En enfilant son pyjama, elle commença à penser à ses cadeaux de Noël.

Et en réglant son radio-réveil pour le lendemain matin, elle éclata en sanglots.

Elle prit une poignée de mouchoirs en papier dans la boîte près de son lit et alla s'asseoir sur la chaise longue à l'autre extrémité de la pièce, où elle donna libre cours à ses larmes, contenues depuis des jours. C'était la première fois depuis qu'elle avait appris la trahison de Dan dans l'*Enquirer* qu'elle s'apitoyait sur elle-même. Elle prit son visage dans ses mains et, ramenant ses genoux sous elle, elle se balança d'avant en arrière comme pour bercer son chagrin.

Elle repensa à Dan, qui la complimentait sur son intelligence et sa beauté mais avait une piètre opinion de ses performances au lit.

« Le salaud. »

Elle repensa aux années qu'elle avait passées à essayer de faire coïncider son emploi du temps avec le sien, et pour finir il avait épousé une gamine !

« Le monstre. »

Et ses pleurs redoublèrent.

« Quelle folie », murmura-t-elle en pensant à son mariage absurde avec Cole.

Elle se revit à ce mariage, tenant à peine debout et refaisant mentalement la décoration d'une horrible treille.

« Quelle idiote », gémit-elle.

Elle revit Cole au matin, la dorlotant après ses excès de la veille en lui souriant.

Et un voile se déchira dans son esprit.

Elle repensa à ce rêve qui n'en était pas un, à cette

pièce bizarre nimbée de gris, à ce jet hurlant dans le ciel, à ces lumières bleues qui défilaient dans la nuit…

Elle repensa à cet homme refusant ses avances impudiques — puis y cédant. Cela faisait partie du marché, il ne devait y avoir aucune intimité sexuelle ni émotionnelle entre eux. Elle était d'accord. Et…

Elle n'avait donc pas rêvé.

À la première occasion, elle s'était jetée au cou de Cole. Et avec sa gentillesse innée, il avait surmonté son aversion et lui avait fait l'amour.

Et en remerciement de son sacrifice, elle venait de lui décocher une dernière flèche en l'assimilant au démon de *Rosemary's Baby* ! Il était tellement fier et tellement conscient de la disparité de leurs origines qu'il avait dû être deux fois plus blessé par l'odieuse comparaison que par le fait qu'elle ait tout oublié.

Elle se remit à pleurer, la tête sur les genoux, les épaules secouées de sanglots de honte et de chagrin.

Elle pleura tout son saoul, jusqu'à en avoir mal à la tête, et lorsque ses larmes se tarirent enfin, elle s'essuya les yeux et se moucha. Elle allait engager du personnel pour se décharger d'une partie du travail, penser un peu à elle et voyager. Pourquoi pas une croisière en Grèce, rendre visite à ses amis à Paris, voir Rome, et l'Égypte. Peut-être aurait-elle une aventure ou deux… Elle ferait attention de ne rien faire qui puisse embarrasser Cole.

Cole… Elle se leva et alla prendre un déshabillé dans son armoire. Elle devait lui faire ses excuses, les plus plates et les plus sincères.

Appuyé contre la cloison, les mâchoires crispées, Cole entendait les sanglots désespérés dans la chambre voisine. Il se dit, dans un accès de dégoût de lui-même, qu'il était un véritable paria, un démon qui détruisait tous ceux qui l'approchaient. Il était né Harrison et il n'était pas à sa place chez les gens bien élevés. Il avait cru pouvoir s'élever dans l'échelle sociale, il avait fait de l'argent, il s'habillait sur mesure et avait perdu son accent, mais la poussière de Kingdom City lui collait toujours à l'âme.

Il aurait pu proposer son « contrat » à des actrices, des serveuses, ou à une jolie femme de la haute société, brillante, aussi blasée qu'il l'était lui-même. Diana ne ressemblait à aucune de ces femmes qu'il connaissait, elle était particulière, exquise, intouchable.

Et irrésistible…

Il n'aurait jamais dû lui faire cette proposition insensée. Il n'avait pas le droit de s'approcher d'elle et encore moins de coucher avec elle… *Quel salaud…* Mais ça n'était pas prémédité. Il s'était juré qu'il ne la toucherait pas… et ses résolutions n'avaient même pas duré une journée ! En plus, il lui avait dit qu'elle avait blessé son ego. Quelle prétention d'avoir osé lui parler ainsi !

En pensant à tout ce qu'elle avait réussi à bâtir, il se sentait terriblement fier d'elle…

Un léger coup frappé à la porte lui fit détourner la tête.

— Cole, je peux te parler une minute ?

— Entre.

Elle portait une simple robe d'intérieur en soie blanche avec son monogramme brodé en bleu marine sur la poche et tenait un mouchoir dans son poing crispé. Cole se sentit submergé par un sentiment inconnu — ou enfoui depuis trop longtemps. L'avant-veille, elle entrait dans le hall de l'hôtel avec l'allure d'une reine. Et vingt-quatre heures après l'avoir épousé, elle avait l'air d'une enfant abandonnée. D'ici un an, si elle restait mariée avec lui, elle ressemblerait probablement à sa mère…

— Diana, dit-il d'une voix volontairement neutre.

Elle le fit taire d'un signe de tête. Ses cheveux avaient des reflets de cuivre à la lueur de la lampe de chevet.

— Assieds-toi, s'il te plaît, dit-elle d'une voix mal assurée. J'ai quelque chose à te dire.

Elle alla s'asseoir elle-même sur une des deux chaises qui meublaient un angle de la pièce, séparées par un lampadaire, et attendit qu'il vint s'asseoir à côté d'elle.

Elle rassembla ses forces pour avoir le courage de tout lui dire.

— Je crois que je sais déjà ce que tu as à me dire, dit-il en posant ses coudes sur ses genoux.

— D'abord, je te présente mes excuses pour mon comportement puéril. J'étais stupidement affectée par l'opinion des gens et j'en ai honte. Je suis très fière d'être mariée avec toi et à partir de demain, je ne laisserai à personne l'occasion de penser le contraire.

Cole la dévisagea, les sourcils arqués dans une expression d'incrédulité : elle était toute pâle. Elle baissa les yeux, les garda fixés un moment sur ses mains, et le regarda en face :

— Ensuite, je veux te dire à quel point je regrette ce qui s'est passé dans l'avion la nuit dernière.

— Sans vouloir aller trop loin dans les explications, dit-il avec un sourire forcé, tu ne crois pas que c'est arrivé parce que nous en avions envie l'un et l'autre ? Je te désirais énormément, ça ne fait pas le moindre doute, Diana. Et toi aussi… Et je sais de source sûre qu'autrefois tu étais amoureuse de moi…, dit-il avec son irrésistible sourire nonchalant.

C'était sans réplique…

Elle se leva lentement et il l'imita.

— Je ne regrette pas ce qui s'est passé cette nuit. Nous nous désirions, ce n'est pas plus compliqué que ça, Diana. Nous allons passer une semaine ensemble. Et nous sommes mariés.

Elle se sentit à nouveau sous le charme de sa voix au timbre profond.

— Et plus important encore, nous sommes amis, nous nous plaisons en compagnie l'un de l'autre. Tu n'es pas d'accord ?

— Si, dit-elle en essayant de déchiffrer son visage. Qu'est-ce que tu proposes ?

— Je te propose de passer une vraie lune de miel

avec moi au ranch. Ne me réponds pas tout de suite mais penses-y, tu veux bien ?

— Oui, dit-elle après une hésitation.

— Dans ce cas, dit-il en lui posant un baiser fraternel sur le front, je te conseille de sortir d'ici avant que je ne t'oblige à faire encore un pas décisif dans ta vie

40

Pourtant accoutumé à être le point de mire quand il entrait dans un bureau, jamais encore Cole ne s'était senti aussi minutieusement dévisagé que ce matin-là, à son arrivée à Foster Enterprises. En quelques minutes, il avait compris que Diana avait avec ses employés des relations beaucoup plus libres que lui-même avec les siens et que les gens qui travaillaient pour elle l'aimaient beaucoup plus qu'il n'était courant.

Cole avait l'habitude d'inspirer la terreur, la crainte et même une hostilité larvée, mais on lui témoignait toujours du respect et jamais on ne l'accueillait de cette façon simple et cordiale, encore moins par quelques mots impertinents. Diana le présenta à tout le monde dans chaque département, et Cole dut tout endurer, des exhortations sévères à bien prendre soin d'elle aux sourires suscités par leur différence de taille : tout le monde s'accorda à dire qu'on voyait bien qui serait le chef de famille. Il y eut même des commentaires assez crus sur son physique. Le premier étonnement passé, il trouva ces manières amusantes. Une jeune maquettiste de vingt ans eut la désinvolture de le complimenter sur sa cravate et un artiste cloué dans une chaise d'infirme de lui demander combien de temps il passait quotidiennement au travail pour rester en aussi bonne forme. Comme ils quittaient le département des ventes, une femme fit sur sa stature une telle remarque que, incrédule, il interrogea discrètement Diana.

— Qu'est-ce qu'elle m'a dit ?

Diana baissa la tête pour cacher son sourire :

— Que tu avais de belles fesses.

— C'est bien ce que j'ai cru entendre. (Et il ajouta :) Dans le dernier département, la femme qui avait les mains tachées d'encre a bien aimé ma cravate. Merci de me l'avoir prêtée.

Le matin même, il avait réalisé que la seule cravate de rechange qu'il avait apportée avait un fond noir, et non pas bleu marine, comme il l'avait cru. Diana avait résolu le problème en allant chercher dans sa chambre une boîte de cravates :

— Elle m'a plu quand je l'ai vue, aussi je l'ai achetée pour... quelqu'un.

À cette déclaration, Cole crut qu'elle l'avait choisie pour Penworth. La cravate lui plaisait, bien qu'elle fût de couleur plus vive que celles, plus classiques, qu'il portait d'habitude.

— Ce n'est pas un prêt, c'est un cadeau. Et elle n'était pas destinée à Dan. Quand je vois des choses que j'aime, je les achète pour les avoir sous la main.

La conférence de presse devait avoir lieu dans le grand bureau de Diana, où trente journalistes et photographes s'étaient déjà rassemblés. Devant la porte, la jeune femme s'arrêta pour redresser le nœud de cravate de Cole, avec un geste d'épouse attentive qui lui sembla d'autant plus intime dans ces circonstances inhabituelles :

— Parfait, décréta-t-elle.

Cole aussi la trouvait « parfaite » dans sa robe de soie jaune citron au col et aux larges poignets blancs, et elle le comprit à l'admiration dans son regard. À ce compliment silencieux, ses doigts se crispèrent dans la main de Cole au moment où ils entraient dans le bureau bondé et bruyant.

La première chose que remarqua Cole fut que les grands-parents de Diana, sa mère et Corey se tenaient près de son bureau. C'était faire montre de solidarité familiale et Cole en fut à la fois choqué et ému alors qu'il se frayait un chemin au milieu des caméras et des appareils photos.

Il saisit tout de suite que l'atmosphère de cette conférence de presse était complètement différente de toutes celles auxquelles il avait assisté. On n'y sentait pas l'ombre d'un soupçon, ni la moindre hostilité. Au lieu de lui lancer des questions lourdes de sous-entendus, on plaisantait sur son célibat et on taquinait Diana en lui disant que, en tant que femme, elle avait le droit de changer d'avis — façon galante d'ignorer la défection de Penworth, ce qui à la fois surprit et ravit Cole. Diana supporta tout cela avec une sérénité et un sourire imperturbables.

— Vous vous connaissez depuis combien de temps ? demanda quelqu'un.

— Nous nous sommes rencontrés pour la première fois à l'université, répondit Diana.

Ils parlaient chacun à leur tour, comme le leur avait suggéré Cindy.

— À quand la lune de miel ?

— À la fin de cette semaine, quand nous aurons tous les deux pu nous dégager de nos obligations, dit Cole en faisant allusion à leur voyage chez Cal.

— Où allez-vous ?

Il devança Diana qui s'apprêtait à répondre :

— Vous êtes bien les derniers à qui nous le confierions, plaisanta-t-il sur un ton souriant et badin tout à fait contraire à sa réputation d'hostilité envers la presse.

Tout se déroula très bien jusqu'au moment où un homme maigre à lunettes, assis au premier rang, posa une dernière question à Cole :

— Monsieur Harrison, que pensez-vous de la rumeur selon laquelle la Commission pour la Sécurité des Échanges Commerciaux prépare une enquête sur d'éventuelles malversations dans l'affaire Cushman ?

Cole sentit Diana se raidir et eut une envie presque irrésistible de saisir le trouble-fête par le revers de sa veste et de le jeter par la fenêtre. À l'étonnement général, ce fut la grand-mère de Diana qui intervint, belliqueuse, pour moucher ce journaliste d'une quarantaine d'années :

— Jeune homme, je peux vous dire que vous ne mangez pas « biologique » et que ça vous rend agressif !

Toute la salle éclata d'un rire bruyant, qui décrut lentement au fur et à mesure que les journalistes quittaient le bureau de Diana. La limousine de Cole l'attendait dehors pour le conduire à l'aéroport, d'où il s'envolerait afin d'arriver à temps à Dallas pour assister à une réunion une heure et demie plus tard. Il était furieux contre le reporter et ému de la présence de sa belle-famille provisoire, surtout la grand-mère de Diana. Il regarda les Foster, cherchant désespérément quelque chose à leur dire. Ne trouvant rien de mieux, il leur adressa à tous un large sourire, puis se pencha vers Diana, qu'il embrassa fraternellement sur la joue :

— À mardi.

Il ferma la porte derrière lui, laissant la famille dans le bureau. Henry Britton fut le premier à prendre la parole, le regard tourné vers la porte qui venait de se refermer sur Cole :

— Je me demande depuis combien de temps personne n'a pris la défense de ce garçon.

Corey resta après le départ des autres pour aider Diana à ranger son bureau. Les remarques méfiantes de Spence sur les pratiques commerciales prétendument malhonnêtes de Cole faisaient écho dans son esprit à l'allusion inquiétante du journaliste à une enquête de la Commission.

Elle ramassa un élastique et un morceau de papier sur la moquette bleu pâle. Comme elle remettait quatre chaises à leur place au bout de la pièce, Diana posa une hanche sur le bureau :

— Corey ?

Corey leva les yeux avec un sourire et, en prenant sur la bibliothèque une des pièces de la belle collection de cristaux de Steuben de Diana, un magnifique paon qu'elle replaça exactement au milieu d'une petite table de conférence :

— Oui ? fit-elle.

— Qu'est-ce qu'il y a ?

Corey fit un pas en arrière pour vérifier que le paon était parfaitement disposé par rapport à la coupe de cristal et le recula de deux centimètres.

— Rien. Pourquoi poses-tu cette question ?

— Parce que je ne peux m'empêcher d'organiser les choses, tu sais bien. Et toi, tu es la petite souris qui aime la pagaille.

Corey retira précipitamment la main des pièces de cristal qu'elle s'apprêtait à disposer en ordre de taille et fit demi-tour :

— Les journalistes me mettent toujours mal à l'aise.

— Surtout quand ils lancent des sous-entendus insultants sur ton nouveau beau-frère...

— Oui, soupira Corey.

Elle n'avait pas le courage de dire à Diana que Spence doutait lui aussi de l'honnêteté de Cole. Toutefois, elle ne pouvait non plus ne pas la mettre en garde :

— Spence m'a dit hier que Cole s'était fait beaucoup d'ennemis au fil des ans.

— Évidemment, répondit Diana avec insouciance. La seule façon de ne pas avoir d'ennemis est de ne réussir en rien.

Cela semblait du pur bon sens. Mais ce qui impressionnait surtout Corey, c'était l'aptitude de sa sœur à rester calme et logique en un pareil moment. Ainsi perchée sur son bureau, les cheveux brillants et parfaitement coiffés, sa mince silhouette mise en valeur par sa robe en soie brillante, elle ressemblait plus à un mannequin qu'à un P-DG.

Elle avait fondé une compagnie qui marchait bien et réussissait à la diriger sans rien perdre de sa féminité ni de son humanité.

Corey sourit et formula sa pensée à haute voix :

— Les femmes ont de quoi être fières de toi, petite

sœur, dit-elle gentiment en se retirant avec un joyeux signe de la main.

Corey partie, Diana resta le regard perdu dans le vague à se remémorer les choses tendres et aimables que Cole lui avait dites la nuit précédente et à penser à leur départ en lune de miel le mardi suivant. Quand elle émergea de sa rêverie et jeta un coup d'œil à sa montre, elle vit qu'elle n'aurait pas le temps d'appeler Doug avant la réunion de production. Et elle ne voulait pas qu'il apprenne son mariage par les informations, elle tenait à le lui annoncer elle-même.

Quand elle revint de la réunion, Diana trouva Doug qui faisait les cent pas dans son bureau et, à en juger par son regard menaçant, il lui en voulait. Par précaution, elle ferma la porte derrière elle et à peine eut-elle lâché la poignée qu'il explosa d'une voix furieuse :

— De toutes les idioties possibles, je n'arrive pas à croire que tu aies commis celle-ci ! Tu as vraiment épousé ce... cette ordure ! Mais tu as perdu la tête ! Mon Dieu, j'aimerais te faire revenir sur terre !

Diana avait eu l'intention de le raisonner mais, blessée par sa description de Cole, elle alla s'installer à son bureau. Elle y resta sans rien dire, tandis que Doug continuait d'aller et venir dans la pièce, se passant la main dans les cheveux avec des gestes nerveux.

— Tu dois rompre ton engagement immédiatement. Aujourd'hui. Annonce qu'il t'a droguée, dis n'importe quoi, l'important c'est de te libérer et ne plus rien avoir à faire avec lui. Il n'est pas digne d'être dans la même pièce que toi. Il n'est bon qu'à ramasser le fumier, qu'à...

— Et pourquoi, espèce de vieux snob ?

— Si mépriser un mafieux, c'est être snob, alors j'en suis un.

— Comment oses-tu parler de lui comme ça ? éclata Diana. Pour qui te prends-tu ?

Au lieu de le calmer, son obstination le fit bondir. Tapant des deux mains sur le bureau, il se pencha vers elle, les dents serrées :

— Je suis ton ami. Maintenant, fais-le pour moi, débarrasse-toi de ce salaud.

— Tu es complètement fou !

Il se remit à faire les cent pas.

— Qu'est-ce qu'il faut pour que tu comprennes ? C'en est fini de sa période de magouilles à la bourse ! La Commission pour la Sécurité des Échanges va l'inculper, et ce n'est que le commencement. Quand le gouvernement fédéral aura réglé ses comptes avec lui, il ira en prison : c'est là sa place, entre Ivan Boesky et Michael Milken. L'État du Texas va l'y enfermer. Quand tout sera réglé, il ne sera plus qu'un ancien forçat sans le sou.

Ébranlée, Diana s'efforça cependant de garder son calme.

— Pourquoi dis-tu ça ?

— Parce que l'affaire Cushman est une fraude géante. C'est un truand et un manipulateur. C'est un monstre !

— Explique-toi ! Donne-moi une preuve. Pour l'instant, ce ne sont que des rumeurs.

— Impossible ! cracha-t-il.

— Alors, je t'en prie, dit-elle doucement en lui tendant la main, fais-moi confiance et ne te fie pas aux bruits qui courent. Réjouis-toi pour moi.

Il finit par se calmer. Mais sa tristesse soudaine était pire que sa colère.

— Diana, je me serais jeté sous un camion pour toi si tu me l'avais demandé… Mais ne me demande pas de me réjouir, et je ne peux pas t'aider si tu restes mariée.

— J'ai bien l'intention de le rester, rétorqua-t-elle avec une assurance tranquille qui la surprit elle-même.

Doug pâlit comme sous l'effet d'une gifle :

— Ce salaud sait vraiment s'y prendre avec les femmes — quel que soit leur âge. Même avec toi ! Il te ferait faire n'importe quoi !

Diana supposa que Doug savait que toutes ses amies étaient éprises de Cole pendant leur adolescence et refusa de répondre à cette dernière remarque. La gorge gonflée de larmes, elle regarda son ami de toujours se diriger vers la porte.

— Doug ?

— Oui ? répondit-il, le visage fermé.

— Au revoir, murmura-t-elle douloureusement.

41

En entrant dans ses bureaux de Unified, Cole eut du mal à croire qu'il avait quitté cet endroit à peine quelques jours auparavant. Depuis, il avait épousé Diana Foster. Ce n'était pas un rêve, c'était bien réel. L'idée installa un sourire sur ses lèvres, qui étonna la réceptionniste.

Comme pour accentuer ce sentiment d'irréalité, tout avait changé depuis la dernière fois. Comme il arrivait dans le parc en voiture, la pelouse impeccable lui parut d'une magnifique couleur d'émeraude et la surface du lac scintillante de minuscules cristaux bleus. Dans la voiture, il s'était émerveillé du ciel bleu et du beau temps et son chauffeur, peu accoutumé à entendre son patron, d'ordinaire silencieux, se livrer à ce genre de conversation frivole, avait aussitôt acquiescé sans rien trahir de son étonnement.

Les autres n'avaient rien remarqué de ces changements survenus dans le parc, il le savait.

Parce qu'ils ne venaient pas d'épouser Diana Foster. Ils ignoraient combien elle était adorable, amusante, belle et courageuse. Ils n'avaient pas épousé une femme qui glissait du répulsif antiserpent dans leur sac d'excursion, ou avait sangloté pendant leur mariage pour ensuite s'asseoir sur leurs genoux et leur raconter des histoires drôles. Et leurs femmes n'avaient jamais porté une sublime robe de soie violette pour entrer comme des reines dans une salle de bal, et ne s'étaient pas non plus enivrées au champagne avant de téléphoner à CNN pour annoncer leur mariage…

Une réunion du comité de direction se terminait au moment où Cole passa devant les bureaux des secrétaires. Plusieurs cadres sortaient en file indienne de la salle de conférences. Parmi eux, Dick Rowse et Gloria Quigley, des relations publiques, et Allan Underwood, vice-président des ressources humaines. Ils lui lancèrent des sourires hésitants, puis Allan Underwood se jeta à l'eau :

— Quelle surprise ! dit-il en faisant allusion à son mariage avec Diana.

Les autres firent aussitôt chorus :

— Félicitations, Cole.

— Formidable !

— Quelle bonne nouvelle !

— Magnifique !

Cole était d'humeur merveilleusement légère :

— Alors, vous aimez tous ma nouvelle cravate ?

— Votre nouvelle quoi ? s'étonna Gloria.

— Ma cravate, dit Cole sans pouvoir retenir son sourire ni contenir l'éclat de ses yeux. Elle est plus vive que celles que je porte d'habitude.

— Je parlais de votre nouvelle…

— Oui ?

— … femme.

— C'est elle qui me l'a offerte, dit Cole, renonçant à prolonger la plaisanterie.

Et il se dirigea vers son bureau, laissant derrière lui ses collaborateurs médusés.

— Il était sérieux au sujet de sa cravate ? demanda Underwood.

— Il plaisantait, dit Gloria en levant les yeux.

— Cole ne plaisante jamais, dit Dick Rowse.

— À partir de maintenant, si, assena Gloria en se dirigeant vers son bureau.

— Toutes mes félicitations, monsieur Harrison, l'accueillit poliment sa secrétaire en l'accompagnant dans son bureau, son bloc-notes à la main. Je suis une grande admiratrice de la famille Foster, lui avoua-t-elle ensuite.

— Moi aussi, lui répondit Cole avec un sourire, tout en retirant ses dossiers de son porte-documents.

Il fallait qu'il cesse de penser à Diana et s'occupe de ses affaires.

— Dites à John Nederly que je veux le voir.

— Il a déjà téléphoné deux fois. Ah ! le voici justement.

— Mes félicitations, Cole, dit Nederly en entrant. Ma femme m'a appelé il y a une heure pour m'annoncer la nouvelle. Elle se réjouit à la perspective de bientôt rencontrer Diana Foster, qu'elle admire beaucoup.

Cole ignora ces amabilités et enjoignit d'un ton sec :

— Fermez la porte… Bon sang, Nederly, dites-moi ce qui se passe !

Il s'appuya sur le dossier de son fauteuil et dévisagea d'un air mécontent l'un des diplômés les plus brillants de la Harvard Law School.

— Un journaliste m'a appris ce matin pendant une conférence de presse que je suis l'objet d'une investigation de la Commission pour la Sécurité des Échanges.

— C'est faux, dit Nederly en secouant la tête.

Cole se détendit une seconde, puis reprit son expression inquiète :

— La Commission a demandé à la bourse de New York d'enquêter sur le rachat de Cushman, ce qui est un premier pas, et ils le font.

— Et alors ?

— La Commission fait son rapport directement au Congrès, elle a donc droit de surveillance, ce qui veut dire que, quelles que soient les conclusions de la Bourse, la Commission les révisera et décidera par elle-même.

— S'ils pensent qu'il y a probablement eu infraction, vous serez convoqué à une audience devant un juge administratif de la Commission. Si celui-ci vous déclare en tort, il vous traduira devant la cour de justice fédérale, et vous serez sans doute assigné à comparaître devant un grand jury. Il n'y a aucun moyen de savoir ce dont ils vont essayer de vous accuser — manipulation du stock ou fraude générale. Ils ne pourront pas vous accuser d'avoir fourni de fausses informations à moins d'avoir la preuve que nous avons falsifié les informations concernant les tests.

— Dites donc, fit Cole sur un ton furieux, vous ne pensez pas que la dernière partie de votre petit discours est un peu prématurée ?

Nederly baissa le nez sur le pli de son pantalon qu'il rajusta et essaya de plaisanter :

— Je voulais peut-être vous impressionner par mon savoir…

— Sinon ?

Nederly soupira :

— Peut-être suis-je inquiet moi aussi, Cole. L'enquête de la bourse de New York avance très rapidement et j'ai déjà entendu des rumeurs, d'une source pas entièrement fiable il est vrai, qu'il ne s'agissait que d'une simple formalité. La Commission pense déjà qu'elle a de bonnes raisons de vous convoquer devant son tribunal.

— Lesquelles ?

— Écoutez… Une semaine, les actions Cushman se vendent vingt-huit dollars parce que la Compagnie travaille sur un nouveau microprocesseur. La semaine suivante, le bruit court que la nouvelle puce n'est pas fiable et l'action tombe à quatorze dollars. Et vous faites une offre d'achat pour toute la société. Ça semble vraiment louche !

— N'oublions pas que j'ai payé l'action dix-neuf dollars, pas quatorze.

— Vous avez été contraint de le faire pour acheter toute la société. Je ne nie pas que les actionnaires ont fait une bonne affaire quand vous avez échangé leurs actions pour les nôtres. D'autant plus que vous vous êtes arrangé pour être exonéré d'impôts.

— Alors qu'est-ce qu'ils cherchent ?

— Je vous l'ai dit, au premier abord, c'est inquiétant.

— Je me fous du premier abord.

Nederly secoua la tête avec gravité :

— À mon avis, vous devriez attaquer.

— Vraiment ?

— Pour l'instant, vous ne pouvez rien faire d'autre.

— Bon Dieu, dit Cole d'une voix rageuse en appuyant sur le bouton de son interphone. Shirley, lança-t-il, appelez-moi Carrothers et Fineberg à Washington. Il me faut l'un ou l'autre.

En entendant le nom des deux avocats les plus chers et les plus influents de Washington, John Nederly eut un petit sourire.

— Je les ai déjà mis sur votre affaire. Ils vont peut-être réussir à persuader les membres de la Commission qu'ils s'agitent pour rien.

Cole ordonna aussitôt à sa secrétaire d'annuler l'appel. Tranquillisé par l'idée que, faute de preuves et sous la pression d'avocats talentueux, la Commission allait laisser tomber l'affaire, il s'adossa contre son fauteuil et observa longuement Nederly.

— Y a-t-il autre chose dont vous voudriez me parler ? demanda celui-ci.

— De votre cravate, dit Cole tout de go.

Nederly sembla alors redouter la présence d'une tache sur sa chemise ou sa cravate, autant que les menaces qui pesaient sur Cole pour le moment.

— Elle est très classique.

— Les vôtres aussi, d'habitude.

— Plus maintenant, dit Cole, amusé en découvrant que son avocat, toujours tiré à quatre épingles, avait jusqu'ici adopté le même style que lui.

42

Il était déjà sept heures et demie, mais les cadres travaillaient tard, et Cole les entendait aller et venir autour de son bureau. Il devait travailler encore une heure et il avait envie d'appeler Diana, mais de chez lui, où il pourrait parler tranquillement. Cela faisait à peine huit heures qu'il l'avait quittée et il avait déjà envie de bavarder avec elle… Il se fit l'effet d'un adolescent amoureux, idée qui l'amusa plutôt qu'elle ne l'inquiéta.

Cal avait appelé au début de l'après-midi, après avoir appris le mariage de son neveu par la presse. Il avait demandé à sa secrétaire un entretien avec lui. Loin d'être ravi, il était furieux que Cole « se soit aventuré à épouser n'importe qui » juste pour avoir sa signature pour le rachat des actions. Le vieil homme avait déclaré à Cole, amusé et abasourdi, qu'il considérait un tel acte comme une violation de leur accord, dans la mesure où, au départ, il était implicite que Cole s'unirait avec une partenaire à sa hauteur. Il avait fallu plusieurs minutes à Cole pour le calmer et lui faire comprendre qui était réellement Diana.

Le mercredi suivant, dans la matinée, Cal avait un rendez-vous avec son cardiologue d'Austin. Cole avait l'intention de l'y emmener en avion pour entendre lui-même ce que le médecin dirait. Il avait espéré prendre Diana à Houston au retour, mais elle avait un emploi du temps impossible ce jour-là, et ne pouvait se libérer avant le jeudi. Ce qui voulait dire qu'il devrait attendre un jour de plus avant de la retrouver — au lit. À la pensée de coucher avec elle, sobre et consentante, il fut ému et dut se forcer à se concentrer à nouveau sur son contrat.

Il venait de le signer quand Travis, vêtu d'un polo et d'un pantalon sport, entra dans son bureau :

— Oh, tu es là, Dieu merci !

Travis avait à peine dépassé la quarantaine. Son visage était agréable, sauf quand il était inquiet, ce qui n'arrivait pas souvent car il se libérait de ses angoisses en courant dix kilomètres tous les matins à l'aube. C'était un gros travailleur et il avait beau ne pas être un « cerveau » comme la plupart des chercheurs qui lui soumettaient leurs rapports, c'était un très bon directeur des recherches et du développement, un homme de bon sens, pugnace — surtout quand la société était en jeu. Travis était un associé très loyal et Cole lui faisait confiance plus qu'à quiconque à Unified.

— Oui, fit Cole avec un petit sourire en regardant Travis se diriger vers le bar. Mais si tu dois remercier quelqu'un, c'est l'auteur de ce rapport, que j'ai passé une heure à décrypter.

Travis le regarda, éberlué, tout en se versant un grand verre de bourbon :

— Tu plaisantes ?

— Apparemment, ça ne te plaît pas ! dit Cole en repoussant son stylo. Qu'est-ce qui ne va pas ?

— Je ne sais pas. C'est pourquoi je suis venu ici prendre un verre.

Cette attitude ne ressemblait pas beaucoup au Travis que Cole connaissait.

— Je croyais que tu célébrais mon mariage.

Son verre à la main, Travis s'approcha du bureau de Cole, l'air soudain furieux, comme s'il venait de recevoir un coup de poing.

— Tu t'es marié sans nous avertir, ni moi ni Ellain. Tu ne nous as même pas invités !

Cole s'émut de la réaction de Travis, qui semblait atteint dans sa susceptibilité.

— Tout s'est fait à l'improviste. Nous nous sommes décidés samedi soir et avons pris l'avion pour Las Vegas — car j'avais peur qu'elle ne change d'avis, déclara-t-il sincèrement. Qu'est-ce qui t'amène à avoir besoin d'un verre de bourbon ?

Travis but deux gorgées :

— Je suis suivi.

Sans trop prêter foi à cette déclaration, Cole ne put cependant s'empêcher de suspecter un réel malaise :

— Qu'est-ce qui te fait dire ça ?

— J'ai remarqué le type hier, en sortant de la maison. Sa Chevrolet noire était garée dans la rue, et il m'a suivi jusqu'ici. Et quand j'ai quitté le bureau ce soir pour rentrer chez moi, j'ai repéré la voiture sur le bord de l'autoroute à proximité des grilles. Il m'a suivi jusqu'à la maison. Aussi je me suis changé, et suis venu ici à pied, à travers le parc, pour le semer. Il a pourtant essayé de me suivre, je l'ai vu.

Cole lui lança un regard inquisiteur :

— Tu n'aurais pas une aventure sentimentale ?

— Je n'en ai ni le temps ni l'envie. En plus, Ellain me tuerait.

Le deuxième point était indubitable et Cole ne le réfuta pas.

— Ça pourrait être des cambrioleurs en repérage pour faire un mauvais coup chez vous ?

Travis finit son verre :

— Alors c'est qu'ils veulent la bagarre et non pas l'argent. Nous avons deux chiens de garde, un système d'alarme des plus efficaces, équipé de caméras, des fermetures électriques…

— Alors pourquoi est-ce qu'on te suivrait ?

Travis s'affala dans un fauteuil.

— Je crois que ça a à voir avec l'enquête de la bourse de New York.

L'inquiétude de Cole se mua aussitôt en colère :

— Dans ce cas, ils perdent leur temps.

Le soir même, en quittant son bureau, il surveilla son rétroviseur. Une Ford bleu marine le suivit presque jusqu'aux grilles de sa propriété, avant de disparaître dans le tournant.

Lorsqu'il entra chez lui, le téléphone sonnait. C'était Travis. Sa voix au bout du fil n'était qu'un murmure effrayé, à peine reconnaissable.

— Nous avons des ennuis, Cole. Quelque chose ne va pas.

— De quoi parles-tu ? dit Cole brusquement. Où es-tu ? Pourquoi chuchotes-tu ainsi ?

— Je suis dans mon bureau, mais je ne suis pas sûr d'y être seul.

Agacé, Cole se défit de son manteau d'un mouvement d'épaules.

— Qu'est-ce que tu dis ? Comment ça, tu n'es pas sûr ?

Le bureau de Travis se trouvait dans le bâtiment de la recherche, au même étage que le laboratoire principal, et il avait vue sur les alentours.

Cole l'entendit à l'autre bout du fil reprendre son souffle et essayer de parler un peu plus normalement, sans cependant pouvoir complètement maîtriser sa panique.

— Après t'avoir quitté, j'étais trop tendu pour rentrer à la maison. J'ai donc décidé de retourner au bureau pour y consulter quelques papiers. J'ai allumé les plafonniers du laboratoire et le temps que la lumière se fasse, j'ai vu se faufiler une ombre qui a disparu. J'ai couru jusqu'à mon bureau et dans le couloir, mais je n'ai vu personne. L'homme a dû s'enfuir par la sortie d'urgence au sud du bâtiment.

Cole desserra la cravate que lui avait offerte Diana.

— Tu es vraiment sûr d'avoir vu quelqu'un ?

— Non…

Soulagé, Cole s'apprêtait à écouter les messages de son répondeur, quand Travis ajouta :

— Mais je suis sûr d'avoir fermé le placard de mes dossiers à clé, et l'un d'eux était ouvert.

— Je vais m'occuper de ça, dit Cole.

Il s'agissait peut-être d'espionnage industriel ; mais

Unified avait mis en place un redoutable système de sécurité.

— Y avait-il dans ce dossier quelque chose d'intéressant pour un concurrent ? demanda Cole.

— Pas vraiment.

— Bon, rentre chez toi, je m'occupe de cette histoire.

Travis raccrocha et Cole appela le chef de la sécurité de Unified, Joe Murray. Il attendit patiemment que sa femme aille l'arracher au jeu de base-ball qu'il regardait à la télévision. À cinquante-cinq ans, Murray était un ancien marine à la carrure de demi de mêlée, à la voix profonde et rocailleuse parfaitement en accord avec son allure générale. Il mâchait du chewing-gum et riait de ses propres plaisanteries tout en déambulant dans les couloirs et les bureaux, en regardant par-dessus l'épaule de tout un chacun : ça lui donnait l'air d'être un garde ordinaire promu à un emploi de bureau, dont il était loin d'avoir les capacités.

C'était en fait un ancien agent du FBI à qui on devait plusieurs arrestations majeures, grâce à l'air anodin et un peu simplet qu'il se donnait en s'infiltrant dans les milieux où évoluaient ses proies. Il touchait deux cent vingt-cinq mille dollars par an, plus une participation aux actions et bénéfices.

Lorsqu'il répondit à Cole, sa voix n'avait pas sa jovialité habituelle.

— Il y a un problème ? demanda-t-il.

— Il y a un peu plus d'une demi-heure, il y avait un intrus au sixième étage du département des recherches et du développement. Travis avait quitté le bureau, mais a soudain décidé de retourner travailler. Un de ses placards a été ouvert. Rien d'important dedans, heureusement.

— Il a vu quelqu'un ?

— Il croit avoir vu une ombre se faufiler vers la sortie de secours.

— Il n'avait pas oublié de fermer son placard ?

— Ce n'est pas le genre de Travis.

— Vous avez raison. J'y vais tout de suite. Si le

garde à l'entrée a vu quelqu'un ou si je découvre quelque chose, je vous appelle aussitôt.

— OK, dit Cole. Et je veux dès demain un garde à l'entrée principale, vingt-quatre heures sur vingt-quatre.

— Je vous avais bien dit qu'il fallait installer des fermetures électriques, au lieu de cette petite grille de pacotille.

Pendant la journée, la grille était actionnée par un homme d'un certain âge, vêtu d'un blazer à l'insigne de la compagnie. Son rôle était surtout d'orienter les visiteurs. Le véritable système de sécurité était assuré par des hommes vêtus des mêmes blazers, assis à la réception de chaque bâtiment du campus. Seul celui de la direction faisait exception : pour créer une impression d'élégance et de luxe, le réceptionniste du département de Cole était une femme, mais l'homme en blazer, quoique hors de la vue des visiteurs, n'était jamais bien loin…

Cole répliqua :

— J'ai dépensé une fortune pour faire de Unified une des plus belles propriétés au monde. Je ne vais pas maintenant installer des grilles électriques et des gardes en uniforme armés de revolvers. Ça lui donnerait l'air d'une prison.

— Ça vous regarde, Cole, dit Murray d'un ton distrait, impatient d'aller sur le terrain quand la piste était encore chaude. Autre chose ?

— Oui. Travis et moi sommes suivis. Lui par une Chevrolet noire et moi par une Ford bleu marine.

— Vous avez idée de qui ça peut être ?

— Absolument pas, dit Cole, qui ne croyait pas que la Commission avait recours à ce genre de procédés.

Un enlèvement avec demande de rançon était improbable. Il y avait cependant une autre possibilité, dont Cole refusait de parler pour l'instant, même avec Murray.

— Ils perdent leur temps, ils ne trouveront rien, dit-il.

— Vous savez comment les semer, au besoin ?

— J'ai vu ça au cinéma, répondit Cole d'une voix railleuse. Je peux me débrouiller.

Après avoir raccroché, il se versa un bourbon qu'il emporta au salon, dont les portes-fenêtres donnaient sur une énorme piscine aux formes libres dominée par un belvédère et traversée au centre par un pont. À l'autre bout, une cascade de rochers illuminée de milliers de fibres optiques multicolores insérées dans de longs tubes du diamètre d'une paille. L'eau coulait dans les tubes et éclaboussait les rochers, comme un feu d'artifice éclaboussant le sol de milliers d'étincelles.

Cole mit les pieds sur la table basse et composa le numéro de Diana. Elle répondit dès la deuxième sonnerie. Sa voix musicale et douce l'apaisa et le réconforta.

— Comment s'est passée ta journée ? demanda-t-il.

Diana décida de ne pas faire allusion à la visite de Doug :

— Merveilleusement bien. Et la tienne ?

Cole lui aussi élimina les pensées désagréables et ne lui parla pas de l'enquête de la Commission sur la Sécurité des Échanges, ni de la menace d'une citation en justice, ni de l'individu en Ford bleu marine qui le suivait.

— Formidable. Tout le monde a aimé ma nouvelle cravate.

43

Le lendemain matin, quand le chauffeur de Cole entra dans le parc de Unified, la Ford bleue le suivait toujours, cinq voitures derrière la sienne. Quand elle dépassa les grilles, Cole nota le numéro de sa plaque d'immatriculation. Celui qui le filait n'osait pas se risquer dans le campus de Unified.

— Soyez là à cinq heures ce soir, Bert, dit Cole au chauffeur, qui se chargeait avec sa femme Laurel de l'entretien de la maison. Si je ne suis pas sorti à cinq heures et demie, rentrez chez vous.

— Bien, monsieur Harrison.

Murray attendait Cole devant son bureau, en racontant à Shirley et Gloria des histoires du temps où il était champion de base-ball. Il suivit Cole dans le bureau et, une fois la porte fermée, laissa tomber :

— Gloria Quigley est convaincue que vous planez sur un nuage, et Shirley est prête à le jurer aussi.

— Vraiment ? Je me demande pourquoi.

Cole était sincèrement étonné, car il n'avait jamais rien fait pour se faire aimer ou avoir une relation personnelle d'aucune sorte avec l'une ou l'autre.

— Par loyauté, déclara Murray. Les gens l'accordent instinctivement aux personnes qu'ils respectent.

En guise de réponse, Cole griboulla quelque chose sur son bloc-notes dont il déchira une feuille :

— Le numéro d'immatriculation de la Ford bleue.

— Je vais vérifier immédiatement, dit Murray en glissant le papier dans la poche de la veste de son indescriptible costume gris anthracite. À propos, poursuivit-il en examinant ses ongles, votre cousin Travis semble inhabituellement nerveux. Vous avez idée de la raison ?

— Oh ! il y en a plusieurs, répondit Cole d'une voix sarcastique. La bourse de New York mène une enquête sur la société à la demande de la Commission pour la Sécurité des Échanges, Travis est filé partout où il va, et hier soir, on a essayé de forcer ses placards.

— Je vois. À propos, le garde du département des recherches et du développement n'a rien vu hier soir, comme vous devez vous en douter. Personne n'est entré dans le bâtiment après six heures et les gens qu'il a vus partir plus tard étaient tous des employés qu'il connaissait de vue. Nous branchons les alarmes après dix-neuf heures, si bien qu'aucun employé ne peut sortir sans sa carte ou sans mettre toutes les alarmes en branle. Et personne ne peut entrer.

— Alors, comment a-t-il fait ?

— Il s'est peut-être glissé au milieu des employés rentrant de déjeuner. Il aurait ensuite patienté tout l'après-midi sans avoir de badge de visiteur — ce dont je doute. Et il ne peut pas non plus être entré à l'étage de Travis sans une carte de sécurité, ce qui me fait penser qu'il y était déjà.

Cole saisit l'allusion :

— Un employé ?

— Ça n'est pas impossible. Une femme, peut-être, puisque Travis n'est pas sûr de ce qu'il a vu. Ou alors c'était une illusion, le temps que les lampes s'allument. En découvrant que ses dossiers avaient été ouverts, il en a conclu à une effraction. Comme je vous l'ai dit, il est nerveux. J'ai fait relever les empreintes sur le dossier et le placard et je vais les faire étudier. Je vais m'occuper de ce numéro d'immatriculation dès que je serai dans mon bureau, mais… je n'aurai sans doute pas de réponse avant un jour ou deux.

Comme il se dirigeait vers la porte, Cole l'arrêta, la

légère hésitation de Murray lui ayant mis la puce à l'oreille :

— Pourquoi un jour ou deux, et pas une heure ou deux ?

— Vous-même et Travis avez facilement repéré la Ford et la Chevrolet. L'une et l'autre étaient garées dans la rue, pas loin de votre maison, bien visibles, n'est-ce pas ?

— Oui.

— Malheureusement, dit Murray avec un soupir d'excuse, il n'y a que les policiers pour être aussi maladroits. Ils se croient toujours invisibles.

Le regard de Cole devint glacial sous ses sourcils noirs.

— Vous êtes en train de me dire que c'est la police qui me surveille ?

— C'est mon idée. Je vous confirmerai tout ça dès que j'aurai vérifié.

Après son départ, Cole passa rapidement trois coups de fil. Le premier à une agence de location de voitures, qui promit de lui livrer un simple véhicule à quatre portes à son bureau pour midi.

Le deuxième était un numéro figurant sur liste rouge, à Fairfax en Virginie, appartenant à un ancien membre du Sénat, un proche du Président siégeant au Comité du Crédit budgétaire et exerçant une certaine influence politique. Il avait reçu trois cent mille dollars de la part de Cole qui avait collecté des fonds pour sa dernière campagne électorale et espérait en recevoir autant lors des prochaines.

D'après sa femme Edna, le sénateur Samuel Byers assistait à une réunion du Comité du Crédit budgétaire. Cole ne put lui demander de transmettre son message sans qu'elle se fût d'abord abondamment extasiée sur *Foster's Beautiful Living* et lui eût arraché la promesse qu'il viendrait avec Diana à la soirée qu'elle donnait pour Noël.

Le troisième appel fut un numéro dont seul Cole connaissait l'existence. Il tambourina impatiemment sur son bureau en attendant qu'on décroche et, quand enfin Willard Bretling répondit, il lui dit simplement :

— Je serai là-bas à six heures ce soir.

— Qui est à l'appareil, s'il vous plaît ? demanda Bretling, d'une voix distraite et enrouée à force d'être inutilisée.

— Qui diable crois-tu que ça pourrait être ?

— Oh ! oui, naturellement..., dit le vieil homme de soixante-dix ans d'un ton guilleret.

Le sénateur Byers rappela Cole sur sa ligne directe à quatre heures, juste comme il terminait sa communication avec Diana.

— Je suis navré d'apprendre tes ennuis, Cole, dit-il d'une voix qui paraissait sincère. Je suis sûr que tout va se résoudre d'ici huit à quinze jours.

— Je n'en suis pas certain.

— Qu'est-ce que je peux faire ?

— Trouver qui est à l'origine de cette enquête et savoir où elle en est exactement.

— Je vais faire ce qui est en mon pouvoir, promit Sam, qui, avant de raccrocher, ajouta maladroitement : En attendant que cette petite tempête dans un verre d'eau se soit calmée, il vaudrait mieux que tu ne m'appelles pas à la maison ni au bureau. C'est moi qui t'appellerai. Et salue ta nouvelle épouse pour moi.

L'hypocrisie de cette dernière phrase arracha un juron de dégoût à Cole, qui se renversa dans sa chaise et ferma les yeux. Il essaya de retrouver l'image de Diana pour se remettre des événements de la journée ; elle lui apparut mentalement, dans le jardin, juste après le moment où ils avaient annoncé leur mariage à sa famille.

— *Tu n'as pas du tout l'air impressionné, tu as plutôt l'air sinistre,* avait-elle dit.

— *Tu ne connais pas mon air sinistre.*

— *Ah bon ! à quoi ressemble-t-il ?*

— *Je crois qu'il vaut mieux que tu ne le voies jamais.*

— *Allez... montre-moi...*

À ce souvenir, Cole étouffa un petit rire.

44

Corey désigna les photos sur papier brillant de format vingt-quatre sur trente qu'elle avait disposées sur la table de conférence du bureau de Diana.

— À ton avis, laquelle faut-il prendre ?

— Qu'est-ce que tu dis ? demanda Diana en regardant par la fenêtre un gros avion qui faisait demi-tour pour se diriger vers l'ouest.

Corey se pencha vers sa sœur et lui mit la main sur le bras.

— Diana, tu as la tête ailleurs et tu es incapable de te concentrer. Pourquoi n'appelles-tu pas Cole chez son oncle aujourd'hui au lieu d'attendre demain ?

Diana secoua la tête.

— Non, je lui ai dit que je ne pouvais pas m'absenter aujourd'hui. J'ai pris la semaine prochaine et j'ai trop de choses à faire d'ici là. Il va venir me chercher en avion demain.

— Tu ne crois pas qu'il préférerait que tu le rejoignes aujourd'hui ?

— Bien sûr, dit Diana avec un sourire tranquille. Il était déçu que je ne le rejoigne pas avant demain, mais il a compris. De toute façon, il est en route pour Austin avec son oncle en ce moment. Même si sa secrétaire arrivait à le joindre pour lui dire que je peux partir aujourd'hui, je doute que son oncle serait capable de supporter le détour, sans compter tout le trajet de retour.

Corey sentit cependant que Diana hésitait et s'en réjouit. Son instinct lui disait que Cole était l'homme qu'il fallait à sa sœur.

— Tu pourrais demander l'adresse de Cal à sa secrétaire, prendre un vol pour là-bas et téléphoner à Cole de venir te chercher là où tu auras atterri.

— Ne me tente pas, dit Diana.

Elle se leva et se dirigea vers la fenêtre, si absorbée par son désir de partir au moment même pour Jefferson City qu'elle ne prêta pas attention à la Mercedes décapotable noire qui s'arrêtait devant le bâtiment. Quand enfin elle la remarqua, une jeune femme en sortait. Âgée d'une vingtaine d'années, elle portait une jupe rose étroite et courte dévoilant des jambes longues et magnifiques et un bustier rose en tricot qui moulait sa poitrine épanouie. Tout en elle était voluptueux, les vêtements, les lèvres pleines, les longs cheveux et l'expression boudeuse. Le conducteur la retint par la main de l'intérieur de la voiture où il la fit rasseoir, comme s'il ne voulait pas qu'elle sorte avec lui. Puis il se montra.

Diana lança à voix basse :

— C'est Dan, et il a amené sa femme.

— Quoi ! dit Corey en se précipitant à la fenêtre.

La jeune épouse ressortit de la voiture, défiant ostentatoirement l'interdiction de Dan, et comme celui-ci riait en l'attirant à nouveau à l'intérieur, Corey eut le temps de l'observer.

— Incroyable ! On dirait une adolescente hypersexuée.

Diana ressentit une pointe de jalousie, qui s'estompa aussitôt.

— Elle est parfaite pour lui, décréta-t-elle. Elle est jalouse et un peu déstabilisée par le fait qu'il vienne ici, et il adore ça ! Il riait tout à l'heure.

— Le salaud, lança Corey. Il a sans cesse besoin de se rassurer sur sa virilité. De quoi est-ce qu'il peut bien parler avec elle ?

Diana repensa à ce qu'avait été leur relation… Il lui avait toujours dit qu'il était fier de sa réussite professionnelle, tout en lui faisant subtilement sentir que, dans les autres domaines, elle laissait à désirer. « Ta carrière te prend trop, Diana », lui avait-il répété tant de fois. De toute façon, même si elle n'avait pas eu de profession, elle n'aurait jamais eu la poitrine et les jambes de sa femme. Et les aurait-elle eues, pour rien au monde elle ne se serait accoutrée de cette façon. *Comment ai-je pu être si aveugle ?* se demanda-t-elle. Elle retourna à son bureau.

— Tu vas le recevoir ? demanda Corey.

— Juste un petit moment, dit Diana en appuyant sur le bouton de l'interphone de sa secrétaire.

— Tu veux que je reste ?

— Comme tu veux. Il veut se laver de sa culpabilité en instaurant une relation amicale avec moi…

Elle demanda à Sally par l'interphone de trouver l'adresse et le numéro de téléphone de Cal, de prévenir Cole qu'elle partait et de lui prendre un billet d'avion. Dès qu'elle eut fini, Sally murmura :

— M. Penworth est dans le couloir.

— Diana ! s'exclama Dan en entrant deux minutes plus tard, le teint hâlé et l'air gentiment embarrassé. Je suis rentré hier et je suis venu dès que possible.

Diana se renversa dans son fauteuil en croisant les bras sur sa poitrine :

— Je vois.

Elle éprouvait un sentiment étrange, fait de soulagement et de dégoût. Elle n'avait pas perdu l'homme du siècle. C'était un faible et un égoïste. Doublé d'un lâche. Cole avait vu juste quand il le lui avait dit, sur le balcon de l'hôtel Balmoral.

— Tu pourrais dire quelque chose pour me rendre les choses un peu plus faciles, dit Dan, l'air véritablement déçu du manque de coopération de Diana. Je sais que tu as été choquée par ce qui s'est passé entre nous…

— Évidemment.

Il parut flatté qu'elle le reconnaisse.

— Après tout, ajouta Diana sans chercher à réprimer un sourire, j'ai été trompée par un lâche et un égoïste.

Ulcéré, il fit demi-tour et sortit. Diana regarda Corey, appuyée contre le mur en face d'elle. Avec un air espiègle, celle-ci se dégagea du mur et se mit à applaudir très fort.

45

Diana dut changer d'avion à Austin et une seconde fois à San Larosa. Elle ne s'attendait pas à ce que l'avion pour Ridgewood Field près de Kingdom City soit un 747, mais fut quand même un peu surprise de devoir parcourir environ un kilomètre en hauts talons sur le terrain d'atterrissage pour arriver à un minuscule avion qu'elle aurait peut-être trouvé sympathique s'il n'avait pas été bariolé de trente-six couleurs et équipé d'hélices.

Plus elle s'en approchait, plus l'avion semblait minuscule. Elle accéléra le pas jusqu'à courir presque, pour ne pas se laisser distancer par le porteur, qui avait aussi son billet.

Le jeune homme remarqua le bruit des talons aiguilles et se retourna :

— Par ici, mademoiselle Foster… ou madame Harrison ?… Je vous ai vue à la télévision avec votre mari.

Diana avait les yeux fixés sur le petit appareil dans lequel elle allait monter.

— On peut lui faire confiance ?

— Absolument, répondit le porteur avec un sourire.

— Vous y monteriez ?…

— Je le prends tout le temps.

L'intérieur de l'avion était lugubre et sale. Son siège bascula quand elle s'y assit et elle s'assura qu'il était bien fixé au sol. Elle chercha les deux bouts de la ceinture de sécurité pour s'attacher solidement dans ce fauteuil branlant. Le garçon chargé des bagages et des tickets lui fit un clin d'œil en entrant, courbé en deux, dans la cabine. Il passa une paire de lunettes d'aviateur sur le nez et prit son rôle de pilote.

L'avion démarra en cahotant bruyamment sur la piste, au prix d'un gros effort des moteurs, avec des embardées qui déstabilisèrent un peu le siège de Diana. Il finit par s'élever dans les airs avec un gémissement sonore et commença à grimper vers le soleil.

Se disant que s'il avait décollé, il saurait aussi atterrir, Diana ouvrit l'enveloppe où étaient glissées les indications pour se rendre au ranch de Cal. Malheureusement, elle leva les yeux juste au moment où le pilote, la main sur les yeux pour se protéger du soleil, regardait à droite, puis à gauche, pour s'assurer que la voie était libre ! Il n'avait pas de radar !

Pétrifiée, Diana s'agrippa aux accoudoirs de son fauteuil, regardant la tête du pilote qui vérifiait sans cesse sa trajectoire… Puis, sans même s'en apercevoir, elle finit par épouser son mouvement, tournant elle aussi la tête à droite et à gauche, l'estomac vrillé par l'angoisse…

Une heure plus tard, l'avion se posait sur la piste d'atterrissage de Ridgewood Field et roulait jusqu'au terminal. Comme Diana détachait sa ceinture, le pilote lui sourit, ouvrit la porte et installa l'escalier. Puis il lui offrit sa main pour l'aider à descendre.

— Vous avez apprécié ce voyage ?

Elle descendit sur le sol brûlant où elle reprit une respiration normale.

— Si vous commencez une collection de radars, j'aimerais y contribuer, dit-elle vivement.

Il rit en acquiesçant par-dessus son épaule. Au bout de la piste, entouré de plusieurs petits avions, le jet de Cole scintillait au soleil, tel un sultan au milieu de ses sujets.

— Une fois qu'on est monté là-dedans, fit le jeune homme, tous les autres avions doivent vous paraître minables. Votre mari vient vous chercher ?

— Il faut d'abord que je l'appelle.

À l'intérieur du petit terminal en tôle, il régnait une chaleur étouffante. Un distributeur de boissons trônait en face d'un bureau de location de voitures. Une femme en uniforme d'hôtesse de l'air, avec un badge signalant son prénom, « Roberta », buvait du café dans une tasse en carton en compagnie de deux hommes plus âgés à un petit comptoir. De l'autre côté, près des toilettes, il y avait une cabine téléphonique.

Le signal d'occupation persistant à sonner pendant vingt minutes, Diana demanda à l'opérateur de vérifier la ligne. On lui répondit qu'il n'y avait pas d'abonné sur la ligne. Supposant que le téléphone de l'oncle de Cole était en panne, Diana décida alors de louer une voiture.

— Je suis navrée, madame, dit Roberta en faisant un effort pour le paraître vraiment, nous n'avons que deux voitures. Celle dont le pot d'échappement est fatigué a été louée par un monsieur d'une compagnie de forage qui est arrivé ce matin dans cet avion rouge. Celle aux mauvais pneus a eu un accident et elle est au garage.

— Où est-ce que je peux trouver un taxi ?

La question fit s'esclaffer l'un des deux hommes.

— Eh, ma p'tite dame, on n'est pas à Saint Louis dans le Missouri, ici, même pas à San Angelo. Il n'y a pas de stations de taxi par ici.

Agacée, Diana ne se laissa pas abattre :

— À quelle heure est le prochain bus pour Kingdom City ?

— Demain matin.

Elle décida alors de faire appel à la galanterie des Texans.

— Je dois retrouver mon mari. Nous nous sommes mariés la semaine dernière et ce voyage est notre lune de miel.

Ces derniers mots émurent le cœur de Roberta.

— Ernest, demanda-t-elle, tu pourrais emmener madame jusqu'à Kingdom City, non ? Ça ne te fait qu'un petit détour. Si tu le fais, je t'offre le café à chaque fois que tu passes ici, pendant quinze jours.

L'homme nommé Ernest mâchonna deux secondes son cure-dent puis acquiesça :

— Disons trois semaines et c'est d'accord.

— Trois semaines, OK.

— Allons-y, dit Ernest, descendant de son tabouret de bar et se dirigeant lentement vers la porte d'entrée.

— Merci beaucoup, dit Diana, soulagée.

Elle tendit la main :

— Je m'appelle Diana Foster.

L'homme la serra rapidement en se présentant comme Ernest Taylor. Sa galanterie n'allait tout de même pas jusqu'à porter les valises de Diana.

— Je vous prendrai le long du trottoir pour que vous n'ayez pas à les porter jusqu'au parking, dit-il après les avoir soupesées du regard.

— C'est très aimable de votre part, dit Diana avec une ironie voilée en se retournant pour prendre le premier de ses trois bagages.

Elle venait de sortir le troisième quand, écartant ses cheveux de la main, elle aperçut le véhicule qui allait l'emmener en ville. Si elle n'avait été aussi fatiguée et énervée, elle se serait assise sur une de ses valises Vuitton et aurait ri aux larmes. Un camion bleu marine couvert de poussière, avec un autocollant à l'effigie de Ronald Reagan, chargé de bidons d'huile, d'un attirail de pêche, de boîtes à outils et de câbles, venait de s'arrêter au bord du trottoir.

— La porte arrière ne ferme plus. Installez vos bagages à l'arrière, en les passant par-dessus mes affaires, suggéra Ernest en mâchonnant toujours son cure-dent.

Diana savait qu'elle ne réussirait pas à soulever ses lourdes valises jusqu'à la hauteur de la pile qui se trouvait à l'arrière du camion.

— Vous pourriez me donner un coup de main ?

Ernest ouvrit sa porte mais ne posa qu'un pied par terre.

— Combien vous me payez pour ce travail ?... Cinq dollars, ça va ?

Diana, qui avait l'intention de lui donner vingt dollars pour la conduire jusqu'à Kingdom City, revint sur ses intentions généreuses :

— Parfait.

Ernest descendit de son camion et jeta les Vuitton à cinq mille dollars par-dessus son tas de boîtes à outils et de chiffons sales. Et comme il s'apprêtait à lancer la troisième valise sur les bidons d'huile, Diana ne se retint plus :

— Vous ne pourriez pas faire ça un peu plus soigneusement, s'il vous plaît ? Ces bagages coûtent très cher.

— Quoi ? Ça ? dit-il avec un air de mépris en soulevant sans effort apparent une valise à bout de bras. Je ne vois pas pourquoi. C'est juste un bout de toile recouvert de plastique…

Sachant qu'il était inutile de poursuivre une telle discussion avec le propriétaire d'un camion aussi crasseux, Diana ne répondit pas. Malheureusement, Ernest interpréta son silence comme une approbation et il poursuivit :

— Le mélange des couleurs n'est vraiment pas beau, cette espèce de marron avec des lettres verdâtres partout… tous ces « LV »…

Cela dit, il lança la dernière valise sur les bidons d'huile, puis se glissa derrière son volant et attendit, regardant Diana repousser quelques cartes routières, du matériel de pêche et une canette de bière pour se faire de la place sur son siège.

— LV, c'est même pas un nom, reprit-il.

Comme il avait l'air d'attendre une réponse pour mettre son camion en marche, Diana expliqua :

— Ce sont des initiales.

— Ah ! vous avez acheté vos valises d'occasion, c'est ça ? conclut-il d'un air sagace en faisant grincer les vitesses sur le gravier de l'allée en direction de la grand-route. Vous savez comment j'ai deviné ?

Diana commençait à trouver la situation comique.

— Non…

— Parce que LV, c'est pas vos initiales. Pas vrai ?

— En effet.

— À qui appartenaient ces horreurs avant que vous en héritiez ?

— À Louis Vuitton, répondit sérieusement Diana.

— Vraiment ?

— Oui.

Il appuya sur la pédale de frein en même temps que sur celle d'embrayage pour s'arrêter au stop.

— Un petit ami ?

Peut-être à cause de la proximité des montagnes et de Cole, Diana se sentit soudain en harmonie avec tout ce qui l'entourait…

— Non.

— Ça me rassure.

Elle regarda, fascinée, le profil d'Ernest, sa peau basanée comme du vieux cuir, ses yeux bruns, ses joues creuses et son cure-dent planté au coin de sa bouche.

— Pourquoi ? demanda-t-elle.

— Parce que je connais pas un seul Américain qui accepterait de porter des valises avec ses initiales partout marquées dessus. Je vous le jure.

Diana essaya de se rappeler les hommes qu'elle avait vus dans les magasins Louis Vuitton en train de s'acheter des valises… Elle réfléchit un moment puis donna son approbation avec un petit sourire :

— Vous avez raison.

46

— On y est, Kingdom City est à gauche, dit Ernest en sortant son bras par la fenêtre pour indiquer qu'il allait tourner. Voilà la Grand-rue.

Diana regarda par la vitre avec curiosité. C'était la ville natale de Cole et elle essaya de tout enregistrer. Le centre-ville comprenait quelques magasins et petites entreprises, et même un théâtre du Capitole, flanqué d'un drugstore et d'une quincaillerie. De l'autre côté de la rue, le café *Aux coups durs*, une agence d'assurances, la banque, une boulangerie et trois magasins qui vendaient de tout, depuis les magnétophones jusqu'aux selles de cheval.

Ernest la déposa *Aux coups durs* pour qu'elle puisse téléphoner, mais à sa grande déception, la ligne de Cal était toujours occupée. Elle s'était déjà assurée qu'il y avait une station de taxis à Kingdom City et se résigna à l'idée d'y avoir finalement recours.

En s'arrêtant au stop devant la boutique Wilson de fourrage et de grains, Ernest fit rouler son cure-dent vers l'autre extrémité de sa bouche.

— Vous avez idée de comment aller là-bas ?

— Je vais prendre un taxi.

— Il a crevé.

Et pour preuve, il désigna de la tête le parking devant le garage Gus, déjà encombré de voitures en attente d'être réparées. Dans la première rangée, Diana vit une

Mercury blanche, son capot relevé et le mot TAXI écrit en noir sur une de ses portières.

Ernest ayant déjà clairement laissé entendre qu'il ne pouvait la conduire à Jefferson City, Diana se trouvait donc devant un choix restreint : soit faire du stop, soit se tenir à un coin de rue avec une poignée de dollars à la main, les deux solutions étant aussi hasardeuses l'une que l'autre…

— Ernest, dit-elle en prenant une voix très « femme en détresse »… Je suis désespérée, et je suis persuadée que vous allez penser à quelque chose. Quelqu'un ici peut-il me louer sa voiture ?

— Non !

— Je serai généreuse.

À ce mot, Ernest, qui jusqu'ici avait semblé ne pas vraiment comprendre l'ampleur du problème ni voir qu'il était concerné, changea complètement d'attitude.

— À combien ça vous revient d'habitude de louer une voiture ? fit-il avec un regard en coin.

Diana se souvint en avoir loué une pour plusieurs jours à Dallas.

— Deux ou trois cents dollars, je crois. Pourquoi ? Vous connaissez quelqu'un qui me louerait une voiture ?

— Maintenant, j'ai une petite idée, annonça-t-il avec un enthousiasme étonnant, appuyant en même temps sur la pédale de frein et l'embrayage, il se dirigea vers la cour du garage.

Il s'arrêta derrière le taxi, barrant ainsi le chemin.

— Je vais voir ce que je peux vous avoir.

Diana était si contente qu'elle lui posa la main sur le bras dans un geste de reconnaissance au moment où il descendait du camion, laissant la porte osciller sur ses gonds fatigués.

Très peu de temps après, un homme émergea du garage délabré. Il portait une chemise bleu pâle et une salopette de travail bleu foncé, avec un chiffon graisseux dépassant de sa poche et un badge ovale sur sa chemise annonçant : Gus. Il s'essuya la main en avançant vers Diana :

— Ravi de vous rencontrer, madame, dit Gus un peu maladroitement. Ernest m'a dit que vous vous intéressez à la Ford et il est allé vous la chercher.

Derrière le bâtiment, elle entendit un moteur essayer de démarrer, avec de terribles crachotements, puis un silence. Il démarra après une deuxième tentative et Diana ouvrit son sac, en espérant que Gus acceptait les cartes de crédit.

— Voilà, dit-il.

Diana fut partagée entre le rire et la stupéfaction en voyant s'avancer un camion orange, en pire état encore, si cela était possible, que le camion bleu qui l'avait amenée à Kingdom City. Il était recouvert d'une épaisse couche de boue et de poussière, le pare-chocs avant fixé par une ficelle et la vitre du passager recollée avec du scotch. Muette d'étonnement, elle regarda Ernest descendre du camion, tout heureux :

— Vous plaisantez, je suppose. Que voulez-vous que je fasse avec ça ?

— Achetez-le ! s'exclama Ernest, comme si c'était l'évidence même.

Il étendit les bras dans un geste de jubilation :

— Vous l'achetez cinq cents dollars. Vous le gardez ou vous le revendez.

Diana se sentit piégée, mais refusa de croire que c'était la seule solution possible, elle ne pouvait se faire à l'idée d'acheter cinq cents dollars ce vieux tas de rouille.

— Je n'arrive pas à croire que cette guimbarde coûte cinq cents dollars.

— Elle est costaud, dit Ernest, semblant ne pas avoir remarqué le pare-chocs et le phare qui pendaient, ni la vitre brisée.

Mais Diana n'avait pas le choix.

— Bon, je la prends, dit-elle d'une petite voix malheureuse, en cherchant sa carte de crédit dans son sac.

Sans mot dire, Gus prit la carte et repartit vers sa boutique. Il revint avec le ticket à signer et des billets. Pendant que Diana signait le ticket, Ernest installa ses valises à l'arrière du camion orange. Puis il revint pour voir si tout allait bien.

— Bon, ça va, dit-il, et sous le regard furieux de Diana, il tendit la main à Gus, qui compta quatre cent quatre-vingt-dix dollars.

— Et les dix derniers ? demanda Ernest, mécontent.

— Tu me devais un pneu.

Se rendant compte trop tard de la fraude, Diana se retourna vers les deux hommes. Gus n'ayant jamais essayé de lui vendre cette saleté de camion, elle s'en prit à Ernest, qu'elle tenait pour seul responsable. Elle darda un regard aigu comme un poignard sur son visage tanné :

— Vous êtes en train de me dire que vous avez réussi à me fourguer votre vieille guimbarde ?

— Ben oui, fit-il avec un sourire insolent.

Et, comble de provocation, il lui donna un coup de coude en ajoutant :

— Je n'espérais pas en tirer deux cent cinquante dollars !

Intérieurement humiliée, Diana le regarda droit dans les yeux et assena au vieux grigou un mensonge qui, espérait-elle, l'empêcherait de dormir pendant plusieurs nuits :

— Mais moi j'étais prête à mettre mille dollars !

Ernest eut une mine déconfite si comique que la colère de Diana retomba aussitôt, avant même qu'elle eût entendu Gus pouffer de rire dans son dos.

Ernest la suivit jusqu'à la porte du conducteur, qu'il lui ouvrit. Un peu dégoûtée, elle grimpa sur le siège en skaï déchiré et sale. Il ferma la porte derrière elle. Le volant lui parut énorme, mais elle se débrouilla. Quand elle voulut appuyer sur la pédale de frein, elle s'aperçut qu'il y avait trois pédales et un levier de changement de vitesse à sa droite, où étaient inscrits première, seconde, arrière. Il n'y avait pas de changement de vitesse automatique !

— Je parie que vous savez pas vous en servir, si ?

— Mais si, bien sûr, mentit Diana, regardant par-dessus son épaule tandis que son cœur battait à tout rompre.

Elle n'avait pas d'autre moyen de sortir de l'allée qu'en marche arrière, et l'allée était en pente. Faisant semblant d'attendre que deux femmes avec un landau soient passées, elle étudia le diagramme et essaya de se rappeler comment on manœuvrait un levier de changement de vitesse, comme Doug le lui avait appris quand elle avait seize ans.

Ayant vérifié que personne n'était derrière, elle passa la marche arrière, ce qui provoqua des grincements assourdissants, puis elle lâcha la pédale en produisant un énorme soubresaut et appuya sur l'accélérateur. Le camion recula, prit de la vitesse. Gus lui cria un avertissement par-dessus le rire d'Ernest, mais sans trop qu'elle sache comment, le camion aboutit sur la Grand-rue, l'avant dans la direction opposée à celle qu'elle souhaitait. Pour épargner sa fierté, elle préféra faire le tour du pâté de maisons plutôt qu'un demi-tour…

47

Constatant que le camion avait tenu pendant les dix premiers kilomètres, Diana se détendit et observa le paysage. C'était une partie du Texas qu'elle connaissait peu, aisément reconnaissable pour tous les amateurs de western : derrière les barrières séparant les pâturages des petites routes sinueuses de campagne, des veaux nouveau-nés gambadaient près de leurs mères, des poulains élancés à la queue touffue et aux longues jambes frêles faisaient leurs premiers pas sous le regard de juments paisibles.

Diana s'imagina ce paysage au printemps, quand les jacinthes, les boutons d'or et les œillets d'Inde en fleur paraient d'un tapis joyeusement bariolé les pentes irrégulières des collines et des vallons.

Elle s'arrêta à une petite station d'essence pour s'assurer qu'elle n'avait pas dépassé l'embranchement du ranch de Cal : car l'habitude voulait que les adresses soient inscrites sur les boîtes aux lettres, mais, dans cette région, elles étaient masquées par les mauvaises herbes.

Diana aperçut bientôt droit devant elle, ce qui ne pouvait être que le ranch. Elle ralentit prudemment, en espérant de toutes ses forces que le camion n'allait pas la lâcher dans le tournant. Le véhicule siffla et grinça bruyamment tandis qu'il ralentissait et hurla à écorcher les oreilles au changement de vitesse, mais elle réussit à l'engager dans le chemin. Une fois cet obstacle franchi, elle dut en affronter un autre : une allée de gravier en pente, longue d'un kilomètre, qui serpentait entre des arbres que personne n'avait voulu tailler apparemment, et qui ensuite montait en pente raide.

— Elle devrait être ici d'une minute à l'autre, disait Cole à Cal en regardant sa montre. Si elle n'arrive pas, je vais aller la chercher.

Il avait appelé son bureau, où on lui avait dit que Diana était partie, avec pour tout renseignement l'adresse de Cal. Cole avait alors aussitôt appelé l'aéroport. Une femme lui avait répondu que Diana était arrivée et qu'un homme — tout à fait respectable, assura-t-elle — l'avait emmenée jusqu'au centre-ville.

— Tu aurais dû aller la chercher, lui dit Cal d'une voix inquiète. On ne laisse pas sa femme errer toute seule dans la campagne. Ce n'est pas une façon de traiter sa femme.

— Si je savais quelle route son chauffeur a prise, j'essayerais d'aller à leur rencontre.

Cole se montrait patient, mais était surpris par la nervosité de son oncle depuis qu'il savait que Diana allait venir.

Cal s'apprêtait à lui répondre quand ils entendirent un bruit sourd provenant de l'allée.

— Qu'est-ce que c'est, mon Dieu ! dit-il en emboîtant le pas à Cole, qui était déjà près de la porte d'entrée.

— Je parie que c'est le chauffeur de Diana, dit celui-ci, regardant d'un œil incrédule le camion orange aux pare-chocs et au phare pendants faire des embardées dans leur direction, avec des grincements à se boucher les oreilles.

Cal observa la scène un moment, surtout soucieux de faire bonne impression à sa nouvelle nièce. Des deux mains, il lissa soigneusement ses cheveux en arrière sur ses tempes, redressa ses épaules et vérifia sa cravate :

— Cole, demanda-t-il d'une voix singulièrement hésitante, tu crois que Diana va m'aimer ?

Ému par ce manque de confiance inhabituel chez son oncle, Cole ne lui laissa aucune hésitation :

— Elle va t'adorer.

Rassuré, Cal se tourna vers l'étrange véhicule qui fit un dernier bond en avant avec un crissement aigu :

— On dirait qu'il a enfin trouvé la seconde.

Il ajouta en plissant les paupières :

— Tu vois si Diana est avec lui ?

Cole, qui avait de bons yeux, se dirigea vers le porche… et écarquilla les yeux d'étonnement en voyant le visage de sa femme :

— C'est Diana ! annonça-t-il.

Il descendit les marches, suivi de Cal.

Diana fut tellement contente de les voir qu'elle s'embrouilla dans sa manœuvre. Appuyant sur la pédale de l'accélérateur au lieu de celle du frein, elle faillit à deux centimètres près écraser Cole qui s'approchait.

— Attention ! hurla celui-ci en faisant un bond en arrière et en tirant Cal à lui.

Le camion finit par s'arrêter avec un dernier hoquet.

Toute tremblante à l'idée d'avoir manqué écraser les deux hommes, Diana posa son front sur le volant, attendant que Cole arrive jusqu'à sa portière. Elle se redressa juste comme il prenait la poignée, qui lui resta dans la main. Il dut passer le bras à l'intérieur pour pouvoir ouvrir.

— À qui appartient ce tas de ferraille ? lui demanda-t-il en lui tendant la main, qu'en jeune femme élégante elle accepta, se levant avec grâce du siège en skaï déchiré et défoncé.

Elle s'arrêta pour secouer un peu la poussière de ses vêtements, adressa un sourire chaleureux à Cal.

— À nous ! dit-elle un peu honteuse.

Cole ne put retenir un grand éclat de rire.

— Voici ma maison, dit Cal en faisant passer Diana par la porte de devant.

Il insista pour qu'elle s'assoie dans son fauteuil, qui était le plus confortable. Puis il courut lui chercher un verre de citronnade à la cuisine. Il y avait un peu partout des piles de magazines bien ordonnées, et sur la table basse, bien en évidence, le dernier numéro de *Foster's Beautiful Living.*

Diana avait du mal à croire que cet homme galant et émouvant qui l'accueillait comme si elle était le soleil de sa vie était aussi ce personnage méchant et têtu qui avait forcé Cole au mariage en lui faisant du chantage, le menaçant de lui reprendre la moitié de la société, « pour son bien ».

— Nous allons juste rester quelques instants ici, lui dit-il en revenant.

Il lui tendit son verre de citronnade et resta debout à côté d'elle, comme s'il redoutait qu'elle ait besoin d'aide pour le boire. Il finit par s'asseoir en face d'elle, sur le canapé à côté de Cole, et leur exposa alors le programme de la journée.

— Dans un petit moment, nous irons dans l'autre maison. Nous dînerons là-bas, vous y dormirez et je reviendrai ici.

Diana, qui s'était immédiatement prise d'affection pour le vieil homme, jeta un coup d'œil embarrassé à Cole.

— Oh ! dit-elle, je pensais que j'allais habiter ici, pour que nous puissions faire un peu mieux connaissance.

— L'autre maison est aussi sur le ranch, juste à côté, la rassura Cal, tout rayonnant de plaisir en constatant qu'elle désirait rester.

Il lui fit visiter la maison, puis décréta qu'il était temps de partir.

La maison de Cal était de plain-pied avec une large terrasse, construite de façon pratique sans tenir compte de la vue. Mais l'autre maison, située à un mile de là, après un fort virage, avait une vue magnifique.

— Que c'est beau ! s'exclama Diana en descendant du quatre-quatre de Cole.

Construite sur la hauteur, à la lisière d'une petite colline boisée, une jolie maison de pierre et de bois de cèdre était entourée sur trois côtés par un balcon en encorbellement. L'intérieur était simple, avec une solide cheminée d'un côté et des portes coulissantes de l'autre, qui ouvraient sur le balcon. Deux grandes chambres donnaient sur le living-room et la cuisine avait vue sur les collines, dans la direction opposée à la maison de Cal.

— Voici Letty, annonça Cole affectueusement.

Une femme rondelette aux cheveux tirés en arrière sortit de la cuisine. Elle semblait aussi heureuse que Cal de faire la connaissance de Diana.

— Le dîner sera servi à six heures, dit-elle en reprenant le chemin de la cuisine. Quelque chose de simple… pas aussi magnifique que les photos de votre magazine.

— Je suis une piètre cuisinière, vous savez, avoua Diana.

— Bien, répondit Letty, l'œil pétillant.

Diana aperçut par l'embrasure de la porte Cole qui posait ses valises au pied d'un grand lit. Il se retourna, leurs regards se croisèrent, et de son corps sembla émaner un courant d'électricité qui la traversa. Il lui avait passé le bras sur l'épaule de façon très naturelle quand il l'avait présentée à Cal, mais rien dans ce geste ni dans tout ce qu'il avait fait depuis son arrivée n'indiquait si ce séjour devait être leur lune de miel ou non.

Elle n'osa interpréter ce regard comme signifiant que pour lui, cela allait de soi, ni que cela n'avait pas beaucoup d'importance.

Tout commença à changer après le dîner.

48

Après le dîner et une fois la table débarrassée par Letty, le coucher de soleil stria le ciel de rayures lavande, pourpre et rouge.

La nervosité de Cal avait disparu. Il était sûr à présent que Diana faisait partie de la famille et que c'était pour toujours. La jeune femme se sentit d'autant plus en porte à faux que Cal se mit à lui poser des questions sur la maternité, lui demandant par exemple comment elle ferait pour s'occuper à la fois de sa société et d'un bébé. Et elle eut l'impression très nette qu'il savait qu'elle ne s'était jamais interrogée là-dessus et que cela lui semblait bizarre.

Cole, quant à lui, semblait tout à fait étranger à son sentiment de culpabilité ou à son embarras. En fait, c'était lui qui la mettait mal à l'aise et elle eut l'impression qu'il le faisait exprès. Tout en paraissant être dans la conversation, il la contemplait tranquillement du coin de ses yeux gris, ce qui l'agaçait. Elle repoussa d'un geste contraint une mèche de cheveux sur sa joue.

Il était affalé dans son fauteuil, ses longues jambes étendues devant lui, négligeant le coucher de soleil pour la regarder. Sans qu'aucun de ses muscles ne bouge ou qu'il ne dise un mot, il émanait de lui une virilité de prédateur.

Et pour couronner le tout, les deux hommes parlaient avec le plus grand naturel de choses embarrassantes pour Diana, qui revenaient dans la conversation avec une régularité exaspérante. Le compliment tout simple qu'elle fit sur la table en fer forgé autour de laquelle ils étaient assis amena Cal à faire des commentaires sur le grand lit que Cole avait fait venir quatre jours auparavant pour remplacer l'ancien jugé trop simple. Parmi les autres meubles arrivés par camion, lui dit-il aussi, il y avait le grand sofa en L du salon, qui disparaissait sous une profusion de coussins.

Puis quand Diana dit qu'elle trouvait le terrain agréablement aménagé, elle apprit que Cole avait fait venir une armée d'ouvriers qui avaient travaillé jusqu'à son arrivée.

— Le terrain n'était pas assez bien entretenu pour recevoir une jeune mariée, décréta Cal, qui ajouta en désignant une balancelle sur le balcon : Cole l'a fait venir de Dallas pour votre arrivée. Je n'avais jamais rien vu de pareil… Et vous ?

Elle se retourna pour regarder l'objet en question et sourit :

— Si, déjà une fois.

— Je ne connais pas grand-chose… J'ai cru qu'il installait un lit sur le balcon ! Ça, j'en ai déjà vu… mais souvent avec les ressorts cassés et une vieille essoreuse à mettre à la casse à côté !

Diana sursauta : effectivement, cette balancelle ressemblait peut-être à un lit.

— Cal…, coupa Cole.

Diana trouva son intervention inutile et un peu tardive.

Si elle avait accepté de passer sa lune de miel ici — car c'était ce qu'elle comptait faire —, elle n'avait pas envisagé que les choses iraient à un rythme aussi rapide.

À huit heures et demie exactement, Cole regarda Cal, qui jeta un coup d'œil à sa montre, se leva et annonça :

— Il est l'heure que je me remette au travail.

Étant donné qu'il n'avait pas de travail et qu'il faisait nuit noire, Diana en conclut que Cole trouvait qu'il était temps d'utiliser les nombreuses surfaces horizontales et rembourrées de la maison et que Cal désirait les voir s'entraîner pour lui faire un petit-neveu.

Elle se leva presque aussi brusquement que lui :

— Je vais aller prendre une douche et passer quelque chose d'un peu plus... propre !

Cole la regarda s'éloigner, étonné de sa réaction. Il était sûr qu'elle avait l'intention de partager son lit... presque sûr.

Quoique...

Quelques minutes plus tard, en allant chercher un verre de thé glacé à la cuisine, il remarqua que la porte de sa chambre était ouverte. Il manquait une des valises et Diana était dans la salle de bains de la seconde chambre. Il prit un air pensif. Des salles de bains séparées chez Diana, et maintenant chez lui... Elle se montrait délicate et raffinée. Ou timide. Ou fuyante.

Habituellement, Cole savait jauger une situation en quelques minutes. Ce soir, il n'arrivait pas à percer les intentions de sa propre femme. Les sourcils froncés, il se rendit dans sa chambre pour prendre une douche. Il ôta sa chemise puis se souvint qu'il s'était douché juste une heure avant l'arrivée de Diana. C'était lui, maintenant, qui se comportait comme une mariée effarouchée.

Il retourna à la cuisine, jeta le thé glacé dans l'évier et décida de prendre un verre d'alcool. Il l'emporta sur le balcon et s'étendit sur la balancelle.

Il savait très bien que Diana le désirait.

Ils étaient follement attirés l'un vers l'autre.

Il lui avait proposé de prendre la décision. Alors ou bien elle hésitait, ou bien elle avait pris une décision qui allait lui déplaire et elle avait du mal à la lui annoncer.

Les étoiles apparaissaient une par une, scintillant vivement dans le ciel qui s'obscurcissait.

Dans la chambre d'amis, Diana finissait de se brosser les cheveux en réfléchissant à ce qu'elle allait mettre. Il était encore trop tôt pour passer un négligé, ce qui d'ailleurs paraîtrait un peu provocant. Elle opta pour un short blanc et une chemise en soie verte. Cole s'attendait peut-être à la voir apparaître dans quelque chose de vaporeux et de transparent. Elle mit un peu de rouge à lèvres en se disant qu'il prévoyait de renouveler leur nuit de noces mais avec plus d'ardeur encore, et sa main trembla si fort que le tube de rouge lui échappa des mains. Elle avait tellement bu ce soir-là, se souvenait-elle, qu'elle ne savait plus ni où ni qui elle était. Mais aujourd'hui, elle était sobre et son estomac était noué d'appréhension.

Pourquoi se laissait-elle prendre à ce jeu ? Elle se remit à se brosser les cheveux. Mari ou pas, Cole lui était étranger. C'était un parfait inconnu qui franchissait d'énormes barrières sans la moindre angoisse ni difficulté et sans avoir l'air de s'inquiéter des conséquences.

Elle, en revanche, voyait des conséquences pour eux deux. À quoi bon nier qu'après son départ de Houston, elle avait pensé à lui mille fois par jour et à chaque fois avec plus de tendresse et de plaisir. À quoi bon nier aussi qu'à l'idée de passer sa lune de miel ici avec lui, les jambes lui manquaient. Maintenant qu'elle se trouvait chez lui, quelque chose n'allait plus. Ils avaient beau être légalement mariés, ils avaient mis les points sur les *i* : cette union était temporaire. L'idée que Cole avait suggérée à Houston, c'était qu'ils aillent au bout de la farce et s'offrent une semaine d'orgies sexuelles.

Mais il lui avait bien dit que ce n'était qu'une suggestion, que c'était à elle d'en décider. Et elle avait décidé d'accepter.

Maintenant, elle se trouvait au pied du mur. Puisqu'elle était venue, il était évident que Cole en avait tiré des conclusions et avait l'intention d'agir selon son bon plaisir. Elle décida de ne pas accepter cela. Du moins, pas ce soir.

Elle n'allait pas perdre le contrôle. Elle aimait diriger sa vie, le présent comme l'avenir, et en général se débrouillait très bien. Sauf quand il s'agissait de Cole, qui bouleversait tout… C'était un schéma qui ne devait pas s'installer. Elle devait lui donner une leçon.

Enhardie par sa résolution, elle posa sa brosse à cheveux et quitta la chambre d'amis.

La maison était plongée dans l'obscurité, sauf la chambre de Cole, elle en déduisit qu'il devait prendre une douche et décida d'aller l'attendre sur le balcon.

Elle sortit en fermant la porte derrière elle, puis se dirigea vers la balustrade pour regarder les collines baignées par le clair de lune.

Elle se trouvait là depuis une bonne minute, quand une voix basse et chaude demanda :

— Tu viens me rejoindre ?

Diana sursauta et se retourna. Cole était allongé dans la balancelle, vêtu seulement de ses mocassins et de son pantalon. Sa poitrine nue lui apparut comme une provocation délibérée.

Son regard resta un moment rivé sur sa peau bronzée, sur les muscles de sa poitrine et de ses épaules, puis remonta jusqu'à ses yeux. Il voulait qu'elle le rejoigne, il l'attendait. Le cœur de Diana flancha et se mit à battre un peu plus vite.

Elle se rappela fermement sa décision et répondit avec un sourire qui fit, malgré elle, paraître son refus à la fois désinvolte et blasé.

— Je ne crois pas, dit-elle pour cacher son embarras, je vais aller chercher quelque chose à boire à la cuisine.

Comme elle passait devant lui, il lui prit la main et la força à s'arrêter et à le regarder. Il étudia silencieusement son visage comme s'il y cherchait une réponse et, dans son émotion, elle le laissa l'attirer lentement vers lui. Il lui parla d'une voix si douce que, à elle seule, cette voix lui fit perdre l'équilibre, autant que le geste de Cole.

— Ne joue pas ce petit jeu avec moi, chaton, dit-il.

Et, lui prenant l'autre bras, il l'attira contre lui.

Diana atterrit le front sur son menton, la main gauche sur son avant-bras. S'arc-boutant sur ses épaules, elle s'écarta de sa poitrine et le regarda, incrédule et furieuse. De sa main gauche, il lui caressa alors doucement le bras tout en gardant son regard rivé au sien. Le message émis par ses yeux gris était aussi clair que s'il avait dit : « Décide-toi. »

Diana regarda la bouche sensuelle si proche de la sienne. Une bouche séduisante au sourire tendre. *Décide-toi.*

Sans qu'elle le veuille, ses lèvres s'approchèrent de celles de Cole et son cœur se mit à battre la chamade. *Décide-toi.*

Il ferma les yeux et sa respiration à elle se fit plus haletante. Elle l'embrassa doucement et accueillit ses baisers, épousant chacun de ses mouvements tandis qu'il lui caressait les bras et les étreignait. Elle retira sa bouche et il la laissa partir, mais elle sentit son corps se raidir sous le sien et vit ses yeux s'embrumer. Il lui effleura la joue, lui passa la main derrière la nuque, pour la faire céder.

Ses bras lâchèrent et elle tomba sur sa poitrine musclée tandis qu'il lui reprenait la bouche et l'embrassait avec passion. Il lui passa la main dans les cheveux, sans cesser son baiser, puis lui prit la hanche pour la faire rouler de côté et il se pencha sur elle.

Sa langue explora sa bouche, en prit possession ; ses cuisses s'appuyaient contre les siennes. Des cuisses dures. Exigeantes.

Elle l'étreignit plus étroitement, se tendit. Il s'arrêta de l'embrasser pour déboutonner sa chemise et l'ouvrir, et y découvrit ses tétons gonflés comme deux bourgeons sur deux globes exquis, parfaitement proportionnés à son corps. Il faillit perdre tout contrôle.

Il toucha un téton qui se durcit sous sa caresse, puis se baissa pour l'embrasser. Diana gémit et arqua le dos dans un accès de plaisir dont l'intensité le surprit. Essayant de se maîtriser, il embrassa l'autre téton ; Diana s'accrocha à ses cheveux en se ployant davantage en arrière.

Stimulé par son plaisir à elle, son désir se fit plus urgent. Il s'efforça de se ralentir et la fit passer à nouveau au-dessus de lui. À sa surprise, elle rapprocha les deux pans de sa chemise et se redressa. Il l'arrêta juste au moment où elle sentit son érection sous elle.

Diana crut comprendre pourquoi il s'était ralenti. Elle

baissa la tête pour éviter son regard et se remit à boutonner sa chemise. La voix rauque de Cole l'arrêta :

— Non !

Elle le fixa, les mains sur les boutons de sa chemise. Cole écarta les pans.

— C'est si beau, dit-il en la lui ôtant.

Il prit ses seins dans ses paumes et les caressa.

Le cœur de Diana battait à tout rompre, de honte et de plaisir mêlés.

Cole se sentait si proche d'elle que son cœur à lui aussi se mit à battre. Il réalisa brusquement qu'il sentait ses réactions à elle dans son corps à lui. Il frotta ses pouces sur ses tétons et ce furent les siens qui se durcirent.

— Caresse-moi, murmura-t-il, effrayé de ce qui se produirait si elle le faisait.

Sa voix brisée fit trembler les mains de Diana qui se baissa sur lui et couvrit son téton de ses lèvres, le taquinant de la langue. Il eut un soupir brutal, Diana sentit ses hanches bondir sous elle comme s'il était déjà en elle. Il la fit basculer sur la balancelle et la maintint sous lui. Ils ne cessaient de s'embrasser et de se caresser tout en se déshabillant mutuellement.

Ses seins étaient beaux, il avait un corps magnifique, il était son maître et son esclave. Ses gémissements étaient pour elle une musique, ses soupirs étaient pour lui une bénédiction. Ils restèrent étroitement enlacés sans bouger tandis qu'il la pénétrait, et ce qui commença comme un doux bercement se transforma bientôt en coups ardents et fous. Elle s'accrochait à lui, tremblante de désir et il entrait en elle sans fin, dans une envie désespérée de la posséder entièrement. Elle poussa un cri de jouissance et il la rejoignit.

Ensuite, blottie dans ses bras, elle ne retint pas les larmes qui roulaient doucement sur sa poitrine. Il les sentit, le regard perdu vers le ciel profond, là où les étoiles se mettaient à vaciller dans ses yeux gris qui s'embuaient.

Il ferma les yeux et s'agenouilla sous les cieux, la tête inclinée.

Il prononça des mots fous, des promesses et des prières.

Comme il ne recevait aucune réponse, il murmura « s'il vous plaît... » d'un ton impatient.

Il posa la main sur sa joue mouillée, elle tourna son visage dans sa paume en lui murmurant :

— Je t'aime.

Il se sentit comblé.

Allongée dans le grand lit, la tête sur la poitrine de Cole, Diana souriait dans l'obscurité, attendant qu'il dise quelque chose. Elle se doutait que, en ce moment, il était en train de réorganiser complètement le reste de sa vie, probablement avec la même force de décision et d'action que celle dont il venait de faire preuve.

Elle était fort curieuse de voir comment il allait contourner certains des obstacles à leur toute nouvelle union. Il l'aimait et elle l'aimait, c'était la seule chose qui importât vraiment, mais il y avait quelques difficultés. Elle les passa mentalement en revue.

Elle vivait à Houston où elle dirigeait une grosse entreprise.

Elle voulait lui donner des enfants.

Il n'en voulait pas.

Elle se dit qu'il ne suffirait pas de naviguer entre ces obstacles. Il faudrait un miracle.

Elle ferma les yeux, décidant de compter sur l'éventualité de ce miracle. Elle somnola et, quand elle s'éveilla quelques minutes plus tard, la petite lampe de chevet était allumée. Les doigts de Cole étaient enlacés dans les siens.

— J'ai réfléchi, lui déclara-t-il tendrement, et je suis arrivé à une conclusion.

Elle sourit intérieurement à ces mots qu'elle attendait. Elle n'arrivait pas à s'arrêter de sourire. Levant son visage vers celui de Cole, elle essaya de déchiffrer quelles décisions il avait prises sans la consulter.

— Nous avons un problème de logistique, commença-t-il. (Il vit la lueur d'amusement dans ses yeux et la serra plus fort contre lui.) Je crois, chérie, que tu vas devoir emménager à Dallas, car moi, je ne peux pas transférer Unified à Houston, pour des tas de raisons. En outre, c'est fiscalement suicidaire.

Elle feignit un soupir :

— Selon notre contrat initial, nous devons garder nos résidences séparées dans les deux villes. C'était ce qui était convenu.

Cole, la prenant au sérieux, expliqua :

— C'est impossible.

— C'est ce qui était convenu. Ce terme du contrat était irrécusable.

Il écarta cette objection avec un air de supériorité toute masculine :

— Rien de verbal n'est irrécusable. C'est une contradiction dans les termes.

— Donc on annule tout ?

Cole l'examina d'un regard aigu, scrutant l'expression de fausse innocence de ses yeux de jade.

— Diana, tu es très belle… Dis-moi où tu veux en venir.

— Je pourrais accepter de déménager les départements administratifs et commerciaux de Foster Enterprises à Dallas et laisser la production, que je confierais à Corey, à Houston.

— Donc le problème est résolu, soupira-t-il d'aise en se penchant pour l'embrasser, et elle sentit que son corps était impatient de refaire l'amour.

Elle écarta les doigts, qu'elle passa lentement sur la courbe de son estomac, les yeux pleins d'espoir.

— Quoi que tu me demandes avec ce regard, la réponse est oui, dit-il.

— Je voudrais avoir des enfants. Des enfants de toi.

Il baissa le menton, l'air un peu inquiet :

— Combien ?

Le sourire de Diana fut un véritable rayon de soleil, ses yeux étincelèrent comme le diamant ovale de huit carats que Cole lui avait passé au doigt pendant qu'elle sommeillait. Il avait apporté la bague avec lui, espérant que leur histoire se finirait ainsi… mais sans y croire vraiment.

— Trois, répondit-elle.
— Un, contra-t-il durement.
Elle le regarda :
— Je te donnerai Park Place et Broadwalk et tous mes immeubles, si je peux en avoir deux.
— Accord conclu ! pouffa-t-il.

49

La porte de Cal était ouverte ; Diana entra. Cole l'avait laissée faire la grasse matinée en lui déposant un petit mot, où il lui demandait de descendre chez Cal quand elle serait prête. Elle entendit les deux hommes qui conversaient à la cuisine, où Letty leur servait le petit déjeuner.

— J'ai eu tort de ne pas t'avertir avant ?

— Non. Et maintenant que tu me l'as dit, ça m'est complètement égal.

Cal sembla soulagé :

— Ça t'ennuie de faire ces courses pour moi ? Tu pourrais t'arrêter en chemin dans votre vieille maison, voir s'il y a quelque chose qui t'intéresse.

Diana entra dans la cuisine au moment où Cole répondait ironiquement :

— Je me rappelle où c'est...

Ils étaient assis à table et Cal l'accueillit avec un sourire. Puis ils reprirent leur conversation. Diana contourna la table pour aider Letty à porter les assiettes d'œufs brouillés accompagnés de biscuits baignant dans la sauce.

— Qu'est-ce que tu te rappelles ? demanda-t-elle.

— La maison de mes ancêtres.

Sa voix avait quelque chose de faux et d'atone.

Diana lui posa la main sur l'épaule et s'appuya contre lui pour lui passer l'assiette.

— J'irai avec toi, j'aimerais beaucoup la voir.

— Non ! répliqua-t-il si brusquement que Diana s'arrêta en posant l'assiette devant lui.

Il s'excusa de son intonation en lui prenant la main et en la pressant sur son épaule quelques instants.

Les deux hommes attendirent que Diana se soit assise à sa place. Puis Cal reprit sur le sujet qui le préoccupait. Diana comprit d'où Cole tenait sa ténacité.

— Si, de temps en temps, tu lisais autre chose que des informations financières et des évaluations boursières, tu saurais ce que veut dire regretter et prendre des décisions trop tard. Un jour ou l'autre, il faut affronter le problème, comme disent les psychologues. C'est écrit là, dans les livres et revues spécialisées qui sont au salon.

— L'année dernière, dit Cole à l'adresse de Diana d'un air pince-sans-rire, il s'était mis dans la tête de me faire découvrir mon côté féminin.

Elle pouffa de rire dans sa tasse de café.

Elle avait déjà compris que quelqu'un de leur entourage était mort, mais voyant que Cole n'en semblait pas affecté, elle n'avait posé aucune question. En outre, quand Cal essaya de revenir à ce sujet, il dit sèchement :

— Je ne veux pas en parler devant Diana.

Après le petit déjeuner, Cole partit en ville faire quelques courses pour Cal. Il comptait être absent deux heures au maximum, mais il insista pour que Diana reste avec son oncle. En se levant de table, il lui passa la main dans les cheveux, se pencha et l'embrassa sur la joue puis sortit… sans lui lâcher le poignet. Diana fut donc entraînée à sa suite… Une fois sous le porche, il lui donna un vrai baiser puis la renvoya à l'intérieur.

Cal avait observé la scène d'un air qu'elle interpréta au mieux comme austère, au pire comme désapprobateur. Un peu gênée, elle se dirigea vers la cheminée, sur laquelle étaient alignés des cadres avec des photos pour la plupart anciennes. Les mains dans le dos, elle les examina, se sentant observée par Cal.

— C'est Cole ? demanda-t-elle en prenant une photo

qu'elle lui apporta en allant s'asseoir à côté de lui sur le canapé.

Il lui jeta un coup d'œil lourd d'une expression qui se voulait menaçante et lui dit d'un ton qui ne tolérait pas d'échappatoire :

— N'avons-nous rien d'autre à discuter tous les deux que de photos ?

Calvin Downing était beaucoup plus malin qu'elle ne l'avait supposé et ne s'en laissait pas conter.

— De quoi voulez-vous parler ? demanda Diana prudemment.

— De vous et de Cole. Ça vous va ?

Elle acquiesça et il poursuivit :

— Bon, parce que, de toute façon, il aurait fallu le faire.

Diana se défendit :

— Ne pouvons-nous pas attendre le retour de Cole ?

Cal répliqua :

— Vous n'êtes pas que belle, vous avez du cran. C'est bien. Mais avez-vous aussi du cœur ?

— Quoi ?…

— Si vous en avez un, à qui appartient-il ?

Diana le dévisagea sans comprendre, inquiète du ton de sa voix, sinon du sujet évoqué.

— Je ne comprends pas.

— Moi non plus, car c'est un peu compliqué. Il y a deux semaines, j'ai acheté l'*Enquirer*, où il y avait votre photo en gros plan sur la couverture. Et on racontait que votre ami vous avait plaquée. Une semaine plus tard, vous épousez mon neveu.

Alors que cinq jours plus tôt l'allusion à cet article l'aurait humiliée, elle eut un petit sourire en coin :

— Oui, je comprends que ça vous paraisse bizarre.

— Non, au contraire, c'est très logique. Cole était fou de rage contre moi et je lui ai montré cette photo pour essayer de le persuader qu'il fallait qu'il se marie, et il vous a épousée pour récupérer ses actions. Puis il m'a dit que vous étiez la fille dont il parlait quand il était à l'université, et je me suis souvenu de votre nom,

Diana Foster, aussi je sais qu'il ne me raconte pas d'histoires. Vous me suivez ?

— Jusqu'ici, oui.

— Bon. Donc, je me suis dit que vous deviez être de vieux amis, que vous veniez de vous faire plaquer et que Cole avait besoin d'une épouse pour récupérer ses actions — et que vous vous êtes arrangés comme ça. Vous me suivez toujours ?

— Oui, oui, admit Diana, les lèvres tremblantes, en lui jetant un regard en coin.

— Je sais aussi que Cole s'inquiète pour mon cœur. Aussi, après qu'il s'est remis de sa colère, il a décidé que ça vaudrait mieux si tous les deux, vous prétendiez vous aimer réellement. Vous me suivez toujours ?

Elle acquiesça prudemment.

— Bon. Parce qu'on en arrive à ce qui m'inquiète terriblement.

— Qu'est-ce que c'est ?

— Hier, il a failli rendre tout le monde fou ici, tellement il voulait que tout soit parfait pour votre arrivée. Il semblait véritablement épris de sa femme. J'étais très impatient de faire votre connaissance. Hier soir, il ne vous a pas quittée des yeux. Mais je dois vous l'avouer, Diana, vous, vous ne donniez pas l'impression de partager ses sentiments. Ce matin, il a le cœur en bandoulière, et je pense que vous y êtes pour quelque chose depuis hier soir.

Il fit une pause pour souligner ce qu'il venait de dire, avant d'en venir à ce qui le tourmentait réellement :

— Ne jouez pas avec lui, petite. Prenez tout, ou alors laissez-le tranquille. Ne prenez pas ici et là ce qui vous arrange, quand ça vous arrange. Je ne crois pas que vous soyez cruelle, mais si une femme ne connaît pas les sentiments d'un homme pour elle, ça peut arriver.

Diana se renversa dans le canapé, la photo de Cole sur son cœur. Elle se tourna vers l'homme qui, lui aussi, l'aimait et lui dit sans fausse honte :

— Ce n'est pas son cœur que Cole porte en bandoulière, c'est le mien.

Il parut immédiatement avoir quinze ans de moins…

puis il eut l'air un peu embarrassé. Il se leva pour faire diversion et se dirigea vers la cheminée.

— La photo que vous avez est celle de Cole à seize ans. En voici deux autres.

Il les lui présenta avec grand soin et Diana les prit de même, mais son sourire s'évanouit aussitôt. Elle avait regardé suffisamment de photographies au magazine pour savoir les lire rapidement, et le petit garçon aux cheveux noirs, la main posée sur un chien bâtard à côté de lui, regardait l'appareil avec une expression très sérieuse, trop sérieuse pour un garçon de six ou sept ans.

Elle prit l'autre photo.

— Il a neuf ans ici, dit Cal.

Le chien se trouvait de l'autre côté et il avait un autre bâtard sur sa droite. Diana remarqua à peine les chiens. Ce qu'elle vit, c'était que, malgré son sourire forcé, il n'avait pas l'air heureux. Et son pantalon était trop court de plusieurs centimètres. Il était assis à côté d'une vieille balançoire en fer sur l'une des photos, sur l'autre devant un tas de bois.

Elle réalisa soudain que Cal pouvait lui apprendre beaucoup de choses sur Cole.

— Même quand nous nous voyions auparavant, confia-t-elle avec un sourire, il était toujours affreusement secret sur son passé.

Elle tapota le siège du canapé :

— Racontez-moi tout. Dites-moi quel enfant c'était, comment était sa mère, tout.

— Qu'est-ce qu'il vous a dit ?

— Rien ! Je sais qu'il avait un frère de deux ans plus âgé et un autre de trois et que tous les deux sont morts dans un accident après son entrée à l'université. Je sais que sa mère est morte du cancer pendant sa première année à l'université. Il ne m'a jamais dit quand sa mère est morte. Il est passé par de rudes épreuves.

Elle attendit que Cal s'assoie et lui raconte le passé de son mari. Mais il semblait vraiment désemparé. Il ne cessait de regarder les piles de magazines sur la table basse.

— J'aime la psychologie, répondit-il, sautant apparemment du coq à l'âne. Vous y croyez ?

— Naturellement.

— Est-ce que vous pensez que c'est sain de garder les choses douloureuses enfermées en soi et de les cacher à la femme qui vous aime ? Et de continuer toujours comme ça ?

Diana eut le lourd pressentiment que c'était de Cole que Cal parlait. Elle voulait intervenir, mais sans donner l'impression d'une curiosité déplacée.

— Je ne veux pas m'immiscer...

— Je dirais que c'est plutôt crever l'abcès.

— Je n'aime pas les blessures qui ne guérissent pas, dit Diana. La question, c'est de savoir si je peux aider à les guérir.

— Vous ne pourriez pas faire de mal.

Elle regarda la photo qu'elle avait à la main et pensa au moment où elle était dans les bras de Cole la nuit précédente. Il avait tant d'amour à donner et elle le voulait en entier. Elle ne voulait pas risquer d'en perdre une partie.

— Si ce que vous allez me dire est vraiment terrible, comment va réagir Cole s'il sait que je suis au courant ?

— Il ne s'inquiétera pas de vous voir changer le jour où vous le découvrirez. Le Dr Richenblau appelle ça la catharsis. Ce n'est pas long à raconter, ce que vous en ferez ensuite, c'est à vous d'en décider.

Diana soupira :

— Je vous écoute.

— Vous venez de dire qu'il avait vécu des épreuves terribles. La pire, c'est d'être né Harrison.

C'était bien la dernière chose que Diana s'attendait à entendre.

— Pourquoi ? demanda-t-elle.

— À Kingdom City, où Cole a grandi, ce nom est une malédiction. Aussi loin que les gens se souviennent, les Harrison ont toujours été de dangereux vauriens : ivrognes, traîtres, fauteurs de troubles... Cole a grandi avec la réputation de ce passé. Quand sa mère s'est sauvée avec Tom Harrison, mon frère a pleuré. Il ne pouvait croire que sa fille bien-aimée avait fait une telle chose. Il s'avéra qu'elle était enceinte, et en ce temps-là, une fille enceinte devait se marier. Il n'y avait pas d'autre solution.

Cal se pencha pour redresser la pile de magazines et fit une petite pause avant de poursuivre.

— Ses deux frères ont été tués dans un accident l'année qui a suivi l'entrée de Cole à l'université. Ils étaient à Amarillo, ils étaient ivres et voulaient boire davantage mais ils n'avaient pas d'argent. Alors, ils tabassèrent presque à mort une vieille femme à qui ils dérobèrent son argent, sautèrent dans leur voiture et partirent. Ils brûlèrent un feu rouge, les policiers les poursuivaient, ils roulaient à cent quatre-vingts kilomètres à l'heure et leur voiture heurta un poteau télégraphique. Bon débarras, ai-je dit à l'époque. Et je le redis encore maintenant. Mais le père de Cole aimait ses deux fils. Tel père, tel fils…

— Mais Cole n'est pas de cette race-là.

— Non. Il était plus intelligent que les trois autres réunis et ils le savaient. Ils le haïssaient à cause de ça. Les seuls amis de Cole à cette époque, c'était ses chiens, ses chevaux, ses chats. Les animaux l'aimaient et il le leur rendait bien. Ils se comprenaient. Sans doute les uns et les autres savaient-ils ce que c'est d'être sans défense, sans personne à qui parler.

— Cole est donc le seul à être allé à l'université ?

Cal eut un rire triste :

— Le seul à avoir dépassé le primaire. (Renversant la tête en arrière, il ajouta :) Vous avez vu le chien sur la photo ?

— Oui.

— Une semaine avant son départ pour l'université, ses frères lui ont fait un cadeau d'adieu.

Diana savait que ce ne serait pas beau à entendre, mais fut tout de même choquée :

— Ils l'ont pendu dans la grange.

Elle poussa un gémissement en se mettant la main devant la bouche, se levant à moitié du canapé. Elle se força à se rasseoir.

— Après ça, ils ont disparu et ne sont pas revenus avant son départ. S'ils l'avaient fait, Cole les aurait tués.

— Il n'avait personne chez qui aller ?

— Il aurait pu vivre avec moi, mais son père le voulait avec lui et le faisait travailler comme un ouvrier. Il lui répétait que si jamais il le quittait, il ferait payer sa mère. Et la mère de Cole — faible et pauvre comme elle l'était — ne voulait pas quitter ce salaud. Quand Cole est parti à l'université, elle était si malade que, la plupart du temps, elle ne savait plus où elle était, et Tom n'avait plus aucun plaisir à lui faire du mal.

Diana était encore sous le choc de l'histoire du chien.

— Et le père de Cole ? Quand est-il mort ?

— La semaine dernière.

Elle fit alors le lien avec la conversation du petit déjeuner.

— J'ai dit à Cole de retourner dans la maison de son père, au cas où sa mère lui aurait laissé quelque chose. La vérité, c'est que je voulais qu'il la voie, maintenant qu'il est adulte. J'ai lu dans un de mes livres que, quand un adulte affronte les « démons de son enfance », il se sent souvent un peu soulagé. Personnellement, je crois que ce serait une bonne chose qu'il sache que vous avez vu cet endroit et que ça ne change rien pour vous. Je crois qu'il ira.

— Faites-moi un plan, dit aussitôt Diana en embrassant Calvin sur la joue, ce qui le surprit. Je vais aller chercher les clés du camion.

Il voulut lui proposer la voiture de Letty car Cole avait pris la sienne, mais celle-ci était partie faire les courses.

50

Cole se trouvait près de la cour devant la maison de son enfance : une bicoque en bois pourri, quatre pièces de plain-pied, comme une vilaine cicatrice sur la terre dénudée.

Son lieu de naissance, son héritage.

Il n'était pas sûr de la raison qui l'avait poussé à venir. Sa mère n'avait pas survécu à cet endroit, il n'y avait donc aucune raison pour qu'elle eût laissé quoi que ce fût pour lui. Peut-être était-il venu affronter les démons de son passé et les brûler…

Il ne gardait aucun bon souvenir de cette cabane. Le seul qui lui fût soutenable était celui de sa mère. Elle était morte à quarante-deux ans, juste après son anniversaire, pendant sa première année à l'université. Il était avec elle pour ce dernier anniversaire. Il était allé en stop en ville pour lui acheter un cadeau et il était revenu en retard. La maison était tranquille, il avait espéré un instant que son père était ivre dans la grange ou qu'il était parti. Il se trouvait presque dans la chambre de sa mère, quand la voix de son père l'avait surpris comme un coup de fouet :

— Où étais-tu, mon garçon ?

Il s'apprêtait à allumer pour dissiper l'obscurité tout en évaluant mentalement l'humeur de son père — massacrante mais pas physiquement dangereuse. Il était devenu expert dans l'interprétation des « états d'âme » de son père, parce que toute erreur en la matière risquait de lui valoir de graves ennuis, non seulement pour lui-même mais aussi pour sa mère.

— J'ai dû aller en ville.

— Menteur ! Tu es allé à Jefferson City voir ton salaud d'oncle, qui te bourre la tête de toutes ces mauvaises idées. Je t'ai dit ce que je ferais, si jamais je te revoyais avec lui. Tu cherches une correction, mon garçon !

Cole se dit alors qu'il s'était trompé, que son père pouvait devenir brutal. Enfant, il vomissait de terreur en des moments comme celui-ci. Plus tard, il avait eu peur de le tuer et de finir sa vie en prison.

L'attention de son père se tourna sur le papier décoré qui enveloppait le cadeau que Cole tenait à la main.

— Qu'est-ce que c'est que ça, bon Dieu ?

— Un cadeau pour maman, c'est son anniversaire.

Amusé, son père tendit la main :

— Qu'est-ce que tu lui as acheté ?

Cole recula :

— Rien qui t'intéresse… une jolie brosse à cheveux et un miroir.

— Une brosse à cheveux et un miroir ! Pour cette vieille peau ! C'est encore plus drôle que ton idée d'aller à l'université… Quel snob tu deviens !

Il prit sa bouteille de whisky sur la table à côté de lui et en but une rasade. Cole se dirigea vers la chambre de sa mère.

Elle somnolait, adossée à des oreillers, le visage tourné vers le mur. Sur la table déglinguée à côté du lit, il y avait un sandwich à demi mangé dans une assiette.

— C'est tout ce que tu as pris pour le dîner ?

Elle tourna la tête vers lui, clignant des yeux pour s'adapter à la lumière. Elle sourit tristement.

— Je n'avais pas faim. Est-ce que ton père hurlait, ou j'ai rêvé ?

— Non, il hurlait.

— Tu ne devrais pas mettre ton père en colère, Cole.

La soumission de cette femme, toute sa vie durant, à la brutalité et aux humeurs terribles de son père était quelque chose qu'il ne comprenait pas. Il haïssait sa façon de toujours essayer d'apaiser cet homme, de l'excuser. Parfois il se retenait pour ne pas la juger trop veule, incapable de défendre son amour-propre et de lui tenir tête. Mais elle ne quitterait jamais son mari et Cole ne la laisserait jamais.

— Je t'ai apporté un cadeau d'anniversaire, dit-il.

Son visage s'illumina un instant et il crut deviner la beauté sombre de la jeune fille dont son oncle Cal lui parlait. Elle souleva le présent, le secoua un peu, prolongeant le plaisir de deviner ce que cela pouvait être, puis retira doucement le papier et ouvrit la boîte.

— C'est si joli ! Tu as dû le payer très cher.

— Pourquoi je paierais quand je peux voler ?

— Oh, Cole ! Non !

— Maman, je plaisantais. Tu crois que si je l'avais volé, il serait enveloppé ?

Elle se laissa retomber dans les oreillers et se regarda dans le miroir. Avec un embarras de jeune fille, elle lui avoua :

— J'étais très fière d'être jolie quand j'étais jeune, tu le savais ?

— Tu es encore jolie. Écoute, maman, les choses iront beaucoup mieux dans quelques années, une fois que j'aurai réussi mes examens universitaires. J'ai des projets et Cal pense que je réussirai si je le veux vraiment. Dans quelques années, je te construirai une maison sur le terrain de Cal — une maison en pierre avec des poutres de cèdre et beaucoup de fenêtres donnant sur les collines, et un grand balcon tout autour, pour que tu puisses t'y asseoir toute la journée.

Elle sembla s'enfoncer dans les oreillers comme pour s'y cacher, serrant le bras de Cole dans ses doigts maigres.

— Ne commence pas à avoir des projets ! S'ils ne se réalisent pas, tu finiras comme ton père. C'est pour ça qu'il est comme ça. Il avait des projets.

— Je ne suis pas comme lui ! dit Cole, terrifié par sa réaction. Je ne suis pas du tout comme lui.

Les seules fois où son père parlait de projets, c'était

quand il avait besoin d'une excuse pour s'adonner à quelque beuverie…

Le camion orange tomba en panne juste comme Diana s'engageait dans le tournant. Elle continua à pied, dans le chemin plein d'ornières qui servait de route. Dix minutes plus tard, à un virage, elle aperçut Cole, solitaire, sa haute stature immobile, les cheveux soulevés par la brise. C'est alors qu'elle découvrit le lieu de naissance de son mari, la maison de son enfance. Et elle eut un sursaut de dégoût. Elle s'attendait à quelque chose de pauvre, mais pas à cette misère sordide. La maison n'était qu'une cabane en bois pourri nichée au bas de la colline, entourée de barrières défoncées et d'ordures accumulées depuis des décennies. La silhouette impeccable de Cole, avec ses mocassins brillants, son pantalon kaki au pli parfait et sa chemise Oxford toute neuve aux manches roulées sur ses bras bruns, faisait un contraste saisissant avec cet environnement. Il se passa la main sur la nuque pour se masser. Diana eut envie de poser la tête sur son épaule et de l'enlacer.

Il ne parut pas la remarquer avant qu'elle fût juste à côté de lui, et il lui dit alors d'une voix atone :

— Tu n'aurais pas dû venir ici.

Il la regarda et Diana fut frappée par la transformation de son visage, soudain dénué d'expression, dur comme la pierre, avec des mâchoires et un regard d'acier. Elle comprit d'où venait sa volonté implacable. D'ici. Il avait eu la force de partir, de se libérer.

— Il fallait que je vienne, dit-elle simplement, regardant le visage de Cole se détendre un peu. Il fallait que tu saches que j'avais vu cet endroit.

— En effet, répondit-il, ému et attendri. Et maintenant que tu l'as vu, qu'est-ce que tu en penses ? demanda-t-il, en prenant un ton indifférent.

Il s'éloigna, s'attendant à ce qu'elle le suive.

Ce qu'elle en pensait ? Pour toute réponse, Diana fit la seule chose qui lui vint à l'esprit pour exprimer la nature de son sentiment. Cherchant autour d'elle sur le sol, elle ramassa une lourde pierre et, de toute la force de sa rage, la lança. Cole se retourna au moment où la pierre brisait une fenêtre. Médusé, il regarda le beau visage de sa femme animé par la colère, puis ce trou d'enfer où il avait passé son enfance.

— Voilà ce que j'en pense, dit-elle en s'essuyant élégamment les mains.

L'éclat de rire de Cole fit plus de bruit que la vitre brisée.

Dans un élan de joie, il s'empara de Diana et la jeta sur son épaule comme un sac de farine.

— Lâche-moi ! demanda-t-elle en se débattant.

— Pas avant que tu me fasses une promesse.

— Laquelle ?

— Que jamais tu ne te mettras à ce point en colère contre moi, et que jamais tu ne me jetteras quelque chose à la figure.

— Je ne peux faire une promesse que je ne tiendrai peut-être pas.

Il lui donna une tape sur les fesses et continua son chemin en sifflant. Elle se mit à rire.

Leurs éclats joyeux retentirent jusqu'au taudis où il avait vécu. Le morceau de verre resté accroché au cadre de la fenêtre tomba dans la poussière.

Les jours heureux et les nuits passionnées devinrent leur pain quotidien pendant le reste de leur séjour chez Cal.

Au moment du départ, celui-ci les conduisit à l'aéroport et regarda l'avion décoller en leur faisant un signe de la main. Il avait le cœur lourd de les quitter mais n'en laissa rien paraître. Il était fort.

Diana ne se sentit pas tout à fait aussi forte quand Cole la laissa chez elle pour continuer sa route jusqu'à Washington.

— Tu me manques déjà, dit-elle. Cet arrangement entre les deux villes ne va pas marcher.

Cole lui prit le menton :

— Nous arrangerons ça dans quelques jours, dès mon retour de Washington. Le temps va passer très vite d'ici là.

Elle plissa le front :

— Comment peux-tu dire ça ?

— J'essaie de nous en convaincre tous les deux.

— Ça ne marche pas.

— Je sais, dit-il en la serrant contre lui.

— N'oublie pas de m'appeler.

Il sourit et l'étreignit encore plus fort.

— Comment pourrais-je oublier de t'appeler, ma chérie ?

51

Sam Byers était assis dans sa voiture, le moteur au ralenti et les essuie-glaces en marche, quand le Gulfstream atterrit au milieu des trombes d'eau qui se déversaient sur la piste de l'aéroport international de Dulles. Il regarda l'avion s'arrêter à un carrefour de pistes, attendant des instructions de la tour de contrôle, puis tourner à angle droit et passer devant lui. Quand les pilotes descendirent, il remonta le col de son imperméable et se dirigea vers l'avion en courant par-dessus les flaques.

— Quelle honte d'être obligés de nous rencontrer comme des espions ! s'exclama le sexagénaire tout essoufflé, en haut de la dernière marche.

Il entra et se laissa choir sur le canapé.

— Mais je voulais te donner ça de la main à la main, reprit-il. Et il ne faut pas qu'on nous voie ensemble.

Il prit dans la poche de son imperméable une grosse enveloppe.

Cole la prit et lui tendit un verre de vodka au citron avec de la glace, la boisson préférée du sénateur Byers.

Le sénateur observa l'étiquette de la vodka que venait de lui servir son hôte et jeta un coup d'œil sur l'intérieur de l'avion, en cuir gris pâle, décoré de lampes et de tables en chrome et cuivre.

— Tu as du goût et de la classe, Cole, dit-il. Malheureusement, tu as aussi un ennemi puissant.

— Qui ça ?

Sam Byers leva son verre dans une parodie de toast et dit :

— Le sénateur de l'État du Texas, Douglas J. Hayward. Il a un intérêt très personnel à te faire plonger et à t'expédier en prison.

Sans le moindre sentiment de rancœur, il ajouta :

— Il convoite sérieusement la présidence. Il y réussira sans doute. Il a l'allure et le charisme d'un Kennedy.

Remarquant un peu tardivement le regard de colère et de surprise de Cole, il demanda :

— Tu as fait quelque chose pour l'agacer, ou est-ce qu'il te prend pour cible par principe ?

La seule explication à laquelle Cole pouvait penser impliquait Jessica Hayward et une nuit lointaine, où son mari était rentré à l'improviste. Mais il semblait absurde que le jeune Hayward lance une telle affaire pour défendre l'honneur — déjà bien compromis — de sa mère.

— La seule raison qui me vienne à l'esprit ne tient pas, répondit Cole.

— Ça n'a sans doute rien à voir avec lui, dit Sam froidement. Tous les aspirants à la présidence ont besoin d'une cause, d'un dragon à pourfendre pour le bien public. C'est ce qui leur fait de la publicité et les fait élire. Reagan avait l'Ayatollah, Kennedy avait Hoffa, tu comprends ?

— Oui, très bien, mais je n'aime pas ces analogies, répondit Cole d'un ton glacé.

— Écoute-moi et n'agis pas impulsivement en t'en prenant à moi, dit Sam en riant. J'allais te dire que, lorsque les politiciens ambitieux ne trouvent pas un ennemi public légitime, ils en fabriquent un. Pour une raison quelconque, le sénateur Hayward t'a choisi.

Il avala quelques gorgées de vodka, puis continua :

— Le comité directeur de Cushman soutient le sénateur Hayward et l'encourage dans sa quête de justice et ils ont des alliés politiques. À eux tous, ils ont réussi à convaincre la bourse de New York, la Commission pour la Sécurité des Échanges et à se persuader eux-mêmes que c'est toi qui as lancé ces rumeurs sur la puce pour faire baisser le prix des actions et racheter la société la moitié de sa valeur. Tu le sais déjà. Mais ce que tu ne sais pas, c'est que les gens de chez Cushman vont intenter un procès. Outre quelques centaines de millions de dollars de dommages et intérêts, ils veulent que la Cour leur accorde tous les bénéfices que fera Unified sur la puce quand elle sera commercialisée, et ils demandent aussi que vous leur cédiez tous les bénéfices futurs de toute autre invention ou formule leur appartenant que vous utiliseriez. Selon ma source, Cushman insiste particulièrement sur ce point.

Il but une autre rasade de vodka en scrutant l'expression indéchiffrable de Cole. Puis, avec un haussement d'épaules, il reprit :

— J'ai trouvé ça bizarre, mais je ne m'y connais pas véritablement. Si on vous déclare coupables d'une de ces fraudes devant la Cour fédérale, Cushman a pratiquement gain de cause.

— Qu'est-ce qu'il y a dans l'enveloppe ? demanda Cole, réfléchissant déjà à la contre-attaque.

— Rien qui permette de les neutraliser, si c'est ce que tu attends, mais ça te donnera une idée de ta position. William C. Gonnelli, le juge de la Commission chargé de ton affaire, est déjà tellement persuadé que tu es coupable qu'il aide le procureur général à choisir entre te faire comparaître devant le grand jury pour t'inculper ou demander directement un mandat d'arrêt contre toi. Il y a dans l'enveloppe un exemplaire de ton assignation. Ton avocat la recevra après-demain. Naturellement, la presse en aura vent. À partir de ce moment-là, on va te brandir des micros sous le nez dès que tu sortiras de chez toi le matin.

Cole ne s'était pas attendu à une telle coopération de la part de Byers et il fut ému du mal qu'il s'était donné — d'autant plus qu'il semblait désormais improbable qu'il contribue financièrement à sa prochaine campagne.

Comme s'il devinait sa pensée, le sénateur se leva et serra la main de Cole.

— Tu m'as été sympathique dès que je t'ai rencontré et je t'ai apprécié encore davantage par la suite. Jamais encore personne ne m'avait signé un chèque de trois cent mille dollars en me lançant en plein visage qu'il l'aurait donné à un gorille s'il avait été le candidat républicain…

— Pardonnez-moi cette phrase, sénateur, dit Cole froidement. Je vous remercie de votre aide.

— J'ai apprécié ton honnêteté brutale. Je ne suis pas habitué à une telle franchise.

Il se glissa entre les sièges, puis s'arrêta à la porte de l'avion en relevant le col de son imperméable :

— Je te crois aussi innocent. Malheureusement, termina-t-il, je ne pourrai plus te parler ensuite. Tu comprends, n'est-ce pas ?

— Tout à fait, dit Cole sans trahir la moindre émotion.

Mais il était très ému. En regardant l'assignation à son nom, il ressentit une colère comme jamais encore il n'en avait ressenti. Il n'avait pas peur des procès, assignations et accusations infondées ou du tort porté à son nom. Le problème, c'était que dans deux jours, son nom serait synonyme de fraude.

Et donc, celui de Diana aussi.

Il eut un rire qui se mua aussitôt en angoisse. Diana l'avait épousé pour sauver son nom et sa dignité. Maintenant, c'est lui qui allait les salir — et sa réputation avec —, beaucoup plus gravement que ne l'avait fait Penworth.

La semaine dernière, Diana l'aimait et croyait en lui.

La semaine prochaine, elle le mépriserait.

Cole renversa la tête sur son siège et ferma les yeux, essayant de trouver un moyen de la protéger. De la garder aussi. Il n'en trouva pas, et l'angoisse lui serra la gorge comme un étau.

52

Diana regarda sa montre, puis le téléphone, comme pour lui donner l'ordre de sonner. Cole devait en avoir terminé avec ses réunions à Washington et devait être rentré chez lui, ou sur le point d'y arriver. Mais il ne l'avait pas appelée et elle comprit instinctivement que les nouvelles étaient mauvaises. Elle alluma la télévision pour rompre le silence, sans réussir à se concentrer sur une seule émission.

« Et maintenant, des nouvelles de la Bourse. Le marché a clôturé aujourd'hui avec… »

Même persuadée de l'innocence de Cole, elle ne pouvait s'empêcher de l'imaginer affrontant un procès, poursuivi par les journalistes et accusé des actes les plus sordides. Il avait dit que ça n'arriverait pas mais son intuition lui disait, elle, qu'il ne pouvait maîtriser la situation. Il avait travaillé si dur pour se libérer des blessures de son enfance, et maintenant il affrontait un destin semblable à celui de ses frères… Mais le sien se déroulerait aux yeux du monde entier.

« Le grand perdant du jour est Unified Industries, dont les actions ne cessent de baisser. Les analystes expliquent ce phénomène par des rumeurs selon lesquelles Cole Harrison va être assigné à comparaître devant le juge de la Commission pour la Sécurité des Échanges. Selon certaines sources, ce procès n'est qu'une formalité et Cole Harrison sera convoqué devant un grand jury… »

Elle eut le réflexe insensé d'appeler Doug pour lui demander conseil. En fait, ce qu'elle souhaitait était qu'il intercède d'une façon ou d'une autre. Mais il n'interviendrait ni pour elle ni pour Cole. Dès qu'il s'agissait de Cole, il perdait tout sang-froid. Elle se rappela ses mots… *Tu dois le lâcher maintenant !… Ce salaud sait vraiment y faire avec les femmes de tous les âges… même avec toi…* En repensant à cette remarque, elle se demanda si Cole ne lui avait pas volé une fille dont Doug croyait être amoureux. Quoi qu'il en soit, la haine de Doug envers Cole était si profonde qu'il devait haïr aussi Diana par voie de conséquence. Il ne serait donc pas sensible à une demande d'aide pour l'instant, pas après tout ce qu'il lui avait dit. Or, il avait prédit exactement ce qui était arrivé.

Diana reprit peu à peu son sang-froid. Une possibilité se faisait jour… une idée si osée qu'elle était difficile à affronter : Doug lui avait dit ce qui allait se passer et son mépris pour Cole était tangible.

Elle prit son sac et les clés de sa voiture, pour se rendre chez la seule personne susceptible de savoir et de lui dire s'il savait.

Corey ouvrit la porte et, à son air déprimé, Diana sut qu'elle aussi avait écouté les informations.

— Corey, j'ai une question très grave à te poser : est-ce que Spence t'a jamais dit que Doug hait Cole ?

— Oui. Il me l'a dit le lendemain du jour où Cole et toi vous êtes mariés. Tu aimes Cole, et moi aussi, aussi je n'ai pas jugé que son opinion avait de l'importance.

— Il faut que je voie Spence.

— Il est dans la piscine.

Spence était occupé à raccrocher l'échelle qui descendait au fond de la piscine.

— Diana, qu'est-ce qu'il y a ?

— J'ai besoin de savoir quelque chose. Quelques heures après l'annonce par la presse de notre mariage,

Doug est venu me voir et m'a clairement exprimé ses sentiments envers Cole, mais sans me dire pourquoi il le hait tant. Vous êtes de vieux amis. Tu dois connaître la raison de cette haine.

— Ma chère Diana, tu as déjà assez de problèmes comme ça. Pourquoi t'inquiéter de Doug Hayward ? dit Spence en terminant sa petite réparation.

— C'est que je crois que le problème, c'est Doug justement.

— Qu'est-ce que tu veux dire ?

Elle le fit asseoir sur une chaise longue.

— Le jour où Doug est venu me voir, il était furieux que j'aie épousé Cole. Il n'a pas cessé de hurler, de l'accuser d'avoir fraudé en affaires. Mais ce n'étaient visiblement pas les principes qui le mettaient en rage. Il en faisait une affaire personnelle.

— Où veux-tu en venir ?

— À ceci. Il m'a dit que la Bourse faisait une enquête sur Cole. En ajoutant que la Commission déférerait Cole devant la Cour fédérale.

Pendant un court instant, Diana redouta que Spence ne comprenne pas, mais il lui fit écho :

— Il savait tout ça *avant* que ça n'arrive ?

— Exactement ! Il était absolument sûr de tout, et tout ce qu'il m'a dit arrive. Est-ce que tu sais pourquoi Doug hait autant Cole ?

Diana fut heureusement surprise de voir que Spence ne trouvait pas ses craintes ridicules.

— Charles Hayward est sans doute, avec Doug, le seul qui connaisse la véritable réponse. La seule fois où Doug m'en a parlé, il était ivre. Mais j'ai l'impression que ça a un rapport avec Barbara.

— Barbara ?

— Oui… Mais je n'en suis pas sûr, il n'avait pas tous ses esprits.

Diana se leva.

— Eh bien, j'irai interroger Charles Hayward.

Spence se leva :

— Je t'accompagne.

Diana se mordit la lèvre, peu certaine de la pertinence de la présence de Spence à ses côtés.

— Je crois que j'obtiendrai davantage de renseignements de Charles si je suis seule.

53

Charles Hayward était dans son bureau, assis dans un fauteuil en cuir, la télécommande de son magnétoscope à la main, en train de regarder les informations données par CNN sur Cole. Jessica fit entrer Diana.

— Charles, Diana voudrait te parler.

Charles se retourna et fit un petit signe de tête. Puis il appuya sur la touche de rembobinage de la télécommande.

— Bonjour ! dit-il en faisant signe à Diana de s'asseoir sur le canapé en face de lui.

Comme elle s'asseyait, il regarda une nouvelle fois les informations devant elle en souriant, ce qui la sidéra. Il y avait une férocité de vampire dans son attitude, que la présence de Jessica ne faisait que renforcer. Diana respira une bonne fois, sachant que c'était sa seule chance d'apprendre ce qu'elle avait besoin de savoir et d'essayer de le neutraliser.

— Je voudrais te parler en privé, Charles.

— Mais bien sûr, dit Jessica en s'éclipsant.

— Certainement, ma chérie, dit Charles en éteignant la télévision.

Il la regarda en attendant qu'elle parle ; le plaisir sadique qu'elle avait lu sur son visage quand il regardait l'écran s'était évanoui.

Elle avança prudemment :

— Charles, après la mort de mon père, c'est toujours vers toi que je me suis tournée.

Il opina du chef, apparemment heureux de l'entendre faire allusion à ces faits.

— Et quand j'ai décidé de démarrer une société, tu m'as prêté de l'argent…

— J'ai investi dans une entreprise prometteuse, répondit-il avec tact, comme toujours quand elle essayait de le remercier.

— Aujourd'hui encore, j'ai besoin de ton aide, fit Diana. Mais cette fois-ci, c'est beaucoup plus important. Il s'agit de Cole.

L'expression de Charles Hayward se figea.

— Dans ce cas, répondit-il, je vais te donner le meilleur conseil que je t'aie jamais donné : débarrasse-toi de lui.

— Je ne le ferai pas.

Il se leva, la dominant jusqu'à ce qu'elle aussi se mette debout.

— Pour l'instant, j'essaie de te considérer comme une victime innocente, Diana. Mais si tu ne le quittes pas, tu seras plongée dans la boue comme lui. Le Congrès dirige la Commission et nous avons des preuves suffisantes pour inculper Cole Harrison et le pendre.

— *Nous* ? *Nous* ? Ce n'est pas toi qui es impliqué avec le Congrès, c'est Doug.

— *Nous* allons le pendre et l'enterrer, rétorqua Charles.

— Pourquoi ? demanda Diana en pleurant. Qu'est-ce que vous a fait Cole pour que vous le haïssiez ainsi ?

Elle fit un effort pour se ressaisir et donner l'impression qu'elle coopérait :

— Aide-moi à comprendre — que je puisse me décider.

Charles perdit alors tout sang-froid :

— Tu veux savoir ce qu'il m'a fait ? ricana-t-il d'une voix obscène. Je vais te le dire. Il a détruit ma famille. C'était ce petit dégueulasse, ce fils de pute, le vrai mâle chez moi. Dieu sait le nombre des amies de Barbara qu'il a molestées.

— Molestées ? demanda Diana, le souffle coupé.

Il la prit par les épaules :

— Tu veux savoir, tu sauras. Tu te souviens de ma jolie petite fille, de ma Barbara ?

Diana se dégagea et recula d'un pas ; mais elle ne partirait pas sans avoir tout entendu.

— Bien sûr, je m'en souviens, dit-elle.

Sa voix tremblait.

— Cet animal l'a mise enceinte. Je les ai surpris dans les écuries une nuit, et je l'ai chassé, mais je n'imaginais pas qu'ils avaient eu des relations sexuelles. Je n'aurais jamais cru ça de ma fille.

Diana nia de la tête :

— Charles, tu te trompes.

— Non, je ne me trompe pas. C'est à moi qu'il a fait mal. Quand Barbara s'est rendu compte qu'elle était enceinte, de cinq mois presque, elle l'a dit à sa mère et Jessica l'a emmenée se faire avorter. Elles me l'ont caché, évidemment, mais je l'ai su parce que Barbara a failli mourir, et parce qu'il a fallu lui faire une hystérectomie pour la sauver, et parce que, depuis, ma petite fille passe son temps à aller d'un psy à l'autre à cause de ça ! Et tu sais pourquoi j'y pense tous les jours ?

— ? ?

— Parce que je n'ai pas de petits-enfants. Ce fils de pute que tu as épousé nous a privés, ma fille et moi, d'enfants et de petits-enfants.

Il désigna la porte et, la voix tremblante de colère, ordonna :

— Et maintenant, sors de chez moi et que je ne te revoie jamais !

54

Diana rentra chez elle sans trop savoir comment. À onze heures, elle n'avait pas bougé du fauteuil où elle s'était blottie, les jambes repliées sous elle, une couverture autour des épaules. Elle avait les mains glacées et était secouée de tremblements.

Corey appelait toutes les quinze minutes. Diana laissait le répondeur s'enclencher sans décrocher ; elle était incapable de bouger.

Cole n'appelait pas.

Elle ne pouvait même plus verser une seule larme ni vomir comme elle l'avait fait. Elle était vidée de toute énergie.

Cole n'appelait pas.

À onze heures un quart, Corey appela encore et, cette fois-ci, ce n'était plus l'inquiétude qui animait sa voix, mais la colère.

— Diana, si tu ne réponds pas, j'arrive.

Diana fit un effort pour répondre mais Corey avait déjà raccroché. Elle arriva avec Spence en un rien de temps et ouvrit la porte avec sa propre clé de l'appartement de Diana.

— Diana ?

Elle s'approcha d'elle avec précaution, comme si elle pensait qu'elle était devenue folle. Spence s'accroupit devant elle, l'air soucieux :

— Diana… Qu'est-ce que Charles Hayward t'a dit, ma chérie ?

Corey s'agenouilla à côté de Spence, lui passant les bras autour des épaules, faisant corps avec lui pour affronter les révélations de Diana.

Celle-ci les regarda alternativement et dit d'une voix blanche :

— Il m'a raconté que Cole a molesté Barbara, qui est tombée enceinte et qui a dû se faire avorter. De ce fait, elle est stérile et c'est pour ça qu'elle est si instable.

— Quoi ! explosa Corey en se relevant d'un bond.

Diana la suivit du regard et elle renversa la tête en arrière. Sa voix n'était plus qu'un murmure.

— Étonnant, non ?

— Étonnant ? dit Corey hors d'elle, en lançant un regard à Spence. C'est tout ce que tu trouves à dire ?

Et alors, ce que Diana avait inconsciemment redouté depuis quelques heures arriva : elle fut prise d'un fou rire incontrôlable.

— Cole n'aurait jamais touché Barbara ! dit-elle. Il vivait dans la peur quotidienne que nous lui tombions dessus. Tu te rappelles quel mal nous nous donnions pour qu'il nous remarque ?

— Oui, je me rappelle, reconnut Corey, inquiète et attentive.

— C'est si drôle, horriblement drôle !

— Drôle ? demanda prudemment Corey, qui cependant commençait à se demander si Diana ne voyait pas les choses plus clairement, une fois recroquevillée dans son fauteuil.

— Oui, dit Diana, accompagnant cette affirmation d'un grand signe de tête. C'est grotesque. Je le sais parce que c'était moi qui prenais les paris.

— Les paris ?

— Les paris ! Mais oui ! Tout le monde, Barbara y compris, mettait de l'argent dans une boîte, et la première qui réussirait à se faire embrasser par Cole serait la gagnante. J'étais la trésorière. Mais… aucune n'a gagné.

Diana rit de plus belle.

— Personne n'a jamais gagné, reprit-elle entre ses sanglots. Ils veulent sa perte… mais aucune n'a jamais gagné !

55

Diana essaya de téléphoner chez Cole le matin suivant, mais on lui dit que M. Harrison était au bureau. Au bureau, la secrétaire lui répondit qu'il était absent. Elle en conclut évidemment qu'elle n'avait été pour Cole qu'un divertissement commode, qu'il s'était bien amusé avec elle quand ils étaient au ranch de Cal et que leur mariage n'était qu'un jeu pour lui. Et quand il avait des préoccupations plus sérieuses, il oubliait jusqu'à son existence ! Si son esprit pouvait à la rigueur le comprendre, son cœur refusait de l'admettre et elle était profondément malheureuse.

Elle vécut cependant sa journée de travail sans trop y penser. Fidèle à sa résolution de déléguer ses responsabilités, elle passa la plus grande partie de l'après-midi avec deux de ses chefs de service pour s'assurer qu'ils étaient d'accord. Comme à l'accoutumée, elle se montra aimable et souriante avec chacun. Si le nom de Cole et ses ennuis du moment furent parfois évoqués en sa présence, c'était simplement une marque d'intérêt de la part des gens qui travaillaient pour elle.

Rétrospectivement, elle trouvait que c'était plutôt comique d'avoir pensé que la défection de Dan était un désastre. C'était ça, le désastre.

Elle quitta le bureau à cinq heures et demie et, sur l'insistance de sa famille, se rendit chez eux pour dîner. Ce fut pour elle une plus rude épreuve que la confrontation avec ses collaborateurs. Au contraire des employés, ils n'hésitèrent pas à exprimer leur opinion sur la situation de Cole, désirant qu'elle leur donne des détails. Heureusement, Corey et Spence restèrent silencieux, ce qui était une façon de prendre parti pour elle. Même Glenna donna son avis. Il est vrai qu'elle faisait partie de la famille, elle aussi — ce qui ne l'empêchait pas d'écouter aux portes. Tout le monde était à table près de la piscine, quand Glenna apparut, le téléphone sans fil clignotant dans sa main, disant qu'il y avait un appel urgent pour Diana. Certains qu'il s'agissait de Cole, ils sourirent tous, soulagés.

— C'est un journaliste, annonça Glenna.

— Je ne parle pas aux journalistes, répondit Diana. Je me demande comment ils ont eu ce numéro. Il va bientôt falloir en changer.

— Il veut vous poser des questions sur votre divorce.

Tous se turent, dévisageant la gouvernante :

— Quoi ! s'exclama Diana.

— Il dit qu'il veut savoir quels motifs vous allez invoquer.

Diana prit l'appareil.

— Où avez-vous eu cette information ?... Non, monsieur Godfrey, ce n'est pas de « notoriété publique »... Je ne sais pas de quoi vous parlez ! Au revoir.

Subitement une petite lueur d'espoir se fit jour dans son cœur ; elle se précipita vers le poste de télévision le plus proche, entraînant sa famille dans son sillage. Il y avait une nouvelle émission régionale de Houston animée par un couple de présentateurs, et ce qu'elle entendit vint corroborer les allégations du reporter :

— En corrélation avec l'affaire Cole Harrison-Unified Industries, disait l'animatrice à son partenaire, Diana Foster, mariée depuis moins de deux semaines à Cole Harrison, demande le divorce pour des raisons que nous ignorons encore.

— Ce mariage n'a pas duré longtemps, répliqua l'animateur.

— La rumeur vient d'être confirmée par l'entourage

de Cole Harrison il y a moins d'une heure. Apparemment Diana Foster a donc choisi de se désolidariser, ainsi que sa société, du scandale qui agite Washington à propos du rachat de Cushman Electronics par M. Harrison.

Henry Britton lança à Diana un regard lourd de reproches.

— C'est vraiment ce que tu as l'intention de faire, Diana ?

Diana hocha lentement la tête, les yeux brillants de joie et de soulagement.

— C'est ce que Cole *veut* que je fasse. Charles et Doug Hayward m'avaient dit de me séparer de Cole pour que le scandale ne rejaillisse pas sur moi. Et Cole est en train de tout faire pour que cela ne se produise pas.

Corey regarda son mari et dit calmement :

— La théorie selon laquelle Cole aurait épousé Diana pour redorer sa propre image ne tient plus debout. Il vient juste de la faire voler en mille morceaux pour protéger Diana.

Diana n'entendit pas les propos de sa sœur ; elle pensait déjà à ce qu'elle allait décider.

— Qu'est-ce que tu as l'intention de faire ? demanda sa grand-mère.

Mary Foster connaissait déjà la réponse.

— Diana va partir pour Dallas, dit-elle en passant son bras autour des épaules de sa fille.

C'était effectivement ce qu'elle avait décidé. Pour une fille qui autrefois ne pouvait agir sans un emploi du temps bien défini à l'avance, ni partir pour un petit voyage sans une valise minutieusement préparée, cette fois-ci elle se montra extraordinairement expéditive... Sous l'œil sidéré de sa grand-mère et de Corey, elle fourra pêle-mêle dans deux valises les vêtements qui se trouvaient là ainsi que ses affaires de toilette.

— Je suis prête, dit-elle.

Elle téléphona à ses deux directeurs en leur disant d'assurer la direction en son absence, et qu'ils pouvaient la joindre chez Cole en cas de besoin. Puis elle regarda son agenda bourré de rendez-vous et dit à Corey :

— Dis à Sally de décommander tous mes rendez-vous.

— Quelle raison dois-je donner ?

— Dis que je suis à Dallas avec mon mari, répondit Diana en traînant ses deux grosses valises dans le hall.

À huit heures moins le quart, Corey la déposait à l'aéroport. Diana attendait pour enregistrer ses bagages, lorsqu'elle vit Spence courir le long de la file des passagers qui attendaient pour embarquer.

— Donne ça à Cole, dit-il en lui tendant une enveloppe. C'est un cadeau de mariage à retardement, en quelque sorte.

— Qu'est-ce que c'est ? demanda Diana tout en avançant dans la file d'embarquement.

— La fin de la carrière politique de Doug, dit Spence d'un air sombre.

56

Tout en répondant à l'interphone, le gardien, un homme entre deux âges, observa Diana grâce à une petite caméra fixée à la grille d'entrée de la propriété de Cole. Mme Harrison n'eut aucun mal à le convaincre qu'elle désirait surprendre son mari sans avoir été annoncée. En fait, il rayonnait littéralement en la conduisant à travers la maison silencieuse jusqu'à la porte de derrière qui ouvrait sur le patio et l'immense piscine aux formes arrondies.

Cole était là debout dans l'obscurité, les mains enfoncées dans les poches de son pantalon, la tête levée comme s'il contemplait les étoiles. Diana ouvrit la porte et se glissa dehors en silence ; elle l'observa un instant, se demandant comment elle devait l'aborder, alors qu'elle n'avait qu'une envie, c'était de se jeter dans ses bras. Elle avait répété une douzaine de discours différents dans l'avion, développant tous la même idée : elle avait choisi de rester avec lui pour affronter ses problèmes. Elle avait passé toutes les éventualités en revue : plaider, raisonner, exiger, éventuellement pleurer pour le fléchir. Mais, maintenant qu'elle était au pied du mur, elle n'arrivait pas à se décider. Elle avança, et sentit Cole se raidir dès qu'il entendit sa voix.

— Cole ? Qu'est-ce que tu fais là ?

— Je prie, dit-il sans même tourner la tête.

Elle en eut les larmes aux yeux. Prier ! Lui qui avait

toujours considéré la prière comme le dernier recours des simples d'esprit et des rêveurs…

— Pourquoi ?…, demanda-t-elle.

— Pour toi, dit-il dans un soupir rauque.

Elle se précipita dans ses bras et il la serra contre sa poitrine. Puis il emprisonna ses lèvres dans un baiser et la tint contre lui, le menton posé sur sa tête comme s'il avait peur qu'elle disparaisse s'il la lâchait. Elle frotta sa joue contre sa poitrine.

— Je t'aime.

Il glissa doucement la main dans son dos et effleura sa tempe d'un baiser.

— Je sais. La preuve est là, en chair et en os, dans mes bras.

— Je sais que tu as des ennuis avec la Commission pour la Sécurité des Échanges. C'est Charles Hayward qui me l'a appris.

— Il t'a dit quoi, au juste ? demanda Cole d'un ton très calme.

— Je suis allée le voir hier soir. Il m'a raconté que tu avais mis Barbara enceinte et qu'elle avait dû subir un avortement. Il y a eu des complications et c'est la raison pour laquelle elle ne peut plus avoir d'enfants et passe de thérapie en thérapie depuis des années.

Cole se pencha un peu en arrière, étonné et incrédule, cherchant à déchiffrer son visage :

— Il t'a dit ça… et tu es venue quand même…

Elle lui sourit et se blottit plus fort dans ses bras.

— Je sais que ce n'est pas vrai.

— Tu as donc tellement confiance en moi ?

— Oui. Et je sais qu'à l'époque toutes les filles faisaient des paris pour savoir laquelle arriverait à t'embrasser la première.

Un rire profond roula dans la poitrine de Cole, sous l'oreille de Diana.

— Et il n'y a jamais eu une seule gagnante !… lança-t-il. Et toi, tu avais parié combien ?

Elle défit le premier bouton de sa chemise et posa un baiser léger sur sa poitrine.

— Rien du tout. Je ne me livre à des jeux idiots qu'à Las Vegas.

Ils se dirigeaient vers la chambre à coucher, lorsque Diana se souvint qu'elle avait quelque chose à lui donner.

Il déposa ses valises au pied du lit.

— Qu'est-ce que c'est ? demanda-t-il, alors qu'elle lui tendait une enveloppe et un sac en papier décoré à la main.

L'enveloppe contenait un bref rapport par Spence Addison des arrestations en état d'ivresse de Doug Hayward, la dernière en date remontant à ses années de faculté de droit, lorsqu'une jeune femme qui se trouvait à ses côtés avait été sérieusement blessée au visage.

Le sac contenait des cookies maison confectionnés par Rose Britton.

Même après l'amour, Diana ne parvint pas à trouver le sommeil. La tête au creux de l'épaule de Cole, elle gardait les yeux fixés sur la cascade multicolore, à travers le mur de verre de la chambre.

— On dirait que je ne parviens déjà plus à t'épuiser, plaisanta doucement Cole. Et maintenant tu fais semblant de dormir… Ça promet pour les cinquante ans à venir !

— Que va-t-il se passer à l'audience de la Commission ?

— Je pense qu'il est inutile de te dire de ne pas t'inquiéter.

— Absolument.

Cole hésita. Il avait horreur de parler du piège dans lequel il s'était englué pour le moment, car il se sentait totalement impuissant. Mais Diana avait le droit de savoir. Se rappelant ses aventures de camping et la façon dont elle dirigeait sa propre société, il se dit qu'elle préférerait affronter le danger en toute connaissance de cause.

— Je sais que ce que je vais dire peut paraître stupide, reprit-elle. Mais… tu avais une entreprise prospère, tu n'avais pas besoin d'acheter les microprocesseurs Cushman. Avec tous les ennuis qu'ils te causent à présent, j'aimerais tellement que tu puisses les rendre, et la compagnie avec.

— Je n'ai pas acheté Cushman pour les microprocesseurs, c'est Intel le leader dans ce domaine. Le marché est déjà très diversifié, de nombreuses sociétés étrangères fournissent les petites pièces et, à mon sens, le monde n'a pas besoin d'un fabricant de puces supplémentaire.

Diana se tourna sur le côté et appuya sa joue sur sa main, de façon à lui faire face :

— Alors, pourquoi diable t'es-tu donné tout ce mal pour les racheter ?

— Je voulais récupérer certaines licences qui étaient en leur possession et dont ils ne savaient que faire. Ils détenaient une toute petite pièce du puzzle qui nous manquait pour fabriquer un produit dont le monde a besoin actuellement. Et nous sommes désormais en mesure de le réaliser.

— De quoi s'agit-il ?

— C'est une batterie longue durée capable d'alimenter les ordinateurs et les téléphones cellulaires pendant des jours au lieu de quelques heures. Tout le monde y travaille et approche du but, y compris nous, et le premier qui réussira à commercialiser cette batterie gagnera le marché — les enjeux sont énormes. Le chercheur qui dirige le projet pour nous travaillait pour Cushman auparavant et il connaissait l'existence du brevet. Il travaille en dehors de l'entreprise, en secret, dans un laboratoire où même ses assistants ignorent le but de ses recherches. Ils pensent qu'il est en train de mettre au point un poste de télévision couplé à un ordinateur — ce qu'il fait effectivement à ses moments perdus.

— Il n'est pas possible de revendre les puces à Cushman et de garder les brevets ?

— En aucun cas, dit Cole d'un ton sarcastique. Ils n'en veulent pas. D'après ce que m'a raconté un ami l'autre soir, Cushman veut uniquement les bénéfices que nous ferons grâce à cette batterie. Leur seule chance de mettre la main dessus est de convaincre la justice que je les ai grugés en faisant chuter leurs actions avant de les racheter. Ces licences sont de notoriété publique, ils ne peuvent donc m'accuser de les avoir « infiltrés » pour en prendre connaissance.

Diana lui caressa doucement la poitrine de ses doigts délicats.

— Qu'est-ce que tu peux faire pour l'instant ?

— J'ai une équipe d'avocats qui travaille sur cette affaire. Nous trouverons la solution, dit Cole avec une conviction inébranlable.

Rassurée et confiante, Diana se blottit contre lui et s'endormit immédiatement.

Cole ne dormit pas de la nuit car il savait que « la » solution n'existait pas. Ses avocats l'avaient déjà prévenu qu'il serait accusé de fraude et qu'il devrait passer en jugement. *Seul un miracle pourra empêcher que cela se produise*, pensa-t-il tristement. Mais Diana était là, dans ses bras, et c'était un autre miracle. Elle était venue le rejoindre alors que, après ce qu'on lui avait raconté sur lui, elle aurait dû fuir à toutes jambes… C'était un plus grand miracle encore.

57

Le lendemain, à midi, deux jours avant l'audience de la Commission pour la Sécurité des Échanges, Cole s'assura qu'il n'était pas suivi et emmena Diana visiter le laboratoire de Willard Bretling.

Situé dans un vieux quartier de la ville, le laboratoire avait l'apparence d'un entrepôt vétuste, entouré de clôtures et gardé par des chiens qui grognaient. Les quelques voitures garées à l'extérieur avaient l'air encore plus délabrées que le bâtiment.

L'intérieur, en revanche, était complètement aseptisé et équipé d'un matériel électronique de pointe.

— On se croirait dans un film de James Bond, s'écria Diana.

Willard Bretling était grand et mince, les épaules étroites et légèrement voûtées. Il portait des lunettes cerclées de fer et arborait un air perpétuellement absent. Il était en train de discuter avec deux de ses assistants, devant un four grand ouvert.

— Ah, Cole ! s'exclama-t-il. As-tu une idée de la façon dont marchent ces trucs-là ? C'est fait pour des esprits simples, dit-il avec un sourire d'excuse auprès de Diana, qui essayait de ne pas prendre parti.

C'était la première fois que Cole voyait sourire le vieil excentrique.

— Dans ce cas, je pense que je devrais pouvoir me débrouiller, dit Diana en actionnant les boutons du four, sous l'œil attentif du cerveau le plus brillant du pays, sa part de tarte à la main…

Rien ne se produisit.

— Encore un gadget inutile, dit Bretling.

— Ah ! voilà, dit Diana en appuyant sur un autre bouton.

Un odeur d'appareil électrique neuf se répandit dans le laboratoire.

— Comment avez-vous fait ? demanda le scientifique un peu vexé.

Diana se pencha pour lui parler à l'oreille, afin de ménager sa susceptibilité devant ses assistants.

Il avait quitté Cushman Electronics parce qu'ils l'avaient ridiculisé en lui refusant de travailler sur ses brevets et l'avaient mis sous les ordres d'un chercheur plus jeune et moins doué que lui… En quelques secondes, Diana avait transformé le rebelle Bretling en ours en peluche, sous le regard amusé de Cole.

Il lui fit faire le tour du laboratoire en bavardant, pendant une heure. Cole se demandait de quoi ils pouvaient bien parler, lui qui, au bout de dix minutes de conversation avec Bretling, avait la tête farcie de jargon scientifique.

Sur une table à l'écart, il y avait un des projets favoris de Bretling, une télévision ultraplate, avec une image d'une définition parfaite, que Cole avait l'intention de présenter bientôt pour faire honte à la dernière merveille technologique de Mitsubishi. Mais pour l'instant, l'écran de la télévision du siècle, le chouchou de Unified, ne diffusait que de la neige…

À l'extrémité de l'immense hangar, les futures batteries rechargeables « ultra-longue durée » étaient entassées sur de grandes tables.

— Votre mari n'est pas un homme patient, dit Willard Bretling qui avait repéré du coin de l'œil les gestes éloquents de Cole. Mais c'est un grand visionnaire.

Diana approuva d'un petit signe de tête, tout en observant les doigts noués d'arthrite du vieux savant qui manipulait un fil fin comme un cheveu.

— Il a une très haute opinion de vous.

Les doigts se figèrent, les yeux bleu pâle lui lancèrent un regard aigu par-dessus les lunettes.

— Pourquoi me dites-vous ça ?

Diana lui répéta ce que Cole lui avait dit quand ils étaient en route pour le laboratoire, et le chercheur eut l'air sincèrement étonné.

— Il pense que bientôt vous allez « révolutionner le monde » avec cette batterie.

— D'abord avec la télévision, ensuite peut-être avec la batterie, dit le vieil homme d'un air buté. Les Japonais en ont déjà sorti une, mais l'image n'est pas si bonne que sur un poste ordinaire. La nôtre sera meilleure.

Diana eut l'étrange impression que c'était le scientifique, et non Cole, qui déterminait les priorités de la recherche.

— Il a vraiment un besoin urgent de la batterie, dit-elle.

Bretling se pencha sur son microscope.

— Chaque entrepreneur a son dada. Cushman tenait à ses stupides puces électroniques. Ils ont débauché mes chercheurs pour travailler sur leur projet et m'ont relégué dans un laboratoire d'essais. Moi qui suis un génie créatif, me faire faire des tests !

Ce n'était pas la première fois que Diana rencontrait des cerveaux comme Bretling, et elle avait déjà constaté combien ils étaient hypersensibles à toute forme d'opposition. Elle lui répondit sur le ton qu'elle aurait employé avec un enfant frustré :

— Ça a dû être très gênant pour votre carrière.

Il changea les plaques de son microscope et poursuivit sans lever les yeux :

— Je leur ai dit que leur invention n'était pas fiable et ils m'ont viré. Le fondateur était un brave homme, mais ses fils sont des salauds. Quarante ans de maison et ils m'ont viré, comme ça ! Et ils m'ont escorté jusqu'à la sortie, comme si j'allais leur voler quelque chose en partant…

Diana se laissa glisser du tabouret où elle était assise et agrippa la manche de Bretling, le souffle coupé :

— Vous avez testé leur puce et elle n'est pas valable ?

— Exactement.

— Et… vous l'avez dit à mon mari ?

— Je lui ai dit qu'elle ne valait rien, oui.

— Mais… lui avez-vous dit que *vous* l'aviez testée vous-même ?

— Non, pourquoi aurais-je dû me vanter d'avoir été traité comme un… larbin ? Je lui ai dit qu'elle ne valait rien, c'est tout. Question de confiance.

— Monsieur Bretling, vous ne lisez donc pas les journaux, vous ne regardez pas la télévision, vous n'écoutez pas la radio ?…

— Non, je préfère écouter des disques de musique classique. C'est plus apaisant pour un esprit créateur.

Il leva la tête, regarda Diana et replongea vers son microscope. Puis leva la tête à nouveau et resta bouche bée :

— Vous pleurez ?…

58

Les deux jours suivants, Cole resta à la maison, mais Diana le vit à peine tant il était submergé de coups de téléphone et de visites. Les visiteurs entraient et sortaient sous le regard vigilant d'un nouveau gardien posté près de la grille et chargé d'éloigner les reporters et les importuns.

Cole se sentait désormais investi d'une mission. Il mobilisait ses troupes et, dans l'action, il était impressionnant. Diana le regardait, assis à son bureau dans la bibliothèque, écouter les conseils de ses avocats de Dallas, en ignorer certains pour adopter ses propres stratégies, puis consulter ses avoués de Washington, élaborer des plans avec Murray, le chef de la sécurité, tout en traitant les affaires courantes de ses sociétés sans bouger de chez lui. Au moment où elle s'y attendait le moins, il surgissait à ses côtés, la prenait dans ses bras et lui donnait un long baiser puis disparaissait à nouveau dans un tourbillon d'activités.

Diana adorait l'observer, mais elle n'était pas oisive pour autant. Elle avait passé plusieurs coups de fil. Entre autres, elle avait réussi à localiser Barbara Hayward dans le Vermont et à lui parler. Elle passa le reste du temps au téléphone avec ses bureaux et sa famille. Elle tenait à rassurer Spence et Corey, ses grands-parents et sa mère. Elle appela même Willard Bretling à deux reprises, ayant eu le pressentiment qu'il était seul, pour lui faire des compliments et insister gentiment afin qu'il accélère ses recherches.

Elle devait partir avec Cole pour Washington le lendemain matin, dans l'intention d'y passer tout au plus deux jours.

59

Willard Bretling, Joe Murray, Travis, Cole et Diana se rendirent à Dulles à bord du jet privé de Cole. Ses avocats voyagèrent sur les vols réguliers. Diana avait découvert cette bizarrerie du caractère de Cole : il n'aimait pas les avocats, pas même les siens. Dans l'avion se trouvaient également quatre hommes bien habillés avec des accessoires qui cachaient des armes, elle le savait.

Cole lui avait dit que c'était juste un caprice de Joe, mais elle n'était pas dupe. Joe était certain que la firme Cushman avait loué des sbires pour retrouver Bretling et, dans les quarante-huit heures à venir, Cole était déterminé à donner aux frères Cushman une bonne raison de le voir mort.

Les avocats du cabinet de Washington spécialisé dans les affaires relevant de la Commission pour la Sécurité des Échanges rencontrèrent Cole dans sa suite, à huit heures du matin, pour préparer l'audience de onze heures. Ils argumentèrent entre eux, puis avec Cole sur sa requête non négociable d'ouvrir l'audience aux membres du Congrès et de la Commission.

À vingt miles de là, Barbara Hayward entrait chez son frère, qui habitait une spacieuse maison à Washington. Ce fut son père qui lui ouvrit :

— Barbara, ma chérie ! Quelle surprise !

Elle chercha Doug du regard et le vit entrer dans la pièce, en train de boutonner ses poignets de chemise. Il l'accueillit froidement et sa détermination vacilla un peu.

— Maman est là ?

— Oui, ma chérie, je suis là, dit Jessica en descendant l'escalier de sa démarche aérienne, moulée dans un de ces déshabillés soyeux qu'elle affectionnait. Mais la vraie question est : pourquoi, toi, es-tu là ?

Barbara eut l'horrible impression que, des trois personnes présentes, sa mère, elle, connaissait déjà la réponse. Elle en eut la confirmation quand celle-ci se mit à lui parler comme si elle était une faible d'esprit, même à présent qu'elle avait reconstruit sa vie et fait un bon mariage avec un homme qui l'aimait.

— Comment se fait-il que tu ne sois pas dans ta jolie maison du Vermont ? Tu sais que l'air des grandes cités ne te vaut rien… Qu'est-ce que tu es venue faire à Washington ? demanda Jessica en se précipitant pour lui servir une tasse de thé.

Barbara s'assit sur le canapé, réalisant qu'elle allait être enfin confrontée au moment qu'elle redoutait depuis l'âge de quinze ans. Sa mère allait la dévaloriser et la faire passer pour une menteuse ou une folle. Doug et son père perdraient confiance en elle, plus personne ne l'aimerait, elle serait abandonnée… D'un mouvement de tête rageur, elle fit taire la voix intérieure tremblante de panique qui l'avait hantée parfois jusqu'à la folie.

— Je suis venue prendre le thé…, dit-elle avec un sourire tranquille en prenant sa tasse et en tapotant de la main le siège du canapé.

Répondant à son invite, son frère vint s'asseoir à côté d'elle ; leurs parents s'assirent sur des chaises en face d'eux.

— … Et je suis venue réparer une faute que j'ai aidé maman à commettre il y a quinze ans.

Jessica se leva d'un bond.

— Tu es encore en train de faire une rechute. J'ai des tranquillisants dans mon sac.

— Prends-en un si tu en ressens le besoin, dit Barbara d'un ton ferme. Papa, il faut que tu saches que jamais, au grand jamais, Cole Harrison n'a posé la main sur moi. C'était *maman* qui était dans les écuries cette nuit-là, et elle est venue dans ma chambre me supplier d'échanger mes vêtements contre les siens.

— Tu ne vas pas croire ça ! hurla Jessica à son mari. C'est de la folie !

Charles Hayward se passa la main sur le front d'un air las :

— Barbara, tu te fais du mal… C'est arrivé, ma chérie. Et ce salaud t'as mise enceinte.

Ce fut peut-être le calme avec lequel Barbara énonça la vérité qui eut raison du scepticisme de son père et de son frère. À moins que ce ne fût son triste sourire.

— Le père du bébé était un garçon que j'avais rencontré à un concert de rock. Je n'ai même jamais su son nom. Je voulais juste vérifier que j'étais capable de séduire. Je voulais juste... (Elle regarda sa mère, pâle comme un linge.)... être comme toi.

60

— Comment ça s'est passé ? demanda Diana à Cole, quand il revint en fin d'après-midi.

Il l'attira contre lui et la serra dans ses bras.

— Nous sommes arrivés à un compromis, dit-il en souriant. Nous avons cédé un peu et gagné un peu. Et nous avons obtenu que l'audience soit reportée à demain matin onze heures.

— Qu'est-ce que vous avez gagné ?

— Nous avons persuadé le juge de laisser les membres du Congrès et de la Commission assister aux audiences, s'ils le désirent. Dans la mesure où la Commission fait son rapport au Congrès par la suite, cela semble naturel. Et j'ai obtenu le droit de faire une déclaration avant l'ouverture des débats.

Diana se mit sur la pointe des pieds pour redresser le nœud de cravate de Cole, de celle qu'elle lui avait offerte.

— Je ne comprends pas pourquoi tu tiens tant à ce que les débats soient ouverts.

— C'est important, parce que mon nom et celui de ma société ont été traînés dans la boue à propos du rachat de Cushman et... (Sa voix prit la dureté d'une lame d'acier.)... je n'aime ni les mobiles, ni les méthodes, ni les auteurs de cette campagne de calomnie.

Il fit un effort pour se radoucir un peu et reprit :

— Les Cushman sont une vieille famille, très puissante, et ils ont usé de leur énorme influence politique et sociale pour me faire chuter. Ils ont déjà poussé le fisc à m'inculper et je suis mis à l'épreuve par les hommes politiques et les médias, je n'aime pas ça du tout. Et j'aime encore moins l'hypocrisie qu'il y a derrière tout ça.

Diana se dit que si elle avait appris une chose sur son mari ces jours derniers, c'était bien que Cole Harrison qui passait pour brutal et sans scrupule avait quelques convictions solidement ancrées sur lesquelles il n'était pas prêt à transiger.

— Et tu crois que, d'une façon ou d'une autre, tu vas pouvoir prouver quelque chose demain ? demanda-t-elle avec une certaine appréhension.

— Il se peut que j'arrive à en faire la démonstration, en tout cas.

Diana ne savait pas comment — et elle avait même peur de le découvrir.

— Tu m'as dit ce que tu avais gagné ce matin, mais qu'as-tu cédé en échange ?

— Si je persiste à demander un débat ouvert, il faudra que je renonce à plaider le Cinquième Amendement.

— Plaide le Cinquième Amendement, fit Diana avec un haussement d'épaules, et tu passeras pour un escroc.

Cela le fit sourire.

— On m'a considéré en effet comme un escroc, murmura-t-il en lui mordillant l'oreille, et c'est toujours comme ça quand un individu venu de nulle part arrive à se frayer un chemin dans les hautes sphères, là où les types portent des costumes Brooks Brothers.

— Toi, tu n'en mets pas, dit-elle avec un petit rire, comme il continuait à lui mordiller l'oreille.

— Je sais, répliqua-t-il avec un sourire triomphant. C'est ce qui les fait enrager. Ils ne savent pas comment s'y prendre avec les types comme moi. Nous ne sommes pas prévisibles, nous ne sommes pas conformes et ça les déroute complètement.

Diana se dit que, à sa place, elle aurait été folle de

peur à l'idée de passer en justice, mais Cole avait une telle volonté qu'elle lui donnait une force irrésistible, qui entraînait les autres dans son sillage.

Elle fit glisser ses doigts sur sa mâchoire puissante.

— Tu sais vraiment ce qui va se passer demain ?

— Non, je sais seulement comment ça peut se passer et ce que je veux.

— Et qu'est-ce que tu veux ?

Il lui prit le menton et leva son visage vers le sien pour l'embrasser.

— Je veux voir ton visage sur l'oreiller à côté de moi quand je vais au lit et quand je me réveille. Et plus que tout au monde, je veux te donner ce que tu désires.

— Même toi ?

Elle vit ses yeux gris fondre de tendresse.

— Même moi, murmura-t-il.

Le téléphone sonna et Diana s'arracha à regret des bras de Cole.

— Tu es un véritable expert de la nature humaine, dit-elle d'un ton enjoué. Qui peut bien appeler à cette heure-ci ?

Cole dit le premier nom qui lui vint à l'esprit :

— Hayward.

Et se détourna pour cacher sa stupeur quand il s'avéra qu'il avait deviné juste.

Diana couvrit le récepteur de sa main pour que son interlocuteur n'entende pas.

— Il veut passer, dit-elle.

Pour toute réponse, Cole fit un signe de tête poli et enfonça ses mains dans ses poches.

61

Diana se plut à imaginer un court instant que Doug voulait s'excuser et faire surseoir à l'audience. Mais c'était surestimer ses forces et ses compétences. Au lieu de cela, les deux hommes se regardèrent comme deux ennemis jurés. Cole n'avait pas ôté les mains de ses poches et se contenta d'interroger Doug du regard.

Doug lui aussi était froid et distant.

— Je ne vais pas rester longtemps, dit-il, je suis venu vous présenter mes excuses à tous les deux. Tous mes actes ont été dictés par ce que j'ai cru qu'il était arrivé à Barbara.

— Ce qui signifie que tu es prêt à me ficher la paix, maintenant ? dit Cole d'un ton moqueur.

Doug ne releva pas.

— N'y compte pas, répliqua-t-il seulement avec dédain. Tu as construit ton empire en dévorant de vieilles sociétés comme Cushman, qui ne peuvent pas te combattre parce que tu emploies des tactiques douteuses.

— Es-tu réellement hypocrite à ce point, ou tout bêtement crédule ? lança Cole d'un ton délibérément insultant.

Diana vit Doug serrer les poings, mais Cole ne désarmait pas.

— Il est tout de même intéressant que tu aies oublié de dire à qui allaient les profits avant que je reprenne la société, continua-t-il. Il faut dire que c'est aux propriétaires de ces compagnies « fiables et solides » dirigées par de mauvais patrons aux méthodes antédiluviennes qui s'approprient tous les bénéfices, qui saignent à blanc les petits porteurs ! Tu te moques éperdument de mes méthodes et de mon éthique. Il te faut juste un profil de conquérant haut de gamme pour ton image politique. Et tu as décidé de me choisir. Même si je pouvais faire la preuve que je suis innocent des charges que tu as accumulées contre moi, tu ferais tout demain pour que la Cour me condamne !

— Est-ce que le terme « plainte pour diffamation » évoque quelque chose pour toi ? rétorqua Doug d'une voix glaciale.

— Oui. L'envie irrépressible de te dire que tu peux te le mettre quelque part !

— Ça suffit ! cria Diana, oubliant que Doug n'était plus le jeune homme insouciant qui lui apprenait à manœuvrer un changement de vitesse. Cole est innocent de tout ce dont tu le soupçonnes. J'en ai la preuve, bon Dieu !

— Ça ne l'intéresse pas, dit Cole d'un ton méprisant. Il veut se faire une réputation, c'est tout.

Doug, pour une raison inexplicable, parut sensible à l'intervention de Diana.

— Tu veux dire que tu peux prouver qu'il n'a pas provoqué les rumeurs qui ont fait chuter les actions Cushman de moitié ?

Cole croisa les bras sur sa poitrine et regarda Doug, avec plus de dégoût que de colère.

— Tu es avocat, il me semble. Suppose que tu doives prouver que tu n'as pas dit à une seule femme depuis trois mois que tu la trouvais jolie… Comment le prouverais-tu ?

Cole s'apprêtait à clore la discussion mais, regardant Hayward, il vit sur le visage du jeune sénateur une expression — presque — sincère.

Il ajouta d'une voix un peu radoucie, au moment où Doug faisait demi-tour pour partir :

— J'aimerais bien savoir, par simple curiosité, ce

que tu ferais si j'arrivais à prouver que les Cushman sont coupables à cent pour cent ?

Doug était persuadé qu'il avait affaire à forte partie et qu'il était manipulé. Mais la curiosité l'emporta, et il se retourna pour répondre à la question de Cole :

— Je tirerais le juge du lit pour lui faire signer une citation à comparaître, dit-il avec concision. Ensuite, je veillerais personnellement à ce que les Cushman aillent en prison, pour avoir, entre autres, trompé le gouvernement des États-Unis.

Cole fut tellement amusé par ce discours d'enfant de chœur qu'il décida de jouer cartes sur table, ne fût-ce que pour venger un peu Diana des misères qu'il lui avait fait subir ces deux dernières semaines.

— Tu es absolument sûr que tu agirais ainsi ?

— Ça ne serait que le début.

— Dans ce cas, suis-moi.

Et il conduisit Doug dans le corridor au rez-de-chaussée de l'hôtel, où deux messieurs bien mis attendaient quelqu'un devant une porte. Ils s'effacèrent pour laisser passer Cole et Doug.

— Je vais te présenter M. Bretling, qui va te parler de tes amis Cushman et de leur puce électronique soi-disant extraordinaire.

À sept heures et demie, Diana était en train de se changer pour le dîner dans la suite qu'elle occupait avec Cole, lorsqu'elle l'entendit qui rentrait avec Doug. Incapable de contenir son impatience, elle passa la tête à la porte du salon.

Doug avait l'air très en colère. Il décrocha brutalement le téléphone, dénoua sa cravate et donna une série de coups de fil. Diana se sentit soulagée. L'idée que l'on ait pu utiliser son accident de voiture contre Doug lui avait fendu le cœur. Non seulement Doug était un politicien sincère et convaincu, mais son problème avec l'alcool n'était qu'une allergie métabolique assez rare ; il n'était pas un alcoolique.

Cole entra dans la chambre et enlaça Diana, fit glisser ses mains dans le creux de ses reins, tandis qu'un sourire nonchalant adoucissait ses traits rudes.

— Le sénateur souhaite se joindre à nous pour dîner, dit-il en réponse à sa question silencieuse.

— Qu'est-ce que tu as répondu ? demanda prudemment Diana.

— La courtoisie me dictait d'accepter.

— Évidemment, répondit Diana d'un ton faussement solennel.

— Mais toutefois, pas avant qu'il ait insisté pour nous inviter !

62

Le lendemain matin à dix heures et demie, Kendall et Prentice Cushman, accompagnés de trois de leurs plus gros actionnaires, prévenus contre Cole Harrison et Unified Industries, se frayaient un chemin parmi la foule curieuse qui se pressait dans la grande salle où l'audience allait avoir lieu.

Leurs amis et alliés, les sénateurs Longtree et Kazinski de l'État de New York, leur avaient réservé des sièges au premier rang.

Dix minutes plus tard, un assistant du sénateur Hayward vint poliment remettre aux deux sénateurs et à leurs amis une grande enveloppe qui contenait une citation à comparaître le jour même pour chacun d'eux.

— Qu'est-ce que ça signifie ? demanda le sénateur Longtree à Prentice Cushman.

Celui-ci ne répondit rien, absorbé par la vision d'un vieil homme dont la silhouette aux épaules tombantes lui était familière, qui venait de s'asseoir à côté de Cole Harrison.

Diana observait la scène du fond de la salle, debout à côté du sénateur Byers, qui avait réussi à convaincre le gardien de la Commission qu'elle faisait partie de son équipe et qu'il l'autorisait à suivre les débats. De temps en temps, il lui pressait doucement le bras pour la rassurer.

Au début, tout sembla se dérouler avec une lenteur

désespérante. Les avocats de Cole déclarèrent que, si le juge se montrait compréhensif lors de l'exposé des faits, l'affaire pourrait être facilement résolue. Le juge regarda les quelque deux cents personnes rassemblées dans la salle ; il paraissait déterminé à tout faire pour arriver à une conclusion rapide. De toute façon, il était convaincu d'avance de la culpabilité de Cole, Diana le savait.

Puis Cole prit la parole : il déclara catégoriquement n'avoir jamais fait courir de bruit — en acte ou en intention — au sujet de la fiabilité des microprocesseurs Cushman. Il affirma qu'il était persuadé, lorsqu'il avait offert dix-neuf dollars l'action, que la puce était au point. Et que des membres éminents du conseil d'administration lui avaient affirmé en personne que les rumeurs étaient parfaitement infondées ; et que, dès les premiers tests, la puce s'était révélée plus performante que les concurrentes qui se trouvaient par ailleurs sur le marché.

Le juge interrompit Cole à deux reprises, ce qui alarma Diana. Le sénateur Byers lui donna alors à nouveau une petite tape d'encouragement sur le bras.

Cole conclut en disant que Cushman avait falsifié les tests. Le juge eut l'air de trouver ça si drôle que Diana crut qu'il allait éclater de rire.

— Si je vous comprends bien, monsieur Harrison, dit-il en tambourinant sur la table avec son crayon, vous êtes en train de me dire que Cushman savait que ses microprocesseurs n'étaient pas fiables ?

— Exactement.

— Dans ce cas, pouvez-vous m'expliquer pourquoi les anciens actionnaires de Cushman Electronics ont déposé plainte pour récupérer leurs parts et leurs droits sur cette puce, et pourquoi vous refusez de les leur revendre ?

Cole répondit que ni lui ni Cushman ne s'intéressait à cette puce. Un silence impressionnant se fit dans la salle ; le juge fronça les sourcils d'un air impatient.

— Et dans quel but avez-vous racheté Cushman Electronics, s'il vous plaît ?

— J'étais intéressé par deux brevets.

Les avocats de Cole demandèrent alors à Willard Bretling de témoigner et il confirma en tout point les déclarations de Cole. Il accusa les Cushman d'avoir falsifié les résultats des tests, raconta la façon ignominieuse dont il avait été renvoyé. Il dit qu'il avait montré ses références — excellentes — à M. Harrison et l'avait prévenu que la puce n'était pas fiable avant qu'il achète la société. Diana sentit les réactions de la salle : le pauvre Willard passait pour l'ex-employé déçu qui en faisait trop pour soutenir son nouvel employeur.

Les avocats l'interrompirent pour rappeler au juge que le contenu des brevets était accessible au public et ne constituait donc pas une information confidentielle.

Le juge balaya l'argument et demanda à Willard quel intérêt ces brevets présentaient pour Cole Harrison, qui aurait échappé à la « vision à court terme » des frères Cushman.

Diana eut envie d'applaudir quand le génial scientifique expliqua, sur le ton patient qu'on emploie avec les enfants :

— La création, voyez-vous, c'est un peu comme un puzzle. M. Harrison avait déjà la boîte avec les pièces mais il lui en manquait deux : c'étaient mes brevets.

— Pour fabriquer quoi, si je puis me permettre ?

— Je vais vous montrer.

Avec d'infinies précautions et une fierté non dissimulée, Willard se dirigea vers une table où était posée une boîte recouverte d'un tissu. Et, tel un magicien faisant surgir un lapin d'un chapeau, il dévoila un objet carré et plat. Les spectateurs se penchèrent pour voir. Mais le juge les avait devancés :

— Essayez-vous de faire croire à la Cour que cet emballage cache une pizza qui a coûté cent cinquante millions de dollars de patente ?

Les rires qui secouèrent l'assistance rendirent tout discours inaudible. Willard ouvrit lentement la boîte, redressa l'objet qui se trouvait à l'intérieur et le tourna vers le public, qui en resta bouche bée.

L'image sur l'écran du récepteur ultraléger avait des

couleurs parfaites et une définition incomparable. L'écran mesurait soixante-cinq centimètres de diagonale et cinquante-deux de haut. Et seulement douze centimètres et demi d'épaisseur.

Tandis que sur l'écran Oprah Winter interviewait deux psychologues spécialistes de la famille, vingt rangées de spectateurs se penchaient en avant sur leurs sièges, dans un silence médusé.

Le juge eut l'air impressionné.

— Une télévision ultraplate… C'est une belle réussite.

— Mitsubishi n'est pas à la hauteur, acquiesça Willard. Et il leur faut se brancher sur le secteur.

— Ce poste fonctionne avec une batterie ? demanda le juge. Et quelle est l'autonomie de cette batterie ?

— Cinq jours environ.

Un homme assis juste devant Diana se leva lentement et sortit, bientôt imité par sa rangée puis par la salle tout entière. Cela lui fit penser à la sortie de la messe, quand les fidèles pressés de rejoindre leurs occupations sortent en rangs furtifs… Au bout de quelques minutes, la salle était aux trois quarts vide, le quart restant voulant voir l'émission d'Oprah Winter.

À côté de Diana, le sénateur Byers s'appuya contre le mur, croisa les bras et rit doucement en couvant d'un regard admiratif Cole qui discutait avec ses avocats.

— Diana, dit-il, votre mari est un homme très brillant. Et c'est un tueur.

Diana restait fascinée par la noirceur de la nature humaine qui fait que les hommes se rassemblent à la perspective d'un scandale, et se dispersent dès que celle de voir le sang couler a disparu.

Elle en fit la remarque au sénateur :

— Dès qu'ils ont compris qu'il n'y aurait pas d'effusion de sang, tous ces gens se sont dépêchés de retourner au travail.

Sam Byers eut un petit gloussement bientôt amplifié en un rire gigantesque qui fit trembler sa bedaine.

— Ils ne sont pas retournés au travail, Diana ! Ils se

sont ruée sur le téléphone pour donner ordre à leur agent de change d'acheter des actions de Unified Industries.

— Je vois…

— Je ne crois pas que vous réalisiez vraiment. Votre mari vient de soulever une énorme polémique, qui va entraîner au moins une centaine d'hommes politiques dans des démêlés avec la Commission pour la Sécurité des Échanges — qui techniquement leur est assujettie.

— Comment cela ?

— Cette audience n'était pas *vraiment* publique, elle n'était ouverte qu'aux membres du Congrès et de la Commission. Et en ce moment, la plupart des membres du Congrès qui se précipitent pour acheter des actions de Unified pourraient facilement être accusés de tomber sous l'accusation de délit d'initié.

Le sénateur hocha la tête :

— C'est le coup de grâce, dit-il.

ÉPILOGUE

4 Juillet

Des cascades de lumière dansaient au-dessus de leurs têtes, montaient haut dans le ciel d'été et retombaient en gerbes étincelantes au bord du lac, éclaboussant les pelouses de Unified Industries.

Étendue sur une couverture, la tête posée sur l'épaule de son mari, Diana se laissait aller au charme du spectacle grandiose qui se déroulait sous leurs yeux.

— Tu crois que Cal voit ça aussi ? demanda-t-elle.

— Certainement.

— Tu crois qu'il y prend plaisir ?

— Sûrement moins que s'il était avec nous. Il voulait nous accompagner à tout prix.

— Nous aurions dû le faire venir.

— Non, dit Cole en déposant un baiser léger sur sa tempe. Rappelle-toi comme il tenait à avoir un héritier. Maintenant, il est comblé et il a le bébé pour lui tout seul. Il doit regarder les feux d'artifice de la maison avec la nurse de Conner et l'aider à s'occuper de lui.

— Mais…

Cole la fit taire d'un baiser. Et il la fit rouler sur le dos.

— Tu te rappelles m'avoir dit que je n'avais pas eu d'enfance ?

Diana lui caressa la joue tendrement.

— Je m'en souviens, murmura-t-elle tandis que les feux d'artifice explosaient au-dessus de sa tête dans un crescendo de lumière et de bruit.

— Tu sais ce qui m'a plus frustré encore ?

— Non… Quoi ?

— Je n'ai jamais eu l'occasion de faire l'amour à une femme pendant qu'elle regarde un feu d'artifice par-dessus mon épaule.

Elle sourit. Mais d'autres images lui revenaient à l'esprit. Elle revit Cole tenant son fils pour la première fois dans ses bras, trois mois auparavant. Il avait porté le nouveau-né devant la fenêtre de la chambre d'hôpital et avait déclaré, avec une expression à la fois solennelle et émerveillée :

— Conner, voici la ville de Dallas. Et ton papa va te l'offrir.

— À quoi penses-tu ? demanda Cole en observant son sourire.

— Un souvenir…

— Veux-tu que je te donne l'occasion de te souvenir d'autre chose encore ? dit-il avec un rire étouffé.

Diana détourna son regard du feu d'artifice :

— Et comment !… répondit-elle.

ROMAN

ADLER ELIZABETH
Secrets en héritage
Le secret de la villa Mimosa
Les liens du passé
L'ombre du destin

ASHLEY SHELLEY V.
L'enfant de l'autre rive
L'enfant en héritage

BEAUMAN SALLY
Destinée
Femmes en danger

BECK KATHRINE
Des voisins trop parfaits

BENNETT LYDIA
L'héritier des Farleton
L'homme aux yeux d'or
Le secret d'Anna

BENZONI JULIETTE
De deux roses l'une
Un aussi long chemin
Les émeraudes du prophète
Les dames du Méditerranée-Express
1 - La jeune mariée
2 - La fière Américaine
3 - La princesse mandchoue
Fiora
1 - Fiora et le Magnifique
2 - Fiora et le Téméraire
3 - Fiora et le pape
4 - Fiora et le roi de France
Les loups de Lauzargues
1 - Jean de la nuit
2 - Hortense au point du jour
3 - Félicia au soleil couchant
Les treize vents
1 - Le voyageur
2 - Le réfugié
3 - L'intrus
4 - L'exilé
Le boiteux de Varsovie
1 - L'étoile bleue
2 - La rose d'York
3 - L'opale de Sissi
4 - Le rubis de Jeanne la Folle
Secret d'État
1 - La chambre de la reine
2 - Le roi des Halles
3 - Le prisonnier masqué
Marianne
1 - Une étoile pour Napoléon
2 - Marianne et l'inconnu de Toscane
3 - Jason des quatre mers
4 - Toi, Marianne
5 - Les lauriers de flamme (1re partie)
6 - Les lauriers de flamme (2e partie)
Le jeu de l'amour et de la mort
1 - Un homme pour le roi

BICKMORE BARBARA
Une lointaine étoile
Médecin du ciel
Là où souffle le vent

BINCHY MAEVE
Le cercle des amies
Noces irlandaises
Retour en Irlande
Les secrets de Shancarrig
Portraits de femmes
Le lac aux sortilèges
Nos rêves de Castlebay
C'était pourtant l'été
Sur la route de Tara

BLAIR LEONA
Les demoiselles de Brandon Hall

BRADSHAW GILLIAN
Le phare d'Alexandrie
Pourpre impérial

BRIGHT FREDA
La bague au doigt

BRUCE DEBRA
La maîtresse du Loch Leven
L'impossible adieu

Campbell Eileen
La vie secrète de Dot

Cash Spellman Cathy
La fille du vent
L'Irlandaise

Chamberlain Diane
Vies secrètes
Que la lumière soit
Le faiseur de pluie
Etranges secrets
Désirs secrets

Chase Lindsay
Un amour de soie
Le torrent des jours

Clayton Victoria
L'amie de Daisy

Collins Jackie
Les amants de Beverly Hills
Le grand boss
Lady boss
Lucky
Ne dis jamais jamais
Rock star
Les enfants oubliés
Vendetta
L.A. Connections
1 - Pouvoir
2 - Obsession
3 - Meurtre
4 - Vengeance

Collins Joan
Love
Saga
Frissons
Le monde est plein d'hommes mariés

Courtillé Anne
Les dames de Clermont
1 - Les dames de Clermont
2 - Florine
Les messieurs de Clermont

Cousture Arlette
Émilie
Blanche

Crane Teresa
Demain le bonheur
Promesses d'amour
Cet amour si fragile
Le talisman d'or

Dailey Janet
L'héritière
Mascarade
L'or des Trembles
Rivaux
Les vendanges de l'amour

Delinsky Barbara
La confidente
Trahison conjugale

Denker Henry
Le choix du docteur Duncan
La clinique de l'espoir
L'enfant qui voulait mourir
Hôpital de l'espoir
Le procès du docteur Forrester
Elvira
L'infirmière

Dervin Sylvie
Les amants de la nuit

Deveraux Jude
La princesse de feu
La princesse de glace

Dunmore Helen
Un été vénéneux

Falconer Colin
Les nuits de Topkapi

Gage Elizabeth
Un parfum de scandale

Gallois Sophie
Diamants

Goudge Eileen
Le jardin des mensonges

Rivales
L'heure des secrets

GREER LUANSHYA
Bonne Espérance
Retour à Bonne Espérance

GREGORY PHILIPPA
Les dernières lueurs du jour
Sous le signe du feu
Les enchaînés

HARAN MAEVE
Le bonheur en partage
Scènes de la vie conjugale

IBBOTSON EVA
Les matins d'émeraude

JAHAM MARIE-REINE DE
La grande Béké
Le maître-savane
L'or des îles
 1 - L'or des îles
 2 - Le sang du volcan
 3 - Les héritiers du paradis

JONES ALEXANDRA
La dame de Mandalay
La princesse de Siam
Samsara

KRANTZ JUDITH
Flash
Scrupules (t. 1)
Scrupules (t. 2)

KRENTZ JAYNE ANN
Coup de folie

LAKER ROSALIND
Aux marches du palais
Les tisseurs d'or
La tulipe d'or
Le masque de Venise
Le pavillon de sucre
Belle époque

LANCAR CHARLES
Adélaïde
Adrien

LANSBURY CORAL
La mariée de l'exil

MCNAUGHT JUDITH
L'amour en fuite
Garçon manqué

PERRICK PENNY
La fille du Connemara

PHILIPPS SUSAN ELIZABETH
La belle de Dallas

PILCHER ROSAMUND
Les pêcheurs de coquillages
Retour en Cornouailles
Retour au pays
Retour en Écosse

PLAIN BELVA
A force d'oubli
A l'aube l'espoir se lève aussi
Et soudain le silence
Promesse
Les diamants de l'hiver
Le secret magnifique

PURCELL DEIRDRE
Passion irlandaise
L'été de nos seize ans
Une saison de lumière

RAINER DART IRIS
Le cœur sur la main
Une nouvelle vie

RIVERS SIDDONS ANNE
La Géorgienne
La jeune fille du Sud
La maison d'à côté
La plantation
Quartiers d'été
Vent du sud
La maison des dunes
Les lumières d'Atlanta
Ballade italienne
La fissure

ROBERTS ANN VICTORIA
Possessions

RYAN MARY
Destins croisés

RYMAN REBECCA
Le trident de Shiva
Le voile de l'illusion

SHELBY PHILIP
L'indomptable

SIMONS PAULLINA
Le silence d'une femme

SLOAN SUSAN R.
Karen au cœur de la nuit

SPENCER JOANNA
Les feux de l'amour
1 - Le secret de Jill
2 - La passion d'Ashley

STEEL DANIELLE
L'accident
Coups de cœur
Disparu
Joyaux
Le cadeau
Naissances
Un si grand amour
Plein ciel
Cinq jours à Paris
La foudre
Honneur et courage
Malveillance
La maison des jours heureux
Au nom du cœur
Le Ranch
Le fantôme
Le klone et moi
Un si long chemin
Double reflet

SWINDELLS MADGE
L'hérithière de Glendiran
Les moissons du passé

TAYLOR BRADFORD BARBARA
Les femmes de sa vie

TORQUET ALEXANDRE
Ombre de soie

TROLLOPE JOHANNA
Un amant espagnol
Trop jeune pour toi
La femme du pasteur
De si bonnes amies
Les liens du sang
Les enfants d'une autre

VICTOR BARBARA
Coriandre

WALKER ELIZABETH
L'aube de la fortune
Au risque de la vie
Le labyrinthe des cœurs

WESTIN JANE
Amour et gloire

WILDE JENNIFER
Secrets de femmes

WOOD BARBARA
African Lady
Australian Lady
Séléné
Les vierges du paradis
La prophétesse
Les fleurs de l'Orient

Imprimé en France sur Presse Offset par

BRODARD & TAUPIN

GROUPE CPI

8920 – La Flèche (Sarthe), le 05-09-2001

POCKET – 12, avenue d'Italie - 75627 Paris cedex 13
Tél. : 01.44.16.05.00

Dépôt légal : septembre 2001